U0468572

有爱的青春陪伴者

你听那夏蝉鸣

许甜酒 著

江苏凤凰文艺出版社

图书在版编目（CIP）数据

你听那夏日蝉鸣 / 许甜酒著. -- 南京：江苏凤凰文艺出版社，2023.5
 ISBN 978-7-5594-7400-1

Ⅰ.①你… Ⅱ.①许… Ⅲ.①言情小说-中国-当代 Ⅳ.①I247.5

中国版本图书馆CIP数据核字(2022)第242804号

你听那夏日蝉鸣

许甜酒 著

责任编辑	王昕宁
特约编辑	姜 姜
责任校对	言 一
出版发行	江苏凤凰文艺出版社
	南京市中央路165号，邮编：210009
网　　址	http://www.jswenyi.com
印　　刷	湖南春黎文化传媒有限公司
开　　本	880mm×1230mm　1/32
印　　张	10.5
字　　数	365千字
版　　次	2023年5月第1版
印　　次	2023年5月第1次印刷
书　　号	ISBN 978-7-5594-7400-1
定　　价	42.80元

江苏凤凰文艺版图书凡印刷、装订错误，可向出版社调换，联系电话025-83280257

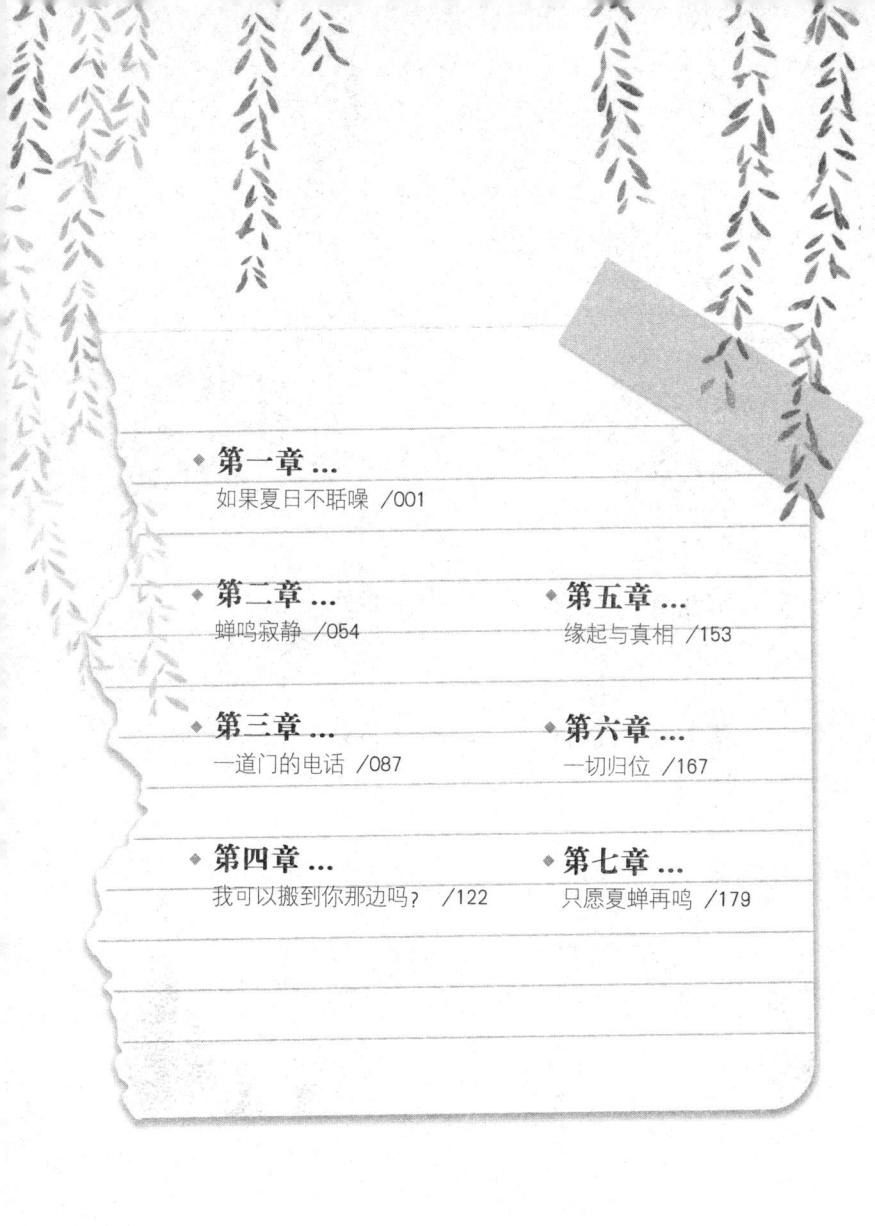

- 第一章 ...
  如果夏日不聒噪 /001

- 第二章 ...
  蝉鸣寂静 /054

- 第三章 ...
  一道门的电话 /087

- 第四章 ...
  我可以搬到你那边吗？/122

- 第五章 ...
  缘起与真相 /153

- 第六章 ...
  一切归位 /167

- 第七章 ...
  只愿夏蝉再鸣 /179

目 录 /contents

目 录 /contents

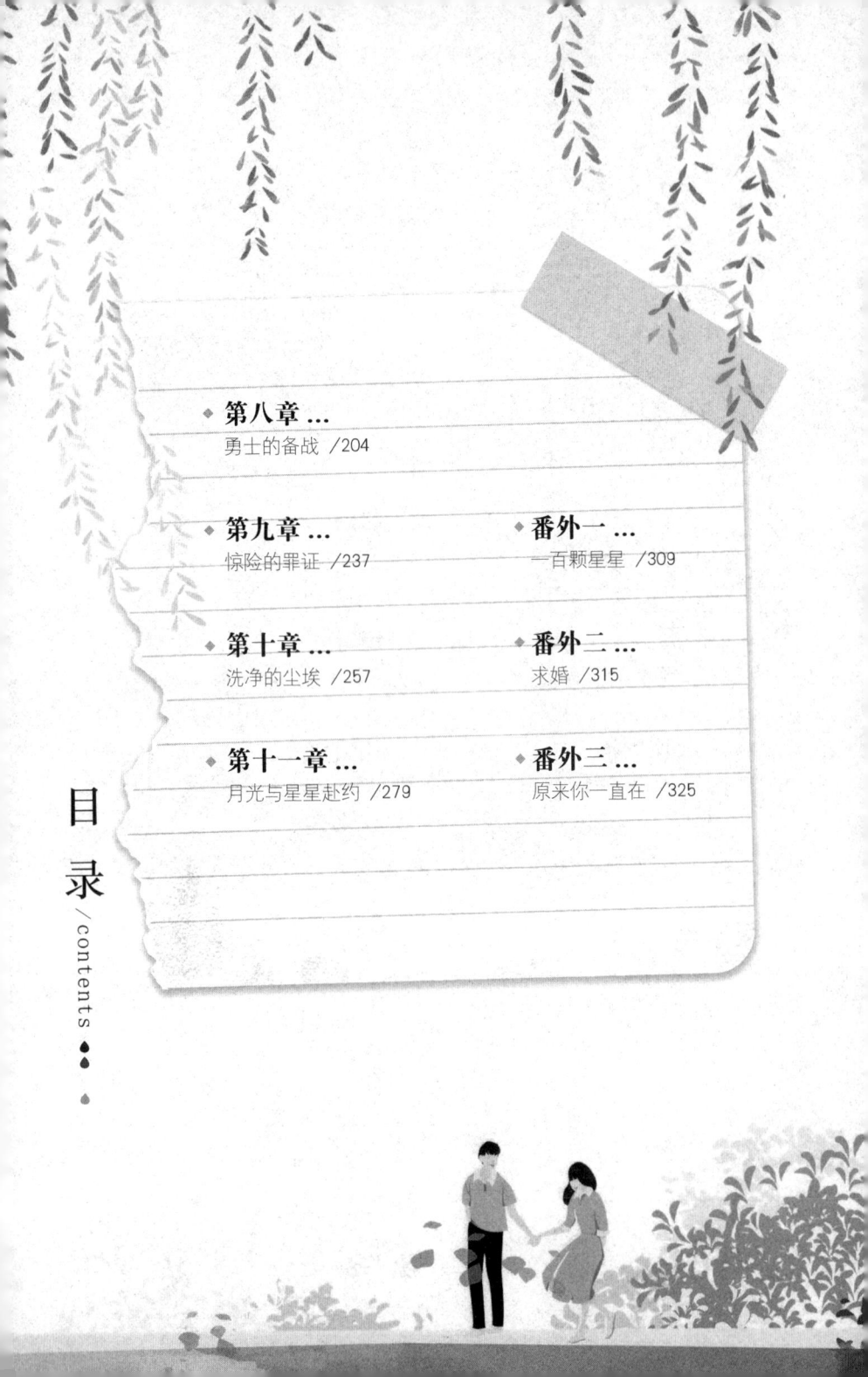

◆ 第八章 ...
勇士的备战 /204

◆ 第九章 ...
惊险的罪证 /237

◆ 第十章 ...
洗净的尘埃 /257

◆ 第十一章 ...
月光与星星赴约 /279

◆ 番外一 ...
一百颗星星 /309

◆ 番外二 ...
求婚 /315

◆ 番外三 ...
原来你一直在 /325

第一章
如果夏日不聒噪

许蝉被闹钟吵醒时,正好看到马宿雨在客厅摆弄一捧新鲜的洋牡丹。她刻意放轻了动作,可脸上堆出来的笑比鲜花还灿烂。

"你上午不还埋怨说体检很烦吗?怎么一副中了大奖似的样子?"许蝉刚睡醒,嗓音还有点嘶哑,她揉了揉眼睛,看清时间已经是下午一点半,立刻就从沙发上爬了起来。

马宿雨听到许蝉终于醒了,瞬间恢复了本性,将鲜花一股脑全塞进瓶子里,然后扯着大嗓门抱怨道:"你可算是醒了!你再不醒我还得想辙把你运过去。"她一边说着,一边连忙推着许蝉走到卧室门口,"赶紧去收拾,聚会约在下午三点半,再拖就真迟到了。"

许蝉打了个哈欠,反应还有些慢:"我昨晚加班到凌晨,还没缓过来。要不你自己去吧?再说了,你们班的同学聚会,我一外人去干吗?"

"说什么呢。"马宿雨板着脸,不容置疑地敲了下她的额头,"早就答应好了的,不许反悔。"

她话音一转,又笑盈盈地补充:"再说了,现在的同学聚会说白了不就是相亲吗?我已经打听过了,我们班有几个同学混得还不错,正单着呢!万一看对眼儿了,咱家老太太那边不就有交代了。"

许蝉低头看到马宿雨塞给自己的衣服,不是很情愿地选择了妥协。

前段时间，许蝉被合租的小姑娘给坑了，赔了几万块钱不说，还不得不临时借住在马宿雨这边，现在她这也算是"寄人篱下"，不得不"客随主便"。

不就是陪着去"相亲"吗？许蝉叹气，那她可太有经验了，从认识马宿雨开始，她几乎每隔一段时间就得来这么一次。

在前往目的地的出租车上，许蝉忍不住又睡了一小会儿，一醒来就看到马宿雨正举着镜子补妆。她静静地看了一会儿，越想越不对劲，细细回忆了一遍，忙坐起身追问："马宿雨你不对劲，你跟我说实话，是不是又瞄准新猎物了？"

要不然，怎么昨天还提不起兴致的事情，今天突然又是挑裙子又是换口红，出门前还特意喷了香水。

想到马宿雨过往的"光辉事迹"，许蝉更加坚定了自己的想法，她忍不住皱起眉头："你这次该不会又是玩玩而已吧？"

马宿雨当即收起镜子，头也没回地回怼过来："许蝉！我说了多少次了！别喊我全名，讨厌死了！宿雨宿雨，多有诗意的名字啊，加上姓就毁气氛。"

许蝉冷静地扼杀马宿雨转移话题的念头，在记忆里快速搜寻着蛛丝马迹，旋即戳破道："我知道了！你是从医院回来才开始不对劲的，你是不是遇到什么人了？不对啊，医院里除了病人就是医生……还是说你看上了哪个医生了？该不会他正好是单身，又刚好也在这次聚会的名单里吧？"

许蝉越说越肯定，她认真的时候眼睛亮晶晶的，马宿雨没来由地一阵心虚。

"哎呀，我的大审计师，能不能别这样看我？我害怕。"马宿雨一脸无辜，佯装可怜巴巴的模样，见许蝉一副打破砂锅问到底的样子，立刻缴械投降道，"你把我说成什么了？采花大盗似的。不过，说起医院，你猜我早上在医院碰到谁了？我高中班里的男神……"

马宿雨正说到兴头上，手机突然响了起来。许蝉坐在原地像是静静地听着，思绪却滞留在了马宿雨的断句上。

许蝉和马宿雨是大学的时候认识的，但事实上她们也是同一个高中的校友，只不过她读高一的时候，马宿雨已经高三快毕业了，因此两个人并没有交集。

但提到他们高三（17）班，以及他们班那位男神，许蝉却并不陌生。

某个穿着白衬衫的身影突然闯入脑海，许蝉想起许多年前的夏日，那时候她刚上初中。蝉鸣阵阵间，她最大的乐趣就是在舅舅家的阳台上，一边背靠着磨砂玻璃做作业，一边和隔壁的哥哥有一搭没一搭地斗嘴。

"哥哥你又挨打了？"

"小妹妹，偷看可不是好习惯，小心长针眼。"

"明明是你家动静太大了。"

"那我下次小声点。"

"嗯？"

那是许蝉头一次听说，原来"被打"也能人为调节，就像是那个人习惯了被伤害，渐渐地找到了自己的适应区。

但不管怎么说，自那次和邻居的哥哥聊完之后，隔壁传来的声响的确轻了很多。

"哥哥，你为什么不反抗啊？"许蝉本能地害怕，可又有些别扭地想要帮帮他，她小声说，"你经常挨打吗？你爸爸怎么这么凶？"简直比母亲犯病的时候还要可怕。

"因为这是我该的。"少年嗓音低沉，有些自嘲地笑道。

许蝉疑惑地朝他那边望过去，对面突然传来"哐当"一声，她隐约听到有人离开了阳台。

窗帘被严实地拉起来，剩下许蝉孤零零地蹲在阳台上的时候，她才意识到自己好像说错话了。

可这世上哪有什么痛苦是理所应当要承受的呢？如果凡事都任人宰割，那岂不是连牲畜都不如？

彼时，许蝉还听不懂少年话里的自暴自弃，只觉得有些难过。

那是他们的初识，一开始就带着悲剧的色彩。

许蝉后来回想，突然就觉得当年这些对话发生得恰逢其时，哪怕是换个时间，换个地点，换个心境，都不行。

发黄的记忆就像生锈的刀，一想到那个人的名字，许蝉原本已经被岁月浸染得麻木的心，总是不由自主就再次疼了起来。

"终于到了。"马宿雨不知道什么时候已经挂了电话，她随手抓起许蝉，忽然察觉她的手指冰凉,她奇怪地打量眼前有些走神的人,"怎么了?你紧张啊?"

许蝉抽回手:"你哪只眼睛看到我紧张?"

"你得了吧。"马宿雨笑眯眯地挤对,"我知道你闷骚,懒得拆穿你。"

许蝉想要反驳,但是话到嘴边又觉得没意思,思索间就错过了最佳机会,干脆就任凭马宿雨念叨了她一路。

"谈恋爱嘛,就得像我这样,多试试总能遇到适合的。你看你,这么多年认识的男人一只手都能数得过来。

"哦,对了,今天他们都带了同伴的,你机灵点,有看上的跟我说!我帮你出主意。还有,老规矩啊,我要是摸鼻子,你就过来帮我解围;我要是摆手,你就可以先撤了。

"这种场合肯定要主动点才有故事的。你看看你,明明有一副好皮囊,非要板着一张脸,搞得跟监狱长似的,谁敢和你说话啊?你但凡撒个娇卖个萌,哪个男人不拜倒在你的石榴裙下?听到没许蝉?待会儿记得跟着我,别跟闷葫芦似的,当摆件。"

许蝉听马宿雨念了一路经,听到这句话,才淡淡出声:"你不用管我,我暂时不想谈恋爱。"

马宿雨微微一愣,似乎很不理解:"为什么?你不是刚分手吗?"

许蝉心道,就是因为刚分手,所以才不想谈恋爱。

"你是不是还舍不得于皖周?要不我帮你……"马宿雨一副跃跃欲试的样子,一如当初她见于皖周向自己献殷勤,就大力撮合他俩在一起的模样。

"不用!"许蝉怕马宿雨误会,又要想方设法撮合她和前任复合,连忙强调道,"我们的确不适合,还是不要耽误人家。"

见马宿雨半信半疑,许蝉又说:"你别跟我妈似的,催婚催得我头疼,谈恋爱投资回报率那么低,我现在哪有时间想这些。快走吧,你去找对象,我去补觉。"

马宿雨一把揪住许蝉的后衣领,盯着她一张雪白小脸上遮都遮不住的黑眼圈,忍不住劝她:"不是我说,四大的活儿真不是人干的,你看你憔悴成啥样了,阿姨看到得多心疼啊。要不,你年后换个工作吧?实在不行,我养你啊。"

许蝉困得眼皮打架,一心只想找个地儿歇着。听到马宿雨又这么说,许蝉微微蹙紧了眉头，颇为严肃地表示："我要跟你似的天天跳槽，活都活不下去。等我今年拿到CPA（注册会计师）证书就有机会能熬上去了，关键时刻，不能半途而废。谈恋爱，等以后再说。"

马宿雨回顾了下许蝉的加班频率和强度，无声地叹了口气："那我看，你是没有脱单的希望了。"

两个人你一句我一句，很快就走到了挂着"发呆"招牌的清吧门口。

许蝉跟在马宿雨后面，尽力降低自己的存在感，结果一推开门就看到整个一楼全是人。听到她们的动静，几乎所有人都扭头看了过来。

茶色系的灯光里，许蝉感觉自己的五感瞬间屏蔽了一切杂音，一眼望去只看到人群围拥处，站在吧台旁边认真调酒的李闵。

明明他的五官和气质都发生了变化，可是许蝉还是一下子就把他和记忆里那个白衬衫少年重叠在了一起。

男人孤单的身影被人群拥簇在中央，杯中葱白、橙红的酒水婉转在他的指尖，配合着古典华丽的音乐、炫彩的光影，他身上那股挥之不去的颓败又奢靡的感觉更加浓郁。周遭的一切都沦为陪衬，他整个人像是刚从油画里走出来。

李闵？他怎么会在？

许蝉不知道自己盯着李闵看了多久，耳畔再次喧哗起来的时候，正好看到他朝着自己微微颔首，像是在打招呼。

"看那边吧台！是不是很帅？"马宿雨悄悄掐了把许蝉的腰，歪着头凑在她耳畔说，"我那会儿说的在医院碰到的男神就是他，我们高中班上的大黑马，李闵。"

"什么男神？"许蝉随意敷衍着，讷讷地转身，在马宿雨附近选了个背对着吧台的位置坐下。

她莫名有些慌张，顺手从服务员那边接过一杯柠檬水，双手紧紧攥着，大脑一片空白。

马宿雨自顾自地脱掉大衣，下意识朝着二楼瞥了好几次，才凑到许蝉跟前说："就李闵啊！你不知道，当年学校里有多少小姑娘给他桌子里塞过信。"

马宿雨"啧啧"两声，托着腮感慨。

她絮絮叨叨地八卦着李闵的各种"风流韵事"，过了好一会儿，发现许蝉没搭理自己，又强行带许蝉进入话题："你高一的时候应该也听过李闵的名字吧？你俩都是学霸，又都经常站在领奖台的，而且我记得……"

她"咝"了一声，好像想到了年代久远的回忆："他好像和你们班班花挺熟的，听说——"

马宿雨的话音未落，许蝉的手指微不可察地颤了一下，莫名的冷意钻进了心里，激得她立时清醒过来。

许蝉胡乱想着，因此没注意到身后一阵喧哗里，李闵正端着两杯鸡尾酒朝她们走了过来，恰好打断这场对话。

"你好。"男人的手指修长劲瘦，摩挲过酒杯的瞬间手指就像是夜魅跳舞，他道，"'发呆'的老板是我朋友，今天的客人每人附赠一杯定制酒。"

许蝉垂着眼，紧盯着李闵修长的手指，柔和的光影在指缝间一闪而过，看上去有种说不出的美感。

"一杯'梦幻天都'，辛辣刺激，回甘持久。"他把酒递向马宿雨，许蝉只看到马宿雨的嘴巴一张一合，时间仿佛被拉长了数万倍，他们明明近在咫尺，可她一个字都听不清。

男人转身又道："这杯'霁月初晴'，希望你有个好心情。"

手臂上袭来一股疼痛，许蝉才发觉马宿雨悄悄拧了自己一下。意识到李闵在跟自己说话，许蝉本就木讷的表情更显得僵硬，她双手捧住酒杯，低着头匆忙道了声："谢谢学长。"

李闵送完了酒水，就直接转身离开。

许蝉感觉心都快要跳出来了，可当她环顾四周，才发现，原来李闵给在座的每个人都送了亲手调制的酒水，她并非特殊的那个。胸口有种说不出来的憋闷，连许蝉自己也说不清是失落，还是不甘心。

原以为早就把这人忘得一干二净，可现在他一出现她就不受控制地开始妄想，有些事情烂在过去就好了，没必要挖坟掘墓搞得所有人不得安宁。

许蝉暗暗劝说自己，慢慢地呼出一口气。

旁边的马宿雨从进门开始就在东张西望，此时她品鉴似的抿了口"梦幻天都"，见许蝉心不在焉，有些狐疑地打量过来："你怎么了？失魂落魄的，我刚刚掐你半天你都没反应。"她晃了晃杯中酒液，不知道想到什么，猛地坐直了身体，"我说姐妹，你该不会看上李闵了吧？我跟你说，你可千万别招惹他，这人没心肝的。"

许蝉把手里的杯子挪到旁边，瞅着马宿雨认真的眼神，狐疑道："你今天的猎物不是他？"

"当然不是！我可没把握驾驭这种……"马宿雨激动之余，差点说漏了嘴，她咳嗽一声，连忙补救，"什么猎物，你别胡说八道！正常的社交怎么能说是狩猎呢？倒是你，你是不是有事瞒着我？"

许蝉没心思追究马宿雨的欲盖弥彰，她端起桌上蓝紫色的"霁月初晴"搅了两下。等到心绪平复得差不多之后，见马宿雨眼巴巴地等着自己回话，她这才漫不经心似的道："还记得我以前跟你讲的那个人吗？"

"就是那个放你鸽子的渣男？"马宿雨立刻反应过来。

许蝉的感情史简单得离奇，除了于皖周那个摆设，只有高中时期遇到的那个渣得罄竹难书的男网友。

她听一遍就能记一辈子。

马宿雨回味着，突然看到许蝉冷冰冰的眼神，蓦地怔住。

"该不会……"

许蝉点头道："嗯，就是李闵。"

"送过去了吗？"二楼的小客厅里，于皖周一看到李闵就蹦了起来，"她有没有说什么？有没有不高兴？有没有问起我啊？"

李闵把自己窝进沙发里，慵懒的声音缓缓道："没有。"

"怎么会没有？我俩第一次约会我就给她调的'霁月初晴'，她不可能没反应。"

于皖周搓了把头发，想起什么似的走到李闵身旁，踢了一脚道："你行不行啊？"

李闵打了个哈欠，随手抓起毛毯上，他声音疲惫，透着些许麻木："昨晚我值了一夜的班，今晚还有两台手术，你发发善心，饶过我吧！"

于皖周见李闵坐在沙发上倒头就睡，满肚子的话没处发泄，见门口过来一个服务员，他连忙拉住人打听，这一问才知道李闵竟然给每个人都送了一杯。

"请你过来帮我追人，你就给我来个'端水大师'？"于皖周气不打一处来，扯开毛毯让李闵起来，一副不达目的不罢休的架势。

李闵抬手遮住刺目的光线，侧过身留给于皖周一个后背："又不是我女朋友，差不多就得了。"

"这算什么差不多，可差太远了。"于皖周也知道自己有点无理取闹，可病急乱投医，他也顾不上许多，"算了，就知道指望不上你，我还是自己想办法吧！"

想到李闵大老远被自己拉过来做工具人，于皖周良心未泯地把毛毯还了回去，"你就这么睡啊？要不要先吃点东西？"

见李闵不回应，于皖周悄悄退出了房间，临走之前还特意帮他关了灯。

房间里变暗，李闵本想假寐一会儿，没想到竟然真的沉入了梦乡。

梦里，他又回到了那间黑漆漆的屋子，发黄的墙皮，常年发潮的角落，小孩努力把自己蜷缩在狭小的衣橱里。

四周若有似无的吸气声让人心慌，拖在地毯上的厚重脚步声由远及近，透过一道细长的缝隙，小孩瞪大的眼珠子映出从浴室门缝下流出来的大片血渍。

眼前的柜门突然被人砸开，小孩呆呆地盯着眼前的男人，他缩在角落里，在男人粗粝的呵斥声中全身僵直，完全忘记了闪躲。

突然身体一轻，他被狠狠地砸在地板上，脸侧蹭过地板上的尘土，一眼看清了躺在血泊中的孱弱女人。

李闵感觉自己就像是那个小孩一样，他拍打着地板，拼命想要爬过去，想要看清女人的脸，可当他的手指碰到黏糊温热的液体时，身子陡然一空。他睁开眼，才发觉又做了小时候经常做的那场噩梦。

窗缝里钻进来一阵冷风，李闵打了个寒战。他望着暗沉的天花板怔了片刻，终于想起自己是在"发呆"，下午才被于皖周临时拉过来帮忙追女孩。

他放空地躺着，回忆起梦境里的种种细节，突然有些感慨。

可真是稀罕啊，他大概有十几年没做过那个噩梦了。

实际上女人出事时，他还是个襁褓婴儿，可即使他那时候真的像梦里那般七八岁，也照样无法阻止悲剧的发生。除了让她像在梦境里一遍一遍地遭遇痛苦，他什么都无法改变。

于皖周从厨房端来一碗面，进门正好看到李闵翻了个身。他正想说什么，就听到刺耳的手机铃声，见对面男人慢吞吞地坐起身。

"那种水刊，没必要。"男人听着话筒里的声音，腾出一只手揉着太阳穴，笑意不达眼底，"影响因子啊，怎么着也有个'2'吧。"

他懒洋洋地应付着:"放心,我只是帮你查了资料,论文肯定是你写的,怎么会是我的功劳?"

"这么大方?啊,改天帮我在老师那里说点好话,他最近一见着我就眼睛不是眼睛、鼻子不是鼻子的。"

门口的风灌了进来,李闵示意于皖周关门的同时,不动声色地收了尾:"你也太客气了。那就这样。"

看到李闵挂了电话,于皖周拖了一张椅子跨坐在他跟前:"你又帮你同事改SCI(《科学引文索引》)文章?这个月第几次了?给没给钱啊?"

"这么纯洁的同事情,谈什么钱。"李闵捏了下有些发酸的脖子,顺手又垫了个枕头,"你要是有这需求,我给你打九折,包年。"

于皖周"啧"了一声,见李闵明明累得跟狗似的,还拼命把自己的时间排得满满的,忍不住故意埋汰:"我要是有你这么'上进',老爷子得天天拜佛烧高香。"

"老师浑身上下那么多优点,你说你怎么就只遗传了一张嘴?要不,我资助你报个成人口才训练班?"

李闵读博时的导师正是于皖周的父亲,也是A大三院的于主任。两个人每次斗嘴,只要李闵搬出于主任,于皖周就会秒灰。

此时,于皖周听李闵故意嘲讽自己说话阴阳怪气,将手里的热汤面"哐当"一声放在了茶几上,也不管了:"好心当作驴肝肺,爱吃不吃。"

于皖周转身就要走,就听到身后的李闵端起碗道:"有空烦我,不如赶紧去追你的小女友。"他从地上捡起毯子,语气淡漠,"少多管闲事。"

许蝉从卡座出来,一路上都没找到马宿雨的人影。

马宿雨刚刚还在附近和人聊天,结果她去接了个电话人就不见了。

许蝉看了眼时间,外面的路灯都亮起,天色也不早了,马宿雨一个人走开,她有点担心。

"哎?小学妹,你看到闵爷没?"

许蝉一时没反应过来,意识到来人问的是李闵,才连忙摇摇头,反问道:"你看到马宿雨没?"

"宿雨好像在后厨,刚刚我还看到她在和于皖周说话。"

于皖周?于皖周也在这儿?

许蝉有些意外，镇定下来之后，仔细一想，原本一直想不明白的事突然一下子就有了解释。怪不得马宿雨非要拉着她来"发呆"，还时不时就玩消失，原来是和于皖周合起伙来诓她。

于皖周和马宿雨是高中同班同学，算是从小一起长大。自从她和于皖周提了分手之后，马宿雨就总是有意无意地想撮合他们复合。

看来，这场"相亲聚会"是他俩搞的鬼了。

"小学妹，你可能不知道，"许蝉还在思考着，突然听到男生大大咧咧地说，"要不是看在宿雨的面子上，于大佬哪能请我们搁这儿包场。我刚刚看他们正腻歪着，就赶紧闪出来了。学妹，你也别过去打扰他们再续前缘了。"

再续前缘？

许蝉脱口而出："于皖周还追过宿雨？"

"嘿，你不知道啊？"那人似乎没什么恶意，笑着打趣道，"宿雨和于大佬有过婚约的，我们小时候玩过家家，都是他俩扮新郎和新娘。我们那帮人都以为他俩的事儿长大后板上钉钉了呢，说不定毕业就会结婚，没想到现在还磨磨叽叽的。"

他挨着许蝉的肩膀，正说得高兴，突然就被旁边路过的女生戳了一肘子。许蝉扫了一眼，正好看到女生朝男生使眼色。

他们说了几句悄悄话。

男生脸色一变，尴尬地敷衍："啊。哈哈，学妹你自己玩，我突然想起我还有点事。"话都没说完就逃也似的跑远了。

许蝉杵在原地，空气突然变得安静，周遭的璀璨灯光也仿佛泛起冷意。

马宿雨和于皖周从小认识，还有过婚约？前者，许蝉知道，可是后者马宿雨从来都没有提及过。

落地窗外纷纷扬扬地飘起了大雪，许蝉返回卡座捞起大衣，刚一出门就看到站在路灯下面压低了声音打电话的马宿雨。

电话大概打了有一会儿了，许蝉听到马宿雨的声音从刚开始的敷衍，渐渐变得烦躁起来。

不多时，她就扯着嗓子破口大骂："你是猪吗？包下这么大的场子，叫来这么多人，自己连面儿都不敢露？还有！李闵要来你怎么不提前告诉我？你知不知道李闵和……"

她"哎呀"一声，话题戛然而止："总之，这是最后一次机会，你不好好珍惜,我以后就不帮你了。我跟你说,你别看许蝉温声细语的,那家伙可精着呢,赶在她发现之前你赶紧出现!你要是还躲在楼上不下来,那就活该被甩,你'注孤生'吧。"

呼出口的热气凝结成白雾,消散在空气里。

马宿雨挂了电话,站在原地沉默了一会儿。

许蝉隐藏在树荫里,看着马宿雨把冻得通红的手揣进兜里,原地跺了跺脚,然后仰着脖子对着夜空长长地舒了一口气。

"宿雨。"

等到马宿雨转身的瞬间,许蝉立刻挪动脚步轻轻出声,少有的温柔语气里夹杂着微不可闻的歉意。

马宿雨似乎吓了一跳,有点心虚地左右看了眼:"你什么时候出来的?"

"刚刚。"许蝉的唇色偏白,微红的鼻子轻轻吸了吸,笑道,"你站在这儿干吗?快进去吧,外面冻死了。"

马宿雨随即也笑了起来,一扬手抱怨道:"嗨,还不是我妈突然给我打电话,破坏我的脱单大计。"

室内正在进行"国王游戏",许蝉刚拉着马宿雨坐下,就被一伙人强行拉到了玩家阵营里。

"来来来!3号和9号,拥抱十五秒。"

许蝉低头,就看到自己的号码正好是数字"9"。

"啊——姐妹,来爱的抱抱。"马宿雨扬起卡片,羞答答地跑了过来。

两个人抱在一起,许蝉蹭着马宿雨的肩膀,突然想起刚刚马宿雨挂电话后,背影里那抹微不可察的落寞。

"没意思,不如我们来玩陌生人大冒险。"有人举手提议,"在座的,熟人一队,剩下的一队,我们玩点大的。"

高个子男生站出来主持大局,他挨个数了一遍:"熟人队少一个人。"

"没少没少!"马宿雨立刻把那张熟人牌拿到手里,"还有李闵呢,待会儿把他算在里面。"

"他人都不在怎么玩?"有人反对,"万一抽中了,不是占便宜了。"

"怎么会!算的算的,男神一定要在,我打电话找他过来。"有个矮个子男生赞同道,"咱们班就这么几个帅哥,玩游戏怎么能少?就当是吉祥物好了。"

原本心不在焉的马宿雨当即换上了笑脸,应和着跟了一票,说:"肯定算啊,学习委员的面子谁敢不给啊?男神也不行。"

周遭一片哄堂大笑,洗牌人的同学张罗着大家围成一圈:"开始吧!开始吧。"

卡牌铺成扇面,每人一张,刚开始的几轮还有点尴尬,越到后面大家越是放得开。

第四轮的时候,马宿雨拿到了国王牌。

"在我们的世界里,本国王的命令是绝对权威的,臣民必须无条件服从国王指令。"马宿雨念完固定话术,紧接着就用眼神扫了一圈,发号施令道,"我命令,9号和1号去二楼的'困'字间独处三分钟。"

旁边的女生已经按捺不住:"谁是1号?9号在谁那儿?"

询问声中,许蝉小心翼翼地翻开了自己的牌面,微微皱了下眉。

"啊,是小学妹啊。"有人看到了许蝉的牌面,紧接着起哄道,"1号是谁?"

高个子男生"欸"了一声,远远地翻开桌角的无人牌:"是无主牌,小学妹运气不错哦。"

"啊?不行,惩罚必须执行。"

有个穿长裙的女生催学习委员:"你不是说要把男神叫过来吗?人呢人呢?好不容易抽中一次,想看男神大冒险。"

学习委员高高举起手机,亮起通话记录里的红色未接电话:"苍天做证,我要是说话不算数,一辈子完不成KPI(绩效考核)。"

电话是打了,可惜没人接。

"闵爷应该是来活了先撤了。"有几个经常联络的趁机帮忙说话,"人命关天,咱们别耽误人家正事儿。"

许蝉听马宿雨提起过,李闵现在是A大三院里最年轻的副主任医师,她经常听到于皖周吹捧他是神经外科手术台上能把人从阎王殿里扯回来的"闵爷"。

说来也奇怪,原来这么多年他们一直都在同一座城市,拥有重叠度这么高的同一个朋友圈,可偏偏谁也没遇到过谁。

许蝉的目光落在手里的牌面上,默默收拢了手指,硬邦邦的卡牌硌在手心,就像是石子落入湖心,让她原本平静的心泛起了一圈一圈的涟漪。

"小兔子,你以后想做什么?"

"我想做审计。"

"审计师?你还知道这个。"对面的人似乎有些意外,但很快又说,"我记得某人上次数学考试好像只考了 93 分?"

"我爸爸以前是出纳,我觉得和数字打交道很有意思。"她紧接着争辩说,"你别看不起我,没有理想的人不可以嘲笑有理想的人。"

李闵失笑,故意理论的声音仿佛又响在许蝉的耳畔。

"你怎么知道我就没有?"

"那你说说看,我听听有多了不起?"

李闵沉默了很久,才说:"同样是手持刀刃,有的人取人性命,有的人救人于危难,我想做后者。"

她若有所思道:"原来你想做医生啊。"

许蝉心想,救死扶伤的确是很了不起。

"可是学医好辛苦,每日要目睹那么多生死。学长,你会坚持一辈子吗?"

她刚打完字,就听到少年发过来一段语音。

"在手术间待一辈子有什么不好?"他含笑叹息,像是在说自己,"有的人天生就是来赎罪的。"

"赎罪?"许蝉不明白,"为什么一定是手术台?"

他叹息道:"因为我要偿还的人,死在手术台上。"

尘封已久的往事,突然在记忆里变得异常清晰,就好像有人特意将它珍藏在匣子里,纵然外壳上落满了灰尘,可是打开之后里面的书页却崭新如初。

许蝉回过神,目光落在马宿雨脸上,她松开手心里的卡牌,不由得生出一个怀疑。

马宿雨知道自己其实不爱热闹,大多数场合她都会尽力让自己免于尴尬,但今天她就像是换了一个人,一直在千方百计地引导自己去做某件事情,也不知道葫芦里在卖什么药。

许蝉看着手里的牌思索片刻,主动站起来,伸手接过了那张"1 号牌":"既然国王下令,那我就自己过去。你们先玩吧,不用等我。"

她倒想看看，马宿雨这家伙这么"处心积虑"，到底有什么目的。

马宿雨一脸期待，见许蝉慢吞吞的，连声催促："你走快点！记得是'困'字间，别走错了。我现在开始倒计时了！"

许蝉扶着楼梯扶手的手一顿，回头望了眼马宿雨，短暂一秒，她随即点了点头："好。"

二楼算是私密区域，"发呆"的面积不大，阁楼上除了休闲走廊，只有三四间休息室，剩下的娱乐设施都在三楼。

许蝉站在"困"字间的门口犹豫了一会儿，还是推开门走了进去。

小小的雅间里，布置整洁，颇有情调……如果不是沙发里那个把自己蜷成一团盖着毛毯的人太过突兀。

许蝉的目光落在男人露出的脚踝上，想到马宿雨在路灯下打的电话，心里大概有了底。

只不过……她忍不住吐槽，于皖周明明特意要见自己，怎么还把自己搞得这么乱七八糟？难道是知道自己最讨厌这样，所以故意的？

许蝉攥了攥拳头，看着沙发里缩成一团的背影，轻轻地叹了口气："别装了。"

人影微微动了一下，不注意看很难察觉。但是许蝉从一进门，整个人就高度紧绷，因此对所有的异样都十分敏感。

"于皖周，"许蝉淡淡地出声，语气里带着无奈，还有些疲惫，"你不要再在我身上浪费时间和心思了。我知道你是个很好的人，但是这一年来的相处，我发现我们并不适合。"

许蝉一如往常地平静而耐心，轻声解释："你妈妈的确找过我，我也确实被你的女性朋友打扰过，但是这些都不是我和你分手的原因。"

她稍微走近了一点点："于皖周，我和你从骨子里就不是一类人。"

沉默了一会儿，许蝉认真道："我是个完全的利己主义者，自私现实，只想踏踏实实地赚钱养自己，不适合做你的金丝雀。"

沙发里的人肩膀微微颤了一下，许蝉以为于皖周被气到了。

她忍着上前安抚的想法，趁热打铁道："我这么说，你可能会有点难受。毕竟在你的认知里，我不该是这副市侩的样子。但我又不是演员，总不能一辈子都活成你想象的样子，我也挺累的。"

沙发里的人微微抬起一只手，修长的手指拉下一截毯子，隐约露出光洁的前额，和于皖周的长刘海造型完全不一样。

可惜许蝉低着头，丝毫没有注意到男人的暗示。

她兀自总结道："我们到此为止吧。"

"嘎吱——"

房门突然被推开，许蝉下意识地扭头看过去，正好迎上于皖周那双无辜的眼神。

于皖周！

许蝉瞪大了眼睛，愕然道："你怎么在这儿？"

于皖周看到许蝉的瞬间，也惊喜地扬起了嘴角："许蝉你找我啊！"

两个人正愣着，突然听到身后传来轻轻的咳嗽声。

许蝉僵硬地扭过身体，就看到一个熟悉的人正支着一条腿坐起身。他将毛毯丢到一旁，然后笑容浅浅地朝她的方向缓缓出声："无意冒犯。不然，我换个地方？"

许蝉站在包间门口，一股前所未有的羞恼涌上心头。她一想到李闵听到了自己刚刚那番话之后，可能会有的心理活动，就无端地觉得烦躁，更有一种说不上来的恼怒。

可事已至此，她再也没有退路，索性直接面向于皖周，从牙缝里挤出几个字："我们以后不要再见面了。"

许蝉转身，大步越过闻声而来的马宿雨，直接下楼拿起大衣和包。她刚快步走出过道就被追下楼的于皖周死死地拦住。

许蝉和于皖周一跑一追，后面的马宿雨一脸焦灼，再加上不知道从哪儿冒出来的李闵，原本还在游戏中的人群瞬间陷入寂静，所有人的目光都聚焦过来。

"我就是怕你看到我扭头就走，才不敢出现。许蝉，我到底哪里不好？你就这么讨厌我？"

于皖周喘着粗气，眼底满是不解，略有些沙哑的声音里尽是难过："你明明说过，我们还能做朋友的，怎么突然就变卦了？"

许蝉望向于皖周，目光越过他的肩头落在靠在不远处柱子上的李闵，突然就有些心虚。

如果她不知道马宿雨和于皖周有过婚约，如果她没有再次遇到李闵，也

015

许他们可以做回朋友，像从前那样相处。

可是世上没有如果，她也不喜欢自欺欺人。她虽然从小就穷，但从来不会抢别人的东西。她向来脸皮厚，但是被拒绝过一次，就绝对不会再去卑微乞求。

马宿雨是她最好的朋友，可于皖周和李闵并不是。她有权选择离开，断得一干二净。

也许，这样对她，对他们都是最好的选择。

"我接受你告白那天，你为我调过一杯酒。"许蝉偏过头，视线扫过桌角一直都没有动过的"雾月初晴"，突然伸手端起。

等到马宿雨反应过来的时候，许蝉已经将酒饮尽，再次将杯子放回了桌面上。

一瞬间，她的眼眸清亮而寒凉，嗓音略显低沉道："现在我喝了这一杯，我们一拍两散。"

"你疯了吗？"马宿雨慌忙冲过来，望着酒杯不可置信地质问许蝉，"你明……"

她话还没说完，就被一旁的于皖周推到一边："你说散就散，我不同意。"男人的声音里带着些委屈，"许蝉，我告诉你，我不同意。"

冷酒灌入喉咙，许蝉下意识地打了个哆嗦。她明显感觉到，身后密密麻麻的眼神正悄无声息地打量着自己，仿佛自己是这场闹剧里最无理取闹的人。

"你是不是还想着别人？"

完全失去理智的于皖周暴怒出声，他回想起许蝉曾坦白过的心事，声音里满是不甘："从以前到现在，你心里一直都没有过我，是不是不管我做多少努力，都不如那个人一星半点。"

他往前一步，几乎要贴在许蝉面前："你说，你跟我分手是不是因为他？"

马宿雨越听越慌，下意识地看了眼旁边的李闵。李闵耷拉着眼皮，事不关己似的靠在一边，手里正把玩着一个打火机，听到这句话，才饶有兴致地挑眉看了过来。

许蝉气得直发抖，正因为于皖周追了她很久，她才抱着试试看的想法与他相处。

可事实上，他们其实有很多观念不同，很多想法也完全背道而驰，这样的感情注定不会长久。

许蝉莫名觉得喘不上气来,扶住旁边的座椅,看向于皖周。

"我和你在一起的时候,心里没有过别人。"许蝉只说了这一句,随即疲惫至极地躲开于皖周,看起来似乎是想快步离开这里。

马宿雨察觉到不对劲,连忙抓起包冲过去,果然看到许蝉身形一晃,整张脸已经白成了一张纸。她心里又急又慌,瞥见许蝉衣领附近的皮肤起了一大片的红疹。

李闵不知道什么时候跑了过来,见他蹲下身查看,马宿雨才想起现成就有个医生在面前。她忙扯住李闵的袖子,下意识地寻求他的帮助:"她鸡尾酒过敏。"

李闵的手指微顿,原本疏离懒散的目光变得警惕而严肃:"叫救护车。"

马宿雨在病床边急得团团转,声声叹息让本就拥挤忙乱的急诊区气氛显得更加压抑。

"你是她男朋友,不知道她酒精严重过敏?"想到于皖周还让他去送酒的荒唐行为,李闵忍不住剜了于皖周一眼,"如果送诊不及时,情况严重有可能会导致病人死亡。下次别再胡闹了。"

电话铃响起,李闵看了眼备注,似乎有什么急事,转头嘱咐了几句就匆忙离开。

于皖周被数落得头都抬不起来,见李闵走了,这才回到病床边,看着许蝉稍微缓和一点的脸色,又自责地叹了口气:"都怪我,干吗要逼她。"

分手就分手,也没什么大不了的。

他原本只是想让马宿雨帮忙搭个线,就算是要分开也好聚好散,大家还是朋友。但当时,他看到许蝉突然态度那么决绝,一时就没忍住,也没考虑到她的感受,就当着那么多人直接让她下不来台。

于皖周越想越觉得自己糊涂,自言自语似的说:"我真是不合格,我们都交往这么久了,怎么连她酒精过敏这么重要的事情都不知道。"

"你不知道的事情多了。"马宿雨一边拧杯盖,一边淡淡地说,"别哭丧着那张脸,待会儿人醒了看着多晦气。你要有那闲工夫,先把人照顾好。"

"我知道。"于皖周点头,突然怔怔地说,"说来也奇怪,我记得上次,我也让许蝉喝过酒的,那次她也没过敏啊?"

马宿雨眼底掠过一抹暗色,余光扫过许蝉,不动声色地说:"医生说蝉蝉要多喝水。杯子里没热水了,你去打一点过来。"

于皖周连忙起身,急吼吼地答应。

他刚走没多久,马宿雨就坐在床边轻声叹了口气。

"他走了。"

许蝉睁开眼,目光投向马宿雨。马宿雨还在喋喋不休地数落于皖周,扭头却看到许蝉的眼眶微微有点湿润。

"你和于皖周……"许蝉扫了眼门口,捏起马宿雨的手指,轻轻地叹了口气,"对不起,是我太粗心了。"

"你什么时候知道的?"马宿雨有些惊讶,不自在地捏住衣角,低着头,像是自言自语,"该抱歉的人,是我。"

许蝉张了张嘴,刚要说话就忍不住咳嗽起来。马宿雨拧起眉头,见她那副难受的样子,忍不住又着急道:"你还有心思想这些,先好好休息,把身体养好。"

许蝉摇了摇头,望着马宿雨,努力挤出一句:"你到底喜欢于皖周多久了?"

刚刚于皖周提到的那杯酒,许蝉到现在还记忆犹新。

当初,于皖周就是因为那杯"霁月初晴"才对自己穷追猛打,但其实她拿在手里并没有喝,转手就塞给了马宿雨,马宿雨没有拒绝。

许蝉以前并不觉得有哪里不对,可如今知道了马宿雨心底的秘密,她才发现,是自己大错特错。

应该说从马宿雨接过那杯表白用的酒水时,她的心事就已经昭然若揭。

许蝉一直都以为,马宿雨对于皖周是姐姐对弟弟的那种感情,她也一直都表现得没心没肺,就连自己和于皖周在一起也少不了她的大力撮合。

她不明白,马宿雨为什么要掩饰自己的心意,还欲盖弥彰地反其道而行?

"都怪我。"许蝉无比歉疚。

对于皖周,她原本就是抱着试试看的态度交往,现在分手也算不上有多难过。可如果他是马宿雨的唯一,是她藏在心底的念想,那自己就是横插一杠的绊脚石。

如果她能更敏锐一点,早点发觉马宿雨的心意,她们三个人就不会走到现在的境地。

"你别告诉他好不好?"马宿雨伸手拉许蝉的袖子。

不光是因为这么多年守护习惯了,更是从当初的犹豫不决变成了现在的覆水难收。马宿雨不知道,一旦窗户纸被捅破,自己该怎么面对于皖周。

许蝉静静地看向马宿雨,暗暗叹了口气。

"还是说你吧,刚刚在房间,你和李闵发生什么了?"马宿雨着急地问,"我真的不知道他为什么会在于皖周那儿。"

许蝉明白,连忙道:"我知道你不是故意的。"

"那你打算怎么办?"

怎么办?许蝉望着屋顶,心里空荡荡的。

那是她青春里最后一座牢笼,困住的是她曾经隐蔽的热爱,这么多年过去了,她实在不想再被人翻出来践踏。

"一个偶遇而已,以后我们应该不会再见面了。"

"那万一他认出你了呢?"

马宿雨的话落在耳畔,许蝉毫不犹豫地缓慢摇了摇头。

人一生中要遇到那么多人,一个从未留心的陌生人,他又怎么会记得。

晚上十一点,李闵做完一台小手术,路过急诊区的时候,他顺口问了句,这才得知许蝉已经出院了。

深夜的医院安静又沉闷,李闵快步走到停车场,看着后视镜里自己有些憔悴的面庞,突然就想起了白天许蝉看向自己时那疲惫的眼神。

他忍不住摇了摇头,心想:自己今天可真是有些奇怪,无缘无故地竟然会关注别人的女朋友。

哦不,是前女友。

系好安全带,随着语音播报响起,李闵耳边莫名就响起许蝉把他当作于皖周时说的那些话。

"我是个完全的利己主义者,自私现实,只想踏踏实实地赚钱养自己,不适合做你的金丝雀。"

他有些忍俊不禁,没想到向来不愁人追的于皖周,竟然也有情场落败的时候。

李闵往后一靠,有些困倦地闭上眼假寐。

他脑海里突然闪过一个模糊的人影,明明今天才见许蝉第一面,也是第一次听她说那么多话,可他总觉得这个人很熟悉,好像早就在哪里认识了。

李闶思索着,想起一段很久远的记忆。

那是他高二下学期,他被困在茫然无望的旋涡,每天浑浑噩噩度日,有次无意中乱点,发现不知道什么时候加入了一个叫"不想上 A 大的学生不是好学生"的群。

群里都是全国各地初高中的学生,活跃得不行,哪怕他不怎么说话,也有不少人主动添加他为好友。渐渐地,他和其中一个昵称叫"如果夏日不聒噪"的女生渐渐熟络了起来。

对方用的是兔子戴栀子花的头像,明明还在上初三,但每天挂在嘴边的全是精打细算和赚钱。后来,他才知道她也是本地人,而且考上了自己所读的高中。

"我前两天误喝了点酒,结果进了医院,刚好躲掉一个小考。"某次聊天聊到自己的高一生涯,"夏日不聒噪"似乎总有说不完的话。

李闶忍不住道:"一只酒精过敏的兔子?"

"……重点难道不是躲掉小考?"

"小考也值得花心思?"

"看来你是大学霸呀。"

"要不要我教你考第一?无偿的。"

"口气这么大呀,那你先考一个给我看看?"

"好,我考给你看。"

那次高三上学期的期末考,李闶破天荒没有交白卷,以 3 分之差屈居第二名登上了年级红榜。

截了姓名的成绩照片落在手机屏幕上,屏幕对面的"夏日不聒噪"不加掩饰地表示赞赏。

"你好厉害。"

"可能是抄的。"

"我不信!你肯定不会骗我的。"

"那如果所有人都这么说呢?"

"可是我相信你啊。"

屏幕对面仿佛陷入了沉默,过了一会儿,"夏日不聒噪"继续说:"学长,我记得你快毕业了吧……不如你考 A 大吧!用行动打败他们!"

"A大哪有那么好考？"他停顿几秒，又打过来几个字，"我怎么觉得你在套路我？"

"陷阱就在这儿，那你跳不跳？"

"那我得拉个垫背的，不如，你和我一起？"

"考A大吗？我成绩不好。"

"有我在，你怕什么？"

"学长，你真的希望我和你考同一所大学吗？"

"不想考A大，那你为什么要进这个群？"

兔子头像陷入沉默，像是在认真思考，半晌才回复道："拉勾。"

那时，李闵的心思全然不在学业上，他原想着随便考考，只要能离开这座城市就行。可因为这句有口无心的承诺，他莫名其妙就上了帮助兔子查缺补漏，冲刺备考的"贼船"。一开始他还略显敷衍，可看到对方为了一道题熬夜，为了考试排名又跌了几名苦恼不已又不得其法之后，就动了点恻隐之心。

直到有一天，他发现对方的人生竟然真的发生了改变。

"我这次考了年级前三。"

"学长，你说得对，我真的做到了。"

"幸亏遇到你，学长，你对每个人都这么好吗？"

"学长，我发现了一个秘密，你……是不是和我在同一所学校啊？"

"学长，我在高一（1）班，你呢？"

"学长，我知道你是谁了。"

后来，就有了他们的第一次见面。

那天天气很闷，操场上隐约传来几声春蝉的鸣叫，灰白滚烫的拱桥被大片紫丁香树树荫遮掩着，上面来来往往都是穿着校服的人。

李闵站在桥下，迎着耀目的日光，一眼就看到桥头穿着校服白裙的女孩。她背对着自己，手腕上戴着一串很特别的手链，微卷的黑发被清风拂起。在他停步的瞬间，她蓦然回头，略有些苍白的脸颊泛起一抹薄红。

"学长你好，我是高一（1）班的谢时雨。"

许蝉从小就是个信任感很薄弱的人，初中时算得上好朋友的唯有一个谢时雨。

因为，她们同样都是熊猫血，是会被特别关照的那类人。

那天天气很好，微风，气温稍微有点凉。

许蝉和谢时雨一起去隔壁高中部门口的文具店买教材和文具，那是她第一次在现实中和李闵近距离接触，也是头一回主动说话。

当时所有人都以为李闵不依不饶是为自己叫屈，只有她看到，在那个小流氓混进店里靠近谢时雨的瞬间，是他反手将人推到了一边。

"你谁啊！找事？"

"你才有病，摸我屁股。"

"我什么时候摸你屁股了？"

"我说，你知道你这行为叫什么吗？"李闵在衣摆上擦了擦手，拦在文具店门口，目光对准小流氓扬声道，"这是性骚扰，是犯法的。"

他说得义正词严，理直气壮，完全不在意周围一片哄笑声。直到小流氓灰头土脸被店主轰出店门，他这才走下台阶，默默地捡起自己被打得散落在地上的教材。

许蝉想，当时自己鼓起勇气上前时，脸大概比番茄还红。她确认了他教材封皮上的名字，便急忙将书本递了过去，低着头小声地说："学长，你的名字真好听。"

对方像是一愣："什么？"

她赶紧低着头把书往前送了送，遮掩道："你的书。"

少年的笑声缓缓落下，她仿佛听到他说了句"谢谢"。

自那次之后，许蝉就经常往高中部跑。

相比初中部到处都是实验大楼的科技化，高中部有很多漂亮的"名"景点，巨榕树下的许愿池，旧水塔上的喜鹊窝，草坪背后忧郁的红房子，还有操场领奖台后面历经十几年的高考许愿墙。

许蝉曾在那儿看到过有人写李闵的名字，愿他"得偿所愿，万事胜意"，那条留言被无数姓名包围，明明那么不起眼，可她偏偏一眼就看到了。

她从地上捡起一个铅笔头，踮起脚，在密密麻麻的空隙里，偷偷描了一遍那两个字，就好像将自己所有的祈祷，毫无保留地悄悄赠予那人。

那时她就想，原来这世上不止她一人愿他好，善意并非踽踽独行，就算他们要永远像两条平行线似的走下去，她也甘之如饴。

可偏偏，她误打误撞地加到了李闵的好友，一步一步，距离他越来越近。现在他们在同一所学校，呼吸着同样的空气，都在熙熙攘攘的早操队伍里穿着蓝白相间的同款校服。

六层高的教学楼，她站在操场边缘，仰起头就可以看到他座位旁边的窗户。

"哎，昨天那谁来了我们教室上晚自习。"

"谁呀？"

"还能是哪个，就高三（17）班模拟考试交白卷被当众批评的那位。"

"啊，李闵呀？"说话的人愣了一下，又急忙询问，"不对不对，他不是高三的吗？来我们教室干吗？"

"来找谢时雨的。"

"他俩真认识呀？"

"我哪儿知道，反正挺新鲜的。"

说着，女生突然一顿，看向同伴的眼神都变了一瞬，八卦道："你这话什么意思？你早知道他们认识？"

"也没什么啦！就前几天，我洗衣服的时候，听其他宿舍的人说上回在操场，李闵当着很多人的面，问了谢时雨的名字。"

"还有这事。"她若有所思。

八卦的同学撑着下巴，叹了口气，压低了声音道："说起来，人和人真是不一样，有的人明明可以考满分却要交白卷；而有的人想考个及格分，都难于登天。"

"你和他比什么呀，那种人就是爱博眼球。"不知道是不是为了安抚同伴，起话头的女生又说，"早晚会摔跟头的。"

……

许蝉抱着练习册坐在花园旁边的石阶上进行晚读，关于李闵的八卦一字不落地跟长了翅膀似的飞到耳朵里。

她消化了一会儿信息量，趁着没人注意，悄悄从口袋里摸出手机，快速点了几下，视线刚好落在 APP 上她和李闵的聊天记录页面。

023

聊天记录停留在一个星期前,她发的消息他没回。

许蝉望着对话框上方看了无数遍的头像,用拇指轻轻点开,正方形的黑色图片立刻占满屏幕。

她随手翻阅聊天记录,手指落在很久以前他们的对话上。

M:你的头像挺别致,自己画的?

如果夏日不聒噪:是兔子。你也喜欢?

M:挺可爱的。那我以后就喊你兔子?

如果夏日不聒噪:好呀!那你为什么要用这个头像啊?黑洞洞的,一点儿生气都没有,怪瘆人的。

M:你不觉得黑色让人很有安全感?

如果夏日不聒噪:才不。我怕黑。

M:胆小鬼。

M:黑色容易让人联想到不幸。我妈取名字的时候,大概也觉得我挺晦气。

如果夏日不聒噪:肯定不是,哪有妈妈觉得自己孩子晦气的?

M:那你觉得是什么意思?

如果夏日不聒噪:长夜将尽,破晓之时必定光明灿烂。

M:承你吉言。

也是在那次聊天中,许蝉确认了"M"就是自己认识的那个邻家哥哥。

闵,同悯,有吊唁的意思。

他就是李闵。

许蝉觉得惊喜,又忐忑于自己再一次闯入了他的世界。

这世上哪有冥冥之中自有安排,所有的相遇都是精心谋划的别有用心。她关注他,寻找他,所以有机会靠近他。

可此时,许蝉不明白,为什么自己只是失联了一段时间,可突然之间,似乎有什么东西失控了。

许蝉忍不住在意刚刚同学说的那些话,她从来没有这么迫切地想询问他,生怕晚一步,她藏了很久的话就再也说不出口。

看着屏幕上的聊天记录,许蝉紧攥着手机的手有些发抖,她鼓足勇气再次点开手机键盘。

  如果夏日不聒噪：学长。
  如果夏日不聒噪：你忙吗？

  沉默了几分钟，许蝉刚想要撤回消息，突然就看到了屏幕上的"正在输入中"。

  M：有事？
  如果夏日不聒噪：随便问问。
  M：怎么突然想起我了？

  许蝉的脸颊瞬间滚烫起来，心虚地把手机埋在怀里，不动声色地扫了一圈附近晚读的同学，见没人注意到她，这才悄悄发了个"憨笑"的表情。

  M：你在哪儿？

嗯？问这个干吗？
  许蝉心里有些慌乱，手指却不受控制地秒回消息，把自己的位置说得清清楚楚明明白白，甚至想直接告诉对方她的名字。

  M：晚自习我来你们班。
  如果夏日不聒噪：啊？
  M：不想我来？
  如果夏日不聒噪：不是不是。

许蝉面红耳赤地打字。

  如果夏日不聒噪：那我等你。

  她顺应内心，毫不犹豫地回完消息，立刻把手机塞到了口袋里，仿佛刚刚的一切都没有发生。

清风掠过花枝，阵阵幽香拂过脸颊。

李闵要来找她吗？

许蝉忍不住勾起嘴角，果然，自己的感觉不会错。

他们明明约好了要一起考A大，一起完成理想。他了解她所有的秘密，独享她不为人知的全部心事，知道她对酒精过敏，最珍爱那串由姥姥手工制作的血型手链。她原以为新年的那句许愿，本就是他给自己的承诺。

至于谢时雨，他们一定只是碰巧认识，一起吃个饭而已。不然……不然，他们这近一年的聊天算是怎么回事呢？

"许蝉你笑什么呢？"

旁边的女同学突然看了过来，许蝉还没来得及收起脸上的笑："没什么，刚做出来一道题。"

女同学的目光落在许蝉手边的习题上，惊讶又羡慕："不是吧？这么难的附加题你写了三种答案？"

许蝉低下头看自己之前做的习题，匆忙摇头否定："不是不是，这个是我看了参考答案的。"

"别谦虚嘛。你上次突然窜了二十几个名次，直接冲到了年级前三，比谢时雨还高了一名，可给咱班长脸了。"女同学趁机凑到许蝉的旁边，翻了几页找到几道数学题，"哎，你现在有空吗？帮我看看这道题的解法吧？我问了好几个人，讲的我都听不懂。"

许蝉看了一眼，笑盈盈地答应，随即拿笔勾画起来。

这一幕正好被远处的谢时雨看到，她默默收回视线，低头看了眼手里刚刚登陆的M账号。因为更换设备，她看不到以前的聊天记录，但很明显单单眼前这一段对话，就说明这人和李闵十分熟稔。

"你确定，这个号是许蝉的？"她询问旁边的女生，有些警惕地扫过许蝉的方向。

那女生一脸不忿："肯定是许蝉的。我有次路过她的座位，刚好看到消息提醒。这个兔子头像就她在用，而且她叫许蝉，夏天聒噪的不就是蝉嘛，肯定不会错。"

谢时雨眉头微拧，似乎有些烦躁。

"你见过她的手机什么样吗？"

"有印象,八九成新,很便宜的牌子,校门口就有卖。"

谢时雨心里打定主意,朝着旁边的人笑道:"这件事别到处说,也别找她麻烦。反正不管她存了什么念头,马上就要结束了。"

女生笑盈盈地奉承:"明白明白,李闵对你那么好,就连APP密码都设置的是你的生日!就她?能翻出什么大浪来。"

谢时雨看向自己无意中输入自己生日登录的APP界面,脸色终于好了一点点。

"也是……"

自从晚读收到信息,许蝉心里就一直七上八下,她强迫自己不再看手机时间,压下心头的忐忑与期待,从桌框里翻出几套卷子重新刷错题。

晚自习进入尾声,许蝉正抓心挠肝地思考一道物理题,突然感到身后有人戳了戳她。

"许蝉,能不能借你手机用下?我有点急事,想和家里发个消息。"

说话的是谢时雨的前桌,她双手合十,表情急切地央求道:"就一分钟,拜托啦!"

学校是不允许携带手机的,尤其是对高一、高二年级,更何况是在课堂上。要是放在往常,许蝉肯定不会借,但是今天她心情格外好,再加上见女同学这么焦急,她心一软就将手机递了过去,顺便说了密码。

"谢谢许蝉,你人真好。"

许蝉笑了笑,随即就回过头继续画图。她才写出一个算式,突然就感觉教室内安静下来。

她感觉哪里不对劲,不动声色地抬头,正好看到前门窗户外正在巡视的班主任。

"嘀哩嘀哩——嘀哩嘀哩——嘀哩嘀哩。"

手机游戏铃声响起的一瞬间,许蝉一愣,身后的女同学慌里慌张地把什么塞进了桌肚,紧接着许蝉就看到班主任大步走到自己的后桌。

他高大的身影一闪而过,伸出手,冷声道:"拿来。"

"老师,这不是……"女同学眼神闪躲,左右为难,紧咬下唇,犹豫片刻,还是把手机交了出去。

"对不起老师,我错了。能不能不要没收手机?"

班主任脸都黑了，严肃道："说了多少次，上课不许用手机，你居然还敢当着我的面玩游戏。学习成绩不行，态度还不端正。"

他当着全班所有人的面强调道："手机没收，高考之后再来领。再让我发现一次，直接叫家长。"

直到班主任离开，许蝉都没回过神。这……怎么好端端的她的手机就开了音量，还被向来古板严苛的数学老师兼班主任撞上了。

"对不起，许蝉。"女同学几乎要哭出来，"都是我的错，我不小心点开了游戏，要不我赔你个新的吧？"

许蝉迅速平复心情，也顾不上指责女同学，无奈地摇了摇头："算了，你也不是故意的。我高考之后，再自己去领吧。"

"对不起许蝉，真的抱歉。"

晚自习下课铃及时响起，女同学很快就收拾书本离开。

许蝉靠在课桌上，看了眼教室墙壁上的时钟，下意识地看了眼后门。

半个小时后，教室里的同学都走得差不多了，李闵还是没来。

他是忘记了吗，还是临时有事？

许蝉这时候才意识到没有手机的麻烦，她有些后悔把手机借给别人，要是现在有手机，她就可以直接联络了呀。

"许蝉你还不走啊？"

坐在第三排的谢时雨突然出声，语调一如往常地温柔又甜美："已经快十点了，早点回去吧，不然路上一个人会害怕的。"

许蝉听到她主动关心自己，也笑着回应："没事，谢谢提醒。"

"你真的好刻苦啊，怪不得成绩上升那么快。"谢时雨一边整理作业本，一边闲聊，"我以后要是有不会的题目，可以请教你吗？"

许蝉一直盯着教室门口，隐约听清谢时雨说的话，敷衍地点点头。

谢时雨看着许蝉的背影，眼底的笑意渐渐冷却。她似乎还想说什么，目光突然掠过门口的人影，突然退回到了座位上，扬起笑脸说："呀？我朋友来接我，要不要一起走啊？"

"不用了。"许蝉低着头答应，突然感觉有人影走了过来，她下意识抬起头。

一瞬间，她就看到了从门口走过来的李闵。

他还是穿着那件肥大的校服，乌黑的发丝下眼眸漠然，冷白的脸上照旧浮着浅淡笑意,酒窝浅浅地挂在右侧。

一步,两步,三步……

许蝉屏住呼吸,直到男生挎着空荡荡的双肩包,径直越过自己,走向谢时雨,她的眼神才逐渐失去了神采。

"你怎么才来?我等你好久了。"

谢时雨公主似的撒娇,声音绵软娇嗔,是她永远都学不会的腔调。

李闵一只手插兜,语气明明淡而无奈,可许蝉却听出了一丝宠溺的意味。

"不是你让我十点再来。"

"你怎么这么听我的话?"谢时雨略显娇憨地嘀咕,随即她又像是想到什么,回头介绍许蝉,"对了,这是我们班的许蝉,要不我们……"

李闵随手拿起谢时雨的书包,自顾自地走向门口,似乎有些不耐烦:"快走吧,你不是还想去超市?"

"幸亏你记得。"谢时雨快步走到教室门口,又回头喊道,"许蝉,那你走的时候记得关好门窗哦,我们先走了。"

随着两道身影的远去,教室里突然变得死一般寂静,空荡荡的教室里不知道什么时候,只剩下许蝉一个人。她愣愣地坐在原地,大脑一片空白,仿佛瞬间丧失了思考的能力。

怎么回事?李闵不是来找她的吗?为什么变成了找谢时雨?

她下意识想要追出去问个清楚,可是两条腿刚挪到教室门口,她就看到走廊里黑漆漆的,空无一人的楼道就像是张着血盆大口的怪物,稍有不慎就会被它吞噬干净。

从前,她从来不怕一个人走夜路。可是此刻,她却觉得迈出这一步简直比登天还要难。

"谢时雨和李闵就这么走啦?那后来呢?"

马宿雨歪在家里的沙发边缘,目瞪口呆地盯着许蝉,看着她因为过敏还有些红肿的眼睛,心疼地皱了皱眉头。

"哎呀!算了,还是别说了。要不你还是请个假,明天在家好好休息吧。"

许蝉忽略了马宿雨刚刚恨铁不成钢的语气,顺手打开手机前置摄像头看了两眼,也跟着惆怅起来。这眼睛看上去怎么像是哭过,也太容易引起误会了,但愿明早能好起来。

她一边去找药吃,一边否定了马宿雨的提议:"那不行,我明天还得去B市出差,有个项目要负责,要带小朋友过去的。而且最近正处于旺季,项目都要忙疯了,我要请假可不得被经理骂死。"

又是工作,年薪高有什么用啊,有命赚没命花。马宿雨叹气,许蝉这人什么都好,就是把工作看得比任何事情都重要,一点私人空间都没有。

"不是我说,像你这种工作狂,也就比皖周那个傻小子忍得了,换了我早分了。"马宿雨嘀嘀咕咕地说,"你们在一起一年多,竟然忙到连实际进展都没有,说出去谁信?"

许蝉听到马宿雨的吐槽,木着一张小脸扭头看过去。

大概是许蝉盯得太久,直看得马宿雨心里发毛,她抱起手机,慌张地问:"你干吗这么看着我?我脸上有什么东西?"

"脸上没有东西。"许蝉朝着马宿雨的方向微微俯身,认认真真地说,"我以前怎么没发现……"

"嗯?"马宿雨奇怪,"发现什么?"

许蝉靠回椅子,意味深长地叹了句:"学姐,你的心可真大。"

能当着心上人喜欢的人的面儿说这些敏感话题,除了马宿雨,反正她是没见过第二个。

"我知道你怎么想。"马宿雨盘腿坐在沙发上,慢吞吞地解释,"我们俩爱情观不一样,我的确是喜欢于皖周,可是我也能接受他喜欢别人。就像是我自己,我明知道他不喜欢我,所以我从不强求,也不会强迫自己钻牛角尖,吊死在他这一棵树上。"

"你跟他表白过吗?"许蝉灵魂拷问,"你不问,怎么知道他不喜欢你?"

马宿雨刚打开游戏界面的手微微一顿,突然抬起头质问:"那你呢?你还喜欢李闵吗?你敢说,你背着我找房子不是为了和我们撇清关系,想要躲开他?"

许蝉愣了一下,没想到马宿雨对这个话题反应这么大,竟然搬出李闵来反驳她。她一时有些坐立难安,不知道该先解释自己找房子的事情,还是自己对李闵的态度。

她咬了下下唇,立刻从书桌前跑到马宿雨身边,主动服软:"哎呀,男人这种生物怎么可以成为姐妹吵架的源头呢?你不是想去 Blueberry 跳舞吗?大好的时光,我陪你去。"

马宿雨掩饰了眼底的情绪，慢慢仰起头，似乎是不可置信地打量许蝉的圆领蝴蝶结睡衣："真的假的，你确定？"

不就是跳舞社交吗？不就是穿得稍微微性感一点吗？许蝉点点头："舍命陪君子。"

马宿雨忍着嘴角的笑，这才满意地点点头："这还差不多。"

"那我就订下周日的票。"马宿雨来了兴致，立刻拿出手机。

许蝉好不容易转移了话题，就眼睁睁地看着自己的个人信息被输入买单账号，下一秒预约的短信提醒就从手机里跳了出来。

呜呜，逃不过了。

入夜，许蝉翻来覆去都睡不着，一闭上眼，不是马宿雨的质问，就是李闵在"发呆"里的样子。

"是李闵把你抱上救护车的。"

"李闵和谢时雨早在大二就分手了，听说是谢时雨提的分手。"

"那你呢？你还喜欢李闵吗？"

马宿雨的声音萦绕在耳畔，无端牵扯出了很多记忆里的线头，许蝉越是想要按捺住心里的念头，脑子里越是乱成一团。

李闵现在就算是单身又怎么样，和她有什么关系。

许蝉捏着枕头一角，狠狠地告诫自己："同一个坑，掉一次是笨，掉两次就是蠢。你已经是个二十六七岁的成年人了，不要再犯那种青春期小女孩才会犯的错误。"

时钟指针平稳走着，渐渐地，许蝉感觉自己的眼皮沉重了起来。

一片迷茫里，她听到了谢时雨在喊她："许蝉，我在咖啡厅占了位置，我们一起过去复习吧。"

咖啡厅的玻璃门敞开，微凉的冷气扑面而来。

穿白色衬衫的男生蓦地抬头，擦着她的肩膀走向谢时雨："快过来，位置差点没了。"

许蝉被旁边的服务员撞到一边，等她回过神才发现谢时雨和李闵已经走到了里面的位置。

她心里明知道这时候不该过去，但鬼使神差地，她还是没忍住跟了上去。

还没走近，许蝉就听到谢时雨不悦地抱怨："你怎么就留了一个位置，我带了许蝉过来。"

"抱歉同学。"李闵像是才发现许蝉的存在,温和平静地勾起一抹笑,"我只给时雨留了位置,要不我再帮你找找空位?"

周围的景象突然扭曲了起来,连同谢时雨那张脸一起,整个世界都变成了长满嘴的怪物。

"这个位置是我的。"

"只是我一个人的。"

"你只是个外人。"

她被无数双手推倒在地,嘴里大声辩解:"明明是我先认识的,我没有!我没有!"

许蝉从梦中猛地惊醒,大口大口地呼吸间,后背的汗水浸湿了衣衫。很多年前的噩梦再次袭来,许蝉有些意外,又觉得十分可笑。

好在,接下来的三四天她都忙着年审加班,根本无暇顾及这些感情琐事。等到周末直接回到家,她整个人都瘫了,脑子里只剩下"睡觉"两个字。

"砰砰砰!"

马宿雨的声音在门外响起:"蝉宝你回来了吗?"

许蝉有气无力地答应了一声,紧接着就听到马宿雨"破门而入"的响动:"幸亏我看到你的箱子在外面,不然我都不知道你在。"

马宿雨刚从外面回来,高高的马尾一甩一甩的,显得许蝉死气沉沉。

"你怎么又累成这样?"马宿雨挤在床头,伸手去拉许蝉,"别忘记你答应我的……哗——"她惊呼出声,"你怎么这么烫?发烧了?"

许蝉头昏脑涨的,反应慢半拍地伸手摸了下自己的额头,除了有些汗没觉得有多热。

"我没事,躺一会儿就好。"

许蝉拉起被子倒头就睡,被马宿雨强行塞上了体温计,没一会儿许蝉就在迷迷糊糊中听到她吼道:"都38.5℃了,还没事!"

后面的话她就没听清了,再恢复意识时就看到医院里的天花板,以及站在病床前的于皖周。

马宿雨趴在床头,一看到许蝉醒了,瞬间松了一口气。见许蝉的视线落在于皖周身上,她连忙举手认错:"是我一个人顾不过来,所以才喊了他过来。"

"谢谢你呀。"许蝉按住马宿雨的手,朝着于皖周轻声道谢,态度比上次缓和了很多。

于皖周看上去也很忐忑,听到这句话连忙摆手:"那你好好休息,我去帮你拿药。"

出了病房的门,于皖周火速跑上了四楼。

李闵正在接电话,抬眼看到于皖周满脸喜色地冲进来,他不动声色地做了个稍等的手势,跟电话那头的病人做完回访,这才无奈道:"醒了?"

于皖周点点头:"人是醒了。我就是有点紧张,生怕她又像上次那样。你从小就很会讨女孩子喜欢,要不你教教我怎样才能不让她讨厌我?"

李闵给于皖周倒了杯茶,视线落在他眼底的乌青上,忍不住调侃:"怎么,这次是动了真心?"

于皖周一改往常的聒噪性子,低着头不说话。

他其实也不知道自己怎么想的,只是潜意识里觉得许蝉和马宿雨关系那么好,总不能因为自己的关系就让她俩为难,最完美的办法,就是他们分手后依旧是朋友。

反正,他和许蝉在一起的时间里,也没有建立什么亲密关系。

许蝉实在是太忙了,审计人的忙碌季真的不是吹的,最长的一次他有三四个月没见着她人,偶尔视频都是说两句话就挂。

"帮个忙。"于皖周再次开口,"要是别人我管她呢,但是我不希望许蝉讨厌我。"

李闵把自己的盒饭拆开,一边吃一边说:"吃完饭,我要带神外的实习生去现场考核,下午都不在医院。"

于皖周闻言便急了:"李闵你有没有良心啊?枉费我爸栽培你那么多年。"

"老师栽培我,跟你小子有什么关系?"李闵哭笑不得,说话间就已经吃完了一半的饭,半点都没有在意于皖周的"道德绑架"。

"你慢点吃!"眼看李闵要走了,于皖周匆忙开口,"我还想问问你,那天许蝉都跟你说什么了?明明之前都好好的,怎么突然就变脸了?"

李闵抬手看了眼表,然后平静地抬头,打量了于皖周几眼,忍不住笑了一下。

"她把我当成你了。"李闵平静地叙述,"你是不是向人家提什么无理要求了,把小姑娘气成那样?"

"我没有啊。"于皖周认真地想,"我妈嫌她家条件不好,觉得她配不上我。还有上次那个安娜,不知道从哪儿要来她的微信还跑去骚扰她,这些事情我都解释清楚了,都是误会啊。"

于皖周越说越生气:"她那么决绝,肯定是因为我提到她那个——"他说着扫过露出疑惑眼神的李闵,画风突然一转,罕见地闭了麦,"嘿,我真是的,没事提那个浑蛋干吗?她现在对我这么冷淡,一定是还在跟我赌气,我就不该翻旧账。"

"你就没想过,也许她是认真考虑之后,和你说的真话?"

李闵揉了下眉心,看着眼前暴跳如雷的兄弟,忍不住提醒:"你搁这儿说了这么多,还是在给这段失败的感情找借口!可我看,人家姑娘比你条理清晰,不像是一时冲动,和你闹脾气。"

于皖周气鼓鼓的:"说实话,我就是有点不甘心!"

他跨坐在椅子上,有些郁闷道:"我追了她那么多年,她好不容易才答应和我在一起!我追女孩哪费过这么多心思啊,这次还专门把我妈打点好了,结果她突然就要分手……我舍不得。"

于皖周失魂落魄地坐在沙发椅上,自顾自地沉声叹息:"而且,我是真心疼她。我就想她踏踏实实地嫁给我,以后我养着她啊,我有什么问题。"

他说着说着,猛地抬头看向李闵:"你说,该不会是她那个初恋又找她了吧?"

看着于皖周在这儿胡思乱想,李闵这才明白许蝉那天说的是什么意思。

他们两个人的家境不同、思维方式不同、三观不同,所求所需自然千差万别。许蝉想要踏踏实实地靠自己,但是于皖周却想要把她关在笼子里豢养。

他们一个要自在,一个贪图占有。李闵在心里摇了摇头,两人就算在一起早晚也得分。

这一点小姑娘倒是比眼前这傻小子看得透。

"你以前就在追人家?"李闵突然开口,语气里是藏不住的揶揄,"这些年怎么都没听你提过?"

"那会儿你正可劲造呢,哪有空管别人。"于皖周心情不好,嘴巴也狠毒了一点,"再说了,跟你说干吗?让你持靓行凶啊!"

李闵吃完最后一口饭,忍不住笑:"你这是妒忌我。"

"我妒忌你什么？"于皖周突然想到什么，贱兮兮地笑说，"妒忌你老好人？帮人帮出个——"

于皖周话音刚落，就看到李闵的表情微微一变，但很快，他就恢复了笑容，只是眼神有些冷淡。

"你啰唆这么久，不就是让我帮忙吗？那我就帮你好好照看许小姐。"李闵快速收起饭盒，起身离开座位，"趁现在还有时间，我立刻过去关心一下。"

"喂！"于皖周一看李闵的态度就感觉不太妙，连忙认错，"我错了，我不该提那事！闵爷大人不记小人过，给我一条生路吧。"

李闵一只手按在门把手上，皮笑肉不笑地说："瞧你这话说的，医生关心病患，这可是天经地义。"

于皖周脸色突然变得古怪，脱口而出："喂，你该不会真的看上许蝉了吧？"

拉开门的一瞬间，李闵背对着楼道微微扬起下巴，嗤笑一声："放心，我不喜欢那种类型。"

下一秒，李闵转身，就看到马宿雨站在门口，而她旁边坐着的正是话题的主角——许蝉。

十分钟前。

许蝉在马宿雨的搀扶下坐在病房门口的椅子上休息，她抱着毯子，手里的保温杯在掌心滚了两圈，终于还是忍不住说："宿雨，下次我们还是别来A大三院了。"

"为什么啊？三院是距离我家最近的三甲医院了，而且……"

马宿雨避开人群挨着许蝉坐下，一边打量四周，一边往下扯了扯口罩："我上次过来体检，发现三院新来了一批硕博的实习生，个个都长得特别帅。你打起精神，万一来个艳遇呢？"

"马宿雨！你到底是陪我看病的，还是来玩的？"

许蝉恹恹地靠在椅子上，嘴上抱怨，却因为马宿雨的嘱咐不由自主地帮她关注起来："一个个裹得这么严实，哪看得到脸啊。"

"你这就没经验了吧？"

马宿雨附在许蝉耳边，嘀嘀咕咕半天，正好眼前走过去一个穿白大褂的男生，她一拍大腿，小声说："看我的。"

许蝉还没反应过来,就看到马宿雨扔下包,摘下口罩,踩着小皮靴"嗒嗒嗒"跑了过去。两个人拐到另一侧走廊,不知道在说什么,不一会儿马宿雨就摇着写着一串数字的纸巾,满面春风地扭了回来。

"搞定!给你。"

许蝉看着腿上的纸巾:"你消停点吧!"

"我还不是为了你啊!小没良心的。"

许蝉眨眨眼,目光落在上面黑笔留下的字迹,有点诧异地指了指自己:"这是你给我要的?"

"对啊。"马宿雨理所当然地点头,"旧的不去,新的不来,你过年都二十八岁了,总不好还在你那棵歪脖子树上吊死吧?"

马宿雨左右环顾,突然靠近许蝉:"我跟你说,刚刚那个是于伯伯的学生,A大的博士后,性格保守,家里人口简单,很有上进心,而且没谈过几次恋爱,私生活干干净净。对了,上次你住院的时候就是他帮你看的,你不记得了啊?"

他是谁的学生关她什么事?博士、硕士的她又不稀罕,马宿雨怎么突然说这些?搞得跟相亲似的。

许蝉隐隐感觉不妙,瞄准楼道还没来得及抬脚,下一秒就被马宿雨抓住了手:"姐妹,想想我平时怎么教你的,下手一定要稳准狠,不然这么好的苗子,很快就要被护士长抢走了。"

许蝉扫过座位上的纸巾,随手塞进马宿雨怀里:"你要喜欢就自己去,我没心思谈恋爱。"怕马宿雨还是坚持,许蝉于是掏心掏肺地说,"你也知道,我家就靠我一个人,我妈妈平时治疗也要花钱。我呢,就是个大麻烦!实在不适合去拖累别人。现在,我除了赚钱什么都不想做,你别在我身上浪费时间了。"

"我知道你不想谈恋爱,既然嫌麻烦,那就直接结婚啊!"马宿雨斩钉截铁,"正好,我听说苏医生也是想以结婚为目的谈恋爱,你俩,一个严谨一个周到,一个敬业一个上进,多般配啊。"

"醒醒吧!审计人没有爱情。"许蝉使劲闭上眼,假装听不到马宿雨的唠叨。她有时候也真是服气,马宿雨真的有一种能力,不管何时何地,总能把话题引到恋爱社交上。

许蝉摆出一副雷打不动的样子,马宿雨还是不依不饶:"你别这么急着拒绝啊，万一你俩天作之合，上天注定呢？"

"他这么好，你怎么不自己去？"许蝉没好气地扭过头，闭上眼深深地打了个哈欠。

不料，马宿雨竟然直接道："我不去，是因为我心里有人，那你呢？"

空气突然安静下来，许蝉缓缓睁开眼，就看到马宿雨意味深长地扬起嘴角："你心里也放不下谁吗？"

"你和于皖周分手，把他给你所有的礼物都折算成数额，做了一压缩包的带公式的 Excel 文档。你能当着他的面说分手，能用自己的命做赌注也要和他划清界限。许蝉，你真的没发现你现在很不对劲吗？自从你重新遇到李闵，就像是变了一个人，缩头乌龟一样，甚至连医院都不敢来！你到底在怕什么呀？"

马宿雨比谁都知道，这段时间许蝉失眠了多少次。

她明明身体没好全，却硬撑着去出差；明明过敏导致高烧，脑子都不清楚还在提防她给某人打电话；她死活都不肯来 A 大三院，突然就要搬家离开，都只是因为李闵的出现。

"承认吧，许蝉，你心里还有他。"

马宿雨的双眼淬了毒似的看过来，许蝉嘴上想反驳，但话到嗓子眼儿里，突然就开始原地打转，再一迟疑就消失得无影无踪了。

"哦，对了——"马宿雨双手背在身后，拉长了音调慢吞吞地说，"上次你过敏住院，是李闵帮你缴的费。"

马宿雨鼓舞似的朝许蝉挑眉，站起身伸手邀请道："来都来了，你既然那么不想欠他的，不如一次性还清楚？"

她欠他的质问，他欠她的道歉，通通说清楚。陈年旧账，一笔勾销。

许蝉避开马宿雨的手，突然就明白原来马宿雨之前唠叨这么多，全都是激她的说辞。

许蝉垂下头思索良久。就在马宿雨快放弃的时候，突然听到许蝉开口说："有现金吗？"

现金？马宿雨诧异，这年头谁还随身带现金啊。她思考了一下，想起什么似的打了一个电话。

很快，方才一闪而过的帅哥就再次出现。

许蝉那会儿没看清，这时候才发现眼前的年轻医生是有点眼熟，尤其是那双眼角带痣的眼睛。

"够不够？不够我还有。"

年轻医生眼神炙热地望向马宿雨，克制里含着无法隐藏的紧张。

许蝉感觉只要马宿雨点个头，他都能把一整个家当塞过来。

"够了够了，先借这么多。"马宿雨把钱递给许蝉，扭头朝着年轻医生眨眼道，"晚点给你转账呀。"

年轻医生不好意思地笑笑，许蝉瞄了眼马宿雨，不动声色地礼貌道谢。

年轻医生离开之后，马宿雨意味深长地打量许蝉："怎么样？后悔了吧？苏医生真的挺热心的。"

"哪里是热心，"许蝉顺手给马宿雨转了账，把手机塞到口袋里，戳穿道，"我看苏医生是对你有心。"

两个人边聊着天，边走到李闵的办公室门口，隔着一道门，正好听到了门内的人正在说话。

"你该不会真的看上许蝉了吧？"

"放心，我不喜欢那种类型。"

许蝉听到这句话的那一刻，仿佛被人兜头泼过来一盆冷水。

她感觉自己似乎又回到了那段灰暗的时期，她永远活在别人的光芒之下，刺目的光亮里只有她走在暗处，心里全都是见不得人的秘密。

深夜，女寝宿舍。

"听说李闵高一的时候差点退学，老师家访好几次才争取回来。"

"这么严重？为什么呀？"

"说是被他爸长期家暴。那次闹得很凶，还差点造成火灾。"

"李闵直接报了警，他爸爸还被拘留了一阵子。"

"听着可真吓人，他家里什么情况啊，听起来好乱，那他的人品是不是也不咋的？"

宿舍上下铺之间细碎的议论声钻入耳朵，许蝉回想起以前在舅舅家听到过的动静。

她本能地想为李闵辩解，又觉得，哪怕是说了，恐怕也没有人会信。

就像小时候一样，所有人都说她父亲昧着良心贪财，财务造假，牵累家人一起负债累累。只有她知道，父亲不是这种人。

但不管她如何解释，都没有人相信，他们觉得她年纪小，说的话根本就不算数，甚至连母亲都觉得是父亲犯了错。

见她们还要继续聊下去，许蝉翻了个身，淡淡出声："睡吧，很晚了。"大约是这一瞬间宿舍里太安静，许蝉的声音显得格外清晰。

有人突然好奇地问："许蝉，我记得你舅舅家好像和李闵家是同一个小区？你知道他家的事儿吗？"

李闵家的事情？许蝉脑海里闪过一幕男生站着没躲被打得头破血流的画面。

她突然想，她们真的想关心李闵吗？不是的，她们只是猎奇心作祟，想要从中得到一丝消遣，来打发枯燥又无聊的午夜时光。

"不知道。"

许蝉带着情绪的声音落下，大概是她的心情感染了周遭，寂静的夜里再也没有人多说一个字。

久远的记忆绵延而来，许蝉分清过往和现在，再次将目光投向李闵。

"你好，李医生。"

她掏出准备好的现金："谢谢你上次帮我缴费。"

李闵的手指刚捏住一沓纸币的一角，就看到许蝉迅速把手收了回去，像是在躲避瘟疫。

"一分都不差？"李闵瞥了眼于皖周，忍不住笑道，"这么见外。"

见许蝉沉默，李闵眼底闪过一丝微不可察的笑意，善解人意地让开身侧的位置，这一走开，正好露出门口局促不安的于皖周。

"我今天除了专程过来给李医生还钱，还有些话想跟学长说清楚。"许蝉客客气气地说完，又走向皖周。

于皖周惊喜地抬头，明显感觉许蝉对自己的态度比起之前柔和许多。

"之前是我态度不好。"许蝉走近了一点点，看着于皖周的眼睛，勉强扯出一丝笑容，"你之前不是问我，是不是还喜欢别人吗？"

于皖周听到许蝉轻声道："我很久以前的确喜欢过一个人，他并不完美，脾气也不算好，不管做什么都是一副漫不经心的样子。我曾经以为，我走进了他的心里，可是后来我才知道，是我自己的一厢情愿。"

"现在，我已经不喜欢他了。哪怕我再遇到他，我也会像面对陌生人一样与他擦肩而过。"许蝉一口气说完该说的话，只觉得浑身的力气都用完了，"但这些都不是我们分开的原因。"

　　许蝉抱歉道："你是很好的人，是我不该抱着试一试的心态，糟蹋了你的心意。"

　　她强忍着回头看李闵的念头，朝着于皖周微微一笑："如果我们还能做朋友，下次再见面，换我请你喝酒。"

　　"许蝉。"眼看着许蝉转身，于皖周似乎一下子反应过来，快步上前，一把拉住了许蝉的手腕。

　　隔着薄薄一层布料，于皖周强忍着满肚子的话，缓慢而低沉地叹道："谁说你糟蹋我心意了，明明我是心甘情愿的。"

　　许蝉停住脚步，只听于皖周突然笑了一下。他擦了擦眼角，坦荡道："其实，我也没有非你不可，我就是不甘心而已。不甘心，我对你那么好，可是你心里还是藏着一个我不认识的浑蛋。"

　　"于皖周，谢谢你。"许蝉有些动容，没想到这么难堪的时刻，他还想着维护自己的体面。

　　看见许蝉眼底的闪烁，于皖周顿了下，突然想起很久之前，她也曾对自己说过类似的话。

　　那是许蝉高中毕业那年的暑假，他找借口去见许蝉，正巧碰到她去买手机。

　　两个人回程的路上，天气突然晴转阴雨，大风"呼呼"地刮。

　　于皖周便带着许蝉去朋友店里吃饭，见许蝉正在研究新手机，于皖周突然记起以前许蝉借他手机的事情。

　　他凑上前一看，就看到许蝉正在登录 Sunrise，他忍不住笑道："这软件都快过气了，你还玩啊？"

　　许蝉表情有些尴尬，但目光还是落在软件界面上，见消息栏空空如也，似乎有些失落。

　　于皖周好奇，正想追问，就听到她小声说了句："你说得对。"

　　再也不会有人给她发消息了，她是该彻底放下了。

　　"我给你推荐个游戏，你一定喜欢。"于皖周帮许蝉下载好，坐在旁边指导她一步步通关。

　　忽然，旁边端着饮料的服务员脚底滑了一下，杯子里的液体瞬间洒到许蝉身上。

于皖周慌张询问许蝉有没有被烫到,许蝉放下手机,有些迟钝地摇了摇头。

服务员连忙鞠躬道歉,许蝉怕于皖周发难,便拜托他继续帮自己破纪录,然后就跟着服务员一起去卫生间处理衣服。

于皖周哪还有心思再玩游戏,他一边等着许蝉,一边无意中扫过许蝉的手机界面,突然看到一条来自 Sunrise 的新消息。

看到消息的瞬间,于皖周的心跳猛地漏了一拍。

他本能地觉得,发消息的人一定是对许蝉非常要紧的人,莫名的危机感一阵阵袭来,他原本还在犹豫,结果手指不小心碰到屏幕,竟然直接卸载了软件。

图标粉碎在崭新的屏幕上,于皖周抬起头,便看到许蝉正朝自己走过来。

"抱歉,不小心删了你的软件。"于皖周把手机递给许蝉,有些试探道,"要不你再下载回来吧?"

许蝉扫过屏幕,似乎并不在意:"没事,早就该删了。"

"嗯,也对。"于皖周随手给许蝉夹了道菜,"听说你也报了 N 城的大学,以后在同一座城市,我带你玩更有意思的。"

"于皖周,"许蝉突然一本正经地喊他名字,真挚道,"这些年,谢谢你。"

同样的道谢,但不管是从前,还是现在,许蝉都没有掺杂任何庞杂的情绪,而他却是心中有愧,有所图谋。

于皖周定在原地,记忆铺天盖地地朝他袭来,他攥紧手指,仿佛终于下定决心要放下什么东西,明亮的目光落入许蝉的眼底,语调比任何时候都要轻扬:"许蝉,你高中毕业那年,我误删过你的一条信息。我原本打算这辈子都不告诉你的。"

他抬起头,仿佛挣开了心中的一道枷锁。

许蝉怔怔地望着于皖周,看到他走到自己身前,用仅有她可听到的声音道:"那条信息是'原来,是喜欢你的。'"

"许蝉,"于皖周专注地望向她,"他回头找过你。"

许蝉想得到一个答案。

真心与否，欺骗与否，她到底是自作多情，还是被命运捉弄？她甚至很期待他能当面给自己判处死刑。

可惜从未如愿。

但执念一旦抵达心底，就再难摆脱纠缠，她因此不断徘徊在自欺欺人的骗局里，哪怕已经过去多年，当她再次获得一线生机时，依旧还是会痴心妄想，企图得到一个合理的借口，来延续自己的美梦。

听到于皖周的这一席话，许蝉突然记起，大二某次暑期实习，她和马宿雨正好在同一家公司。

在茶水间里，她听到马宿雨翻看着自己的大学毕业照感慨道："我们这一届外翻院一个帅哥都没有。啧，说到帅，还是我们高中班里的男神绝色，只可惜男神脾气不行，情路也坎坷。"

她拉着许蝉把李闵的事说了个底朝天，然后八卦道："你知道吗？当时他还专门飞去国外去挽留，可狗血了。"

高中毕业之后，许蝉更换了联络方式，和以前的同学再没有联系，那是她初次听说李闵和谢时雨的后续。

那时候，她心底的确有过期望。

但此刻，她听到于皖周迟来的提醒，却陡然觉得恶心。

明明是他失信在前，是他将她随手丢弃，却又想召之即来，挥之即去，到底拿她当什么呢？

许蝉迎上李闵的目光，心底的咆哮呼之欲出，不管他是真的不记得，还是刻意伪装，她绝对不会在同一个地方栽倒两次，重蹈覆辙。

李闵抬手看了眼时间，正想跟于皖周打个招呼就走，目光突然就撞上了许蝉的眼睛。

他脚下一顿，只觉得这个眼神里藏着千军万马，藏着很多不可言说的情愫。他到嘴边的话突然一顿，转念开口："小学妹，我们以前是不是在哪儿见过？"

许蝉的手指紧紧攥在一起，在于皖周和马宿雨的注视下，鼓起勇气朝着李闵走了一步。

她本想将一切道出，想像马宿雨说的那样，一次性结束一切，可前脚还未落下，后背忽然袭来一股蛮横的冲力。

戴着黑色口罩的短发女人不知道从哪儿冒了出来，她推开许蝉，直接朝着李闵冲去，手上开了刃的剪刀径直对准了他的手臂。

"去死！去死！你害得我人不人鬼不鬼，我要拉着你一起下地狱！"

混乱中，许蝉只听到耳畔"嗡嗡嗡"地响，不知道谁的鲜血溅了李闵一身，白大褂上是刺目的红。

他站在那儿一动不动。

恍惚间，许蝉脑海里有一个念头一闪而过，不由自主地往前冲了几步，快要拉住那个短发女人的时候，那人突然回头狠狠瞪了她一眼，手一挥剪刀就朝着她刺了过来。

许蝉下意识地用手臂去挡，被短发女人刺中。

短发女人又挥着剪刀刺过来，闭眼的下一秒，许蝉感觉自己被人护到了怀里，头顶传来男人痛苦的闷哼。

"来人！"

"救命！"

"有医闹。"

"报警——"

许蝉被人群拥着，大脑一片混沌，唯一记得的就是紧紧拽住眼前人的袖子。随着围观和拉扯的人越来越多，李闵快速将许蝉护到自己身后。

隔着稀稀拉拉的人群，许蝉看到李闵快步走到那个女人面前，冒着自己受伤的危险，以最快的速度控制住她手里挥舞着的剪刀。眼前冲过来一群护士，许蝉的视线被彻底挡住，只听到那个短发女人歇斯底里地咒骂着。

"李闵，你不得好死。"

于皖周和马宿雨这才反应过来："许蝉你受伤了——"

马宿雨惊叫一声，看着许蝉手臂上的豁口正源源不断地往外冒血，吓得眼泪都滚了出来，哆哆嗦嗦地喊："她是熊猫血，救人！来人救命！"

"赶紧联系血库。"李闵一把拨开人群，快速抱起许蝉朝着旁边的护士喊道。

马宿雨还没反应过来，就看到眼前的人影远去，只剩下满地的血和不远处愤怒的控诉。

心脏好像从未跳得如此剧烈，李闵看着躺在急救室的许蝉，满目只剩下黏稠的血液，以及记忆深处包裹着母亲的那片血泊。

母亲的死，是他心里永远无法愈合的伤口，从他一出生就将他钉死在罪名柱上。

在上高中之前，李闵一直以为父亲对他憎恨和厌恶，只是因为自己的出生带走了母亲的生命。

直到那天，他从上门讨债的那些地痞无赖口中听到："你老子又躲到哪儿装孙子去了？当初为了把你妈弄到手，他出手可大方着呢！怎么，这会儿就怕得躲起来了？我看他就是不想还钱。"

"小崽子，听说你学习很好啊？"来人粗粝的拇指把小李闵的脸颊擦出一道红痕，"这两只眼珠子指定很好使吧？过来给叔叔瞧一瞧，看看你老子那种畜生能生出什么凤凰来。"

老旧的巷子里，高高挂起的衣服湿答答地滴着水。

李闵挣开男人的大手，迅速把自己塞到了柜子里反锁了起来。

男人们抡着家伙，把房间洗劫一空。遍地的杂物和玻璃碎片中，李闵透过柜门缝隙看到了经常摆在父亲房间里那个黑白色相框里的女人秀气的脸庞。

垃圾盖住了她的容貌，露出的一双眼睛清雅而又脆弱。

李闵小心翼翼地推开柜门，火速抱起相框，用袖子擦得干干净净。

他悄无声息地躲进了自己的小房间里，把所有的灯尽数熄灭。

漆黑的夜色里，楼下的人声终于散去。他大口大口地呼吸着，就像岸上挣扎求生的鱼。门口突然响起敲门声，他慌忙站起，突然就觉得眼前天旋地转，再醒过来的时候就看到了陌生的熏得发黄的药店天花板。

"怎么又是他？"

看诊的老大夫摇摇头，叹了口气，几乎都没额外询问，就转身从货架上取了几个白色的药瓶，三三两两配一配，再加上几瓶维生素，递到了李闵的怀里："严重营养不良，得打吊针。"

"您看看他是不是还有点贫血？"女人殷切地询问着，眉眼间掩饰不住地担心。

李闵侧过头，就看到自己的小学班主任祝老师，他童年里感受到的有限温情全都来自于这个年轻的女人。

在黑暗里待久了，人总是格外渴望光亮，一旦尝到了甜头，就会贪婪地吮吸。

祝老师是家里的独女，丈夫是外地入赘过来的，他们两口子都是非常好的人。自从那次被救之后，李闵就经常被祝老师帮扶照顾，他能感受到他们是真心待他，甚至跟对待亲生儿子一样。

不知不觉中，李闵发现自己有大半的时间都待在祝家，时间久了，认识的新朋友，都自然而然地以为那里才是他的家。

可是啊，偷窃别人的幸福总是有风险的。

那天，李闵带着用自己的奖学金买的水果去探望祝老师，隔着窗户就听到祝老师夫妻在吵架。

"好不容易怀孕，你又要忙前忙后搞得小产吗？"男人的语气很差，但更像是自责和担心。

隔着斑驳的窗户，李闵听到男人叹气道："那孩子再可怜，也是个外人。你看咱们连个自己的孩子都没有，家里还有一大摊子事，你非得去多管闲事，无事生非吗？"

李闵心一跳，顿时意识到自己才是引发争吵的源头。他潜意识里想要离开，可脚下却像是生了钉子，硬是躲在墙角听了个明明白白。

"那个浑蛋是个什么人你不知道？当年要不是他强迫芳怡，她会被家里逼得嫁给他？好好一个人，生完孩子还没满月就因为产后抑郁去了。她和我们那么好，可是我们什么都做不了，只能眼睁睁地看着她……"祝老师说着就哽咽起来，"她只有阿闵一个孩子，我怎么能不管不顾？"

"你要是实在放不下心，就多给他一点钱，就当是我们给未出生的孩子做善事了。"男人不容置喙道，"我在单位好不容易争取的房子，难道你就为了这么个外人，要我放弃？这个家一定得搬。"

见女人抽泣起来，男人又软下声音，让步道："大不了咱们经常回来看看他，又离得不远，二三十公里的路。"

"好了，别生气了。"男人体贴地将女人扶到床边，虽然只隔开了一点点距离，却连声音都显得有些虚无起来，"你体质不好，又容易流产，这次一定要当心。"

老式巷子里的隔音都不大好，李闵靠在墙上，背后的凉意像是要深入骨肉里。

他站在墙角，手里的水果袋沉甸甸地压着他的手指，觉察到附近有人滚着铁环跑过来了，他连忙慌里慌张地朝着对面的巷子钻了进去。

045

巷道里一股尿骚味，到处都是被风卷过来的塑料袋和垃圾。

李闵面无表情地避开拐角的醉汉，正要加快步子离开，就感觉一只脚猛地被人攥住："杂种，眼睛瞎到连我都不认识了？"

回头的那瞬间，李闵终于看清那个身上和脸上被打得一点好皮肉都没有的男人，他的指甲陷入皮肤里，真的不想承认，这是他的父亲。

可血脉相连，他逃不掉的。

那时候，他才撕破了自己从小就在编织的谎言外套——父亲并不是爱母亲，只是用手段得到了一个女人而已，而母亲也并不爱他，因为她别无选择。

李闵以前总觉得父亲是恨自己害他失去了妻子，因此才对自己百般苛责，可直到如今，才知道一切都只是因为不爱而已。

如果上天可以让他自己选择出身该多好啊。他又不贪心，命运怎么就这么吝啬呢？

如果可以，他真想带着那位传闻中美丽善良的母亲一起活着逃离，离开这座名为"家"的骇人地狱。她也许不喜欢自己，可是只要她还在，那他就可以勇敢地告诉她：在这个家里，你可以讨厌一切，怨恨我，但是我爱你。

因为，你是我的母亲，是世上与我血脉相连的人。

可惜人死不能复生，遗憾终究是遗憾。

但好在，小孩子都是会长大的，坏人也会渐渐衰老。

李闵从来没见过一个年仅四十岁的人可以老到那种程度，那个人再也挥不动棍棒，再也没办法轻而易举就将他踢翻在墙角，只能凭着一口气把恶毒积攒在眼角，恶狠狠地瞪着他，咒骂他。

离开了那个恶臭压抑的家庭之后，一切就像是重新开始。

明亮的教室，宽敞的宿舍，不知道他过去的同龄人，无数新奇有趣的书籍，各科老师对他的赞不绝口，还有那个存在于 Sunrise 上素不相识又无话不谈的小兔子。

趴在图书馆里看书睡着的那些日子里，李闵甚至都觉得，这一切都是上天听到了他的祈祷，于是为他创造了一个新世界。

那时候，李闵觉得自己一定是这世上最幸运的人，也很愿意去帮助别人成为那些幸运的人之一。

有次路过学校门口的书店，他突然想起上次兔子说她买不到某个出版社的辅导书,书店里的又不知道该选哪个。李闵一边打开 Sunrise 翻阅聊天记录,一边留心书架上的教辅书籍品类。

视线扫过书架,他觉得不错的那种,只剩下两本。

李闵把手机揣兜里,正要上前去拿,突然看到有个女生被撞了一下。他余光掠过,就看到旁边的鬈发男生故意走到她的旁边,来回试探了好几次,想要去拉女孩的裙摆。

李闵原本懒得多管闲事,可是心里想着兔子说的"日行一善,帮你高考攒人品",心里莫名就生出点古怪的情绪——就好像有人帮了他,他享受了恩惠,那他不帮别人就没良心。

那天他大闹一场,被书店老板骂了个半死,那个小混混也没讨到便宜,被他狠狠教训了一顿,吓得屁滚尿流。

看热闹的人群里隐隐发出些许憨笑声,似乎谁也没有意识到这本该是多么危险的事情。

有人过来帮他捡起辅导书,那声音很温柔,就像是春天温暖的涓流,滋润着他干瘪贫瘠的心田,然后在上面种出一朵小花来。

一瞬间,李闵突然就感受到了兔子所说的"温暖",那是来自陌生人的认可和善意。

"如果没有火,我们就抱团取暖;如果没有光,我们就囊萤映雪。我们越是不服输,命运就越是拿我们没办法,所以我们绝对不能沮丧给他看,很没面子的。"

李闵想到兔子的话,双手接过书本,轻声道了句:"谢谢。"

那时候,他几乎忘记了,自己原来是个在泥泞中长大的孩子。

他努力乐观,奋力让自己合群,把身体里的疼和心里的悲欢彻底割裂。

你疼你的,我乐我的。

直到,他亲手把父亲送进了派出所。

那时候,父亲不知道从哪儿找来一个女人。女人搽脂抹粉,艳俗异常,她站在门口叉着腰,用烟头逼着他喊她"妈妈"。

那天,他头一次做出了反抗,在父亲几乎把家里所有能搬动的东西全都砸向他后,他带着伤口选择了报警。

也是那时候,零落在地上的残破椅子底部,他发现了那个用手绢包裹起来的日记本。

它藏在椅子的夹层,就像是主人把自己最后的自尊,隐秘地珍藏。

"阿闵,妈妈好恨你,可妈妈也好爱你。"

"阿闵,妈妈好怕你长大之后会像那个人。"

"阿闵,妈妈保护不了你了。"

日记里,女人字迹娟秀,一笔一画都力透纸背。

那天夜里,他拿着日记本和自己偷偷攒的所有钱,跳上了一辆小货车,在祝老师的新家门口跪了整整一夜。

当黎明的第一缕阳光洒下,他红着眼睛求证道:"老师,我妈妈是不是因为我死的?"

祝老师的老公一脸憔悴,将李闵强行提到车站。可等他回到家门口,却又看到李闵不依不饶地跟了回来。他身上都是擦伤,脸上的倔强比山岩上的棱角还要锐利。

男人没有法子,只好将李闵带到了祝老师的病床前。

祝老师脸色苍白,看着他满眼都是怜悯,她招了招手,终于告诉了他当年的实情。

"孩子,你妈妈不是不爱你,她已经……很努力了。"

当时的祝老师原本已经怀孕两个多月,但是因为身体原因,又一次导致习惯性流产。

看着李闵,她气息虚弱地说:"你爸爸把家里的钱都败光了,又不肯带她去正规医院,一味地让她吃药,后来你妈妈的产后抑郁症越来越重,清醒的时候一只手都能数清楚。"

李闵清晰地记得,祝老师脸色苍白地躺在病床上,看着自己的眼神就像是永无白昼的夜,她说:"这世上没有人不爱自己的孩子。不要恨任何人,要为自己好好活下去。"

和很多少年一样,积压已久的爆发中很容易产生偏执和逆反,甚至有的人为了伤敌八百,不惜自毁一千。

可是当口袋里的手机消息提醒音响起,他内心再次挣扎了起来。

不……不对,好像还是有人关心他的。

他打开手机,看着橘黄色的页面,原本稀薄的依赖感一路飙升到了顶峰。

"还能再相信一次吗?"

他在心里默默想着,捏着手机,迈着双腿走到楼顶的储物间门口,想要把自己藏在安全的黑匣子里。

新年的脚步声静悄悄而来,空气里泛滥着浅薄的火药味。李闵推开锈迹斑斑的铁门,把自己小心翼翼地藏了进去。

黑色,他最喜欢的颜色。

安全,私密。

他可以旁若无人地吞咽痛苦,还不会面目狰狞吓到旁人。

李闵闭上眼睛,脑海里突然想起一个人来。

她用着兔子的头像,喜欢栀子花,就像是一道清澈的月光,意外地照进了他漆黑的世界。

"学长,新年快乐呀。"

他睁开眼,小窗口透进来一点点光亮,正好漏在他的眼底。

零点倒计时正在进行中,李闵看到消息的一瞬间,突然有点想踮起脚,看看外面的人间。

星空多美啊,月亮只有一个。他不贪图月亮,只想作为星星陪在月亮的周围,希望照进他窗户的这道月光,可以永远属于自己。

冠以他的名姓,践以毕生信诺。

就像无数个偶尔点开 APP 的瞬间,李闵看到,那个戴着栀子花的兔子头像又在欢快地跳跃着。

他打下一行字,又匆忙删掉,半晌还是回了一句。

"快乐那么有限,不要随便和别人分。"

"学长,你是不是不开心啊?"她说,"你知道吗?我听妈妈说,蝉的生命周期其实有十七年,但是它除了最后一年的夏天,前面的时间都蛰伏在地下。"

小兔子戴着花,发来的文字里像是带着夏日里的喧嚣,将烟火气一下就带到了李闵的世界里。

"所以啊,为了最后的夏天,我们一定要坚持下来。"

铁门微微开了一条缝隙,丝线似的灯光照耀在李闵的脸上,他头一次有了点倾诉欲。

"兔子,我给你讲个故事。"

他想了一会儿,慢吞吞地打字说:"森林里住着一个无忧无虑的公主,有一天恶魔对她垂涎三尺,于是霸占了她。公主本想逃跑,却发现自己怀了恶魔的孩子，后来在动物们的指指点点下，她不得不嫁给了恶魔。"

"后来呢？"

"后来，公主生下了小恶魔，她却死了。"他道，"是恶魔的孩子害死了她。"

李闵仰起头，眼眶有些发涩。

"为什么叫他小恶魔呢？"她不明白，"公主的小孩好可怜，他明明什么错都没有，却从一出生就什么都没有。"

李闵的目光扫过"正在输入"的界面，最终看到对方发过来一个"拥抱"的表情，心里藏了许久的秘密突然呼之欲出。

"我就是那个小恶魔。"

对面停顿了很久，才说："你很难过吧？"

"没有。"他轻声说，"她走的时候，我还不到百日，我不记得自己有没有哭。"

也许哭过吧，毕竟小孩都爱哭。

"我经常在梦里看到她，我躲在角落里，看到她泡在血水里，看到她站在天台上微笑。"李闵仿佛是在猜想，突然笑道，"她一定很讨厌我，连她死了都还要打扰她，纠缠她，让她不得安宁。"

戴着栀子花的小兔子渐渐褪去了颜色，李闵看到对方突然变灰的头像，默默地抱紧膝盖，盯着屏幕一动也不动，像是执拗地等着回复。

等了许久，他也没有得到一个答案。

李闵站起身打算离开，突然就看到手机屏幕亮了起来。

"不好意思，刚刚在忙。"

李闵正想说"没关系你去忙吧"，就看到小兔子发来一张图片："这个送给你，贴在窗户上，新的一年一定保佑你平平安安。"

李闵点开，图片里是个用红纸剪出来的窗花，里面的图样是兔子戴栀子花，和她的头像有点像。

"这么久不回消息，你是在找这个图？"

"我自己剪的，这世上独一份的。"

"手这么巧啊？"

"我奶奶教的。"

爆竹声接连响起，李闵缓缓走到楼层边缘。

他抬眼望去,突然发现万家灯火犹如一条路,就铺陈在咫尺之间。

"只给我一个人的?"

"嗯嗯。"

"这么荣幸啊,那我就勉为其难地收下了。"

看着聊天记录里的剪纸,李闵第一次有种被人珍视的感觉。

"小家伙,新年快乐,你又长大了一岁。"

"学长你也要毕业了吧?"

"是啊。"

"学长喜欢好看的女生吗?"

"长得好看有什么了不起吗?"

他学着她的语气。

"我喜欢长得好看的男生。"

"为什么?"

"站在一起,很有面子。"

停顿了一会儿,李闵忍不住规劝:"你才多大。"

"我马上就要十七岁了。"

兔子回消息特别快,像是眼也不眨地看着消息。

"嗯。"

李闵看着漫天的烟火,突然鬼使神差地回了句:"我们一同好好长大。"

可惜,自那之后,一切就好像脱了轨一样。

得到,失去。

高三那年的冬天,短暂的三个月里,李闵感觉像是被恶魔诅咒,他明明得到了一切想要的,可是也觉得失去了所有希望。

"天哪,李医生你后背受伤了。"

有护士惊惶喊道,李闵从回忆里回过神,这才发觉自己后背很疼。

他唇色苍白,抬手看着指间的血液,不住地看向急救室:"我没事。"

许蝉在病房苏醒时,四周静悄悄的,她微微仰头才看到马宿雨正在看什么,越看眉头越深锁,最后疲惫至极地叹了口气。

许蝉反应还有些迟钝,甚至连抬手的力气都没有。

她试探着动了动腿,果然看到马宿雨立刻转过头来:"你醒了!"

"医生！护士！护士！"马宿雨第一时间按了呼叫铃，却还是没忍住跑出去大喊大叫，"13号床醒了，你快来看看。"

许蝉乖乖配合做完检查，只听主治医生平静地笑道："别害怕，伤口都已经处理好了，医院的血源也很充足。你现在是失血过多，所以才觉得没精神。好好休息，有任何事情都可以跟我说。"

"哎，医生，那个疯子怎么样了？你们打算怎么处理？"马宿雨见许蝉状况稳定，连忙追问，"我们也是受害者，医院得给我们一个说法。"

医生示意马宿雨到外面沟通，他们离开之后，病房里只剩下三个病人。

许蝉这才慢慢想起来自己是怎么受的伤，记起最后是李闵帮她挡了几下，立刻担心起来。

"小姑娘，你都上新闻了呢。"旁边的大婶儿突然搭话，举着手机给许蝉看，有患者在网上爆料了中午发生的事情。

许蝉强撑着起身，左手去够自己的手机，打开屏幕果然看到自己上了社会新闻。

"听说那个医生把人家小姑娘脸上什么神经给弄坏了，她现在说话都不利落。"说话的大婶儿"啧"声，"多漂亮的姑娘，又会跳舞又会弹琴，还是个艺术家。啧啧，真是作孽啊。"

"姨，您可别以讹传讹。"许蝉隔壁病床的患者开口，很明显也在关注这件事，"人家李医生的水平大家有目共睹，那姑娘自己在别处做手术失败，故意隐瞒不报，自己没有按照医嘱休息还怪人家医生毁了她。哼，要我说，医生摊上这种病人可真是倒霉。"

许蝉下意识地追问道："李医生怎么样了？"

"好像是被停职调查了。"

隔壁的大婶儿又凑过来，把医院发的声明给许蝉看："网上骂得这么厉害，我看李医生是要被开除了。"

他们正说着，马宿雨就带着饭盒急匆匆地走了进来。

"你别动。"马宿雨看到许蝉单手撑着床板要坐起来，连忙出声。她把饭桌挪到许蝉面前，轻声道，"医院的营养餐，你看看有没有想吃的？"

许蝉的目光落在马宿雨摆到桌上的饭菜，又扫过窗外连日来的阴沉天气，忍不住担心："他的伤势怎么样？"

马宿雨翻了个白眼："死不了。要不是他，你能受伤？"

她心情差极了,说话语气也重,抬头一看,却发现许蝉眼圈都红了。

"你别自责,又不是你让他上手术台,也不是你让那个疯子过来报复。"马宿雨叹了口气,怕许蝉多想,赶紧道,"你放心,我打听过了,这件事是病人自己隐瞒不报造成的误诊,他不会有事的。"

许蝉略微松了一口气,可心里总忍不住回想起那个病人冲向李闵的那瞬间。

那时候,李闵站在那儿完全不闪躲,像是巴不得那一刀落在他身上。

她心里忍不住后怕——李闵为什么不躲,那一刻他究竟在想什么?

明明,他当年已经释怀了呀。为什么时隔十年之后,他仿佛还置身黑暗,无法挣开?

第二章

/

蝉鸣寂静

Blueberry 是 A 城一所高级 VIP 舞蹈社交酒吧。

躁动的乐点里，许蝉用牙签戳着手边的盐酥杏鲍菇，她的目光在舞池中央迷幻的灯光里扫视，马宿雨正和帅哥热舞。

眼前的醇香朗姆酒颜色浓重，玫红色的光打过来，许蝉刹那间就想起医院病床上方悬挂的血袋。

"您好，这是那边的先生请您喝的长岛冰茶。"服务员俯身过来，悄声示意许蝉。

许蝉下意识想要婉拒，就看到服务员将一杯饮品缓缓推到她的眼前。

是茶，不是酒。这是一杯改良款的长岛冰茶。

随着服务员转身离开，许蝉疑惑地顺着请客人的方向看去，一眼就看到了姹紫嫣红里，正在吧台调酒的李闵。

一切就像是回到了初遇的那天，同样的角度、同样的场景、同样的人。

她略一失神，椅子随着身体幅度往后挪了一寸。

李闵怎么会在这里？上次在"发呆"遇到也就算了，怎么 Blueberry 里也有他？

许蝉扭头看向舞池中央，马宿雨不知道什么时候已经不见了。她下意识打开手机拨打电话，果然听到了对方已关机的语音提醒。

又夜不归宿。

许蝉无奈地叹了口气，正打算自己先撤，突然就感觉眼前落下一道人影。

"要走吗？"

李闵不知道什么时候走了过来，倚在桌前俯身过来，身上的浓重酒香扑面而来。许蝉清晰地捕捉到他身上的味道，以及领口蹭到的疑似口红的鲜艳红痕。

许蝉低着头，感情上十分不愿意再和李闵有任何牵扯，但是理智又不断提醒着她，不管李闵和病患之间孰对孰错，那天他的的确确是保护了自己，她理所应当要当面感谢人家。

大概是思考的时间过长，许蝉再次抬头，就看到李闵已经不在眼前。

走了吗？许蝉松了一口气的同时，心里又夹杂着丝丝缕缕的失落。她火速拿好东西正打算结账，就看到系统提示说本桌的账单已缴清。

"小学妹，你学姐今晚有事，我送你回去。"李闵急匆匆走过来，手里抓着长外套和车钥匙，看架势显然是受人之托。

许蝉本想拒绝，李闵突然抬起手腕，看了眼时间笑道："都凌晨一点了，她就放心把你一个人扔这儿？"

一点了！这么晚了吗？

许蝉火速打开手机，果然看到屏幕上显示——01：11。

从Blueberry到家至少也得一个小时，现在是凌晨时分，地铁、公交车停运，也未必能打到车。

许蝉冷静分析完，抬头迎上耐心等待的李闵，淡淡地"嗯"了一声："谢谢学长。"

"你很害怕我吗？"李闵突然勾起嘴角，淡漠的眼底泛起一丝好奇，"怎么每次和你说话，你只会说这一句。这么拘谨，可一点儿也不像是马宿雨的朋友。"

许蝉被李闵这么一说，仔细回想之前的相遇，好像的确如他所说。

她淡淡地回答："我不爱讲话。"

李闵看了眼许蝉，默不作声地接过她手里的东西，随即示意她跟上自己。

夜色冷寂，许蝉坐在后座，抬眼就能看到李闵认真开车的侧脸。

她看向窗外影影绰绰的夜景，努力把思绪转移到马宿雨又见色忘友，转移到工作上烦人的协调对接，转移到刚刚的长岛冰茶……但事实上，无论她

055

怎么掩饰,视线还是会控制不住地落在前座开车人的背影上。

距离马宿雨的住址只剩下半个小时的路程,许蝉往前挪了挪,下定决心似的开口问道:"学长,你怎么会在Blueberry?"

"我还以为你会问我医院的事情。"李闵眼尾微微一挑,潋滟的神采如虹如冰。

许蝉噎了一下,心里也有些疑惑:对啊,自己为什么会在意这件事?

在"发呆"遇到,是因为于皖周和马宿雨的安排;在医院遇到,是因为马宿雨常去的A大三院本来就是李闵的工作单位;在Blueberry遇到,也许就是一次偶然。

马宿雨太了解她的性子,不可能在明知道她有多抵触的情况下还故意安排第二次。李闵和她也只见了两三次,他更不可能为了自己故意制造偶遇。

不管是以前,还是现在,他都不会。

这些念头在许蝉心里一闪而过。不等她回答,李闵就像是看穿了她的窘迫似的,主动解释道:"调酒是业余打发时间的,A城的酒吧我都很熟。"

言下之意,我没有故意接近你。许蝉得到了答案,心里的涟漪渐渐平复,却怎么也高兴不起来。

许蝉看着李闵挺直的后背,心里想着那天在病房里听到的闲言碎语,忍不住追问:"那件事后来怎么处理了?"

见李闵没有第一时间做声,她连忙补充道:"不方便透露就算了。"

"那名女患者的脸,再过一段时间就能恢复。"

患者的病情能够好转,是医院、医生,甚至大众最重视的,但是……许蝉隐隐觉得,自己似乎有些越界了,但还是脱口而出:"我是想问,那件事对学长有没有影响?"

平时医院那么忙,下班之后还有空来酒吧消遣。李闵真的不是被医院停职,甚至辞退了吗?

"哦。"李闵的音调略微上挑,像是想到了有趣的事情,"原来小学妹是在关心我啊。"

不是,我不是那个意思。许蝉发现自己越想解释,越可能讲不清楚。

许蝉镇定下来,轻声道:"那天,谢谢你帮我挡那几下。"

李闵顿了几秒,那天他也是下意识的行为,换了谁都会那么做,更何况许蝉被袭击,从源头来说也是因为他。

"是我应该向你道歉。"他表情严肃起来,朝着许蝉认真解释说,"不用担心我,做了几份书面检讨,升职的事情打了水漂,其他的暂时没有太大影响。"

他扫过后视镜里许蝉有些自责的表情,像是想到了什么,笑着安抚。

"我平时也是这样的,泡吧,聚会,爱多管闲事,把自己的时间安排得满满的,不会留一丝缝隙。"

看着后座上的许蝉,李闵一字一句地认真解释:"所以,我今天在Blueberry也不是什么堕落,意志消沉。反而是你,伤口好得怎么样了?"

许蝉心里还在咂摸前一句,突然听到他这么说,就点点头:"好多了。"

"伤口还没好全,就来酒吧?"李闵像是在责问,又像是调侃,"可别跟马宿雨学坏了。"

许蝉最听不得别人说自己朋友,见李闵这么说,便以为他是鄙夷马宿雨的做派。她坐直身,立刻反驳:"宿雨又没有做违法犯罪的事情,你凭什么这么说她?"

只不过一句玩笑,李闵没想到许蝉这么大反应。

他不是个爱说教的人,听到她这么在意,就故意问:"你怎么知道她没有?"

"因为我信任她,我知道她的底线在哪里。"许蝉掷地有声地说完,紧接着问道,"那你呢?"

正好遇上红灯,空旷无人的马路上,李闵踩住刹车。

他回头看向许蝉:"什么?"

许蝉直视着他的眼睛,斩钉截铁道:"你做过对不起别人的事吗?"

比如撩拨而不负责。

比如承诺了却没有履约。

比如说好了陪伴彼此,却和别人在一起。

那个倒春寒严重的三月,他们约好了见面,可转眼李闵就与许蝉彻底失联。

她原以为他们之间到此为止,直到那一天她不小心听到了李闵和谢时雨的争执。

操场和教学楼的后门连接,许蝉穿过教学楼一楼的小铁门进入大厅,正好听到旋转玻璃门"哐当"一声,李闵就站定在那儿。

过道里的冷风掀起许蝉的衣角,她下意识地屏住呼吸。她不想退,却也不敢再前进一步。

楼梯上有人走动的声响,空气里弥漫着淡淡的药味,许蝉记得,那是谢时雨常用的一款医用喷雾的味道。

许蝉停在后门旁边的楼梯间,脑子里"嗡"的一声,片刻走神后,谢时雨已经走到了李闵面前。

谢时雨背对着自己,视线遮挡,许蝉什么都听不见,也看不到。

可是许蝉看到原本要转身的李闵微微一顿,脸上的血色刹那间褪了个干净。

空气里寂静一片,操场上隐约有人声传来。

许蝉微怔,突然一声轻响,有人拉开了楼梯间通往操场的铁门,她下意识挪动双腿,整个人就像是被刺目的光裹挟着往前迈开了步子。

一阵嘈杂的说笑声传了过来,许蝉被身后的人群挤到一边,回到大厅时,只看到谢时雨紧跟着李闵出了旋转门的背影。

人群里相互揶揄的吵闹声远去,许蝉看着旋转门外的两个人影,过了好一会儿,才机械地挪动双腿。

一直到傍晚,许蝉都有些心不在焉,她打好饭,转头,恰好看到李闵坐在了自己斜对面的座位上。

说来也奇怪,在两个人约定见面之前,许蝉很少会遇到李闵,但自从那天晚自习李闵来过他们班的教室,她总会在学校的各个角落看到他的身影。

此时,李闵的座位与她相隔三排,他坐在阴影里。

许蝉心里正狐疑不决,突然就看到眼前落下一道熟悉的人影。

"小学妹,你就吃这么点儿?"于皖周一条腿踩在椅子连接处的铁杆上,撑着下巴"啧"声道,"怪不得这么瘦。要不,你在这儿等着,我请你吃照烧鸡肉饼?"

许蝉低着头吃完盘子里的饭,婉拒了于皖周的好意:"不用,我肠胃不好,不能吃太多。"

"这么快就要走了?那我送你。"

于皖周见许蝉要走,连忙收起大长腿。他走了几步,忽然看到李闵坐在不远处,又喊住许蝉,扭头跑过去打招呼。

许蝉本想趁这个机会摆脱于皖周，抬脚的瞬间，突然发现他和李闵好像还挺熟，她渐渐放慢了离开的脚步。

于皖周打完招呼，发现许蝉已经把碗筷送到了窗口。他大手一揽直接把人拐到了超市里，对着货架上所有山楂类的零食一通乱选："你不是肠胃不好吗？多吃点助消化的。对了，学校对门有家新开业的蛋糕店，甜甜软软的小点心你喜欢吗？"

"不用，我不喜欢吃甜食。"许蝉看着白色的塑料袋越装越满，等反应过来的时候，于皖周已经结了账要走。

"这么多？我转账给你。"许蝉下意识去摸手机，这才想起自己手机前段时间被没收了，她窘迫地低下头，"下次我请你吃饭。"

她饭卡里倒是还有好几百块。

"好呀。二楼的拉面特别地道，我们班那帮人早餐都爱吃那个。"于皖周兴致勃勃地盘点起来，"你可以去三楼吃烩面和麻食，晚饭时段一楼3号窗口的烧烤不错。"

他认真地算了算，突然忧伤起来："还有一个月就离校了，以后可能再也吃不到食堂的饭菜了。也看不到学校里的人了。"

此刻距离高考只剩下一个月。

许蝉这才意识到，原来她能见到李闵的时间，也不过只有这短短的一个月了。

"嗯……刚刚那个男生，你认识？"许蝉走在于皖周旁边，不着痕迹地提及。

于皖周还以为许蝉是刻意挑起话题，热情地介绍："那是我们班闵神，最近一次模拟考试考了全年级第二的黑马。"

"我听说，他和谢时雨是好朋友？"许蝉声音不大，试探地问道。

于皖周有些意外地看了眼许蝉，片刻，又恍然大悟道："怪不得你好奇，你和谢时雨一个班的。"

他没有正面回答，只是笑着望向许蝉，说："你这是……在找话题和我聊吗？"

许蝉听着于皖周把话题又拐到了自己身上，连忙岔开，但心里的念头却不住地翻滚，以至于后来于皖周说了什么，她一个字都没听进去。

直到两个人到了女寝楼下，听到于皖周要加她的社交账号，她才开口

059

说:"我手机被没收了。"

"没关系啊,我借你。"于皖周真诚地瞅着许蝉,"我马上就要离校了,以后也不知道多久才能见面,你就留个联系方式,我们以后还能常常联系。"

是啊,他们马上就要毕业了,这也许是她最后的机会。

许蝉脑海里闪过李闵的身影,目光落在于皖周的手机上,鼓起勇气询问:"学长,你手机可以借我吗?我明天还给你。"

"手机啊,你随便用。"于皖周豪迈地报出一串数字,"密码很好记的,你喜欢什么自己下载。我明天找你吃早餐,到时候你再还我。"

许蝉连忙感激道:"谢谢学长。"

她攥着手机,只觉得满手心都是汗水,一口气跑回宿舍,爬到上铺才平复剧烈的心跳,缓缓下载了熟悉的APP。

宿舍里的聊天声此起彼伏,许蝉侧身躺在床上,悄悄登录APP的界面,一瞬间,私信消息就弹了出来。

M:以后别再找我了。

这条消息是很久之前发的,语气里透着明显的不满和反感。

但是很快,许蝉看到最新的聊天记录里,李闵又发过来几条消息,语气截然不同。

许蝉握着手机,反反复复地看聊天记录。

她看不懂李闵的意思,这些话像是另一个人说的,前言不搭后语,她总觉得好像哪里不对。

隔着屏幕,许蝉心里的不安越来越浓重,她从来都没有像现在这样,想要不顾一切地站到李闵的面前,不惜一切代价地问他"为什么要这么对自己""为什么要做出两副面孔"?

宿舍里突然有人打鼾,许蝉一个激灵,一下子就被拉回到了现实。

她从床上坐起身,后背贴在冰冷的墙壁上,鼓起勇气点开李闵的动态主页。

他极少会发动态,最新的一条动态也是很久之前发的,里面有几条语气熟稔的对话——

"周五"约场子?

李闵回复：没兴趣。

没事就来帮忙呗，反正你周末也闲着。

许蝉把评论区的内容手抄下来，立刻地毯式地在账号和聊天记录里搜索，果然发现她以前和李闵聊天提及过一家音乐餐厅名叫"周五"，就在学校附近的巷子里。

许蝉手指一滑，聊天记录跳了好几下，可惜在新设备上刷新不出任何的聊天记录。

她稳住屏幕，看了一会儿，才有些不舍地退出Sunrise，清除账户和密码，这才重新回到枕头上。

望着空荡荡的天花板，许蝉忽然想起两个人上次聊起"周五"的情景。

  M：还想一个人去音乐餐厅？

  如果夏日不聒噪：你都能去……

  M：小兔子，你是不是忘了自己还没到十八岁？

  如果夏日不聒噪：看一看都不行吗？

  M：你没听说过"神仙偷心水"吗？

  如果夏日不聒噪：什么"偷心水"？

  M：就是喝酒不好，哪怕"神仙"也会被坏人偷心。

周五一放学，许蝉就背着书包蹲守在巷子口的书店。

李闵似乎每个周五晚上都会去那家音乐餐厅帮点小忙，也许她能遇到他。

许蝉心不在焉地捏着书页，目不转睛地望着校门进进出出的人，然而天都黑了，还是没等到李闵的出现。

"我要关门了，同学，你等的人还没来？"看店的姐姐好心提醒，"今天天气不太好，估计马上要下雨了，早点回去吧，有什么事情明天再来。"

许蝉看向门外，天色暗沉沉的，闷闷的风刮过来，街边的柳枝被吹得乱甩。

她跳下椅子，从书架上抽了几个笔记本递到前台结账："姐姐，你知道对面巷子里的音乐餐厅什么时候关门吗？"

书店的姐姐诧异地看了眼许蝉，苦口婆心地劝道："那边全是混混，你一个小姑娘去那儿要吃亏的。"她把账单打印出来，和笔记本一起包装到精品袋子里，顺手递给许蝉一把小雨伞，"快回去吧，小心被老师抓住受处分。"

"我知道了。"许蝉乖巧答应。她一只脚刚踏出书店,身后的光就瞬间熄灭了,紧接着,温热豆大的雨点就挨着脚尖砸了下来。

学校门口距离书店不到一百米,从书店到音乐餐厅差不多五百米。

许蝉咬了咬牙,把购物袋胡乱塞进书包,直接奔入巷道。

昏暗的砖块路上,湿滑的青苔铺满缝隙。许蝉走得飞快,心底的恐惧逐步加深。

音乐餐厅里的灯光洒在湿答答的水泥地板上,她停在光晕里大口大口地呼吸,正踌躇着要不要进去,就看到门口大铁艺的阴影里有什么东西栽了出来。

李闵原本是来照顾朋友生意,没想到突然有些发烧,一伙人死活不留他,非要催逼着他回学校休息。

他原本还不觉得有什么,但刚刚出门的时候,竟然连门槛都没踩稳,差点撞到门口的铁艺装饰品上。

此时,他昏昏沉沉地走进巷子里,只觉得头顶蒙蒙的细雨就像烧开的水,浇在皮肤上细细密密地疼。

隐约间,他看到有个娇小的身影挡住了他的去路。

蓝白色的校服宽松地挂在女孩的身上,她努力撑着一把被风吹翻的伞,整个人单薄得好像风一吹就要倒。

"学长。"倾盆大雨里,许蝉肩膀微颤。

她握着雨伞走到李闵面前,鼓起勇气喊道:"你没事吧?"

李闵身上没有酒味,只是脸色白得有些吓人。

许蝉借着微弱灯光悄悄打量,下意识往前挪了一小步,微微抬起的手指还没蹭到李闵的袖子,就被他敏锐地躲开。

他低垂着眼,扶着门口的铁艺装饰品冷冷地盯着许蝉,就像是一只暴躁的野猫,下一秒就要弓起身子、奓着毛朝她抓挠过来。

"你不舒服吗?"许蝉小声开口,声音正好被炸开的雷声遮盖得干干净净。她紧绷着身体上前,"下雨了,我帮你撑伞好不好?"

李闵不知道想到了什么,有些压迫感地道:"让开。"

"我不让。"许蝉倔强地挡在他的面前,固执得要命。

"你以为我是什么好人吗?"李闵语气冷冰冰的,有些不稳地走向许蝉,俯下身,突然笑了起来,"小妹妹,下雨了要帮忙打伞,那我要是害死了人,你也会帮我顶罪吗?"

少年的话语刻薄冰冷,许蝉错愕地仰头看向李闵,心里突然泛起一阵尖锐的疼痛。

不等许蝉反应过来,李闵已经戴起了卫衣上的帽子与她擦肩而过,他步子散乱,幽魂似的晃荡在空旷的巷道里。

过往的聊天记录涌入许蝉脑中,仿佛在她的世界里回响。

M:名字里藏着父母的爱和期许?呵,那我的父母大抵是想让我早点去死。

M:有的人啊,还没出生就是丧门星。

M:你以后遇到我,千万要避着我走。

M:告诉你一个秘密,我这个人招厄运,谁遇到我,都会倒霉的。

一瞬间,许蝉不受控制地跑上前挡在李闵面前,冰冷的雨水滑过她的脸颊,视线里只剩下一道模糊人影。

"有事就去报警,"李闵漠然侧目,睫毛上的水滴遮住了他的眼神,却遮不住他语气里的凉薄,"别挡路。"

许蝉被他这么一看,身体忍不住战栗了一下。

她张了张嘴,克制着酸楚念出自己的网名。雨水伴着风浇灌过来,她擦了擦眼前的水渍,大声道:"学长,你真的不记得我了吗?"

在脑海中演练了无数次的话语,终于在寂静无声的雨中被道出口。

许蝉突然发现也没那么艰难,看到李闵若有所思的样子,她有些生气地质问:"你答应我再也不会逃课,会好好生活,努力照顾自己。你还说让我和你一起考上 A 大。学长,你怎么说话不算数了?"

许蝉脸上满是雨水,眼眶微微发红,发颤的嗓音也有些沙哑。

"兔子,我食言了。"

"对不起,是我让你失望了。"

想到李闵最后的那两条留言,许蝉以为是他对自己失约的道歉。

她忍不住吸了吸鼻子,带着哭腔的声音坚定道:"我没想要纠缠你,过了今晚,我再也不会打扰你。"

"但是学长,能不能告诉我到底发生了什么事情?"她红着眼圈,突然想到了父亲去世时所有人怀疑的眼神,"我已经长大了,不是小孩子,我有能力接受所有结果,也可以为自己说的话承担后果。"

许蝉强撑着勇气,紧跟在李闵身后。

"你刚刚问我,会不会为你顶罪?我不知道你到底发生了什么事情,但是有一点——我不会为杀人犯顶罪,但如果他是无辜的,我一定会拼尽全力让证据呈堂。"

李闵的步子突然顿住,昏昏沉沉间,他想起曾经也有人这么跟他言之凿凿说过。

M:如果我是杀人犯,你害怕吗?

如果夏日不聒噪:不害怕。

M:为什么?

如果夏日不聒噪:因为你不是啊,而且你有证据证明自己是凶手吗?

M:可所有人都这么说。

如果夏日不聒噪:他们有证据吗?没证据,就是诬陷。

M:那你有证据证明我是好人?

如果夏日不聒噪:别人我管不着,但如果是学长,我一定会拼尽全力让证据呈堂。

M:为什么?

如果夏日不聒噪:因为我知道被人冤枉的辛苦。学长,除了我奶奶,你是这个世界上唯一愿意相信我的人。

许蝉注意到李闵的迟疑,连忙上前挡在他的面前。

"学长,你知道吗?他们都说我爸爸是贪污犯,可是我曾经亲耳听到过爸爸说要匿名报案。如果他真的要畏罪自杀,怎么可能会自投罗网?可是没有人相信我,一个都没有。但是没关系,总有一天,我会用我自己的方式找到真相,证明我是对的,他们都是错的。"

她有些紧张,但是每个字都咬得十分清晰:"所以,你也是啊。不管曾经遭遇了什么,都不要放弃自己。我们经历的那些辛苦,并不是我们的错,我们不应该再自己惩罚自己。"

"是吗?"李闵下意识地问了这么一句。

许蝉坚定地给了他一个回答:"是的。"

"学长,我相信你不会骗我的,到底发生了什么,那天在操场你为什么没来?你能不能告诉我?"她握紧的拳头里分不清是汗水还是雨水,耐心地等着他的答复,"我不是不讲道理的人,你要是有什么苦衷,我一定不会怪你。不管发生什么事情,我愿意和你一起承担的。"

突然间,许蝉感觉眼前的人晃了一下,她下意识上前,高大的男生靠在了她稚嫩的肩膀上,撞得她往后退了好几步。

电闪雷鸣,狂风骤雨,李闵迷迷糊糊地感觉自己找到了倚仗,他迷蒙地抬起眼,隐约闻到空气里淡淡的青柠味。

一瞬间,他脑海里冒出一个突兀的念头——仿佛,这才应该是他的兔子,是他们初次相见的样子。

"是你吗?"李闵一动也不敢动,贪婪地依偎在许蝉的肩头。

许蝉疑惑地抬头,只听到他叹息似的说:"你回来了,真好。"

那种渴望被拯救的语气,就像是溺水的人抓住了最后一根稻草,许蝉本能地忍不住心疼,忍不住去原谅他的种种"劣迹"。

呼吸声里,雨声里。

男生的手指轻轻抬起,在半空顿了顿。

李闵突然笑起来了,他呓语似的叹息:"这一回,不是梦。"

许蝉怔然,突然清醒过来,猛地退到半步之外,呼吸不稳地问:"学长,你看清楚,我是谁?"

李闵朝她一步步走来,视线掠过她校服的袖口,捕捉到她腕上的手链,眼神突然亮了起来。

"兔子,"他像是委屈极了,嗓音明显喑哑,迷迷糊糊地追问,"我还以为再也见不到你了。"

许蝉注意到李闵的身体晃了一下,走近了才发现他似乎很不舒服。

"你生病了?"许蝉连忙伸手扶住李闵。

李闵顺从地点头,像是怕惹恼她似的重复道:"我生病了。"

"我送你回去。"许蝉吃力地扶着李闵,却听到他不依不饶地问:"那我以后还能见到你吗?"

许蝉心中一动,低着头想了很久,重重地点了点头。

"我一直都在的。"

那夜的雨,就像是下进许蝉青春里的一场劫,是她永远都不想揭开的疤痕。

她原以为以前那些事情她早都忘光了,但此时再回忆起来,一幕一幕却清晰刻骨,如同昨日记忆。

雨滴缓缓地滑过车窗,留下斑驳的痕迹。

许蝉偏过头看向静止不动的红绿灯,在雨水的笼罩下,玻璃窗外的世界朦胧又璀璨。

许蝉坐在李闵的斜后方,目光落在他轻轻敲击着方向盘的修长手指上。

许蝉还记得李闵趴在谢时雨的课桌上帮她改试卷的样子,灯光从头顶落下,长长的睫毛笼下的阴影落在眼底,他也是这样懒散地敲击着桌角,偶尔转动钢笔,然后"唰唰唰"写下一大片解题方法。

这样漂亮的一双手,握着手术刀的时候是什么样子呢?也是一副懒散疏离的模样,还是终于能拾起一星半点的认真和执着?

大概过了一个红绿灯的时间,随着车辆重新启动,许蝉的思绪终于收回。

她无声地叹了口气,正打算认输投降,突然就看到李闵似笑非笑地抬了下眼。他的视线正对着后视镜里的自己,语气里带着一丝轻佻,扬声询问:"怎么,你这是在打听我?"

男人的嗓音就像是箜篌,停弦回弹之间余音萦绕。

许蝉藏在阴影里的一张脸不由得发烫,不得不说,哪怕是很多年过去,有些反应还是无法改变。

她心里正琢磨着怎么接话,突然听到他一只手在抽屉里翻找东西的声音。

许蝉身体紧绷起来,下意识往后挪了挪。

"怕我是坏人?"

李闵扣紧箱子,转手将一本驾照递向许蝉:"上面有我的基本信息,想知道什么,就自己看看。"

驾照落在皮质座椅上方,许蝉略一侧身,就看到翻开的那一页上贴着一张边缘微卷的一寸证件照。

白底证件照上的男人穿着黑色短袖,栗色的短发微微翘起,轮廓分明的五官比少年时期更显锐利,幽暗的眸子很轻易就能吸引别人的注意力。

这是两个人重逢以来，许蝉第一次正大光明地仔细看李闵的正脸。男人被岁月雕琢勾勒的眉眼越发勾人，偏薄的嘴角微微扬起，照片里的人分明是在笑，却反而显得他对任何人任何事都很漫不经心，十分冷淡。

李闵的外貌在这十年间几乎没有太大变化，除了更加成熟，剩下的……只是比以前更擅长掩饰情绪。那个敏锐、冲动又脆弱的身影，在时光的打磨里变得成熟笃定，更加精于伪装，如同穿上铠甲，戴上面具，毫无破绽。

少年时的情感就像是温流细水，绵密着来又隐秘离开，小心翼翼又欲擒故纵，时隔多年，许蝉再看向李闵，突然有种恍如隔世的距离感。

他的白衬衫变成了白大褂，惯有的高傲更为内敛沉淀，她终于从晦暗不明的角落走到了光影交界处，他们目光相接，自此从不相交的平行线，变成了偶有交集的陌生人。

只要她保持沉默，他们就会平静地擦肩而过，各自过完一生。

恍惚间，许蝉听到心底有个小人在说话：

"许蝉你个孬包。"

"许蝉是个孬种。"

"许蝉你好没出息！"

"许蝉，你真的要放过这个千载难逢的机会吗？"

"许蝉，你怎么就不敢了？"

是啊，她就是不敢了。

此生所有的勇气，都在短暂的少年时期消耗殆尽，现在的她只是个普普通通想要赚钱养自己的成年人。

许蝉把驾照合拢，仿佛也将记忆折叠。

在车窗外的光影闪烁中，她将它挪向了座椅的另一端，主动划清界限。

"我到了。"许蝉张望着窗外，看到不远处的路口主动提醒，"里面没有车位。"

到此为止吧。

看到李闵停车熄火，许蝉立刻伸手拉门，却发现车门压根儿打不开。

车外的雨淅淅沥沥地落下，她抿了下唇，不太自在地往李闵的方向挪了挪："车门锁——"

许蝉的话刚出口，突然就看到李闵一只手撑着椅子侧过身来，他的一双眼像是要扎进人心里，含着打量的目光骤然投向自己。

067

"我们以前见过面？"

许蝉本能地否认："没有。"

"可是我觉得，好像在哪儿见过你。"李闵也说不清具体哪里有问题，眼前的女孩子总给他一种莫名的安全感，就像是经年未见的挚友，虽然有短暂的生疏，可骨子里却依旧亲密无间。

这种感觉多少有些离谱，尤其是对一个从未见过面的女生。

许蝉屏住呼吸，心在一瞬间狂跳不已，在耳畔的一片轰鸣声中，她听到自己说："可能是因为我和你前女友是同班同学。"

也许，在教室里见过。

也许，是在走廊见过。

也许，是在操场见过。

许蝉在心里搜罗了无数理由，可是话到嘴边却一个字都没能说出口。

"你是不是很讨厌我？"沉默了一会儿，李闵突然抬眼对上许蝉的目光，笑道，"不用否认。因为你的眼神，并不擅长说谎。"

许蝉从未想过，自己会在这样的情况下有机会向李闵"坦白从宽"。她嘴唇微抿，满心的紧张在李闵的注视下陡然散去，仅剩的理智支撑着她勉强扬起一个笑容。

"我刚刚的确撒谎了。"许蝉的双手撑在座椅上，整个人都往后靠了靠，而后迎上李闵深邃的眼眸，轻声笑道，"我以前跟你表白过，被拒绝了。"

车内的呼吸交叠，窗外的细雨纠缠。

许蝉平静地挪开目光，顺势将手搭在车门把手上。她本想借力坐起来，没想到碰巧按到了按钮打开了门锁。把手旋转而下，李闵扭过头的时候，许蝉的半边身体已经探出了车门。

驾驶座下面正好放着一把透明的长柄雨伞，李闵本能地抓到手心，推开车门就跟了下去。

过道被两侧的车辆挤出一个狭窄的缝隙，许蝉关上车门的同时，就看到李闵从另一侧绕过来，撑着伞快步走向自己。

"我送你。"

李闵看到许蝉慢条斯理地从包里掏出一把黑色折叠伞，伞身折叠得很细致，一看便知道主人是个严谨仔细的人。而此时，她正用自己的方式拒绝着他的弥补。

李闵耷拉着眼皮,雨水从发梢滚落在鼻尖,他的视线落在地面水洼上映出的影影绰绰的虚影上,却情不自禁地想起刚刚在车上,许蝉那个无比坦然而又澄净落寞的眼神。

对望那一眼,李闵陡然生出一丝歉疚和无限的茫然。

过往的许多年,他经历过无数这样的桥段。可唯有这一回,许蝉的眼神让他觉得心虚。他甚至想,如果当时她再坚持几秒,兴许自己会立刻投降,会忍不住去追问当年到底发生过哪些细节。

这个念头一闪而过。

逼仄的空间里,李闵和许蝉之间隔着一把伞的距离,一个无话可说,一个百口莫辩。

"抱歉,我确实没有印象。"李闵撑着伞,眼尾低垂,微微俯下身朝着许蝉致歉,"要不,你打我两下出出气?"

见许蝉一动不动,他眉眼弯起,温声示范,语调犹如在开一个无关紧要的玩笑:"你就说,李闵是个浑蛋,李闵所愿皆成空,李闵不得善终。"

许蝉愕然抬头,听不出他是真心哄自己,还是借着玩笑吐露心声,但无论哪一种,都让她觉得很不舒服。

假如李闵记得自己,这些话就像是另类的伤口撒盐,她只觉得更加难堪;如果李闵真的不记得自己,那他这样的自责自伤,还是对着全然陌生的她,就更像是额外的嘲讽。

迟来的相遇,错过的体贴,还有无法挽回的爱慕,在大雨滂沱的凌晨,如同午夜梦回般潦草上演。

雨不会停,时间不会倒流,她不是当年的她,他也不是那时候的他。

许蝉听到夹杂在雨声里的心声,轻轻柔柔地抬眸回答:"学长,我们都要往前走。"

就像很多年前的那个雨夜,她清楚地记得自己对李闵说:"过了今晚我再也不会打扰你。"

许蝉撑着伞往前走了几步,见李闵半点让开的意思都没有,索性收起伞从他伞下穿过。

两个人擦肩而过的瞬间,李闵突然转身,雨伞换到右手撑在许蝉的右上方,两个人步调一致地走出了停车位。

"那就好好记得你的选择,不要玩弄别人的心意。"李闵刹住脚步,突然挡住许蝉的去路。

许蝉脚下一顿,地上的水渍轻溅,她满腹疑惑:"你什么意思?"

从 Blueberry 出来的时候,他就想提醒许蝉。

"于皖周是我最好的朋友。我猜你也看得出来,马宿雨对那小子存着什么心思。"他难得和女生说重话,可此时却一句比一句锐利,"你是现实也好,另有打算也罢,既然提了分手就断干净点儿。对你,对他们,都没有坏处。"

这是在暗示自己心思不纯,想要拿于皖周当备胎?许蝉诧异地对上李闵的目光,有些好笑:"在你眼里,我接近他们是有所图谋?"

李闵没有反驳,带笑的眉眼舒展开来:"你一个人搞得所有人都乱了套,我有所怀疑不是很正常。"

"你有证据吗?"许蝉问。

李闵摇头:"于皖周对你的认真有目共睹,那你呢?"不等许蝉解释,他笑着靠向冷冰冰的车身,"于皖周是脑子缺根筋儿,但不代表他要被人耍着玩。"

"是!于皖周是有钱,他家的地板砖都比我住的地方贵,他随手送我的一块手表,我都要花十年,甚至一辈子才有资格看一眼。可那又怎么样?"许蝉呼吸急促,气得胸口微微起伏,"我答应他时,也是付出了百分之百的真心,哪怕我送的礼物很廉价,但心意也不比谁的轻贱。在一起的时候,我全心全意,离开的时候我一分钱都没有占便宜。"

许蝉冷冰冰地望了眼李闵,刚要转身就走,突然想到什么似的回过头道:"全天下谁都能说我,就你不行。既然你这么讨厌我,从今往后,请你离我远一点,最好永远都不要出现在我的面前。

"我讨厌你,非常非常讨厌。"

脚步声骤然消失,溅到身上的水花被雨水覆盖,李闵定在原地,耳畔还回荡着许蝉最后那句咬牙切齿的话,心里突然起了一丝涟漪。

他是戳到人家肺管子了,还是她被说中了恼羞成怒?怎么突然生这么大的气?

"啊——"

十字路口传来一声尖叫,李闵蓦地抬头,几乎是下意识往前奔去。追到路口就看到刺目的车灯直击面门,他猛地将倒地的许蝉一把捞起,一边抬起手臂挡住眼睛,一边将她挪到护栏的另一边。

从车外向驾驶室看去,车里的司机勃然大怒,像是才反应过来似的一把夺过方向盘,大声骂道:"你有病啊,疯婆子!"

"别抢我的方向盘。"司机推开旁边干扰的乘客,大声呼喊,"前面有人,要撞上了——"

许蝉扶着栏杆看向李闵,眼看着车辆就要再次撞过来,她连忙上前拉着他往后跑。

耀目的白光里,她只觉得世界寂静一片。忽然,有人将她轻轻拉住,她的意识一下就回到了现实中。

冷风、急雨,还有男人有力的手。

许蝉揉了揉被照得刺痛的眼睛,就看到出租车"哐当"一声冲到了附近的花坛里,撞得旁边的白色围栏碎了一地,车门的漆也被旁边的石头剐蹭了一大片。

"哪来的疯子!要闹出人命了啊!"

司机制伏了副驾驶座突然发疯的女乘客后,朝着许蝉的方向跌跌撞撞地跑了过来:"小姑娘你没事吧?有没有碰着哪儿?要不咱去趟医院?我也报个警,把这个不要命的疯婆子交给警察。"

车灯晃眼,许蝉在李闵的搀扶中站定。

她看着刚才被司机按得直不起腰的妇女,在骂骂咧咧声中,有些不确信地揉了揉眼睛。

半响,她直起腰身,扶着撞到伤口的手臂,淡淡地喊了一声:"妈?"

许蝉和司机一前一后从派出所出来,前者脸上遮不住的疲惫,后者嘴里正不停地咒骂着,瞪向许蝉的目光里除了愤怒,还有些微恐惧。

"有疯病就让她老老实实待在家里,大晚上跑出来危害社会!"司机往旁边啐了一口,骂骂咧咧,"别以为赔了钱就了事了!我明天就去医院做检查,你们还得陪我精神损失费、误工费,还有……"

他自顾自地说着话,完全没有注意到路灯下单手插兜站着的人,将将要撞上去的时候,他突然感觉被人按住了肩膀。

男人的动作算得上温柔,但司机却感觉肩膀一阵发麻,他下意识闭了嘴,收敛道:"你是谁啊?多管闲事。"

"这是我的电话，有问题随时联系。"

李闵语气很淡，听不出什么情绪，看向司机的时候特意提醒："处理完记得要发票，该赔的我们一分钱都不少。"

司机是清楚许蝉的具体地址的，李闵略一沉思，继续说："如果有其他需求，直接找我。"

最后一句话，李闵的声音刻意放轻，因此许蝉并未听到。

许蝉站在台阶上，等着妈妈绪灵芝出来，刚低声嘱咐了几句就听到司机大声吼道："哦，对了！你们是一起的，一家子是吧？"

他回头瞥了眼走在后方的许蝉母女，像是终于找到了可以发泄的口子，指着李闵的鼻尖怒道："管好你丈母娘，有病就去医院，别出来祸害别人！我真的倒了大霉——"

听到司机的控诉，许蝉连忙上前。

"麻烦您来这一趟。修车的费用、医疗费，还有您的误工费我都会照付。"许蝉快步走到两人中间，平心静气地鞠躬道歉，"今晚的事情是我的问题，给您添麻烦了，也谢谢您当时送我妈妈过来。"她态度诚恳，姿态极低，"再次抱歉，之后有任何需求，您可以随时找我。"

李闵有些意外。

事故之后，许蝉本来就镇定得有些异常，加上她对绪灵芝的冷淡，他原以为她和家人感情不好。可是，此时的许蝉却态度和缓，姿态极低，面对司机的恶意也没有半点怒气，反而是尽可能赔礼道歉，满足对方的无理要求。

这和他想象的不太一样。

司机在许蝉的安抚下，终于像是消了点气，怨气冲冲地瞪了眼许蝉，这才攥着写着李闵的电话号码的字条转身去了地铁口的方向。

许蝉仰起头，越过李闵的肩头，看向不远处的青色天际。她抬起手腕看了一眼表，这才发现竟然已经清晨六点多了。

"怎么这么久？"李闵下巴微抬，询问许蝉。

从深夜两点到现在，许蝉在里面待了接近四个小时，李闵注意到许蝉的唇色泛灰，眼袋浓重，整个人的精神状态非常糟糕。

许蝉也没想到李闵竟然还在外面等她，她原以为昨晚的了断，是自己和李闵最体面的道别，没想到兜兜转转，还是让他看到了自己最狼狈的样子。

就像很多年前，她努力学习拼命爬上红榜，只为了能站在耀目的高处，让他看到自己最好的样子。可那一切,都比不上自习课的一片哄吵声中,男生们口中呼喊的"神婆"两个字,来得引人注目。

"什么'神婆'?你们班还传播封建糟粕啊?"李闵的嗓音低低响起。

有男生火速插话:"我们数学课代表啊,他们家跳大神。"

斜后方传来女生幽微的气音,像是在叫停闹剧。

须臾,许蝉听到身后趴在桌子上的男生笑了笑,突然道:"成啊,改天我们也去算一算。"

"别闹了,她……"

女生的声音渐渐隐去,可许蝉却觉得有根尖刺,随着呼吸声在她的心脏上起起落落。

她清晰地听到他们说:

"她爸爸蹲大牢。"

"她妈妈脑子有毛病。"

"她姥姥是神婆,做的是骗钱的营生。"

"她家开纸扎铺,做死人生意的,晦气死了。"

十五六岁的许蝉,最好面子,尊严是比天还要大的事情。

可那次,她绷直了后背,满心的反驳统统咽到肚子里,自始至终都没有回头反驳一句。

重新对上李闵的眼睛,时光就像折叠了过来,正好将此刻和那时候推拉到一起。

"做了笔录和病史核查,和司机签了责任书。"许蝉如实解释,随即有些疏离地微微颔首,"今天多亏有你,谢谢了。"

李闵:"其……"

"蝉蝉,妈妈不是故意的。"他正要说话,突然听到站在许蝉身后,一直都低着头没说话的女人突然出声,语气愧疚又委屈。

绪灵芝见许蝉和李闵说话,恢复平静的脸上突然泛起一点点欣慰,她扶着许蝉的手臂,试探着询问:"这是你朋友吗?这回真是麻烦人家了。蝉蝉,改天请朋友到我们家坐坐吧?"

李闵嘴唇微动,话尚未出口,就听到许蝉锁着眉问:"妈,你又犯糊涂了?你看清楚,这里是A城不是家里。还有,你来A城怎么不告诉我?昨晚抢方向盘撞我又是为了什么？"

她话说到一半，重重地叹了口气，像是忽然想起李闵还在旁边，随即停止了问话。

"晚点再跟你算账。你在这里等我，我请个假，先带你去医院做检查。"

看着许蝉走到一旁去打电话，李闵将手从口袋里拿出来。他还没抬脚，就看到许蝉的母亲朝自己走了过来。

她虚扶着李闵的胳膊，脸上带着一点讨好，满脸歉疚地说："你就是蝉蝉的男朋友吧？昨天晚上我真的不是故意的，我当时想到外面传的那些话，也不知道怎么就……唉，你不要怪蝉蝉。都怪我，我一着急就把蝉蝉的嘱咐给忘了，来之前药也忘记吃了。"

她自责万分，伤心得落下泪来。

李闵零星捕捉到一些信息，出声道："没关系，许蝉也是怕您出事。"

绪灵芝像是没听到李闵的话，自顾自地解释："小伙子你别担心，我们蝉蝉有本事有稳定工作，将来一定是要落户在A城的。我一把老骨头，也没几天活头了，我将来一定不会纠缠你们。哦，还有……我这个病，吃了药就没事。昨晚我也不记得我怎么了，怎么就不受控制……"

听着女人渐渐有些语无伦次，李闵抬手扶住她的手臂。

上次因为病患闹事老师教训他的字眼骤然响在耳畔，李闵略微一顿，尝试着用同理心去关注眼前的"病患"。

他温和的笑容浮现在眼中："阿姨别急，慢慢说。"

他见绪灵芝仰着头看自己有些难受，索性蹲下身，认真地安抚道："阿姨，我叫李闵，是A大三院神外的医生。您的病情目前还是可控的，当然最终的结果还是要去医院诊断才知道。"他轻轻按了按女人的手臂，"您放心，我和许蝉都相信您的。"

"那你不会跟我们蝉蝉分手吧？"

李闵微微一愣，想到之前司机误以为他和许蝉是夫妻说的话，瞬间明白过来绪灵芝也跟着误会了。

他略一沉吟，看着眼前女人满含期望的眼神，想到许蝉已然是焦头烂额的模样，脑海里突然跳出昨晚她抢方向盘撞许蝉的那一幕，他心里莫名有些乱，随即听从本能缓缓地摇了摇头："您放心，我会照顾好她。"

隔着老远，许蝉的这个电话似乎打得很不愉快。

李闵安抚好绪灵芝,扭头就看到她在花园旁边来回踱步,表情严肃,眉头紧锁,像是强撑着精神在和谁争论。

"蝉蝉是不是有工作走不开啊?"绪灵芝焦急地询问,已经做好了打算,"我来就是想看看蝉蝉,她这么忙,那我现在就回老家去。"

李闵制止了绪灵芝的动作,悄悄打量着许蝉的神情,心里突然泛起一种异样的情绪。

他第一次见到许蝉时,她端端正正地坐在马宿雨旁边,就像是每个班级里都有的那种乖乖女;第二次是他在二楼休息室发呆,她将自己认错成于皖周,他头一回知晓原来乖乖女心里也很倔强;后来在医院,他还记得当时那么多人,只有她第一反应是帮他阻止病患的袭击。

再后来,就是昨晚。他借往事提醒许蝉,一半是真为于皖周觉得不值,一半是鬼使神差地想知道她心里的想法。

毕竟,从小到大,于皖周就是个被人骗大的小傻子。可是现在,他看着许蝉,突然生出一种好奇,莫名想要探究到底的心疼。

他突然想到,自己听许蝉说过的最多的话就是"谢谢",但似乎……自己每次遇到她,好像都会给她带来不幸。

"披着菩萨的外衣,做着冷漠的天使。李闵啊,你做医生这么久,心里真的有慈悲吗?"

"别人行医是救人,我上手术台是为了赎罪。老师,对不起,我不配做您的学生。"

老师的话言犹在耳,李闵收回视线,眼底落下一层灰暗。

不远处,许蝉终于挂断电话。

李闵迎着曦光看过去,许蝉娇小的身影镀上了一圈淡淡的光。她面无表情地撩开额前碎发,快速将长长的直发高绾起,然而目不斜视地径直走到母亲面前,拉起母亲的胳膊就要走。

"处理好了?"

李闵拦住许蝉的动作,下一秒就接收到许蝉疲惫不堪的眼神。

许蝉挪开目光,将母亲拉到身侧,说:"没有。我今天要出趟差,先安排她……"

"我送阿姨去医院。"李闵淡淡地开口。

许蝉手指微顿,心里略有些动摇。

她现在暂时寄居在马宿雨家，临时把母亲安排在酒店算是最方便的。但是母亲病情不稳定，需要有人看顾着。如果李闵愿意帮忙，正好解了她的燃眉之急。

　　正犹豫着，李闵已经拎起了绪灵芝的行李："阿姨，我带您去医院，好不好？"

　　"好。"绪灵芝点头，看着李闵的眼底满是赞许，她回过身笑盈盈地嘱咐许蝉，"我知道你忙，快去吧！这里有小李照顾。"

　　凌晨四点整，腕表的提醒灯闪烁。

　　许蝉立刻放下手里怎么都做不完的底稿，抬手合上笔记本电脑，枕在U形枕上活动了一下脖子。

　　阁楼上的同事已经在呼呼大睡，轻微的磨牙声在寂静的夜里显得十分刺耳。橘黄色的灯光映照在白色的墙体上，许蝉看着满墙的项目进展表，心头一拥而上的，却是另外的事情。

　　昨晚，她明明已经做好了和李闵划清界限的决定，可是突发的事故，又好像把他们拉拢到了一起。

　　她从抽屉里拿出手机，切换到自己的私人空间，屏幕上骤然弹出来一连串的留言。

　　　　驴子不戴花：蝉蝉！怎么回事？我听李闵说你差点出了车祸。

　　　　驴子不戴花：阿姨怎么突然就来A城了？你出差去了，她一个人住安全吗？要不要把她接到我这边？

　　　　驴子不戴花：阿姨的检查结果出来了，情况没有恶化。医院里没有床位，住酒店我也不放心，我先接她在我这里住几天，等你回来。

　　　　驴子不戴花：蝉蝉，那个……你怎么会让李闵帮忙照顾阿姨啊？我听阿姨说你和李闵在一起了？一个晚上而已，你们发生什么了呀？

　　什么在一起了？

　　许蝉正要跟马宿雨解释，突然就看到屏幕上跳出来两条消息。

　　　　M：图片／图片／图片／

M：你要的发票。

李闵。
她差点都忘了还加了他。
离开 A 城之前，许蝉带着李闵回家拿行李，以及帮母亲收拾在酒店暂住的东西。
出租车快到的时候，李闵突然说要加微信："万一到时候，阿姨有哪里需要问你，怎么办？"
大概是许蝉的迟疑出卖了她，李闵翻出二维码的手指微顿，嘴角上扬道："你不是让我把单据都发给你？不加微信，你到时候怎么帮我报销？"
他说到最后"报销"两个字的时候，故意加重了语气。许蝉分不清他是在调侃还是嘲讽，但意外地并不令人讨厌。
看着通信录里突然多出来的好友，许蝉望着熟悉的昵称看了许久，突然有些恍惚。
半晌，她才点开单据，根据上面的金额转了款。

后夏：谢谢。

打完字，许蝉耳畔突然响起李闵说的话——她每次和他讲话都在说"谢谢"。她想了想又重新删掉，发了一个"请查收"。
语气客套又模式化，像平时和客户发消息。
李闵的状态栏纹丝未动，许蝉等了一会儿觉得自己莫名其妙，正要把手机放回去，就看到李闵发了一段很长的话。
前面一大段都是很专业的病情说明、休养方法，以及药物治疗的注意事项。许蝉的目光落在最后一句：

M：那天晚上是我说错了话。你可以讨厌我，但是请相信我。

瞬间，她感觉心尖仿佛被人轻轻地捏了一下。
她盯着手机屏幕很久，看到对面又发过来一句：

M：对不起。

这三个字，许蝉在漫长又转瞬即逝的青春里等了很久，没想到会在迟到这么多年后，因为这样的原因出现在她的面前。她忍不住有些鼻子发酸，就好像又被拽回到那段时光里，她依旧畏缩在沉寂的角落，心里灼伤般地疼。

"Carol，你还不睡吗？"

阁楼上的同事不知道什么时候醒了，见许蝉正对着手机屏幕发呆，一边下楼，一边揉着眼睛迷迷糊糊地问。

许蝉侧过身，擦了下眼角，顺手关了手机屏幕，收起电脑锁了抽屉。

她离开办公桌，嗓音有些低哑："我是不是吵到你了？"

同事奇怪地看了许蝉一眼，抱着咖啡的手微微一顿，欲言又止地绕着许蝉走了一圈，快要上楼的时候，突然转身说："Carol，晋升的事情你别太难过。"

嗯？许蝉心里有些疑惑，晋升的考核这么早就开始了吗？她难过什么？

感觉同事应该是有些误会，许蝉连忙要解释清楚，她刚要开口，就突然听到对方感慨。

"做我们这行的本来就'卷'，你专业能力好，又能吃苦，学历也出挑，将来肯定比那些娇滴滴的大学生要有前景。咱不计较眼前的得失。"

许蝉隐约捕捉到一丝信息，她知道同事和经理的关系很好，也许会有些小道消息，因此面上没有表现出来，只是轻轻笑道："我运气不好。"

"运气这事谁说得准？"

同事有些义愤填膺："从谁的肚子里出来，这是我们能选的吗？有的人一出生就把我们踩在脚下，又能怪得了谁？"

她抱着手里的咖啡喝了一大口，走到许蝉旁边停住。

"我们也是老熟人了，跟你说句掏心窝子的话。按理说，你的资历比我老吧？你知道为什么分配给你的项目都是这种类型吗？我估摸着还不是因为你背调的事。我呢，反正是不喜欢这个工作，也熬不下去了，过完年我就跳到甲方。"

她轻轻地挨近许蝉，流露出一丝善意："你也好好为自己做做打算。"

直到同事挪开步子，许蝉才抬起头朝她道了声谢。

空旷的房间里，许蝉独自坐了很久。

她原以为自己会失落，毕竟她拼命努力，报班考证，全都是为了能在现在的单位站稳脚跟，有个稳定的可以养活自己和母亲的工作。

可不知道为什么，最现实的原因抵达面前的时候，她忽然就感觉原本低到谷底的情绪，竟然奇妙地获得到一些纾解。

原来她并非是不够优秀，只是有些地方永远比不过旁人。就像李闫对她，其实也不是他辜负了自己，从头到尾也不过是不爱而已。

许蝉长长地舒出一口气，连日来的浮躁和郁闷一扫而空。

不知道过了多久，直到窗外的曦光从黑暗里渐渐渗透过来，她才打开手机给马宿雨回了消息。

　　后夏：你上次不是说在鑫海茂世帮我找到个还不错的一居室？可以把房东的联系方式发我吗？我想出完差就搬过去。
　　驴子不戴花：这么急？

许蝉诧异地看了眼时间，飞快地打字。

　　后夏：你这是没睡，还是早起？

当然是嗨翻天，还没睡啊。

　　后夏：你白天也要工作，我妈住你那儿不方便，我还是重新租个地方，找个保姆照顾吧。
　　驴子不戴花：你什么时候回来？
　　后夏：还得一个多星期。
　　驴子不戴花：那个我跟你说实话吧……因为我帮你找房子的时候，你和于皖周还没分手，所以是托他在朋友圈找的。那套房子吧，很凑巧……

许蝉心里有个不太妙的猜想，果然——

　　驴子不戴花：就是李闫的。

驴子不戴花：……勇士，你要租吗？

三十五分钟后。

后夏：晚安。

许蝉一结束出差就直奔 A 城。
"您好，我姓许。"
"对，我前天跟您约的看房。"
"没问题，今晚就签合同。"
从高铁站一路狂飙，许蝉一下出租车就看到马宿雨挽着母亲在楼下挥手。
"怎么又瘦了？"绪灵芝心疼地看着许蝉，伸手摸了摸围巾里面小小的一张脸，忍不住叹气道，"是妈妈拖累你了。"
许蝉笑着把行李箱提上台阶，一边付打车的款，一边笑说："这话我都听了二十几年了，妈你不累我耳朵都要听出茧子了。"
绪灵芝平时的性子安静，有点絮叨，听到女儿这么说忍不住笑弯了眼睛："妈妈也是为你操心，希望你早点找个好归宿。"
她原本就是因为村子里的闲言碎语，才专程跑到 A 城来看看许蝉，没想到那天晚上突然就犯了病，差点伤到了女儿。
这段时间，她听马宿雨说了不少女儿的事，这才明白过来，那天见到的李医生不是女儿的男朋友，又得知女儿已经和于皖周分手了，心里别扭了两天，才勉强接受这个事实。
许蝉一进屋，一眼就看到桌上热乎的饭菜："这是给我准备的？这么有仪式感？"
"你这孩子。"
绪灵芝剜了眼许蝉，解释说："妈妈这段时间多亏了李医生和宿雨，这是妈妈特意招待客人的。"
正说着，门铃就响了。
几乎是前后脚的工夫，许蝉就看到穿着白色羽绒服的李闵和探头探脑的于皖周一前一后从门缝挤了进来。
于皖周显然是混熟了，挤进来一头就扎进饭桌上。李闵慢吞吞地走在后面,一进门先和绪灵芝打了个招呼,转头看到许蝉,表情微微一变。

绪灵芝忙着去盛热汤,李闵朝着许蝉走近半步,微微俯下身,蓄谋已久似的笑道:"你怎么——"

许蝉迎上他打量的目光,下意识摸了把脸:"我怎么了?"

其他三个人都在厨房内外忙碌,拿筷子的、端醋的、找碗碟的,唯有李闵和许蝉一动不动——一个微微弯着腰,一个轻轻仰着头。

烟火气里,许蝉听到李闵低声笑了一下:"有的人满脸都写着——'你走开'。"

他离许蝉有些近,隐约闻到她身上有淡淡的青柠香气。

倏忽间,他仿佛回到了十年前的某场大雨里,他以为自己失而复得,满怀都是青柠味。

酸涩,却是让他唯一感到温暖的味道,也是最喜欢的味道。

他有一瞬间的失神,思绪回转过来的时候,许蝉已经挪去了窗前。

天青色的蕾丝窗帘缓缓拉开,外面和煦的日光一下子就打了进来,映在许蝉白皙干净的侧脸,整个人看起来脆弱又美好。

许蝉从冰箱里拿出一瓶饮料。见她走到流理台旁边,李闵也跟着漫步过去,跟着收拾沾了灰的玻璃杯。

两个人面对面站着,一里一外,一高一矮,默契地没有打破这份平静。

许蝉把饮料瓶抱在怀里,伸手拧了三遍,手指都有些泛红了,瓶盖还是纹丝不动。

她眉心微微皱起,目光落在旁边的刀具上,还没等她伸手,怀里的饮料瓶突然被一只大手抽走。

许蝉顺着那只手看过去,只见李闵仔细观察了一圈,用指甲盖按了下某一处,紧接着轻轻一拧,盖子就闻声脱落。青白色的饮料沿着杯壁缓缓滑落,一滴不洒,刚刚好。

"有些事情,不要逞强。"

李闵把饮料瓶子推到许蝉面前,话里有话似的含着笑说:"偶尔示示弱,别人才有机会帮你。"

许蝉收回手,目光在玻璃杯上移动。半晌她才仰起头反驳:"你喜欢娇滴滴的,难道要所有人都变成那样?"

李闵眼底掠过一丝凉意,刹那间又缓缓温暖起来:"看来,你没少打听我的事。"

"我——"

许蝉被噎得哑口无言,她才没有去打听,这些事情她眼见为实,刻骨铭心。

"我那天给你道歉,你怎么不回我?"李闵收拾好杯子,放入托盘的同时,像是无意中提及道。

许蝉移开视线:"太忙,我忘了。"

"你讨厌我,就是因为我拒绝过你?"李闵突然停下手里的动作,侧身靠在流理台上,在于皖周聒噪的催促下,好整以暇地看向许蝉。

许蝉被他坦诚直白的目光看得脸颊发热,她低着头,随手拿起一个已经澄净透亮的杯子放在水池里继续洗。

柔软的刷子在玻璃上摩擦,许蝉满眼都是倒映在杯壁上的两道人影。影子透着光,在晶莹的水下融为一体,不分你我。

"没想到你还挺记仇的。"李闵抬手关掉水龙头,从许蝉手里拿走杯子,语气无奈地说,"别刷了,再刷都穿了。"

他端起饮料,从流理台里绕出来,经过许蝉的时候,微微靠过去一点,用只有他们俩能听到的声音说:"这么气不过,要不这回我追你?"

许蝉蓦然抬头,心跳都漏了一拍,紧接着就听到李闵继续说:"然后你拒绝我,咱俩就扯平了。"

就像是被人戏耍着,她的心脏跟着七上八下。到底是李闵太会玩这种调情的把戏,还是她根本经不住一点点挑拨?许蝉回忆着自己一次次败下阵,迅速冷静下来,她心里油然而生一股恼意。

她转过身,斩钉截铁道:"我不会再喜欢你。"

"喂——"

许蝉听到身后拉长的轻唤,不耐烦地转过身,却看到李闵眼底带笑,半点都没有生气。

他勾起嘴角,得逞似的问:"现在有没有觉得爽一点?"

许蝉微愣。

所以他刚刚是故意激她放狠话?

餐桌上,许蝉闷不吭声地吃饭,眼前的杯子空了倒倒了空,她毫无察觉,满脑子都是刚刚李闵对自己的态度。

是错觉吗?他好像在哄着她?抑或是,那只是他的道歉方式?

李闵看似温和绅士,实际上性子十分冷淡,许蝉隐约能感觉到他对自己的特别,刚开始大概是因为于皖周,后来她和于皖周分手,他对她除了最开始的微弱敌意,似乎总是格外照顾些。

不可否认,她心里的确是抱了些许希望。希望如同妄念,又像是贪婪春风,哪怕是一点点,就足以撩起一池清水,满目盎然。

"那个,许蝉啊,"马宿雨欲言又止,在于皖周的轻咳提醒下,还是没忍住问,"少喝点冷饮吧。虽然不是酒,但对身体也不太好。还有,你面前那盘腌萝卜!我才吃了一两口,眨眼的工夫,连小米椒居然都被你吃完了。"

许蝉顿住筷子,低头一看,这才发现碗里的米饭仅剩小半碗,而手边的泡椒腌萝卜几乎被她一个人扫空了盘。

"我再去夹一点。"许蝉有些窘迫地离开座椅,视线从头到尾都没有抬起,像是故意在避开谁。

绪灵芝见许蝉起身,嘱咐她再多夹点酸豆角,笑道:"我从老家带过来的,你们要是喜欢吃,我留个腌制法子。"

"阿姨的厨艺是真的好,比外面私人定制的还要好吃。"于皖周咬了一口肉酿荔枝,顺手给旁边的马宿雨也夹了一颗,"说起来,阿姨您是打算回老家了吗?不然,您在A城多住一段时间,我们有空陪您到处逛逛。"

马宿雨紧接着开腔:"就是啊,您一个人在老家蝉蝉也不放心。"

"不用不用,我都习惯待在老家了。"绪灵芝连连摆手,笑着说,"再说,蝉蝉刚在市区给我置办了房,就在她舅舅那个小区,我没问题的。"

"您现在搬到华鑫啦?"马宿雨掩饰不住地惊讶,许蝉从来都没提过。一直都没说话的李闵这时才抬了下眼皮,似乎有些意外:"华鑫花园?"

绪灵芝连连点头,下意识地询问:"李医生也有亲戚住在那儿?"

李闵微微一笑,看不出什么情绪地放下筷子。下一秒就被于皖周抢先一步开口:"这么巧啊!李闵家也在华鑫,华鑫三单元402。阿姨你们住在哪栋几号?有机会还可以串串门啊。"

绪灵芝闲聊似的道出地址,见李闵一副若有所思的模样,马宿雨立刻在桌子底下狠狠踢了脚于皖周,眼神差点把旁边的傻小子给剜死。

"马宿雨!"于皖周抬腿拍了拍裤腿,"啧"一声骂道,"你属驴的啊?"

"好好吃你的饭,阿姨的饭这么好吃,都堵不上你的嘴。"马宿雨没好气地回怼,她生怕于皖周东拉西扯,万一李闵想起什么,那许蝉多尴尬啊。

见许蝉进了厨房,马宿雨松了口气,快速把话题转移到附近的景点。

饭桌上热热闹闹,关于李闵的话题很快就被马宿雨和于皖周带了过去。眼见桌上的饭菜吃得差不多了,李闵起身笑道:"我去拿点零嘴儿。"

于皖周一听立刻亢奋起来,朝着绪灵芝一通输出:"对对,我专程买了法国空运过来的甜点,还有巧克力布朗宁。我听说您喜欢吃甜食,特意拿了些让您先尝尝,要是喜欢我下次再给您带。"

马宿雨捂了捂眼睛,抬腿又踢了于皖周一脚,压低了声音吐槽道:"哥你这讨好得也太明显了。"

于皖周理都没理,继续笑吟吟地推荐自己的甜食。

此时,许蝉刚从陶缸里拿完腌菜,红白交错的腌萝卜看起来水灵灵的,就像一桩桩心事,欢喜与凉薄共存,却因为调料味浓重,放在嘴边反而滋味趋同。

她轻轻地叹了口气,端着白瓷盘转身要回去,结果刚一抬头就看到倚在门口的李闵正意味深长地看着自己。

"你打算一直躲着不出去?"李闵迈开步子,站在置物台旁边,一边拆开精致的包装袋,一边漫不经心地问。

饭桌上,许蝉的心不在焉他看在眼里,他没想到,自己的出现竟然会给她带来这么大的困扰。

李闵说话的声音很轻,如果不是厨房只有他们两个人,许蝉都怀疑他是不是在自言自语。

她放下瓷盘,心里好似暴风雨后的片刻宁静,下意识就拿起筷子,开始有一下没一下地把盘子里的萝卜整整齐齐地排列起来。

李闵看过来的时候,许蝉已经用萝卜筑成了一座堡垒,他忍不住乐道:"你也喜欢玩积木?"见许蝉有些发愣,又问,"乐高?"

许蝉先是没反应过来,反应过来之后连忙摇摇头,喜欢玩乐高的是于皖周,不是她。她心虚地把盘子里的萝卜随手弄乱,坦诚道:"我有点强迫症。"

"那——"李闵的话音微滞,突然想到许蝉那把随身携带叠得如新的雨伞,他把拆开的点心随手丢在一边,转身背靠在置物台上,"我也是你强迫症候里,那个很想要抹去的污点?"

许蝉的手指轻轻一颤,瞬间有种自己所有的伪装在李闵面前都无所遁形的焦虑感。她捏紧筷子,努力让自己平静下来。

"不是污点。"许蝉放下筷子,忍住心里想要把萝卜摆放整齐的冲动,抬腿打算离开。在经过李闵的时候,她犹豫片刻还是侧过脸微笑道,"是错误。"

李闵微愣。

"不过,没关系了。"许蝉垂下眼眸,细密卷曲的睫毛一颤一颤的,仿佛要掀起谁的心事,"我们都要往前走。学长,我说过了,我不会挡你的路,也希望你不要挡我的。"

不算宽敞的过道,李闵支着的长腿横在许蝉面前,正好应了她最后一句话。

李闵第一次觉得,看似柔弱温顺的许蝉,其实骨子里比他以为的还要坚决果断、毅然冷冽。可这样的女孩子,怎么会因为表白被拒而耿耿于怀呢?

他曾经在许蝉眼底看到过那种刻骨铭心的痛楚,也能感觉到她没有撒谎。可是,如果他曾经真的这么伤害过一个人,他自己怎么可能完全不记得。

漂亮的五官,清冷的气质,出挑的成绩,性格内敛而锐利,许蝉就像是夏日晨曦里倔强开放的栀子花——这样的女孩,不管放在哪里,他都不可能没有一点点印象。

除非,他压根儿就没去注意。

李闵脑海里闪过一个画面,下意识地站直了身体,一只手紧紧握住许蝉的手臂:"你上次说,你和谢时雨是同班同学?"

男人炙热的手掌覆盖在许蝉的衬衫上,隔着薄薄的布料,她听到自己的心脏疯狂搏动。

李闵的表情微微一变,急躁尽显眼底,他眉头微微拧起,似乎有些忐忑不安,不确信地看向许蝉。

半晌,许蝉听到他声音有些颤抖地问:"你用过 Sunrise 这个软件吗?"

Sunrise,日出。

但是,译者却倔强地认为是向阳的意思,因此他们这群从学渣攀缘而上的使用者就将它称作逆袭 APP。

许蝉也曾坚定不移地以为,她会和喜欢的人一起走出黑暗,向阳而生。可是,人生往往充满悲剧,一笔一画都在教会你如何接纳残忍。

此刻,看着李闵有些焦灼地等待着自己的回答,许蝉心里略微复杂。再次挑明又能怎么样呢?还不是将盐撒在她的旧伤口上,还得亲手划破,血肉淋漓，疼的只是她一个人。

许蝉垂下眼眸，轻轻地摇头。

"那你知道你们班还有谁用过它吗？"李闵有些紧张地询问。

许蝉只觉得手臂被他抓得生疼。她抬头，男人与她近在咫尺，他惯常冷淡的脸上浮现出一丝意外的欣喜，眼底透出蠢蠢欲动。

室内的空调似乎被人调过，气温缓缓降下，许蝉的心也再次冷却几分。

看啊，李闵还是没有记起自己，他只不过是一时好奇，想要打听一段连他自己也不在意的过往八卦，大约是想当作茶余饭后的谈资。

"不知道。"许蝉缓缓抽出手臂，语气淡而平静，"我人缘差，没什么朋友。"

第三章

一道门的电话

说起人缘,有的人看上去清纯无害,可就是不讨人喜欢;而有的人哪怕声名狼藉,只要他站在那儿勾一下嘴角,就能引来无数仰慕者的尖叫。

许蝉一直就很好奇——李闵到底有什么魔力,能让人那么着迷?

直到那天晚上,那个小巷子里,遮天蔽月的阴雨里,她在他剧烈跳动的心跳声中,听到他轻轻呢喃:"不要离开我,好不好?"

少年的声音就像是一颗种子,不管过了多少年,只要春风拂过,就会从心里破土萌芽而出。

许蝉坚守着这句承诺,独自在时光里徘徊那么多年,直到她把与他相关的记忆全部封存,直到她几乎忘却他的存在。

可是他怎么突然又出现了呢?突兀地闯进她的世界,带来他一直就在她不远处的消息。

许蝉越过门槛,自顾自地想要甩开身后的一切,结果她刚拐出磨砂门,就被眼前的高大人影吓了一跳。

"于皖周?"

许蝉惊魂未定地抬起头,看到于皖周正靠在墙上,目光有些呆滞,不知道在外面听了多久。

于皖周收起腿,朝着厨房门口看了一眼,接过许蝉手里的咸菜,就好像什么都没有发生似的笑道:"马宿雨拉着阿姨回房间挑菜谱去了,桌上的饭菜也吃得差不多了,这个不用弄了。"

"你过去吧,这些脏活累活我来。"他笑起来有些孩子气,纯净的眼神里是遮也遮不住的在意。

许蝉手里一空,瞬间有些无所适从,愣怔间于皖周已经将她推搡到了卧室门口,马宿雨正带着绪灵芝在房间里研究菜谱。

马宿雨隔着门帘看到许蝉,连人带手机都跟着摇摆:"蝉蝉这边!快来帮阿姨选。"

许蝉看了眼另一间房门紧闭的卧室,下意识地伸手推了推,确定落了锁,这才转身走向对面。

与此同时,于皖周也端着咸菜走到了厨房。

厨房的磨砂玻璃门严丝合缝地合上,于皖周这才拉下脸来,对着李闵没好气道:"你们刚刚在做什么?"

"没事。"李闵丢下点心盒子,转身就要走。

于皖周突然抵住门,胸口剧烈地起伏起来。他忍了半天,终于还是压低声音埋怨出声:"你什么意思?'朋友妻不可欺'的道理还要我教你?你明知道我喜欢许蝉,你还老黏着她干吗?"

"李闵,我告诉你,你祸害别人我不管。"于皖周往后一指,目光都凶戾了几分,"许蝉你不许动。"

李闵的脸色有些差,揉了下眼角,抬头撞上于皖周的视线,冷笑一声:"什么时候轮得到你管我了?"

于皖周不管不顾地往上冲,一副要跟李闵干架的气势。

于皖周的注意力都在李闵那张欠揍的脸上,一时没注意,右手臂被李闵拧到后腰,整个人在他的臂力下毫无反抗之力。

"你不占理!还好意思打人?"他抬起腿,眼看就要得手,整个人却被李闵狠狠地撞到了对面的墙壁上。

墙面发出"嘭"的一声闷响,下一秒,于皖周就听到隔壁出门拿零食的马宿雨吼了一声:"于皖周!你拆我厨房啊?"

"没事!"

于皖周脱口而出,坐在地板上,撑着一条腿直喘气。

于皖周盯着李闵的眼神满是不服气,却依旧是平时吊儿郎当的语气:

"我和闵爷开玩笑呢。"

李闵没有说话,避开于皖周径直去开门。他手指刚碰到门把手,就听到身后响起一阵脚步声,高大的人影又冲了过来。

"消停点吧,"李闵眉心紧锁,转过身的同时眼底的不耐烦已藏不住了,"于皖周,你今年十三岁吗?"

见于皖周真的误会了,李闵忙掩饰住心里的失落,走上前耐心地跟他解释:"许蝉和谢时雨一个班的,她认识谢时雨。"

于皖周怔在原地,不太灵光的脑袋难得聪明起来,他想起李闵很久以前随口提及的怀疑,脱口而出:"所以,你想找她验证当年的事情?"

李闵当年那段经历,直到现在都被他们这群朋友当作他的黑料私下揶揄。谁能想到,李闵脑子那么灵光的人,竟然被一小姑娘摆了一道,到现在都顶着"跨越大洋彼岸痴心只求复合"的帽子?更何况,她离开之际,还打了个哑谜,至今未解。

此时李闵的说法,于皖周心里其实已经信了大半,但是一想到上次许蝉被划伤,李闵那副紧张的样子,他还是有些疑惑。

"上次许蝉受伤,你连自己伤口都顾不上也要在急救室门口守着,你敢说你对她没别的想法?"

这些疑惑在他心里堆积了很久,面对喜欢的女生和最好的兄弟,他无时无刻不在找各种借口帮他们解释。可是刚刚,李闵和许蝉的对话,怎么听怎么不对劲。

他们俩明明之前就认识,关系还不简单。

于皖周气不打一处来,索性把话说开了:"你俩是不是还有什么事情瞒着我?"

厨房里静悄悄的,置物台上凌乱摆放着于皖周托人跨洋运过来的甜点,还有立在架子上的刀具。

李闵随手拿起一柄细长的水果刀,打开一盒需要手工处理的糕点。

糕点在旋转的刀刃下,被神奇地切割成玫瑰状。于皖周还没看清李闵的操作,糕点就被摆放到了荷叶边的青色磁盘里。

粉色的甜浆从缝隙里溢出来,填补在糕点的缝隙,远远看着就像是鲜艳欲滴的盛夏玫瑰。

李闵把刀具清洗干净,重新放入刀具架子里。就在于皖周失去耐心的同时,他像是终于做好了心理准备,突然开了口。

"我妈去世的时候,想来是那么一大摊血。我看到她受伤,突然就觉得如果我妈还活着,肯定也不希望无辜的人被我连累。"

于皖周很少听李闵主动提及自己的家人,他曾经听父亲说过,李闵家情况比较复杂,尽量不要在李闵面前提起,免得刺激到李闵。

此时,于皖周卸下怀疑,隐约感觉到李闵心情很不好。他回想刚刚自己的冲动行为,突然就有点自责对朋友的不信任。

"我就说你不是那种人。"于皖周拖长音调叹气道,抬手拍了拍李闵的肩膀,略带同情地说,"不过,那件事你现在还在怀疑啊?这么多年过去了,如果谢时雨真的不是你当初要找的人,可那个人又能在哪儿?她怎么可能一声不吭?又不是哑巴。"

"你才是哑巴。"低气压突然被于皖周打破,李闵眉头舒展,朝着于皖周踢了一脚。

于皖周拍拍屁股:"姓李的,你有没有一点同情心?"

李闵躲开于皖周的追击:"那玩意儿,我有过?"

客厅桌上的手机剧烈振动起来,伴随着刺耳的系统铃声,李闵三步并作两步接起电话,一边听着那头的通知,一边已经从衣架上拿了羽绒服。

"阿姨你们好好玩,医院有点急事,我得先过去一趟。"

绪灵芝见李闵急匆匆地要走,连忙站起身推着许蝉说:"你快去送送李医生。"

李闵闻言,目光掠过于皖周,连忙摆手:"不用了,我直接去停车场。"

随着房门轻轻锁上,原本吵嚷忙乱的房间一下子就安静了下来。

许蝉看了眼时间,也转身向马宿雨和于皖周解释:"租房的事情,我已经和中介谈妥了,晚上约了签约,我打算今天就直接搬过去。这段时间麻烦你们了,我先去收拾东西,以后有空去我那儿玩。"

马宿雨是知道许蝉不喜欢别人碰她东西的,因此就拉着于皖周对许蝉说:"自己人客气什么?以后你想过来就过来,房间一直为你留着。对了,你晚上几点过去啊?"

她又朝于皖周眨眨眼,努着嘴暗示说:"让于皖周顺路带你们过去呗,反正他也没事。"

"是啊,是啊。"于皖周一下子就反应过来,连忙伸手去摸车钥匙。

结果就听到许蝉笑着婉拒:"不用,中介公司已经派了车。"

晚上,许蝉随车到了签约办公区。

外面刚下过雪,路还有些湿滑。她刚要进门,突然就听到身后一个耳熟的声音:"是你们?"

男人穿着夹克衫,略秃顶的脑门明晃晃的,一看到许蝉母女就扭头朝着身后的高个女人说:"上次就是她们俩,害得我差点就丢了命。"他回过头,像是越看越来气,"没想到在这里也能遇到你们,真是晦气!"

许蝉仔细辨认,这才想起眼前这人正是那天那个出租车司机。

负责对接的中介一看情况不太对,连忙上来调和。司机一听许蝉就是自己的租客,死活都不租了,站在门口指着绪灵芝破口大骂。

"你们有没有点底线!我要去平台投诉你们!这种疯婆娘谁敢把房子租给她们,找死啊!我这就在群里告诉大伙,我看谁再敢把房子交给你们家住。"

司机和高个女人把矛头直指中介和许蝉,话语间透露出不少绪灵芝的病情状况,引得周围的人不住看过来。

许蝉下意识地把绪灵芝护在身后,只见中介工作人员协商了好一会儿,才跑过来致歉:"抱歉啊,许小姐,我也不知道您是这个情况,这房子恐怕没办法再租给您了。"

中介将许蝉请到私密会议室,话虽然说得委婉,但是许蝉听这意思,大概是因为顾客的投诉,平台已经把绪灵芝列为特殊顾客。

她要再想带着母亲一起租房子,除非换一家中介或者遇到不介意的房东,否则,短期内想要签约搬家,恐怕是很难了。

"要不,我再帮您问问?"中介也很为难,绞尽脑汁地想道,"我这儿还有个客户,他的房子也很符合您的要求,小区设施也很不错,关键是这帅哥人好,没那么多事儿。"

许蝉看着楼下车里的行李,以及站在路边焦急等待的母亲,抱着最后一丝希望点了点头:"麻烦您了,谢谢。"

很快,中介就从房东那儿得到了回复。

他挂了电话就眉开眼笑地帮许蝉安排:"房东那边可以接受您这种情况,

他之前已经授权我们代理签约。小区在鑫海茂世,离这儿就半个钟头。"

许蝉听到熟悉的字眼,心忽地一跳:"哪儿?"

"鑫海茂世。"中介奇怪地摸了下后脑勺,继续推销,"按照您的需求,这房子的性价比可是非常高的,一个月才四千块钱。"

许蝉迟疑片刻,回头看一脸不安的母亲,便道:"那麻烦您了。"

Ａ大三院,神外科室。

连续熬了七个小时,最后一台手术刚结束,李闵就被神外主任兼Ａ大教授堵在了办公室里。

"你给我解释解释!这是什么?"

于主任恨铁不成钢地瞪着李闵,唾沫星子满天乱飞,将手里一摞申请书径直摔在李闵的面前。

李闵垂下眼,目光掠过封面上"银鸽计划志愿者申请登记表"几个字,心里对于主任的来意大概就有了底。

银鸽计划是一项由国际卫生组织发起的对外援疫志愿者行动,要求志愿者医生临时组队,统一前往海外偏远地区进行地方病和流行病的救助,一般都需要为期一年半的驻扎,部分项目会长达三到五年,甚至十年。

每年都会有报名机会,医院会发布通告,每个科室的医生自愿报名。李闵一年前就报过一次,被于主任给拦了下来,今年这份登记表他直接越过了于主任,没想到还是被发现了。

此时,李闵捧起被于主任摔散的登记表,一张张地整理好,重新用曲别针固定好,放进旁边的文件夹之后,这才从椅子上站起来,哄小孩似的说:"老师,您坐。"

"吃晚饭了吗?"李闵从抽屉里拿出一份已经凉透的餐盒,一边拆一边说,"我去给您热一份,今晚有酱猪肘,您的最爱。"

"站住!"

于主任气得整个人都有点抖,见李闵又要溜走,也顾不得什么师生体面,直接怒斥道:"我培养你这么多年就是让你糟蹋自己的前程?我说了多少遍了,银鸽计划不许去!不许去!你竟然敢背着我去报名?你当我跟你说的话都是放屁吗?啊!"

"老师,您别生气。"李闵放下碗筷,扶着于主任坐在一旁,"您教学生一身的本领,难道就是让我坐在办公室享福?的确很危险,但对学生来说也是一次锻炼和突破。"

"你在说什么!"于主任一听李闵又开始给他灌输歪理,一下就从座位上蹦了起来,怒目骂道,"锻炼?突破?医院那么多海外交流名额,别人求都求不来的精英项目,你哪次放在心上了?那么多晋升机会,你哪回不是推三阻四,我看你就是成心要把自己耗在手术台上。"

他抚着胸口大口喘气,指着李闵的鼻尖颤声道:"你要是真心舍不得离开手术台,倒也罢了。可是你……你别以为我不知道你,别人去那儿是真心实意去救援!你……你就是想把自己撂在那里是不是?你这个态度,谁也救不了你!我也不管了。"

李闵见于主任气得脸色发青,快要脱口而出的话还是咽了下去。

办公室里安静无声,两道白色的身影一动不动。僵持了一会儿,于主任先忍不住出声:"你刚刚做的那台手术怎么样?"

手术对象是个三周大的婴儿,一家人旅游回程的时候刹车失灵出了车祸,父亲重伤昏迷,母亲为了护住怀里的孩子被铁片穿透心脏当场死亡,孩子其他还好,但是伤到了脑部。各科室会诊之后,谁也不敢保证手术成功,最后才在于主任的推荐下紧急召回了李闵。

"各项指标正常,手术很成功,术后还需要在ICU进行七十二小时重症监护。"

于主任又问了几个细节,听李闵回答得十分缜密,他这才欣慰地点了点头,语气也缓和了很多:"你是我们神外最好的主刀医生,你知道老师对你的期望有多高。"

顿了顿,于主任无奈地叹了口气:"你有空帮别人指导论文,熬夜帮人值班做手术,怎么就不知道为自己多想想?难道你这辈子,就想把自己困死在那件事里?"

李闵沉默地往后靠了靠,类似的话这些年他听了无数遍,轻车熟路地接话道:"医生要是能死在手术台上,也挺荣耀的。"

于主任气闷地别过脸,仿佛不看眼前这人就没说过这些冠冕堂皇的话,他努力平息情绪,打算和李闵好好聊聊。

"前段时间王主任还想找我要你,你说你这个态度,我敢推荐给哪个科室?"于主任耐心地劝说,"你懒得搞职称,不想做专访,想踏踏实实地在手术台上做手术,这都没问题,可你扪心自问,你真的是热爱这份事业吗?"

于主任话音落下,见李闵仍旧无动于衷,忍不住叹了口气:"年轻人,心事别太重了。人活在这世上,不为自己考虑,也要为别人想想。你可以选择糟蹋自己的前途,等你以后遇到了想要照顾的人,到时候你再后悔可就来不及了。"

看到于主任略显沧桑的背影,李闵插在兜里的手微微一动。

他低头跟在于主任的身后,将其送至门口道:"老师,我不是您最好的学生。银鸽计划的事情,我已经考虑好了,报名表我明天发到您邮箱。"

见于主任欲言又止,他继续说:"除了在手术台上,我感觉不到我还活着。老师,您让我去吧。"

一切有开始,就有结束。他突然有一些愉悦,就像是期待已久的完美结局,终将提前到来。

于主任看着李闵,忍不住摇摇头:"李闵,你再好好想想,这世上真的没有你想去爱的人或事了吗?"

想去爱的人或者事?

李闵哑然失笑,可突然间,他又想起来,有那么一个人曾让他铭心刻骨过。

深春奔夏的季节,高考倒计时格外疯狂。

别人在备战,李闵却和家里的老头死耗着"打官司",老头记恨他当初破坏了自己的新婚姻,没日没夜地站在他门口破口大骂,搞得他几乎睡不了一个囫囵觉。

"你和谢时雨怎么回事?最近班里传得沸沸扬扬的,马宿雨那家伙都知道了。"

暮春的黎明,于皖周蹬着一双限量版惹眼的球鞋,骑着车亦步亦趋地跟在李闵身后。

李闵走在晨曦里,脚下的影子被扯得又细又长,偌大的校服空荡荡地挂在骨架上,让人觉得他和街边的梨花一样马上就要被簌簌拂落。

听到于皖周的问题,他才懒懒地停下脚步。

于皖周瞄了眼李闵,满脸都是大写的不解:"你们真没有特殊关系啊?"

"没有。"李闵淡淡地说。

他自顾自地往前走,看着满地的白色梨花花瓣,突然出声:"于皖周,你说一个人在现实中和网络上，真的能判若两人吗？"

"怎么着？"于皖周眼睛一亮，上下打量李闵，"你网恋啊？网恋都是骗人的，尤其是像你这种清纯高中男生，可千万别被网上的老阿姨给骗了，你看新闻里的惨剧可多了。"

李闵白了于皖周一眼："就知道你狗嘴里吐不出象牙来。"

"你和谢时雨不也是网上认识的？"于皖周好奇地捅了捅李闵的胳膊，半是八卦半是试探道，"怎么样？当初见面有没有被惊艳到，那可是校花级别。"

李闵笑了下："你这么夸别的姑娘，就不怕马宿雨打你？"

"我们俩是好哥们儿，胡说什么！"于皖周笑嘻嘻地继续打趣李闵，像是看热闹似的道，"你这么说，难道……"

于皖周的话响彻耳畔，李闵突然愣在原地，像是方才明白过来自己心里的症结。

这段时间，谢时雨总给他一种和网上全然不同的感觉。

如果只是普通网友见面，就算是现实和网络上的差异很大，他也不该有这么大的困扰，可刚刚听到于皖周的话，他突然意识到，也许兔子对他来说并非网友那么简单。

他在意她的不同，能分得清网络和现实的差异，完全是因为他有鲜明的喜恶。

现实中的兔子，他与她保持距离，只希望是同学。

可是网上的兔子，于他而言是特殊的，是和于皖周完全不同类型的朋友。

是想要珍惜、保护和陪伴的存在。

黎明的光亮照亮了大地，李闵缓缓抬头，终于意识到，原来自己一直在追逐一个自己臆想中的存在。

那个人，是戴着栀子花的兔子，却并不是谢时雨。

可谢时雨不就是兔子吗？连日来的矛盾又纠缠在心头，就像一道无解的题，让他寝食难安。

"李闵。"谢时雨的声音骤然响起，李闵的思绪被打断，回头就看到她趴在自家车上探出脑袋。

谢时雨从车上跳了下来，看到于皖周也在，就背着书包跑了过来，似乎是刻意想加入李闵的好友圈子:"我和你们一起。"

于皖周家和谢时雨家的关系不太行,连带着小一辈都很难交好。

看到谢时雨贴了过来,于皖周拍了拍车后座,大声道:"我还要去载马宿雨那家伙,先走了啊。"

于皖周说完,就一溜烟跑了,只剩下一道疾风扫过李闵的侧脸,他的发梢微微拂动,望向街道尽头的眼里很快就温柔散尽。

"李闵,你最近有没有上线Sunrise啊?"还没等于皖周彻底走远,谢时雨突然挡在李闵面前,一边质问,一边试探地说,"我原本的账号密码忘了,重新注册了一个,你加一下我吧?"

李闵的视线扫过谢时雨的眼睛,没有回答。

见她眼神闪躲,他才淡淡地问:"你不是知道我的密码吗?"

谢时雨有些心虚地躲开视线,像是完全没有注意到李闵的不悦,眉头轻皱,低声道:"我想让你亲自加嘛。"

看着谢时雨不达目的不罢休的态度,李闵索性直接把手机递给她。

"早就卸载了,要不我再下回来?"

谢时雨扫过屏幕,看到SunriseAPP果然已经消失了,这才扬起眉眼:"卸了就算了,既然你不玩了,那我也不玩了。"

"对了,你上次说要辅导我作业,说话算数,不能骗我。今天下午后最两节课,你过来,我同桌去画室了。"

李闵习惯性地答应,心里不想多做纠缠。

他原以为,一切都这么平静地过下去,他和谢时雨保持着不远不近的距离,直到毕业之后各自淡去。

直到有一天,班主任突然喊他到办公室。

"你就是李闵?"

李闵来到老师办公室时,狭小的空间里只坐着一个谈吐优雅的女人。

女人看着站在面前的李闵,降尊纡贵地发起对话:"我是谢时雨的母亲。"

不等李闵说话,女人继续笑道:"别紧张,我们家很开明,不会阻止孩子交朋友。"

她从包里拿出一份文件,递给李闵说道:"做父母的最大心愿,不过是希望儿女平安健康而已。我这次来,只是想拜托你一件事情。"

李闵看清检验报告上的文字，蓦地抬起眼，只听女人继续说道："我看得出来，时雨很在意你。既然如此，我们做家长的也并不反对，只不过，时雨这孩子身体不太好，医生说她最好不要受太大的刺激。所以，希望在她治疗期间，你不要影响她的身体状况。"

女人的语气冷了下来，她微微欠了欠身："否则，下次见面，我大概不会这么客气。"

直到谢时雨的母亲离开办公室，李闵还没从那份检验报告里回过神。

他原以为，谢时雨只是性格多疑敏感而已，却没想到她所有的过激行为，都是因为生病。

当天晚上，李闵一夜没睡。

他忍不住重新下载了 Sunrise，迷迷糊糊中在清空的聊天框里发了几条消息。自从和谢时雨见面之后，谢时雨就很少再登录 Sunrise 聊天，久而久之他也没有再使用。

"对不起。"

想到自己和谢时雨现实见面后的所思所想，李闵忍不住觉得抱歉。

在网上，兔子把所有温暖都给了他，而他却在她最需要帮助和陪伴的时候，一心想着离开她。

"是我太粗心了，没有发现你的病情。"李闵心想，这样的自己应该也让兔子失望了吧。

简陋的出租房里，李闵的身影渐渐陷入黑暗里。

昏黄黯淡的小台灯已经自动熄灭，李闵突然发现，不知道从什么时候开始，竟然连黑暗也无法帮自己疗伤，猜忌就像是无孔不入的毒药，钻入他的骨肉里，将他拽入泥泞。

他抬起头，目光透过窗户。

今夜无风，无月。他目光所及，所有的大楼都熄了灯，整座 A 城看上去就像是一座巨大的坟墓，而只有自己还醒着。

李闵突然有些羡慕谢时雨，虽然她总说自己的母亲冷漠市侩，但她母亲却也在背地里为她做一切打算，而自己，却从来没有享受过来自家人的善意。

他从小就学会了面对那些恶毒的指点和攻击，从一开始只敢反锁门躲在黑屋子里，到后来可以镇定地拿出家里的积蓄偿清债务，看着干干净净的房间变得凌乱破碎，然后独自重新打扫整齐。

很多个瞬间，他都好怕自己会像父亲一样，变得惹人嫌恶，像一摊烂泥。

李闵还记得自己小时候，那个男人总是讨厌他身上干干净净的，讨厌他滴酒不沾，然后故意往他身上泼脏水，把垃圾桶里的烟蒂丢在他干净的校服上，乐此不疲地让他变得和自己像是同一类人。

"你不是清高吗？不是看不上我这个爹吗？我们身上流的是同样的血，你早晚都会变成我的样子。"

男人总爱说这些话，大吼大叫完又在地板上乱七八糟的酒瓶里昏昏睡去。

每当这个时候，李闵就会沉默着清理干净自己身上的污秽，然后趁着那个浑蛋男人还没醒，赶紧擦干净狼藉一片的地。

后来，他学着兔子的方法，偷偷把父亲的酒都掺了水。那是个整日浑浑噩噩的人，大多数时候都发现不了，顶多抱怨几句然后多喝几瓶。

父亲的酒量越来越好，他的演技越发有模有样。

他太知道，怎么表演能让父亲高兴，可以少挨一点打。但也清楚地知道，等他收集的证据再多一点，他就可以寻找真正的帮助。

此时，李闵趴在窗台上，目光透过黑暗落在学校的东巷里，那边的巷子里有家音乐餐厅。他突然有些茫然，如果父亲不好赌嗜酒，也像模像样地开个餐厅，做点小生意，那他的人生是不是就不会那么悲剧。

周五辗转而至，李闵临时替朋友到音乐餐厅帮工。

他去的路上就感觉有点发热，回来的时候淋了一场雨，结果发了两天烧。

醒来的时候，李闵完全不记得自己是怎么从音乐餐厅回到的学校。

他隐约记得大雨里女孩的声线模糊，单薄的手腕上，是谢时雨一直挂在手上的栀子花手链。

那条手链上刻着她的名字和血型，生日在一个晴好的暮春季节。

李闵连忙下地，走到卫生间捧起冷水洗了把脸。

水渍滑落下颌骨，他突然想到谢时雨母亲给他的那份诊断报告，谢时雨只是因为生病所以喜怒无常了一些，但是她内心还是和以前一样。

她也许只是对自己的冷漠感到失望，所以才故意不解释自己的难处。

一瞬间，李闵心里的不安和迷茫渐渐散去，心里新生的念头疯狂鼓舞他：你已经错过一次了，既然确认了彼此，这一回千万不要放手。

周一下午，李闵一放学就特地去了高一（1）班等谢时雨。

那天他们最后一节课拖堂,他运气好,出来的第一个人就是谢时雨的同桌,从那人口中他才得知她去了医院。

"她感冒了,今天一大早就没来,好像是去了第二军区医院。"

李闵慌忙请了半天假,提前确认地址之后,就风尘仆仆地赶到了医院。彼时谢时雨正靠在电梯口一边玩手机,一边等着他。

听到由远及近的脚步声,谢时雨只抬头看了一眼,便发觉了来人和往日不太一样。

除了第一次在桥头见面,李闵再也没么么看过她,那双眼温柔和煦,像是要把她融化。

"怎么站在风口?"

"知道你来,等你啊。"

李闵看到谢时雨手里的取药单,顺手接过:"你坐在里面,我去拿药。"

银色的螺旋通道里滑落药盒,低着头敲代码的药剂师接过身份证把一堆药推到李闵面前,他扫过包装上的药名,目光突然沉了沉。

这都是治疗抑郁症的药物。

李闵挪开视线,用手背碰了下谢时雨的额头,确认她并没有发烧之后,把医保卡细心地放在自己口袋。

他一边给谢时雨戴口罩,一边像是随口一问:"这些药你吃了多久了?"

谢时雨认真地注视着李闵,这么温柔的李闵,她还是第一次见到,心里莫名很暖。

"没多久。"见李闵欲言又止,她从口袋里掏出一支喷雾,"你不是一直好奇这是什么吗?"她将喷雾转了一圈,露出上面的英文,大大方方地说,"也是治疗抑郁症的,一点不苦,也没有副作用,香水似的特别好用。"

"医生怎么说的?"李闵提起谢时雨的书包,示意她一起走。

谢时雨觉察到李闵格外温柔,想到自己上次吵架的事情,心里泛起一点点愧疚。她慢慢起身,半是真诚半是撒娇地说:"医生说,只要你好好陪着我,我就会好起来。"

李闵缓缓勾起嘴角,想到昨晚谢时雨冒雨给自己打伞,他忍不住道:"那就好好养病。"

谢时雨直勾勾地看着李闵,只听他继续说:"以后,我都会在的。"

从医院回家的路上，李闵才看到房产中介的短信，这才想起下午中介好像是说找到了租客。

电话拨通，热情的男声及时入耳："哥您可算是接电话了，我这边已经和租客签完协议了，刚刚过来准备收拾东西。可是您这家里，怎么连一盏灯都没有啊？这个是您自己置办，还是我们帮您安排？"

灯？

李闵突然记起，房间里他的确没有装灯。

这些年以来他都习惯了。

况且，他也没想到自己提了那么苛刻的要求，竟然真的有租客愿意租住。

"你们安排吧。"李闵打着方向盘拐了弯，车辆直接驶入长江西路，很快就停在了鑫海茂世小区西南角的商场附近。

从商场出来之后，李闵给中介发了个消息："你帮我把胶卷相机交给租客，让他们每个月初拍好照片发到我邮箱。有其他问题，你们直接去解决，如果需要我配合的，提前发短信，我会看。"

中介传达完李闵的话，许蝉突然就有种自己被坑了的感觉。

虽然是个三室一厅一厨两卫，但是整个房间黑咕隆咚，一盏灯都没有，家具还摆放得乱七八糟。这房东不是邋遢男，就是个变态吧？

许蝉正想着，就感觉绪灵芝有些不对劲："妈，你不舒服吗？"

"没事，就是头疼。"

绪灵芝站不稳似的跌坐在一旁的棕色皮质沙发上，许蝉伸手去扶，手指擦过沙发的边缘就感觉满是灰土。她强忍着不适，借着手机的灯光从包里翻出药，一想到这里没有热水，便看向中介道："麻烦您帮忙照看一下我妈妈，我下去买瓶水。"

中介忙不迭地答应，顺便告知了许蝉新的灯具已经在路上。

"您放心，维修师父马上就到。"他看了眼时间，"十分钟。"

勉强能接受一点点了吧。

许蝉心想着，看现在已经快十点钟，最后才认命似的嘱咐绪灵芝："妈你先在这儿等我，我去买点东西。"

"我和你一起去。"绪灵芝不放心许蝉一个人。

许蝉想了想，也觉得留母亲一个人在这里，万一出事不好照应，于是两个人挽着一起坐电梯下了楼。

她们前脚刚走，李闵后脚就敲开了房门。

"哥，您怎么亲自过来了？"中介举着手机照亮，看到李闵有些意外，"真不巧，租客下楼买东西了。"

李闵将手里的相机包装盒放在桌角，穿过黑暗，熟练地从抽屉里找到一盏有些暗淡的小台灯，接通电源之后，客厅里总算是有了一点点光亮。

"我就住在对面，顺路过来看看。"他环顾四周，见租客的行李并不多，重新叮嘱了租住的注意事项，这才离开。

中介连忙跟着将人送到门口，见李闵开锁进门，这才收回视线，他刚转身就看到气喘吁吁跑到楼梯口的许蝉。

许蝉看到中介就站在门外，连忙道："不好意思，您好像没给我门禁卡，出去就进不来了。"

中介"哎哟"一声，连忙就要去找对面的人询问。

许蝉跟在他身后，看到他刚要按门铃的时候，突然一拍脑门，笑道："瞧我这脑子，这栋楼不用门禁的，您直接输入密码就行。"

说着，中介就把户主单独设置的密码发给了许蝉。

许蝉打开对话框，就看到了一排数字：20091024。

2009 年 10 月 24 日。

和许蝉与李闵在 Sunrise 的纪念日，是同一天。

那个十月，对许蝉来说，是一段酸涩的开始。

此后哪怕是过了很多年，她只要一想到这个软件，心口就像是被人挖走了一块，凉飕飕地疼。

幻想破灭，原本是最不值一提的事情，关注的人不在意自己，也是常情。

许蝉原以为李闵已经舍弃了自己，因此她努力把自己的妄念一点点从心里刮走，但在那个大雨瓢泼的雨夜，在那个小巷里，李闵的话再次让她原本熄灭的希望重新燃烧了起来。

大约是人逢喜事精神爽，她那次的月考总成绩拿到了全年级第二名，数学试卷更是被好几个班的班主任借去传阅。

眼看着离高考越来越近，李闵离校的时间也越来越近，许蝉好不容易才用复习作为掩护，说服母亲争取到周末留校自主复习。

有好几次,她经过高三(17)班,都看到李闵趴在最后一排睡觉,白花花的试卷乱七八糟地叠在旁边的空位上,就像要将他整个吞噬掉。

她站在门口看过去,又收回视线,纠结再三,还是想在高考之前,当面再跟李闵说句话。

"这三天放假,你们在家好好调整状态,不要给自己太大压力,不求万无一失,只求正常发挥。"

十七班的班主任是个和蔼可亲的老头,许蝉正站在楼道里,透过玻璃窗,只见他扶了扶眼镜,突然点名道:"李闵,你先别走,到我办公室来一趟。"

许蝉隔着拥出的人群,隐约看到李闵伸了个懒腰,他抬起手揉了下额前凌乱的碎发,等到过道里的同学走得差不多了,才迈开大长腿,晃晃悠悠地朝着班主任的办公室走去。

许蝉悄悄站在窗前等待,一想到要面对面说话就紧张得原地打转。

她在心里把要送的祝福默念了三遍,时间一分一秒过去,楼下的辅导班都要下课了,李闵还是没有出来。

许蝉有点放心不下,拉了拉肩膀上的书包带,小心翼翼地走过去。她刚趴在门口想偷听一下,办公室的门突然就被人拉开了。

男生敞开的校服被过道里的风吹得掠过许蝉的眼角,衣服铁拉链打得她皮肤生疼。可他似乎都没注意到她,看也没看一眼就径直迈着步子冲上了教学楼的顶层。

"还是劝不动吗?"

许蝉揉了揉眼睛,突然听到有个女老师叹息:"他爸到底怎么回事?这个节骨眼儿上非要毁了儿子的前程。"

"唉!别多管闲事了。"班主任连声叹息,"这么好的苗子真是可惜了,他爸要是起诉成功,别说高考怕是考不成了,李闵这辈子都毁了。"

"哪有这样做爹的,竟然上赶着让人抓自己儿子。"女老师似乎知道一点内情,冷笑道,"当初那件事,他就该被罚重一点,坐个几年牢,就没现在这么多事了。"

办公室的门晃了两下,突然被风带上,里面的声音戛然而止。

许蝉在门口呆愣片刻,心里突然有些发慌。她背着书包快步爬上楼梯,就看到李闵站在天台上,宽大的蓝白校服被风鼓得肥大又张扬,他整个人被笼罩在里面,几乎摇摇欲坠。

许蝉紧张地攥紧拳头，僵立在原地。半响，李闵像是感应到身后有人正注视着他，突然撑着铁栅栏翻身跃下。

擦肩而过的一瞬间，许蝉咬了下唇，迅速伸手挡住了李闵："学长？"

你怎么了？

你是不是很难过？

千言万语堆积在嘴边，许蝉突然不知道该怎样开口。

李闵脚下一顿，目光掠过被许蝉抓住的手腕，忽地一笑："小妹妹，你家里人没教过你，不要随便拦住一个男生吗？不安全，懂不懂？"

许蝉看着李闵冷淡又不耐烦的眼神，骤然愣在原地。他不记得自己了吗？这怎么可能？那天在巷子里，她原以为……他们至少算是朋友的。

"学长，我……"许蝉鼓足了勇气，迎上李闵的眼睛，见他完全没有看自己，她按捺着忐忑的情绪，连忙追上去说，"我听说你遇到点麻烦，虽然帮不了你，但是我想说，不管你做什么决定，我都相信你。"

相信你是善良的，愿意相信光明，就如同我们曾经约定好的那样，默契前行，一心向阳。

"马上就要高考了，希望学长可以一切顺利。我想，如果我也考上 A 大，我们……"

她脸颊滚烫，缩了缩手指，正要继续说话，突然就听到李闵兜里的手机响起铃声。

男生像是十分熟悉如何应对这种场合，他连视线都没有分出来一点，随口打断，看破了她的心思似的直接道："同学，我和你不熟。"

他不耐烦地转身，像是甩开什么麻烦，迅速走向楼梯口。电话那头不知道说了什么，许蝉看到他看了眼手机屏幕，脸色变得更差。

"车祸？"他态度冷漠，但语速莫名加快了许多，"这次，该不是又是老头撒谎诓骗我吧？"

"行。"李闵匆匆走下螺旋楼梯，脚下的步子却异常凌乱，"你先垫着，我马上过来。"

随着说话声音越来越远，许蝉再次回过神，空荡荡的楼顶就只剩下她一个人。

四面八方的风扑过来，明明是炎炎夏季，可是她浑身都在发抖，说不清是冷，还是觉得无措。

103

"你怎么在这儿?"

另一侧楼梯口传出一道悦耳的女声,许蝉扭过头就看到谢时雨抱着书本走了过来。

许蝉看向谢时雨,直到谢时雨一脸严肃地又问了一遍,她才缓慢而木讷地回过神来。

"你还要瞒我到什么时候?许蝉,"谢时雨一步步逼近,柔弱的双手猛地攥住许蝉的袖口,她看向许蝉手腕上和她一模一样的手链,语气冷硬又悲戚,"在你心里,我是不是一点也不重要?比不过一个连话都没说过几次的人?"

许蝉意外地看向谢时雨,也是到这时她才意识到,原来这段时间以来,谢时雨对自己的种种针对,并非无迹可循。

许蝉看向谢时雨手腕上的链子,有些疲惫地垂下眼睑。

"我……"许蝉抬眼看向谢时雨,想解释,一时竟不知道从哪里开始讲起。

良久,她轻轻地叹了口气,慢慢抬头,看向她的手腕道:"我知道你讨厌我,但为什么还要戴着它?"

谢时雨的胸口微微起伏,盯着许蝉,眼前突然浮现初三时发生的一件事。

当时谢时雨刚转校过来,对这里的一切都感到陌生拘谨。

许蝉是班里的英语课代表,虽然不爱说话,但是总会在不经意间帮她化解很多小尴尬。渐渐地,谢时雨就对这个眉眼澄澈的女孩子有了几分好感。

有一次,谢时雨在书店被吓到,许蝉送了她一串自己手工打磨的栀子花手链,她们才渐渐加深交集。

"你那个是什么?"

谢时雨指了指许蝉手腕上的手链。

许蝉抬手:"我妈说熊猫血的人最好都戴着,医生专门嘱咐的。你没有吗?"

谢时雨摇头:"没你的好看。"

"我有多的,送你一条。你回去刻一下你的名字和生日就可以啦。"

谢时雨接过手链后拿在手中,抬眼看到上面的刻字,突然弯起了嘴角:"原来你和我是同一天生日呀?好巧。那以后,我们可以一起过生日了呢。"

许蝉点点头，亮晶晶的眼睛里满是期许。

回家的路上，谢时雨难得兴冲冲地跟母亲分享新交的朋友。

"你们班那个许蝉也是熊猫血啊？"

谢时雨在车里，听到母亲这么说，连忙兴奋地点头："是啊，她还和我是同一天生日。"

"那你和她保持好关系，万一哪天出意外还能救急。"

一瞬间，谢时雨愣在后座："救急？"

"你知道你这身血有多稀缺吗？万一有点意外，她就是你的第二条命。"

谢时雨怔了许久，才失落地"哦"了一声。

她原以为是友谊开始的序幕，可落在大人的眼里，却不过是生命的续航。也许是心理暗示吧，在那之后连她自己也分不清，对许蝉到底是真心还是假意。

直到那天，谢时雨确认和李闵一直在聊天的那个兔子头像、昵称是"如果夏日不聒噪"的账号就是许蝉的，她内心的天平一下就落下来了。她突然很好奇，如果在她和李闵中必须选一个成为好朋友，许蝉会怎么取舍。

后来，许蝉的种种表现告诉她，所谓的好朋友不过是随口的虚伪，在许蝉心里，她才是可以舍弃的那个。

可是谢时雨偏不服输，既然许蝉要坚持，那她非要和许蝉赌个输赢，哪怕以互相折磨的方式。

此时，天台上的风吹得脸颊生疼。

谢时雨冷下脸，再也不想遮遮掩掩，她盯着许蝉开门见山地道："Sunrise，你和李闵是在用这个聊天吧？"

许蝉如被雷击般抬起头，紧接着便听到谢时雨道："我不妨告诉你，从我们见面的那天起，李闵就答应我不会再用那个APP。我不管你们是怎么认识的，但我在意的东西，绝不许任何人沾染，哪怕我不要了，也不行。"

她往前一步，逼得许蝉险些一个趔趄："如果你还想在三中做优等生，就离李闵远远的，否则……"

谢时雨冷笑一声，话音戛然而止。可是许蝉却从那一声里听到了警告、自信，还有无边无际的嘲讽。

她突然感觉眼前一黑，身体不由自主地晃了一下，脚下没注意，刚好撞到身后的模型支架，细长的白色长杆摇摇晃晃，一根接着一根滚落下来，重重地砸在她的后脑勺上。

谢时雨下意识地往前一步,紧接着又理智地避开危险。

许蝉看到谢时雨的嘴巴一张一合,像是有些着急惊恐,她半个字都没有听清楚。直到谢时雨转头离开,她才抬起手摸了一下头发。

手指上黏糊糊的,许蝉这才意识到发生了什么事,脑后一阵疼痛袭来,她却觉得自己比任何时候都要清醒。

这一刻,她站在空荡荡的楼顶,俯视着满目生机盎然的校园,突然就觉得,这场意外终于把她拉回了现实。

她自以为是的甜蜜,其实都是疼痛,属于她的这片青春,从来枯竭如秋,全无光彩。

按下一遍密码,许蝉反复说服自己,这不过是异常巧合。

她重新设置了密码,渐渐地忙碌填充着她的生活,她竟然真的将这件小事忘在了脑后。

新年将近,许蝉请了一天假陪着母亲在 A 城过年。

她拎着一大袋水果和蔬菜回到家,还没进门就看到客厅里满地都是药粒和水渍,而绪灵芝正缩在电视柜下瑟瑟发抖。

她一看到许蝉先是一喜,紧接着就凄厉地叫骂起来。

"赔钱货,你还敢回来?"

"你把我一个人扔在老家,是不是怕我碍着你?"

"你给我老实说,你到底哪儿来的那么多钱?"

"你是不是和那个老不死一样,赚脏钱骗我。"

她一边骂,一边从柜子下爬出来,一把揪住许蝉的衣服:"你脱了!脱了让我看看你干不干净!你和你爸爸一样都是骗子。"

许蝉忍着母亲的抽打,从垃圾堆里翻出母亲的手机,看到通信录里熟悉的电话号码,立刻拉黑,然后才转身去抽屉里找药。

热水刚倒进杯子里,许蝉就听到身后的脚步声,她一扭头,就看到绪灵芝不知道从哪儿找出来一把水果刀,朝着自己砍了过来。

"妈!"

许蝉一边带着哭腔喝止,一边抓住母亲的手,整个人都在战栗。

看着母亲满脸的惊慌恐惧,许蝉不自觉又软下声音:"妈,你别闹了,我是许蝉。爸爸早就死了，没有人会再骂我们了。"

透过门缝，屋里的一切全部落入李闵的眼底。

看着暗淡灯光下许蝉那张苍白到可怕的脸，再看到那把被她熟练夺下的水果刀，他突然觉得胸口窒息般难受。

不知道站了多久，他终于醒过神来——原来，许蝉就是他的租客。

李闵略一犹豫，收回原本想迈去帮忙的脚，在屋内人影走到门口之前，快步回到了自己的房间。

两道门里——

一明一暗，一闹一静。

李闵靠在门口，只觉得眼前黑暗无边，寂静如坟。

不知道过了多久，他突然听到门外传来轻轻的脚步声，随着清脆的门铃声骤然消散，熟悉的声音破开寂静。

"请问房东先生在吗？您刚刚都听到了吧？不好意思，我想和您聊聊我母亲的情况。"

隔着一道厚重的门，李闵感觉许蝉的呼吸声仿佛就贴在耳畔。门外的脚步声靠近，他突然有点心烦意乱起来。

他本能地想去开门，可是手指碰到门把手的一刹那，脑海里突然浮现出许蝉每次看到他后都唯恐避之不及的模样，瞬间又犯了难。

如果让许蝉知道房东就是自己，依着她那个倔强脾气，当场拎包就走也不是没可能。

李闵思索着许蝉目前的状况，再次想到上回检查后绪灵芝的病情，干脆装聋作哑不再出声。

许蝉在门口徘徊了一会儿，忖度着房东大概是在琢磨如何提出解除合约。她心里做好了最坏的打算，等了一会儿还是无人回应，就转身回家打算明天就收拾行李。

绪灵芝吃了药已经睡过去了，此刻她躺在床上，看上去和平时一样和善亲切，半点都没有发病时的凶狠骇人。

许蝉挪到床头，伸手摸了下她的额头，把空调温度调低，帮她将被子往上提了提。

许蝉坐在床头，手里把玩着那把水果刀，刀尖上的光晕映在她漆黑的眼底，看不出半点情绪。

过了一会儿，许蝉估摸着母亲彻底睡熟了，这才轻手轻脚地离开房间。

房门彻底关闭，斩断了门缝里的橘色光线，客厅里的黑暗瞬间就笼罩了许蝉娇小的身影。

这栋房子是 2003 年建的，当时的业主很喜欢老物件，因此家里很多陈设装饰品都是定制的。

上次中介公司的工作人员过来，花了一个星期才陆陆续续把卧室、厨房、卫生间的灯给安上，截至目前除了客厅顶部那盏夸张的梨花灯，其余的角落都充斥了光亮。

许蝉孤零零地站在客厅的地毯上，借着微弱的小台灯灯光，半跪着去捡满地的药粒。一瓶药共计八十粒，按照医嘱每日服用两次，一次两粒，应该还剩下五十粒。

白色的药粒滚得到处都是，许蝉打着手机电筒，在沙发下、茶几下摸索了半天，终究还是差两粒。

时钟"嘀嗒嘀嗒"地响，许蝉无声地将药瓶盖子紧紧扣住。突然，她看到电视柜下似乎有一星亮点，连忙过去检查，却发现只是碎玻璃碴。

她有点遗憾地退出来，正准备放弃，突然发现柜子底部的暗板夹层似乎卡着什么东西。

许蝉伸手推开夹层，一本半旧的硬壳笔记本瞬间砸落在她的面前。

翻开笔记本，里面写着日期，看格式像是日记，但因为记录者的字迹过于潦草，许蝉看了半天也没看懂到底写的什么内容。

应该是业主的私人物品？许蝉心想着，后知后觉地感到自己这么"偷窥"有些失礼。

她把笔记本塞回夹层里，在刺眼的手机灯光下，她看到笔记本背面有两个潦草又熟悉的字迹。

许蝉手指一颤，瞬间回忆起好像在哪里见过这个笔迹。

她翻出手机的聊天记录，把中介发给她的业主房产证信息放大仔细分辨，突然发现最后一个字的笔画和笔记本上的如出一辙。

两个字的姓名，同样是潦草的字迹，最后一个字她恰好认得。

是闵，古又同"悯"。

是悲伤，怜悯，吊唁的意思。

"鑫海茂世的房子是李闵的。"

"业主的密码是20091024。"

答案呼之欲出,许蝉无力地靠回座位,果然,事到如今,她还是在自欺欺人。

她千挑万选的房东,碰巧是李闵。

许蝉回忆之前和马宿雨聊天的细节,心里估摸着李闵大概也不知道房子租给了自己。可是刚刚,她分明看到有人在门外停留,除了对面的"房东先生",她想不到还有谁会特意上到顶楼看热闹。

他会因为怜悯她,让她继续住下去,还是继续看在于皖周的面子,对她格外照顾?

不管是哪种情况,许蝉都觉得浑身不自在,原本的交易关系,也变得犹如施舍。

她从地毯上爬起来,将药瓶妥帖地摆放在药柜上方。过了会儿她回头看着客厅里杂乱摆放的家具,心里突然闪过一个念头。

如果他主动让她搬离呢?是不是一切就都变得顺理成章?如果他拉不下这个脸,不如,她就帮他一把?

五分钟前,李闵下楼去拿快递,爬楼梯到六楼的时候,忍不住在许蝉的房门口刻意停了一瞬。

没想到,这一停就看到了门缝里骇人的那一幕,李闵不自觉地想起上次的车祸。

他作为一个成年男性一想起都觉得脊背发凉。可当时,许蝉面对绪灵芝的故意伤害却十分镇定,就好像这件事并无不妥,给人一种她已经习以为常的错觉。

许蝉是熊猫血,一旦出事危险系数极高,更何况对面还是她最亲近的家人。

当时来不及深想,现在李闵再咂摸起来,不免觉得有些心惊。

他虽然不记得以前的事情,但是许蝉对他有多排斥,他却记忆深刻。

此时,他怀着心事再次打开房门,正犹豫要不要到对门看一下情况,突然听到楼上的天台门发出"嘎吱嘎吱"的响声。

难道是天台门没关好?

李闵走上台阶,刚要把天台门的插销插上,就看到天台的木制秋千上坐着一个人影。

冬日里的 A 城寒风刺骨，许蝉在空无一人的楼顶转了一圈，看着结了冰凌的高台，试探性地抬脚站了上去。

水泥台面粗糙湿滑，她脑海里突然记起很久以前，也曾有人站在这个位置。

许蝉突然很好奇，当时那个人心里到底在想什么？

是努力活下去，还是一走了之？

看着渐渐熄灭的万家灯火，许蝉突然有点想家，想念那个七岁之前幸福完满的家庭。

许蝉从记事起就知道，母亲和父亲非常恩爱。夫妻俩同在一家私企工厂工作，父亲是出纳，母亲是工厂里的业务员。他们家的日子算不上有多富裕，但是在同龄人里已经是很不错的家境。

后来，父亲被人诬陷做假账，母亲变卖了所有的家产进行赔偿，东奔西走想要为父亲辩护却毫无进展。没多久，母亲听到父亲畏罪自杀后彻底崩溃被送进了医院。

许蝉都快不记得那段时间是怎么熬过来的，再次想起来记忆就像隔着一道轻薄的纱，美化了一切的同时也弱化了许多悲痛。

当时，母亲被工厂辞退，带着病拖家带口回娘家求助。

那时候，姥姥家开着一家纸扎铺，靠着一点微薄的辛苦费过生活。女儿和外孙女的到来，让她不得不重拾重担，娘仨战战兢兢地在穷乡僻壤里讨生活。

直到有一天，一群人找上门来，砸烂了她们的家具，搬走了所有能用的东西，只给她们留下一沓沓的欠条和再也甩不掉的污名。

自那之后，母亲就开始有些不对劲起来，刚开始她只是有些钱财收集癖，慢慢地就有些不信任身边所有人，再后来就是无端地猜忌怀疑她，有时候受到刺激，一听到别人的挑拨就开始对她打骂。

很多人都觉得许蝉很可怜，可许蝉从小就清楚，最可怜的人是妈妈。

人在年纪小的时候，总是格外敏感。许蝉很清楚地知道自己和同龄人的差别，她要护着疼自己的姥姥，要护着被病痛折磨的母亲，将来还要还清父亲留下的巨额债务。

她只有不停地努力，不停地拿奖，不停地做别人眼中的优等生，用高标准严格要求自己，才能获得别人轻而易举就能得到的信任和好感。

她天真地想,到那时候啊,她就能和所有人都是平等的,不用再受人指点,那些欺负辱骂她们的人,总会乖乖道歉。

可惜这一天来得太迟,等到她回过神的时候,她已经从七八岁长到了十六七岁。那时候,她突然发现,自己身边的人走走停停,已经再也没有人知道她那些晦暗的秘密,也没有人会对自己说对不起。

那段敏感又脆弱的青春期里,她怀揣着一颗真心,在虚拟又自由的网络上,把自己所有的忐忑不安和悲伤痛苦的情绪,都说给了一个只见过一面的陌生人。

他回她以温暖,她报之以感激。那是她心里最珍贵的宝物,也是她唯一一份还算干净的回礼。

许蝉还记得,第一次遇见李闵的时候,他已经升到了同所学校的高中部。作为老师口中最出类拔萃的代表人物,李闵的名字几乎伴随了许蝉的整个初中生涯。

突然有一天,老师们不约而同地不再提及这个名字,那时候许蝉才从一些八卦传闻里,得知了李闵家里的事情。

从外表来看,谁也看不出李闵竟然源自那样的家庭——单亲家庭,父亲是个赌徒,他从小就被父亲刁难,非打即骂,常常浑身是伤。

穿着白衬衫的少年,脸上总是干干净净的,喜欢坐在小区花园里的长椅上看书,垂眸思考的样子总是安静又俊朗。

许蝉每次去舅舅家,总会抽空跑到花园里等着,偶尔遇到一两次,隔着稀稀拉拉的冬青树,她也学着他的模样,把自己沉浸到另一个世界,忘记一切,尽情徜徉。

她那时候觉得,这么温柔好看的男生,应该是荒原上的月光,在黑暗里,静静地带着所有没有归途的人找到自己的绿洲。

可就是这样的人,有一天突然就把家里闹得天翻地覆,让自己也如堕泥沼。所有人都觉得他懦弱,自甘堕落,可她却坚定地相信,李闵还是那个李闵。他只不过是给自己裹上了厚厚的壳子,把那个笑起来总是格外鲜亮的自己偷偷藏了起来。

就和自己一样啊。

那天,她坐在长椅上等到了天黑。

在虫鸣声中,许蝉悄悄许愿:

万物有灵，蝉鸣为证。

请保佑我的月光啊，终究清越，常常耀眼。

还有，永远幸福。

此时，寒风凛冽的天台上。

许蝉靠在秋千上，缠绕着假花的冰凉秋千绳索贴在皮肤上，冷得人心口发疼。

"学长，如果是你，你会怎么做呢？"

她微微歪着脑袋靠在一旁，像是自言自语，又像是在诚恳地请教着什么人，丝毫没有注意到有不速之客到来。

浓重的夜色里，许蝉说话的声音像羽毛一样，顺着风轻而易举就抵达了李闵耳畔，挠得他心头有些痒。

他陡然产生一种错觉，他才是唯一的倾听人，而不是偷听者。

"你是不是也觉得我很没用，还没有小时候勇敢。"许蝉语气无辜，带着淡淡的示弱感，"那我给你讲个故事，你能不能再陪我说会儿话？"

李闵原本已经挪开的脚步顿住，恍惚间他有些不确定——许蝉到底是在跟别人打电话，还是在征求自己的意见？

莫名地，他生出一种从未有过的"心软"。

他往前半步，突然就看到许蝉略一侧身，耳畔的耳机线暴露出来。

她停顿了一小会儿，突然略带娇气地跟电话对面的人说："学霸，借你的肩膀给我用用呗，我请你喝'神仙偷心水'。"

李闵在看到耳机的时候，心里莫名松了口气，可是最后五个字落入耳中，他脚下突然一顿，险些就没控制住自己直接冲了过去。

"神仙偷心水"——是他以前和兔子在网上聊天时，经常逗她玩瞎编的。

这世上哪有什么"神仙偷心水"。

除了他和兔子，不该有人会知道这样东西。他忽地想起，当年谢时雨在跨国电话里意味深长的那段话。

"李闵，我们之间从来都是你对不起我，我没有做错任何事情。我知道，你其实并没有多喜欢我，可是你既然招惹了我，就别想再逃脱。

"你听清楚，现在是我玩腻了，不想和你玩了。你不是总说我像是变了一个人吗？李闵，你永远都不会知道你曾经失去了什么。"

一个不可思议的念头闪现脑海，李闵第一反应就觉得不可能，可又莫名地后怕起来。

马宿雨刚洗完澡出来，就看到万年不露面的李闵竟然给她打来电话。她手一滑，手机"啪叽"一声掉进了旁边的水池子里。

手机虽没坏，可是捞上来的时候电量不足，"嘀"一声就关机了。

那边的马宿雨慢吞吞地去充电，这边的李闵心急如焚，最后直接打给了于皖周。

"哟，闵爷怎么突然想起我了？"于皖周嘴欠地说，"是不是在老爷子那儿挨训了，想求我帮忙找补找补？"

李闵薄唇微抿，目光掠过天台上的人影，轻轻拢了拢眼前的那扇门。

"高中的时候，你就认识许蝉。许蝉和谢时雨关系怎么样？"

李闵难得这么严肃的语气，于皖周不由自主地好奇起来："这我哪知道。"他顺嘴抱怨，"你又不是不知道，我可不喜欢谢时雨，而且我毕业后追许蝉，管她闺蜜干吗？我是哪种禽兽不如的人？"

眼看着话题又要被带跑，李闵当机立断："你知道还有谁和许蝉关系好吗？给我个联系方式。"

于皖周思考片刻，像是很不情愿，好半天传过去一个微信名片。

"这人不是许蝉班里的，但是高中的时候他们关系还不错，经常一起参加比赛。对了，这家伙后来就对许蝉有意思，我看他挺不顺眼的。你可千万别跟他说我和许蝉分手的事，免得他又贼心不死。"

李闵挂断电话，随手点开名片。

徐树岸，A城外国语大学的副教授，因为参加过国际对外交流会议，凭借出色的外语社交能力在网上很有知名度。

李闵没想到于皖周的情敌竟然是他，略一沉吟便迅速发送了添加好友申请过去。

验证通过之后，对方很久都没有回应，李闵正打算直截了当地问，就看到对方一个语音电话直接拨了过来。

"李医生您好。"男人的声音听起来很有磁性，简短几句话便让人不自觉就产生了安全感，是社交场上游刃有余的老手。

"我们家老爷子之前在三院做过手术，是您主刀治愈的。"他笑了一下，

"当时没能拿到您的联系方式，没想到还能有幸联系上。"

不动声色地寒暄完，他适时笑道："您联系我应该是有急事？不妨直说。"

李闵："你还记得许蝉吗？"

徐树岸点头："前段时间我们还联络过。"

听到这句，李闵心里突如其来有些不舒服，念头闪得飞快，他直奔主题："你知道她以前高中的时候，和谁关系比较好吗？"

说完，李闵连忙补了一句："她快生日了，我想提前打听一下她的喜好。"

对面的人意味深长地轻笑一声，似乎是想到了什么，突然问道："据我说知，她刚刚分手。您是？"

客气的语气里字字含刀，李闵难得有些紧绷起来："朋友。"

"哦。"徐树岸似乎有点惊讶，"她朋友不多的。"

李闵也不知道哪儿来的冲动，不知怎的就脱口而出："现在有了。"

徐树岸沉默片刻，像是终于想到什么："高中的时候啊，那会儿许蝉不爱说话，唯一算得上朋友的——"他想了想，像是在努力判断。

过了不知道多久，李闵的手心都出汗了，才听到他说："谢时雨算一个？"

像是肯定句，又带着些反问。

李闵没有察觉到徐树岸说话时的情绪，道了谢就匆匆挂断了语音电话。

许蝉和谢时雨是好友，那么谢时雨与朋友分享小秘密也并不奇怪。

李闵松了一口气，不知道自己在害怕什么。一场虚惊之后，他再看许蝉，就觉得心里坦荡了许多，连最开始的心慌意乱也渐渐偃旗息鼓。

天台上，许蝉还在打着电话，语气平静得有些异常，偶尔轻轻地笑一下，也像是秋风拂落叶一般，让人想起寂寥的清晨，雨后的巷子，被尘埃蒙过的漫长岁月。

李闵笑着摇摇头，感觉自己就像是个自娱自乐的丑角，站在这一平方米不到的地方，脑补了一场跌宕起伏的闹剧。

他轻轻掩上门的瞬间，不知为何竟然有些失落。

沿着楼梯往下走，李闵顺手打开手机看了眼时间。在屏幕上的亮光映入眸底的一刹那，李闵突然顿住，有些不可思议地重新拉开了天台门。

微微晃荡的秋千上，许蝉还在自顾自地说着话，可是李闵分明看到，她的手机屏幕完全没有光亮。

无人的天台上，自始至终只有她自己。她没有和任何人通话，所有的心事只有风在听。

李闵心里那种莫名的熟悉感又冒了出来，他鬼使神差地背过身坐在楼梯口。

小时候，他经常躲在黑暗里，像个擅长偷东西的小孩，把自己掩藏在安全的黑暗里，悄悄伸手，企图偷来别人的一点点温暖，塞到自己空荡荡的怀里。

现在许蝉的世界里并没有温暖，但他莫名不想离开。

李闵听着她毫无情绪地讲着自己的无力感，漫长的夜里，她的声音和他的呼吸融为一体，就像是两个平行时空的个体，彼此毫无血缘关系，却拥有着同样的心事。

他伸手拆开快递箱里的啤酒，一罐接着一罐地灌下。

许蝉突然站起身，踩着不知道什么时候落在地上的雪，突然转向天台门的方向。

"学长，很遗憾你没有成为我想象中的样子，我也是。

"谢谢你陪我一整夜。

"我想，我以后再也不会打扰你了。"

小区内的最后一盏灯熄灭，李闵的啤酒罐全部空了，许蝉在纷纷扬扬的大雪里站起身。

"晚安。"

李闵闻言立刻起身，迅速收拾脚下的啤酒罐，先一步下到了五楼的拐弯处。

看着许蝉安全到家，李闵抬手晃了晃空荡荡的啤酒罐，靠在凉飕飕的墙上，突然有些怅然若失。

"你也晚安。"

楼道里脚步声回响，将男人的回应彻底淹没。

随着对面大门缓缓落锁，许蝉紧绷了一夜的神经才算是缓缓松弛下来。

空气里弥漫着淡淡的酒味，她正对着上了两层保险的大门，在心里勾勒出男人离开的背影，伪装了许久的坚强轰然崩塌。

她垂下眼，将自己淹没在黑暗里，无声地颤抖起来。

次日清晨，许蝉裹着厚厚的围巾出了趟门，刚回到单元门口就看到一群人抬着沙发、帐篷，还有两大箱的羊毛毡运往电梯口，堵得楼道里水泄不通。

她看了眼楼梯口，犹豫了一下还是走了上去，好不容易爬到六楼，却发现这群人同样也到了六楼。

"哎呀，许小姐您出门了啊？"戴着帽子的大男孩热情地打招呼，看到许蝉手里还拎着几个纸箱，连忙询问，"您这是专门去买的？下次直接跟我说一声呗，我那儿有现成免费的。"

许蝉愣了片刻，这才记起，这是上次在物业遇到的小管。

"这是？"许蝉看了眼满地的东西，见工人跟搬家似的一箱箱地往天台上挪，忍不住多问了一句。

没想到小管就像是打开了话匣子，滔滔不绝地说："您不知道啊？"

知道什么？跟她有什么关系？

小管指了指对面的门："这两户房型自带一个共用的小天台，业主正巧又是一个人。昨天晚上业主突然说马上就要开春了，想要尽快把上面打理出来给两户一起用，平时种种花草、晒晒太阳，看看星星什么的。"他乐呵呵地眨眼，"许小姐，您先回屋里去，等到晚上上天台，包您满意。"

许蝉下意识看向对门，昨晚的事情再次涌入脑海。

她是后来才知道李闵当时一直坐在门后，不管是出于什么目的，他没有走向自己，自己也没有勇气当着他的面去控诉。

现在这些算什么呢？知道她悲惨过去的一种怜悯和馈赠吗？

许蝉无精打采地回家，进门之后先把鞋子摆放整齐，卸下能遮住大半张脸的围巾，对着洗手池搓了五分钟的手，才走到厨房把袋子里的蒸饺倒进一次性盘子里，加了碟醋和辣椒，最后直奔主卧。

早餐摆放整齐，她才回头拍了拍绪灵芝的肩膀："绪灵芝同志，起床吃饭了。"

绪灵芝昨晚闹了半宿，又吃了药，许蝉算着时间大概还得睡半个小时。她翻开手机通信录，找到之前负责对接的中介小哥，看着备注里的名字，她拇指一按直接拨了电话过去。

客厅里的家具还是刚搬进来时的样子，摆放得有些古怪，看上去有些不舒服。

许蝉环顾四周，计算着还需要买哪些物件，大概算了算心里就有了谱。

正巧对方的电话也拨通了，一副还没睡醒的腔调："喂？"

许蝉做完自我介绍，直奔主题："业主上次不是说要把照片投到邮箱嘛，但是我研究了好几天，实在不会用胶卷相机，我看那个冲洗还挺麻烦的，所以想请您帮忙问一下攻略？或者附近有哪家店可以冲洗照片，我到时候过去。"

中介小哥还没清醒，望着天花板呆了一秒钟，想到是鑫海茂世的客户，这才连声答应。

许蝉快刀斩乱麻地做完昨晚计划好的事情，这才舒展着伸了个懒腰。

忙了一早上，许蝉反而觉得更有精神，她脱掉大衣，扫了眼客厅里的布置，弯下腰从抽屉里翻出来几张发黄的A4纸。铅笔与纸面摩擦"沙沙"作响，很快就勾勒出了一个新的布局图。

绪灵芝醒过来的时候，照常是什么都不记得。她先是习惯性地在房间里找了一圈手机，搜索到饭桌前这才发现上面放着蒸饺。

她早就习惯尽量待在房间里不出门，但看到还冒着热气的早餐，下意识就想要喊许蝉一起吃。

绪灵芝刚贴着门试探地喊了一声，就听到客厅里传来"嘎吱"一声尖锐响声，紧接着就是许蝉的声音："妈你过来帮个忙。"

绪灵芝忙不迭放下筷子出门，入眼就看到客厅的家具被许蝉挪了个天翻地覆，原本逼仄又灰暗的布局莫名就宽阔明亮不少。原本的暗红色屏风被拆卸到两侧，露出复古的落地窗，光线自北往南渗透过来，房间里瞬间就敞亮起来。

"蝉蝉，你这是做什么？"绪灵芝慌忙得直拍大腿，"房东不是不让动这些摆设吗？你这么做人家不让住了怎么——"

她话音未落，许蝉就出声打断："不让住就不让住，租个房跟坐牢一样，你不难受我难受。"

按照许蝉的想法，李闵要真赶她走，她还称心如意了。

她都已经打听好了，附近有个酒店可以月租，大不了暂时住在酒店。等到绪灵芝同志做完复查走了，她再慢慢想办法。

"你这孩子，房子哪是那么好找的。你这个脾气，之前也是住得好好的，怎么突然就退租了？"绪灵芝唠叨起来，又扯出许蝉之前租房的事情。

许蝉一听连忙插嘴："要不怎么说合租麻烦呢？我只不过是出差多了点，就被小朋友怀疑是骗子，她连夜搬走，还顺走了我一冰箱。我自己白白填进去两三万房租，我还没地儿说理呢。"

"还不是你总是出差，脾气古怪，又经常联系不上人，害得人家小姑娘心慌。"

绪灵芝正常起来，脑子也非比寻常的机智。她这个女儿什么都好，就是

117

日常生活里给人的压迫感太重,拖鞋要摆放整齐,厨房要擦洗如新,地毯必须是对称花样,就连房间里的陈设稍微被人碰乱一点点脸色就要变一变。

许蝉乖巧地"闭麦",也没多嘴,这不是她故意挑剔,而是一种病。一家子就剩下两个人,两个人都有病,想想也是糟心。

许蝉把茶几摆放到正中央,叉着腰,长长地呼出一口气:"妈,你觉得怎么样?"

看着许蝉重新归置的客厅,绪灵芝满意地点点头,许蝉挑剔是真,但是收纳布局的能力从小到大都是一流的。

"我下午去附近的影楼冲洗照片,六点半我在小区门口等你,你下来我们一起去吃年夜饭。"

许蝉不说,绪灵芝都没有意识到,今天竟然是除夕夜。

背井离乡,家也不像是个家,绪灵芝突然鼻子发酸,搂着许蝉道:"都是妈妈拖累了你。"

"可不是嘛。"许蝉坐在沙发一侧,随手翻开一个记账本,一上午的花费都记录在册,然后敲敲本子,"所以你要给我争气点,少犯点病,别再让我哭了。"

许蝉说着故意扬了扬下巴:"你看我的眼睛,都是被你气的。"

绪灵芝听许蝉这一说,忽地就记起一些碎片似的情景。看着女儿手腕上泛着青灰的痕迹,她肃然起立,战战兢兢地伸手摸了摸,满脸都是愧疚:"我昨晚又打你了。"

"打是疼,谁让你是我亲妈呢?"

许蝉拉着绪灵芝坐在旁边,从门口的纸箱旁边勾出一个塑料袋:"医生新开的药,下次别乱扔了。昨晚弄丢的两粒,到现在我都没找到。"

她下意识地瞄了几眼,视线撞上绪灵芝有些混沌不安的眼神,突然想起什么似的从兜里掏出个手机:"下次小姨再给你打电话别接了,她嘴里能吐出什么象牙来?每次都要靠着贬低我找点存在感。"

上次绪灵芝抢方向盘就是源自那女人的挑拨,这一回还敢打电话过来,许蝉一想到今早打电话骂过去,她那满嘴的无辜话语,就忍不住冷笑:"她不就爱散播谣言,说我挣的钱都是被包养来的吗?妈你下次就回怼过去,她家儿子想巴结还没人要呢。"

绪灵芝一下子被许蝉点到死穴,脸色青白一片。

许蝉明虽然知道绪灵芝情绪有些波动,但还是继续说:"连我妈都不相信我,我也不知道活在这世上能靠谁?"

她反问绪灵芝:"她这样说我,我就真的是被包养了吗?她说我的钱是脏钱,你拿在手里就真觉得脏吗?妈,我们才是一家人,我才是永远都不会骗你的那个人。"

有些话说开了比不说开好,有的现实人总是要面对了才能更坚不可摧。

许蝉也是昨晚想通的,不管是绪灵芝还是她,心里的疙瘩总要解开,刮骨疗伤才能药到病除。

"绪灵芝同志,你还有话要说吗?"

绪灵芝讷讷地站着,一阵阵地眩晕。

她理智上觉得许蝉说得对,可总是过不了自己心里那一关。她感觉潜意识里有一个推手,总是怂恿着她左右摇摆,每次濒临崩溃的边缘,只要她一认输就会完全失去自己,伤人害己。

可是眼前的是她唯一的亲人啊。

良久,她颤着嘴唇缓缓道:"妈以后一定不听人教唆。"

"既然绪女士都下定决心了,那我也说一个。"许蝉咬紧下唇,认真地思考了一会儿,"那我以后一定擦亮眼睛,找个靠谱的男朋友。"

李闵一大早就被电话吵醒。

"闵哥,您那个胶卷相机怎么用啊?有没有什么攻略,租户说不会用,没法拍。"中介的嗓音回荡在卧室内。

李闵瞥了眼备注,按下免提,嗓音喑哑道:"你把我的微信给她了?"

"那哪能。"中介连忙拍胸脯保证,业主特意交代过的事情,他怎么会忘。

"哥,您给想个办法,您的要求租客也答应了,这拍照总不能也让租客自学吧?"

中介也是头疼,这位业主是个大客户,也是老熟人,人很好说话,就是租住的要求十分苛刻——

> 租住期间,租户不能擅自移动客厅里的任何陈设,包括摆件的位置,桌椅的角度、光线等。除此之外,租客还得在每月初用胶卷相机拍照,冲洗后的照片投到业主邮箱。

一想到这个，他就心里没底。

这好不容易来个适合的，可别又泡汤了，大过年的他可不想再次处理纠纷。

"要不，我上网找个教程给她？"中介思考着，吞吞吐吐地说，"不过租客自己说，她想和您当面沟通。您看方便不？"

当面沟通不就露馅儿了吗？

李闵犹豫了一会儿，看到下午没有安排，便道："晚点我给她打视频演示。"

"好嘞。"

中介满意地挂断电话，李闵也从床上坐起身来。

他揉了下头发，走到洗手间冲了把脸，看着镜子里突然有些陌生的自己，他突然想到昨晚的许蝉。

大过年的，也不知道她们打算怎么过除夕。

李闵洗漱完，弯腰从柜子里拎出来几大包米面、两桶不知道什么时候已经过期的油，还有几张乱七八糟的购物卡。他蹲在光秃秃的地板上想了想，又觉得送这些好像有点磕碜，干脆就从热门网红酒店订了一桌团圆饭。

楼上的天台差不多该弄好了，他这么避着许蝉也不是办法，正好可以趁这个机会约着吃顿和解饭。

下午五点钟，李闵准时打开视频通话。

视频里，许蝉扎了一个清清爽爽的丸子头，穿着一件白色的灯芯绒衬衫，看到视频接通就打了个招呼，似乎并不意外房东的视频教程居然不露脸。

"相机的操作我学会了，但是我不会冲洗。"许蝉站起身，把电脑挪了个角度，"那边的小房间我看像是个暗房，是用来冲洗胶卷的吗？我很感兴趣，想自己试试看，您要是方便可以过来教教我？"

她侧身让开，故意让镜头正对着客厅的布局："要不，我过去也行？"

许蝉站在暗房门口，没注意到视频里的人影猛地晃了一下，紧接着画面背景就只剩下空荡荡的一堵白墙。

她正落落大方地说着，突然就听到门铃响起。

许蝉略微勾起嘴角，打开门的一瞬间，男人高大的身影顷刻间就逼近过来。他擦着许蝉的肩膀冲进客厅，环顾了一遍面目全非的房间，脸色白到近乎失了血色。

"谁让你碰我东西的？"李闵回过头，对着许蝉一声低吼。

许蝉微微一怔，指甲深深地陷入掌心，心底却是越来越平静。

"我这就走。"

许蝉毫不犹豫地转身，正巧绪灵芝听到声响跑了出来，她连忙安抚："妈没事，我们去酒店。"

李闵还定在原地，看着眼前全然陌生的客厅，他突然就想不起这里原本的样子。突然的冲击过后，他猛地想起刚刚做了什么，转过身就看到房门大开着，客厅里空无一人。他大步走到卧室，突然发现卧室里的陈设一如往常，所有的东西都打理得十分整洁。

短短几分钟而已，许蝉就这么走了，甚至连行李都像是提前准备好的。

李闵的胸口剧烈起伏，明明一切都是许蝉的错，可是此时此刻，他却觉得莫名憋屈。

有人提前就算好了一切，精心等待着他跳入陷阱。

这就是一场蓄谋已久的告别。

"妈，你先上车。"许蝉催促着，单手拎着行李箱火速地放进后备箱，但是司机的后备箱里放了一些年货，导致她的箱子塞不进去。

司机见许蝉好半天也放不好，忍不住下车帮忙："小姑娘，大过年的你们这是去哪儿？"

"走亲戚。"

许蝉随口应付，在看到行李终于塞了进去，终于松了口气。

她低着头查好路线，快步走向右侧副驾驶，就在她打算入座的时候，车门突然被一只手紧紧扳住。

"你们怎么回事啊？还走不走啊？"僵持了大概有两三分钟，司机忍不住按了按车喇叭，焦急地询问。

后座上的绪灵芝也一脸疑惑地看向许蝉，下一秒，她就看到自己瘦不拉几的女儿被男人从副驾驶座拎了出去。

"师傅，麻烦您开下后备箱。"

李闵挡在许蝉面前，回头和煦一笑："离家出走，让您见笑了。"

第四章

我可以搬到你那边吗？

街区里的风"呼呼"地刮，大雪将下未下，像是在吊着行人的胃口。

天还没亮，许蝉就打车赶到马宿雨的小公寓，刚登上楼梯就隔着厚厚的墙壁听到屋里震耳欲聋的音乐和男男女女的尖叫声。

"你到哪儿啦？"欢脱的鼓点声里，许蝉听到马宿雨扯着嗓子撕心裂肺地喊，她站在门外，莫名就不太想进去。

算了，好歹也是提前就答应好的，马宿雨又特意交代了有急事。

许蝉按了按门铃，对着话筒慢吞吞地说："在门口。"

马宿雨穿得花枝招展，脸上抹得到处都是亮晶晶的，拉开门就看到穿得像个大馒头似的许蝉顶着两个大黑眼圈，素面朝天地注视着她。

马宿雨打量着许蝉这身毫无求生欲的搭配，"咦"了一声，一把就将人薅进了门里。

在外面的时候，许蝉还只是觉得吵闹，两只脚踏进门里，许蝉感觉自己就像是跌进了谁的肺腑里，乐声震得她整个人都有些发颤。

她一眼望去，遍地都是气球，屋顶飘的、墙上贴的，这简直是把星星都摘到了房间里。

许蝉匆匆扫了一眼满屋子陌生的面孔，所有人都跟约好了似的，颤颤巍巍地胡乱抖动着，而这场宴会的主角却人影全无。

许蝉抬手捂住耳朵，用下巴戳了戳聚光灯下的帅哥美女，斜了眼马宿雨："这就是你说的喝茶谈心？"

哎呀，骗老实闺蜜来玩怎么能算是骗呢——

马宿雨神秘兮兮地拉着许蝉贴着墙角，用手指了指眼睛冒着彩光的玲娜贝儿身后不远处的男人，附在许蝉耳边大声喊道："和你喝茶，和他谈心。"

看着马宿雨一脸的桃花，许蝉立刻回望过去。

那人站得远，和人群隔得很开，正一只手插兜，另一只手举着一杯鸡尾酒独酌，明眼人一看就是在等人。

等的还是眼前这位不知天高地厚的大小姐。

许蝉又看了几眼，愣是没想起这男人是马宿雨的哪位前任，直到男人回头望了一眼，眼尾的痣露出来，她才恍然大悟地"哦"了一声。

这不是上次在医院，马宿雨疯狂给她"安利"的帅哥医生？好像是姓苏，是于皖周父亲的得意门生。

许蝉了然，忍不住好奇："上次在Blueberry也是他？"她小声嘀咕，"他们做医生的压力这么大，都喜欢这种场合？"

许蝉还记得上一回在Blueberry，马宿雨就是因为突然跑去追男人，所以才把她甩给李闵。现在看来，两人应该就是那个时候勾搭……啊不，是交往上的。

马宿雨勾着眼角到处放电，扭过头才捕捉到许蝉满脸嫌弃的表情。

周围太吵了，许蝉声音又轻，马宿雨回想了一会儿才捕捉到几个关键字，当即就嗓门扯得贼大，像是恨不得全场都听到那个名字："什么场合？医生怎么了？你家李闵不也是医生吗？"

"怎么就我家李闵了？"

看着马宿雨跟着节奏乱晃，答的话牛头不对马嘴，许蝉狠狠地白了她一眼，转身就找了个空隙钻到了卧室。

瓷实的墙体挡住了不少嘈杂，许蝉刚坐没一会儿，就看到马宿雨穿花弄蝶地钻了进来，一进门就往床上一倒："累死老娘了，这该死的于皖周再不来，我就把他挂在城门上鞭尸。"

还挂城门上，许蝉打趣道："最近大数据没少给你推书吧？"

马宿雨"嘿嘿"一笑，眉毛挑得起劲："别说，真香。"她迷妹似的咬了下唇，"和我们家弟弟一样香。"

许蝉听得肉麻地打了个寒战,抖落一身鸡皮疙瘩。见马宿雨一副要睡死过去的模样,她顺口问:"你家帅哥还在外面,不招待一下?"

"走了。"马宿雨用手背挡脸,转身就把自己裹进了被子里,"说是院里有事,十天半个月回不来。"

她说着突然睁开眼,像是想起了正事。

许蝉看着她心急火燎地翻东找西,忍不住打了个哈欠,好奇道:"你这么早喊我过来,到底是要干吗?赶紧说。最后一天节假日了,我今天下午还得去趟音像店,我妈嚷着要听梅艳芳的专辑,老太太的新年愿望不好推辞的。"

马宿雨瞥了眼许蝉,看着她一副"我很忙你快说,老娘在你这儿不想多耽搁一秒钟"的表情,手下的动作一滞,忍不住叉腰道:"好你个许蝉!你还装!"她伸长了手臂用力比画着,"那么大的事儿,你现在还不打算告诉我?"

"什么大事?"许蝉一脸疑惑,愿闻其详。

"就是李闵啊!"马宿雨不再找自己不知道放哪儿了的手机,想到那天晚上李闵的电话,急忙问,"要不是于皖周那个大嘴巴,我都不知道你和李闵同居了!说,你俩什么时候好上的?"

同居?许蝉忍不住"啊"了一声,被马宿雨的遣词用句震得一愣一愣的。

"哦,我知道了!是不是上次在Blueberry,你俩一起回家,生米煮成了熟饭是不是?"

马宿雨纤细的手指在许蝉面前晃来晃去,许蝉没忍住张口就咬了过去,差一点就要得逞的时候,突然有人敲门。

"谁啊?"马宿雨缩了缩手指,走去开门,听到是于皖周在外面,随即瞪着许蝉骂道,"许蝉你属狗的啊?"

许蝉倒是觉得,马宿雨和于皖周越来越像了,两个人的口头禅都一模一样。

说曹操曹操就到,于皖周应声走进来,关上门就问:"你俩躲这儿干吗?我找了半天了。"

他全副武装,搞得不像是寿星,像是哪儿来的大明星。

许蝉还没开口,马宿雨就哼唧一声:"大寿星可算是来了啊!我这宴会办得不错吧?"她手一摊,意图明显,"快点,赶紧给我。"

于皖周随手掏出一串东西砸在马宿雨的手心。许蝉扫了一眼,看到那是他最宝贝的那辆赛车的钥匙，平时碰都不让别人碰一下的。

"只准玩一个星期，剐坏一点点我一定不至于打死你。"

这两个人可真是冤家。

许蝉看了眼马宿雨，发自肺腑地感慨。

于皖周一对上许蝉，脸变得比谁都快，一会儿工夫就跟邻家大狗狗似的凑了过来，放轻了语气关心道："许蝉，你什么时候来的？你们刚刚聊什么呢？"

"聊她和李闵同居的事儿。"

马宿雨嘴快，恨不得夸大其词，把现场画面都拉到家庭影院，一边还兜售瓜子供万人八卦。

许蝉急着声辩，却被口水呛了一下。于皖周连忙回头拍了拍她的后背，扭过头怪罪马宿雨："你看你把许蝉急的，这种事能乱说吗？我兄弟能是那种吃窝边草的人？"

马宿雨打开于皖周的手，一把抱住许蝉："走远点，还吃窝边草？想得美！"

许蝉这才听出他们俩是拿自己斗嘴，她也不计较，视线扫了一遍两人，见他们一副有话想问，又磨磨蹭蹭的样子，忍不住指了指手腕上的表："还有半个小时，要没什么事我就走了。"

马宿雨这才跟被人按了"开始"似的，连珠炮似的"噼里啪啦"地问了一大堆。临了，她轻咳一声："所以，你和李闵到底怎么回事？"

要不是手机不知道放哪儿了，马宿雨都想现在就把自己与李闵的通信记录怼在许蝉面前。

千百年不食人间烟火的大男神啊，竟然三更半夜给她打电话！马宿雨后来越想越觉得邪乎，要不是问了于皖周，她都不知道人家是为了打听许蝉。

于皖周向来都很好套话，她随便几句下来，就知道原来许蝉的新房东竟然就是李闵。

关键是，当初她给许蝉推荐李闵的房子，许蝉可是亲口拒绝过的，怎么突然又接受了？还已经住了这么久。

这可把她好奇坏了。

马宿雨问得事无巨细，许蝉只好把能讲的都说了一遍。

讲到那天她带着行李要离开时，马宿雨张了张嘴，突然就陷入了诡异

125

沉默。

"除夕那天下午，我听说城南工厂爆炸，那天还有很多人在加班，Ａ大三院的医生都过去紧急救援了，李闵也去了吧？"

马宿雨是个万事通，八卦新闻向来一个不落。

许蝉闻言，脑海里就浮现起新闻推送里的大火和乌烟，她只知道那天李闵突然离开，没想到竟然是去现场救援。

她莫名觉得心头发紧，下意识想催促马宿雨继续说，突然就看到她拍了下于皖周的大腿，扭头看向自己说："所以，许蝉你看！老天都不想你搬走。"

"胡说什么！"于皖周轻轻地推了把马宿雨的肩膀，表情突然变得严肃，"这起事故还挺严重的，我给闵爷打电话他都没接，信息也没回。我听老爷子说，那边还有什么化工药品爆炸，医务人员都得戴防毒面具。人命关天的事情，别开玩笑。"

许蝉听得心一沉，她虽然看到了新闻，却没想到这么严重。

马宿雨被于皖周训斥之后，撇撇嘴有些委屈："我就是想调节一下气氛，你这么凶干吗？"

于皖周在旁边哄了大小姐半天，许蝉沉默着，脑海里突然浮现新闻热评里网友分享的现场照片。

照片里灰烬飘得漫天都是，烟尘里看不清建筑，看不清人脸，只有无数残垣断壁，钢筋泥土，还有穿梭其中的白色人影。

隔着照片，她仿佛听到了有人在惨叫，有人在哭泣，也有人麻木如行尸走肉地等待着前途未知的明天。

医生是降落人间的天使，可是"天使"这词放在李闵身上，却显得有些格格不入。

他好像一直冷冰冰的，从骨子里透出来的寂寥，让人无法亲近，也难以靠近。

许蝉突然想到那天，她原本是打定主意要走的，可是医院匆忙打来一通电话，她眼睁睁地看着李闵连衣服都没来得及换就冲上了她叫来的那辆出租车。

临走之前，李闵死死抵住她的行李说："在我回来之前，先住着。"

隔了老远，她才回味过来，他那句话里似乎是有挽留的意思。

更重要的是，许蝉发现李闵不知道什么时候从她的口袋里拿走了她的身份证。

这下,她再固执也不得不留下来。

"说起来,蝉蝉你竟然能把李闵惹毛。"马宿雨眨巴着眼睛,兴味盎然地盯着许蝉,一脸崇拜,"你怎么做到的?快说出来让我们学习一下。"

于皖周赞同地点了点头:"我认识他这么多年,还没见他跟谁发那么大的火。"

两个人蹲在一边,满脸都写着"吃瓜吃瓜""快说快说"。

许蝉思考片刻,总结了一下自己的作死行为。

"我把他家房子的摆设给破坏了?"

于皖周和马宿雨同时沉默。

"是哪栋房子啊?"于皖周突然问,还没等人回话,他就有些一言难尽地看向许蝉,"该不会是鑫海茂世13栋602那套吧?"

马宿雨:"那套怎么了?"

许蝉一脸茫然地等着于皖周"科普"。

于皖周噎了一下,似乎瞬间知道了李闵发脾气的原因。他难得地没有嘴瓢,杵在那儿组织了半天语言,才表情复杂地看向许蝉:"那套房,是闵爷仿着他妈妈在世时的老房子买的。"

李闵刚出生母亲就去世了,家里原有的东西也被他那个不成样子的爹折腾得所剩无几。因此,李闵关于母亲的遗物几乎没有。后来,李闵在垃圾堆似的抽屉里翻到一张老照片,是他母亲坐在客厅里,祝老师帮她拍的。那是他第一次见到母亲的样子,因此视若瑰宝。

可后来,家里发生了火灾,那张照片也被烧得连影子都没留下。

所以,那套房子,大概是李闵给自己留的唯一念想。

于皖周这样想着,不由自主地叹了口气。

他还是第一次说李闵的八卦,抬头望向许蝉,郑重其事地说:"他为什么把家具乱摆我不清楚,但那个房子,大概算得上是他唯一的家。"

"既然他这么在意,干吗又要把它租出去?"马宿雨好奇地问。

于皖周摇摇头,李闵从不主动提及自己的私事,就连许蝉住过来也是他上次过来找李闵,无意中发现的。

他想了会儿,像是终于找到了合理答案:"可能是缺钱?"

"三甲医院的副主任医师,还是骨干,他又是个大光棍,缺钱?"马宿雨白了眼于皖周，满脸不信。

许蝉安静地看向于皖周，听到他咕哝了一句。

他声音很小，却像是针一样轻轻地扎了她一下："闵爷从来都不存钱的，他连卡都不用，哪儿来的积蓄。"

什么样的人，才不会想着给自己留一点积蓄呢？许蝉看着眼前两个吵得火热的人，心里突然闪过李闵的身影，鼻子莫名有些发酸。

她想啊，那个人大概是从未有牵挂，也不愿意给自己留后路吧。

许蝉心里束缚已久的那股不甘突然松散开来，如丝帛云茧熨烫平展地舒展在平面，袒露出原本不断向内省视的一颗心。

过往岁月里，她总是在责怪自己不够好，所以才不被人珍爱。直到此刻，她突然彻底意识到，灵魂皆有方向，她没有资格去苛责他，如她所愿地爱她，选择她想要他走的路，成为她渴求的模样。

所有人都囿于心病，有人擅长逃脱。但是，也有人将它视为吾乡，苟延残喘。

谁都没有错。

"你就跟个狗皮膏药似的，整天跟在李闵身边，这种时候胳膊肘还往外拐？"

马宿雨的大嗓门从天而降，许蝉瞬间就被勾回了思绪，然后就听到他们俩不知道把话题扯到哪儿又吵起来了。

马宿雨指名道姓地骂道："于皖周，你就说你那颗心是不是偏到家了？到现在还在给李闵找借口。"

于皖周听到马宿雨这么说，一时也生气了："我不就说了几句实话吗？你这么大反应干吗？怎么了，你也暗恋他？"

"他要不是想复合，干吗特意来打听谢时雨啊？"马宿雨一听到暗恋这个词，立刻快刀斩乱麻，"渣男渣男渣男！"

于皖周被马宿雨喷得面上无光，他擦了把脸："不是，你骂我干吗？我又没得罪你。"

"骂的就是你们这群狗男人，吃着碗里的看着锅里的。"马宿雨声嘶力竭地吼，回头看到许蝉静静地望着她，忽然就哑了声，心虚地低头，戳了戳眼前的抱枕，不放弃地补了一句，"得了便宜还卖乖，呕。"

"你这么说，我就得说道说道了。"于皖周不甘示弱，字正腔圆地替李闵打抱不平。

"当年，闵爷对谢时雨可是仁至义尽！要不是他拦着我，我一定教教谢时雨怎么做人。"

于皖周越说越气，在心里藏了十几年的话一下就全倒了出来。

"高中毕业之后，明明是谢时雨不告而别，结果突然一哭二闹三往天台那么一站，搞得我闵爷被挂在学校论坛鞭尸似的骂！后来可倒好，她拍拍屁股出国了，还给人扣了一个渣男求复合的屎盆子。什么倒追，什么劈腿？还跑去国外跪地求饶，他俩根本就没有在一起过，也就你们这些人听风就是雨的，一个个都拿谣言当真理。"

许蝉有些诧异，心底有一根弦像是被轻轻拨动，发出一声悲鸣。

旁边的马宿雨也目瞪口呆，好半天才咋舌道："竟然是这样？这么劲爆。"她说着又偏过头朝着许蝉努努嘴，脸上就差点写上"姐妹爽不爽，活该他得报应"几个大字。

许蝉别开眼望向落地窗外。

外面的天色彻底亮透，日光从乌云中穿破，一寸一寸地漫步人间，忽然之间原本灰暗的视野就明亮起来。

许蝉回过头看了眼身后的两个人，正对上马宿雨探究的目光。

"怎么了？"

"蝉蝉，你不发表点想法？"

许蝉看向于皖周愤懑不平的脸，回味着他们一开始的话题——李闵为什么要打听她和谢时雨的关系？

她仔细思考，合情合理地分析道："我更偏向于——李医生情根深种，矢志不渝，所以想通过我这个媒介吃个回头草？"

总不至于是，李闵在十年之后，突然开了窍，对她这个完全不相干的人感兴趣吧？

离开马宿雨家，许蝉循着地图前往音像店。

地图上的方向标忽远忽近，忽左忽右，捉迷藏似的让许蝉原地打转。

许蝉站在十字路口转了一圈，看着眼前明明本该是音像店却是个报亭的建筑物，突然非常质疑这个软件的运行程序是不是也因为过年休假偷懒了。

前几天，绪灵芝不知道在哪儿打听到这家音像店，激动到半夜睡不着，嚷着非要来买专辑。许蝉用一台胡桃木色的留声机，外加两张唱片，连哄带骗了好半晌，才终于说服绪女士这位路盲不要擅自出门，老老实实待在家等着她带回去。

可现在……许蝉叹了口气，深觉她不应该迷路。

街边的路灯晕开光线，衬得周边的一切都带着一股浓重的复古味。许蝉循着报刊亭一路询问，问了一大圈压根儿没人知道有这么一家店。她一时没察觉，绕着绕着就拐到了A城外国语大学的西侧门口。

外国语大学的西门附近是对外会议厅，隔着小花园是一片密密麻麻的家属楼。

许蝉坐在公交站台，身边全是来自家属楼去小广场跳舞的大爷大妈。旁边路过卖烤红薯的电瓶车，扬起阵阵香甜，七零八落的梧桐树枝被风吹得一抖，滚得满地都是枯黄残缺的落叶。

许蝉低着头，不认命地重新下载了一个地图软件，对比看了一会儿，果然发现两个地图显示的参照物不太一样，甚至连下车的站点都像是正版与山寨版之差。

"公交站的名字怎么还差一个字？"

她放大地图上的细节聚精会神地研究，完全没有注意车上下来一个人影。那人拄着一把伞站在她的身后，视线掠过她耳畔的碎发，也跟着兴味盎然地钻研起来。

"菱角西站和菱角西站站不是一个站点，你下早了一站。"

许蝉正专心看着，听到身后有人轻声提醒，下意识就反驳道："菱角西站和菱角西站站的公交线路完全不一致，只是路线上有点交叉，按理说不可能存在早下一站的情况。可是我坐75路公交车在菱角西站下车之后，按照导航根本就找不到小南街的那家音像店。"

她点了点地图上的标记，判断道："这两趟公交车最近应该是交换过停靠站点，为了省事直接把站台名字也换了过来，攻略上的信息没更新，所以导致我从一开始就上错了车，下错了站。"

男人抱着手臂，赞成地点点头："你想去的音像店要乘坐735路公交车去菱角西站站。"他伸手抬了下眼镜，突然说，"太晚了，我陪你过去。"

现在的陌生路人都这么古道柔肠？许蝉错愕地抬头，正对上男人英俊的脸，无数阳春白雪的形容词充斥在脑子里，她删繁就简道："徐树岸？"

"许蝉，"徐树岸的眼睛含着笑意，站在梧桐树下的身形肩宽腰窄，长直的黑色羽绒服被风吹得微微掀起，他淡淡地勾起嘴角，朝着她微微颔首，"好久不见。"

许蝉的确有段时间没见过徐树岸，他们高中的时候同级不同班，经常在打比赛的时候碰面，算是学习上的"搭档＋对手"，毕业之后少了竞争关系，偶尔聊聊近况，关系保持得十分好。

"你过年不回老家吗？怎么会在这里？"徐树岸的老家和许蝉家隔得不远，以前都是节假日在家见见面。这会儿学校早就放假了，他一大学教授怎么会出现在这里？

徐树岸拢了下衣襟，眼底油然带了些许自得："去年我把老人接到A城了，校区里有家属楼，也方便照顾。"

他看向许蝉，对她的变化格外在意："你怎么大老远跑到这儿找音像店，我不记得你有这喜好。"

许蝉和熟人在一块儿的时候话就略多，再加上徐树岸也知道她家里的情况，于是就顺口抱怨："还不是老太太兴头起来梦回重做追星人，非要我来帮她买专辑，还得是黑胶唱片。我问了一圈代购都没有货，只好自己过来碰碰运气。"

"那你运气不错。"徐树岸笑着看向许蝉。

许蝉茫然地眨了下眼睛："我运气好？"坐错了车，下错了站，店都快关门了还迷了路，这是哪门子的运气好？

像是一眼看穿了许蝉的想法，徐树岸伸手揉了下许蝉的后脑勺："我是说你碰到我运气好。"

马路上的出租车呼啸而过，许蝉头脑一热，突然发现整个站台只剩下了他们两个人。

空气安静下来，她仿佛能听到对面男人的心跳声。

"走吧。"徐树岸远远看到预约出租车的车牌号，伸手去拉许蝉的手腕，"打车五分钟就能到。"

许蝉不易察觉地错开手臂，和徐树岸并肩走在一块儿："你什么时候约的？"刚刚她没看到徐树岸看手机。

他这人就是这样，很少在公共场合玩手机，规矩得不行。

"看到你的第一眼，我下的单。"

那时候,他也没想着她要去哪儿,只是觉得人都主动送到面前了,不找机会吃顿饭怎么都有点亏。

不过,这话徐树岸没打算说,他怕吓到许蝉。

"哦。"

许蝉无精打采地靠在车子后座,看着窗外匆匆而过的树木,有一搭没一搭地和徐树岸说着话。

提到绪灵芝女士的病,徐树岸立刻慷慨解囊:"如果有需要,随时跟我说。"一副把银行卡密码都要交代的架势。

许蝉实诚地叹了口气:"我哪是发愁钱啊。"她现在才是有钱没处花。

"我知道一位心理师,除了费用贵倒是很符合你的要求,她刚从美国回来,年纪轻轻就已经是小有名气的 Psychologist,而且……"徐树岸着意看了下许蝉的神情,"你也认识。"

她也认识?还是留美回来的。许蝉好奇起来:"男的女的?"

司机突然刹车,前面的路被临时封停,似乎是在翻修下水道,打开车窗就是一股令人作呕的气味。

许蝉在司机的催促下火速下车,借着耀眼的灯光一眼就看到了桥头上醒目的唱片 LOGO(标识)。她沿着楼梯走到地下桥洞,外表老旧的音像店就隔着一条马路,开在对面楼梯口左侧的小矮楼。

音像店的门面不起眼,但是进到里面却别有洞天,许蝉看着两层的小矮楼里满满当当摆着亮晶晶的专辑唱片,突然觉得绪灵芝的审美其实比她已知的还要上档次。

晚上九点钟,音像店里的人不是很多,许蝉扫过货架上的标签,很快就在密密麻麻的专辑里找到了绪灵芝想要的那张珍藏版黑胶唱片。

她其实一点也不喜欢听歌,也不擅长唱歌,但是身处这样的场景,就容易被氛围带动生出一种不买几张就有点亏本的错觉。

许蝉随心所欲地四处走动,目光掠过或经典或潮流的唱片,目光突然在二楼最下面一排的音乐剧唱片的货架上定住。

"安德鲁·劳埃德·韦伯的代表作 *The Phantom Of the Opera*(歌剧《魅影》),25周年纪念版。"许蝉顺着徐树岸的动作抬眼,就看到他意味深长地笑了笑,"你喜欢这个?"

许蝉收回视线，随手又翻了翻，发现徐树岸手里拿的已经是最后一张。

贵倒是不贵，也很常见，只是……许蝉看着那张蓝光碟，突然就想到了很多年前，某个少年对它的热忱和执着。

"我没看过。"许蝉直接伸手要了过来，坦诚地说，"我有个朋友以前很喜欢，正好我最近托他办了些事，刚刚看到，就想买回去作为回礼谢谢他。"

徐树岸不做点评地点点头，看到许蝉下楼去结账，他站在原地，手指划过旁边一排专辑的硬壳，突然就想起前几天他正熬时差的时候看到的那条好友添加请求。

两人走出店门的时候，高架桥下的孔雀状彩灯已经亮起，红蓝紫绿的斑驳光线依次交错落在人脸上。徐树岸看着许蝉娇小的背影，忽然觉得整条街道都像多了几分旖旎。

"那位心理师，我帮你预约了下周日，到时候我来接你和伯母过去。"徐树岸率先开口，颇有点大男子主义的意味，"不许拒绝，大不了你也送我一份回礼。"

许蝉捏着手里的购物袋，心里正想着不知道李闯家有没有放映的设备，突然就听到徐树岸的"通知"，莫名就有些说不上来的情绪。

大概是受宠若惊？毕竟她和徐树岸顶多就是两人都把表面功夫做得十分到位的塑料友谊而已，他能帮她到这种程度，她确实是应该感恩戴德，结草衔环以报的。

"你想要什么礼物？"在许蝉的认知里，像徐树岸这种名利双收的精英青年，大抵是看不上她的钱帛致谢的，那还不如实在点，大大方方地问问对方的想法。

徐树岸像是等了很久，漫步走到许蝉的身边，伸手帮她提起东西说："先让我送你回家，改天再请我吃顿饭？"

许蝉抬手指了指不远处的地铁站："我坐 3 号线直达，而且路上还不堵。"

至于请客吃饭这种事情你来我往，请起来就没完没了，她有点懒得应付。

眼看着她就要拒绝，徐树岸连忙笑道："听说伯母的手艺很好，我都要上门拜访了，可不得使劲蹭一顿。"

"那下周日你先来我家，我们吃完饭再过去。"许蝉算得一清二楚，半点也不给徐树岸机会,"徐教授,你有空把心理师的名片推给我吧,具体的费用流程我自己去谈。"

徐树岸沉默片刻:"你还是像以前那样,喊我'树岸哥'吧。"

"我跟你说,徐树岸表面看起来斯斯文文的,背地里挖我墙脚。当年要不是我眼疾手快,差点就被这浑蛋给捷足先登。"

李闵家的浴室里水声淅沥,于皖周一边不情不愿地拖地,一边骂骂咧咧地嘟囔道:"你可别信他那套,我看他上次在电话里阴阳怪气的,肯定没安好心。"

隔着玻璃门,李闵忽然想起徐树岸上回提起许蝉时熟稔又排外的语气。

温热的水汽萦绕在四周,地板上泛起孱弱的涟漪。

大门的门铃响起,李闵隐约听到于皖周吆喝了句什么,紧接着就听见一道关门声。

扇形花洒的开关顺时针旋转,温热的水流戛然而止。

李闵赤脚走出浅池,连绵不断的水滴从男人额前的碎发上滚落,水汽笼罩的镜子里只映出一个朦胧的人影,虚虚实实辨不清表情。

"砰砰砰!"

门口传来一阵轻轻的敲门声。

李闵随手裹上浴巾,一边擦了擦头发,一边推开浴室的门。

许蝉难得休一天假,刚一到家就看到绪灵芝正忙忙碌碌摆了一桌子菜,锅里甚至还炖了百合陈皮鲫鱼汤,兴致勃勃的样子比那天看到唱片还有劲头。

"我不就是休个假嘛,妈你这多少有点夸张。"

许蝉放下包,一边换拖鞋,一边解开大衣。她迅速冲到厨房洗了手,刚打算夹个鹅掌垫垫肚子,就被从老远冲过来的绪灵芝抢走了筷子。

绪灵芝仔细数了一遍,确定饭菜还没被许蝉下毒手,这才松了口气说:"上次的事情,本来就是我们不占理,人家李医生没记仇,还让我们住了这么久,也是个好心人。"

她叹了口气,语重心长地说:"我看他也没空自己做饭,家里又没个人照顾,这次出差回来说不定又是吃泡面什么的瞎凑合。都说远亲不如近邻,咱们请人家过来吃顿饭,好好聊聊,把误会解开。"

绪灵芝还在絮叨，眼前人影一晃，就看到许蝉趿着拖鞋快步回了房间。

房间门关上，许蝉从抽屉里翻出那张 *The Phantom Of the Opera*，仔仔细细地检查了一遍，又用礼盒装好，这才听到自己的心跳声有点明显。

她有点紧张，尤其是一想到待会儿要当面道歉，这种感觉就像是小时候上课开小差被抓包，要站在楼道里念检讨一样难堪。

许蝉紧咬牙关，在心里把要说的话排练了一遍，确定没有任何疏漏之后，才换上鞋子，整整洁洁地去敲响了李闵的门。

一声，两声，三声。

里面似乎没有人，一点动静都没有。

难道是临时出门了，还是猜到自己生气不想搭理？

许蝉攥着纸袋子，吸气呼气，在心里不断地暗示自己：

撇开以前的事情，李闵其实帮了你不少忙。不管怎么说，李闵现在都是你的房东，你一定要态度诚恳，不要带任何个人情绪地好好道歉，认真赔礼，争取能和平解决这件事。

啊，许蝉你可以的！

拿出你做乙方的态度，做个礼貌周到的好邻居、好房客！

房门"咔嗒"一声，许蝉还在自我调节，就看到房门缓缓打开。

她脸上挂起笑，刚要体体面面地打个招呼，视线就顺门缝看到男人光着上身，劲瘦的腰上只挂着一条浴巾，看也没看她就往里面走。

"老是不带钥匙，"他边走，还边语气嫌弃地说，"就你这记性，我劝你趁早去脑外科挂个号。"

这是……把她当成了谁？

许蝉脑筋转得飞快，视线却不由自主地落在李闵线条流畅的后背上。

李闵觉察"于皖周"安静得有点不太对劲，转过身来就看到许蝉乖乖巧巧地杵在门外，单纯好奇的目光已经"噌噌噌"挪到了他的腰腹上。

许蝉！

李闵脸上的表情一滞，大脑突然一片空白。

隔着五六米的距离，他和许蝉面面相觑了大概七八秒。在他意识到许蝉的目光又逐渐下滑的时候，他忙挪开长腿，大步闯进了卧室。

这厢于皖周抱着快递一路快跑，从一楼爬到六楼，正想着顺道"路过"许蝉家来个偶遇，结果刚到楼梯口，就看到许蝉正温温柔柔地站在李闵家门口的垫子上。

"许蝉！你今天没上班啊？"于皖周夹着快递上前，一边拉开房门，一边随口扯了个话题和许蝉搭讪，"你今天穿得还挺好看的。"他意识到许蝉站着没动，忍不住往里面探了探头，"怎么站在门口，是不是李闵又欺负你？"

许蝉甩掉刚刚脑子里的画面，忙摇摇头，跟着于皖周进了门。

于皖周就跟在自己家似的随意一坐，看到许蝉手里还提着东西，眼睛扫过还亮着灯的浴室，立刻就起身敲了敲磨砂质地的门。

"闵爷，快出来啦！招待客人。"

于皖周话还没说完，就听到卧室门从里面被拉开。

李闵穿着白衬衫、黑西裤，脸色微微有点阴沉。他打开冰箱门看了一眼，空荡荡的，没什么拿得出手的，转过身直直看向于皖周的快递。

"喂！你干吗？这是我给老爷子买的黄山老窖。"于皖周一个猛虎飞扑，抵死守护自己的快递，却被李闵一把拉开当面揭穿："真给老爷子的，你往我这儿寄？"

他家里都快成于皖周私藏"禁品"的窝点了，这一次大概又是讨好哪个女孩子的新花样。

李闵伸手在箱子里翻了翻，果然看到有几瓶花里胡哨的饮料。他看了眼成分，挑了个温和的樱桃口味的递给许蝉："家里没有热茶，这个你凑合尝尝。"

"怎么说话呢？这东西可是进口货，我特地用来……"于皖周噎了一下，想到许蝉还在旁边，又把话题生硬地挪到了她身上，"许蝉，你是不是来找我的？下次你直接打电话给我，我随叫随到，还可以带你去好地方玩。李闵这里跟和尚庙似的，没意思。"

许蝉的脸颊还有点烫。

她的余光看向窗口，瞥过李闵的时候，他也正好看向她，两个人四目相对，默契地没有提及刚刚的乌龙。

刚进门的时候没注意，许蝉这会儿环顾四周，才发现李闵家和她那边虽说是同一个户型的房，但是相比她那边塞得满满当当，家居味道十足，他这里还真是空空荡荡，除了零星几件简单家具，简直就跟毛坯似的。

一瞬间，她突然理解李闵为什么不把这里租出去了。

她心念一转，突然就有些好奇起来，他是典型的今朝有酒今朝醉的类型，到底是什么原因让他不惜"卖"房子也要存钱?

许蝉静静地思索着,手里的樱桃口味饮料被转了一圈又一圈。这一幕被李闵看到,便以为她不喜欢这种饮料。

他难得有点紧张——

一方面是没想到许蝉会突然上门;另一方面是觉得之前的事情,自己也有不妥的地方。

"抱歉。"

"对不起。"

两个人几乎是同时出声,许蝉仰起脸看向李闵,忍不住笑了一下:"我先说吧。"

李闵脸上没什么情绪地点点头,整个人靠在桌子上,手里不知道从哪儿拽过来一根塑料扣。

男人的手指纤细修长,玩转塑料扣的样子很容易让人联想到他在手术台上给病人打结。

"上次乱动你家具的事情,是我的不对。"许蝉真心道歉。

她虽然一心想着惹恼李闵离开,但如果知道这房子对他那么重要,她一定不会用这种方式来逼迫他。

"这是给你的赔礼,很抱歉对你造成了伤害。"许蝉将礼品袋递给李闵,表情前所未有地认真,"我们会尽快找到住的地方,临走之前,我会帮你恢复原样的。"

一阵风从阳台掠过,李闵看到许蝉的发丝被轻轻拂起,白皙的脸上泛着些微窘迫,一双低垂着的杏眼在黑色卷曲的睫毛下,格外水润干净。

"回不去了,"李闵突然开口,看到许蝉猛地抬眸,两只手都紧张地握了握拳头,连忙轻声笑道,"那就不用回去了。"

他原本的确是生气的,气许蝉自作主张,气她不告而别,把他玩弄在掌心里。

可是这段时间,他见到了太多的生死和遗憾,垂死挣扎的人被时间抹去痕迹,活下来的人因为破碎的家庭而陷入绝望,看到那些明明被拯救了的人,却因为痛苦,在夜里想偷偷拔掉氧气管⋯⋯人活着都不容易,他们都是很幸运的那类人。

他突然就觉得,有些他原本很在意的事情,其实也并不是那么重要。

休假之前,导师还是把志愿者表格还给了他:"我最后再给你一年,你也给自己一年机会,要是明年你还想去,我绝对不拦着你。"

李闵看着那张表格,想起自己最初的目的,突然觉得,有些事情是要开始改变。

李闵抬头看着许蝉,突然觉得她就像是自己的对照体,同样的难题横亘人生,她做得却比自己好太多。

"稍等我一下。"

李闵接过袋子放在一边,转身大步回到房间。

他先从背包里翻出许蝉的身份证,又在抽屉里翻来覆去。过了一会儿他干脆抽出一张纸巾,趴在床上用圆珠笔端端正正地写了一串号码。

国内心理学领域的专家,现在已经不随便接诊,因为经常飞来飞去,性子别扭,脾气又很差,所以特别难搞。

他花了些心思,才托人排上号,原本是打算上次年夜饭时告知许蝉,没想到工厂爆炸医院要驻地救援,他这一集体隔离就是十几天。

所幸,时间上还来得及,李闵合上笔盖,下意识地露出一点笑容。

现在,只要许蝉把病患的病史资料传过去,过了元宵就可以安排进一步的问诊,他也算是履行了当初答应许蝉照顾好她母亲的承诺。

客厅里,许蝉正被于皖周拉着八卦,抬眼就看到李闵顶着一头湿淋淋的黑发走了过来。

她的目光落在他因为被打湿而有些透明的衬衫上,不由自主就提醒了一句:"要不,你再去换件衣服?"

于皖周不可思议地看向许蝉,有点酸溜溜地嘟囔:"我们俩在一起的时候,你怎么都没这么关心过我?你也没接受过我的帮助。"

许蝉想了下于皖周所谓的"帮助",认真地回答:"你可能不了解,我存款其实挺够花的。"

李闵别过脸,忍不住勾起一抹笑。

他正要把纸巾交给许蝉,就看到许蝉先一步起身。

"对了,我妈妈这周日就开始接受 talk therapy,治疗期间还需要暂时住在这边。所以,我还是想请你再宽限我们三个月。另外,非常谢谢李医生这段时间的照顾和帮忙,如果方便我和妈妈想请你过去吃顿饭。"

她抬起亮晶晶的眸子,一扫往日蒙尘,认真道:"可以吗?"

"阿姨打算在哪儿接受治疗？"李闵有些意外，把手里的纸巾悄悄攥入掌心，似乎是想证实许蝉没有撒谎。

"木梓路 78 号。"许蝉如实道，"朋友帮忙推荐的，听说是个很有见地的心理师，临床经验也很丰富。"

她笑弯了眼睛，难得轻松地开玩笑："说不定李医生也认识。"

李闵将手背到身后，淡淡地"嗯"了一声："那就好。"

他走到桌子旁边，在没有人注意的角度，悄悄地把手里的纸团丢进了垃圾桶。

"那天我不该对你发脾气，抱歉。"李闵垂着眼，把放在桌角的袋子还给许蝉，"房子你们交了一年的租金，在合约到期之前想住多久都可以。当然，如果你想走也可以随时解约。至于饭，今天就不吃了。"

许蝉看到李闵又看了眼手表，忖度他应该是真的有事，于是连忙又把手里的袋子往前递了递："那这个拿着吧，不贵，算是点心意。"

"不用。"李闵淡淡出声。

旁边的于皓周听不下去，直接把东西从袋子里拿出来："我看看是什么呀？哟，这不是 The Phantom Of the Opera 吗？许蝉你可以啊，连闵爷好这口都能打听到。"

李闵听到背后于皓周的碎碎念，身体猛地一顿。

许蝉全程都盯着李闵，只见他眼底果然闪过些许意外，下一秒就朝她看了过来。

"你怎么知道我喜欢收藏这个？"

男人有些危险的气息压迫过来，许蝉直直对上他的视线，她本想解释是你以前聊天的时候透露的，但她不想看到他们好不容易才恢复正常的关系，又因为过去的事情再生芥蒂。

"我妈妈在世时，最喜欢听 The Phantom Of the Opera。"许蝉沉默间，李闵突然道。

他看了眼封面，随即没什么表情地说："多谢，我收下了。"

"好呀你，许蝉送的你就收，我送的你看也不看一眼。"于皓周大剌剌地坐在桌子上，大声咒骂，"双标。"

察觉到许蝉目光里的好奇，于皓周就喋喋不休地讲了起来。

"之前闵爷生日，我就让公司搞了个线下有奖活动，一天就收到几千张

BD，我当时就想说，咱这够意思了吧？这排面，够不够义气。"于皖周义愤填膺地瞪着李闵说，"结果这家伙居然当着那么多人面拒绝我，还说我送的没有灵魂。"

许蝉忍不住看向李闵，却不见李闵脸上有一丝笑意，反而有些疲惫。

李闵离开之后，许蝉忍不住问于皖周："我是不是惹他不开心了？"

她正犹豫着要不要把自己撞到李闵没穿衣服的事情讲出来，就听到于皖周突然变了语调，朝她压低了声音嘱咐道："你别介意，今天是阿姨的祭日。他每年都这样，睡一觉就好了。"

许蝉意外地看向于皖周，突然有些明白，于皖周今天格外话痨的原因。

门铃突然响起，许蝉看到李闵突然走了过来。

"哪位？"

"是我！"

许蝉看到李闵突然扬起一抹笑意，整个人都变得恬淡温和了许多。

她正觉得疑惑，就听到话筒里传来一个欢快稚嫩的童音。

"爸爸，我到楼下啦。"

电梯上的数字缓慢增长，不一会儿许蝉就看到李闵笑容满面地抱着一个小男孩走出了电梯。身后的护工跟得很紧，手里还提着大包小包，似乎是要长住的样子。

"这是于叔叔。"李闵指着于皖周给怀里的孩子介绍完，转身看向许蝉。他嘴唇微动，似乎在犹豫该怎么介绍，突然就听到小孩石破天惊地小声嘀咕了句："妈妈？"

许蝉顿时石化在原地，半晌都没反应过来。

李闵的儿子干吗管她喊妈妈？等等，李闵哪儿来的儿子，没听说他和谢时雨还有过孩子啊。

许蝉心里百转千回地思考着，旁边的于皖周已经走到跟前揪了一下小孩的鼻子，骂骂咧咧地教育起来："小东西，你眼拙了吧？这是于叔叔的……"他说着说着突然心虚地瞅了眼许蝉，慢吞吞地找补说，"好朋友。"

小孩黑漆漆的眼珠子左右打量，趴在李闵怀里无辜地撇了撇嘴，语气却照样欠揍："哦，就是那个甩了你的漂亮小姐姐。"

这孩子好像和他们挺熟的，说话莫名有点像某个人。

许蝉正在心里嘀咕着,突然就看到小孩扭过头,朝她眨了一下眼。

她忍不住笑了起来,这一笑惹得小朋友心花怒放,立刻扭过头朝着李闵甜甜地央求:"这个漂亮姐姐好可爱啊,于叔叔配不上小姐姐。爸爸!爸爸!你把漂亮姐姐追过来给我做妈妈吧。"

"别乱叫。"

李闵伸手捂住小孩的嘴巴。

绪灵芝在房间里等得有点心慌,听到门口突然热闹了起来就走了出来,入目就看到李闵和许蝉并肩站着,怀里还抱着一个水灵灵白嫩嫩的小孩子。

像是一家三口。

老人家一见到小孩就发自内心地心疼,张嘴就问出了许蝉一直好奇但没好意思开口的问题:"这是谁家的孩子?这么冷的天,你们怎么在外面站着?"

"既然你们有客人,我们就不打扰啦!"许蝉见状顺水推舟地站到绪灵芝旁边,搀起她就说,"妈,我们回去吧。"

对面的家门大开,饭菜的香气一下子飘了过来,李闵怀里的小孩吸了下鼻子,馋嘴猫似的趴在李闵耳畔悄悄问:"闵爹,我们什么时候吃饭啊?"

小孩子咽了咽口水,抵不住诱惑地跟上了许蝉的脚步,"好饿啊——"

李闵慢悠悠地哄骗:"等回家,爸爸给你煮面。"

家里没菜了,泡面也可以做成满汉全席。

"是鸡腿面吗?"

"是青菜香菇方便面。"

小孩一听,两只眼睛就泪汪汪起来。

李闵挪开视线,扭头就看到许蝉和绪灵芝也看着他,满脸都写着质疑和审视。

两扇门面对面开着,一头是温馨丰盛的饭菜,一头是雪洞似的"和尚庙"。

小孩轻而易举就做出了选择。

他小心翼翼地指了指那边询问:"闵爹,我可以去那边吃饭吗?饿饿。"

"小鬼!鼻子还挺灵。"于皖周似乎没觉得有哪里不妥,一个回旋踢就关上了李闵家的房门。他搭起李闵的肩膀,淡淡地建议,"走吧走吧,人家喊了你半天了,我肚子也饿了,就你磨磨叽叽的。"

小孩欢快地拍起手,正想挣脱李闵的怀抱,就看到于皖周凑到跟前,警告似的低语:"待会儿舌头捋直了,不要乱喊乱叫,不然我让你爸爸罚你背一百遍《家族歌》。"

小孩哪管大人的威胁,一听有好吃的当即就从李闵怀里滑了下去,双脚一落地就跑了几步,整个人趴在许蝉腿上,又朝着绪灵芝亲亲热热地打招呼说:"谢谢。"

绪灵芝拿出了招待孙子的气势,牵起了小孩的手。看着两个人进屋的背影,许蝉这才看到小孩走路姿势一瘸一拐,右腿好像受过很严重的伤。

她不动声色地仰起头,正好看到李闵朝自己微微颔首,无声地说了句"谢谢"。

他眼底的温柔就像是仲春的海水,一波一波地克制又清晰地朝她涌了过来。

站在角落的护工看到小孩安顿妥当,就跟李闵报备了还有点私事要临时请假,把手里的东西交给于皖周,记下地址就匆匆下了电梯。

于皖周看了眼手里的包袱,目光突然沉了一下。

许蝉以为他只是不满被当作劳力,伸手拍了下他的手臂。

一行五个人,陆陆续续全部拥入了602室。

"这屋里的东西暗沉沉的,让闵爷给你换套新的呗?"于皖周说这话的时候,表情淡淡的,语气里却带着些许挑衅。

他这人很难藏住情绪,除了进了厨房的绪灵芝,几乎所有人都觉察到了古怪。

李闵端起面前的茶,浅浅地喝了一口,目光掠过小孩,看起来疲惫的脸上微微泛起一丝不悦。

"怎么了?闵爷也有舍不得花钱的时候?"于皖周的筷子在碗里戳来戳去,头也没抬地笑,"还是说……你该不会是没钱了吧?"

说到这里,李闵终于开口:"你什么意思?"

"没什么意思啊。"于皖周别开视线,像是越想越气,"当初你把老家的东西搬过来捣鼓半天,不就是留个念想吗?现在念想也放下了,不如辞旧迎新,重新开始。我是想着,你既然对别人都那么大方,不如多照顾照顾朋友喽。"

许蝉隐隐感觉到一点点不对劲,于皖周怎么句句阴阳怪气的。

李闵对这房子的特殊感情,于皖周肯定比她还要清楚。今天又是李闵母亲的祭日,她前段时间刚踩了雷,于皖周又这么火上浇油,李闵真的不会炸吗?

许蝉给旁边的小孩夹了个丸子,目光悄悄地从李闵脸上掠过。

自从小孩来了之后,他的脸色倒是好看许多,哪怕是于皖周屡屡挑事,也表现得十分温和大度。

许蝉想得入神,下意识地喝了口手边的饮料。她刚一仰头就看到李闵皮笑肉不笑地朝自己看了眼,辛辣的液体顺着喉咙一滚,眼眶里立刻呛出一包眼泪。

李闵俯身摸了把旁边的祝弓弓:"帮忙给阿姨倒杯水,好不好?"

祝弓弓抬起黑黝黝的大眼睛,愣了几秒,一脸委屈地央求:"我能不能不去?"

眼看着小孩就要哭声大振,旁边的于皖周也跟着起哄:"小懒虫,你是来做客的,还是做爹的?"

小孩嘟嘟嘴,看了一圈,最后把目光对准了唯一没有笑他的许蝉:"姐姐,你可不可以陪我一起?"

"小东西,《家族歌》白学了?你管李闵叫爸爸,管我叫叔叔,管许蝉叫姐姐。"于皖周擦了擦嘴巴,往后一靠,不满地控诉。

许蝉淡淡地看了眼于皖周,莫名觉得他的态度从进门之后就越来越不对劲,像是暗搓搓地攒着劲跟谁置气。

算了,不多管闲事了。

大概是和李闵脱不了关系,总不至于是小孩子的问题吧?

许蝉一把抱起祝弓弓,屁股还没离开椅子,就听到一直没怎么说话的李闵轻轻地敲了敲桌面。

他语气很淡,但是眼底却透着股严肃:"祝弓弓,你没长腿吗?"

祝弓弓撇着嘴望向李闵,忽地就像是想起了什么,推开许蝉的手,乖乖地自己下了地。

"闵爹别生气,我自己去。"

祝弓弓慢吞吞地挪向厨房,不时回头看看周围人的眼色,发现其实没有人注意自己的时候,这才悄悄地吐出一口气。

小孩心思敏锐,却不知道其实在座的大人一个比一个人精。

饭桌上只剩下咀嚼的声音,所有人都一言不发。

143

许蝉将小孩挺直腰板走路的身影纳入眼中，心底被触动，她突然就明白了李闵的用意。

这孩子的腿……她正想着，突然就听到于皖周出声，他长长地叹了口气，压低了声音说："你又不欠他们家的，房子、工作、手术费，你一样一样都出了，现在连孩子都要送过来。拽着你一个人吸血啊？"

房间里就剩下三个人，许蝉感觉这个话题过于隐私，心想着给他们腾空间，一边起身，一边笑道："饮水机坏了，我去看着点。"

她话还没说完，就听到李闵轻轻地放下筷子，语气平静地说："我有分寸。"

于皖周不可置信地看了眼李闵，张了张嘴好半天都没憋出一个字。

许蝉感觉于皖周应该是被气狠了，他整个人都有点抖，坐在那边像是随时都要爆炸。

"我有点事，先走了。"于皖周突然站起身，走到厨房和绪灵芝打了个招呼，就头也不回地出了门。

许蝉就站在过道最外面，看到于皖周气冲冲地离开，就跟到门口喊了一声——

"路上注意安全。"

可别在大马路上搞事情。

她可太熟悉于皖周了，他大概是心里憋着气不好发作，自己找个地方出气去了。

于皖周难得地没有跟她插科打诨，点点头，低着头快步从楼梯跑了下去。

祝弓弓端着杯子回到饭桌上时，就发觉少了一个人。小孩的心思单纯，不安地看了眼旁边的许蝉，拉着她的袖子说："闵爹怎么不开心了？"

"祝弓弓。"李闵的眼皮微微抬了一下，许蝉就看到祝弓弓立刻乖乖地跑了过去。

一顿饭吃得安静无声，期间许蝉去倒了一杯水。

饮水机"咕咚咕咚"地响，许蝉突然感觉身旁多了一个人。

"他走了？"李闵问。

许蝉没抬头，心想还不是被你气的。

紧接着，她就听到李闵说："那孩子从小就拿我当爸爸。"

许蝉疑惑地抬眼，有点不明白李闵这会儿跟她讲这个干吗。

下一秒，她就听李闵继续说："你别太担心，于皖周这顿气过不了今晚。"

许蝉莫名。

等一下……许蝉终于反应过来，李闵以为她在担心于皖周，所以故意过来解释？

她正想着，就听到绪灵芝的询问声，两个人一前一后地回到了座位。

饭后，祝弓弓亲亲热热地和绪灵芝道了别，然后在李闵的眼神压迫下，又瞅着许蝉勉为其难地喊了声阿姨。

趁着李闵没注意，他立刻趴在许蝉耳边问："姐姐，我闵爹长得帅又有钱，还是单身呢。你要不要做我妈妈呀？"

"祝弓弓。"

李闵站在家门口，看着他嘀嘀咕咕地黏着许蝉，心里莫名就有点不爽："滚过来。"

许蝉笑着揉了下祝弓弓的耳朵，两三步把小孩送到李闵的面前："那我先回去啦，有什么需要随时找我们。"

她转身走到门口，要关门的时候突然发现有点不对劲。

"你们怎么还不进去？"

许蝉撑着大门，望着脸色有点尴尬的李闵，突然想起于皖周那潇洒一脚。

"爸爸，你没带钥匙吗？"

熟悉的问话响在耳畔，李闵紧咬后槽牙。

"要不，"许蝉趴在门口，试探地建议，"找个开锁的？"

李闵不急不缓地点点头，目光无辜又坦率："可以帮我打电话叫一下吗？谢谢。"

好吧，看样子手机也被关在里面。

许蝉万万没想到，自己一通电话竟然把两家的门锁都给换了。

全部换成密码锁，省事是省事了，可……

许蝉抬眼打量李闵，忍不住说："其实没有必要。"她那边的锁又没坏，这不是浪费时间和金钱嘛。

李闵靠在楼梯口，回头看了眼在601室的地板上玩乐高的祝弓弓，毫无心理负担地抬腿关上了门。

"你就当是解放双手了。"李闵随口一说，从兜里掏出反复振动的手机，视线划过手机屏幕，表情突然变得有些不自在。

这副神情在之前换门锁的时候，李闵就有过，现在应该又看到了让他为难的消息，不过……许蝉的第六感告诉她，这次应该是和自己有关。

"有个事，我想征求一下你的意见。"李闵收起手机，突然说。

许蝉站直了身体，一脸巴不得李闵找她办事的表情："你说。"

"我可以搬到你那边吗？"李闵开门见山。

像是一记重锤落下，许蝉脑子里"嗡嗡"作响，缓了好一会儿才断断续续听到李闵继续说："我要靠西没阳台的那间次卧，每个月可以免你三千块钱的房租。"

许蝉感觉有点眩晕，她的心理活动从"你自己不是有房吗？干吗要租我的"变成"你干吗要租我的，这原本就是你的房啊"，到最后本能地脱口而出："李医生，我们重新算个账吧。"

这套房三室一厅一厨两卫，靠近市中心的高级住宅区，按照市价整租下来怎么着也得一万左右。但是因为这套房本身比较老旧，加上业主也就是李闵的"特殊要求"，所以当时他只收了许蝉市场价差不多三分之一的价钱。后来，许蝉单方面毁约，但是合约继续，原则上她还得给李闵追加赔偿费用加额外的房租才对。

"按照市场价，我整租这套房大概一万二左右。如果你也要住，那我这边刨去三分之二的大头，除了水电、燃气费用等，我每个月额外再付给你四千左右。"

许蝉说着已经打开了手机自带的计算机，熟练地按下几个数字之后，把屏幕亮给李闵看："我们晚点和中介重新出一份合同吧。"

李闵盯着认真算账的许蝉看了一会儿，伸手挪开她面前的手机。

"你不问问我为什么要搬过来？"

许蝉纳闷："我为什么要问？"

这不是你自己的房子，住不住当然随便你呀。

李闵从接到中介的电话就在犹豫怎么解释，此时看着许蝉坦荡单纯的眼睛，突然觉得担心了一整天的事情根本毫无意义。

他忍不住笑了一下，微微俯下身提醒许蝉："女孩子在外要保护好自己，面对一个成年男人，你这个做法很不安全，懂不懂？"

男人的笑声萦绕耳畔，许蝉愣了一下，恍惚间好像又回到了那栋教学楼的天台上。

那天阳光正好，夏风习习，难得静谧。

他一脸烦躁地说："小妹妹，你家里人没教过你，不要随便拦住一个男生吗？不安全，懂不懂？"

四月末的周日，许蝉和徐树岸在家吃过饭，就陪着绪灵芝一起驱车抵达了木梓路78号。

这是绪灵芝治疗的第二个阶段，许蝉特意申请了和Sarai医生聊一下治疗的进展。

"Sarai医生有个不成文的规定，她从不见病人家属，咨询期间也禁止一切打扰。"徐树岸看着绪灵芝被人引领过去，朝着许蝉微微一笑，"我们先在外面聊天等，结束之后她的助手会过来喊我们。"

户外的棕榈树下是一大片沙滩，平整的草坪上放着两张木椅，弯曲的沙滩城堡一路奔驰入海，本该是荒寂寥落的场景，却因为这片区域别出心裁的设计，给人一种别样的意趣，令人心胸旷达。

"之前听伯母说，你和李闵是邻居。"

徐树岸随口一提，但是眼神却像是带了钩子，直看得许蝉有点心虚。

她低头看了眼时间，视线远远地落在海天相交的白线上，敷衍地回应："算是吧。"

那天她跟李闵重新签订了合约之后，就再也没见过他的人影。听隔壁的护工姐姐说，李闵当天晚上就回了医院，然后就一直住在医院的员工宿舍，最近一段时间不是在培训，就是在院里加班。

"许蝉姐姐，你知道我闵爹为什么要搬家吗？"有次绪灵芝女士做了粉蒸兔肉，许蝉过去给祝弓弓送饭，小家伙就趴在桌上一边做作业，一边神秘兮兮地跟她打哑谜。

"因为闵爹要卖掉这套房子。"他语气很软又笃定异常，明亮的眼睛里似乎有些不符合年龄的成熟。

许蝉当时觉得很诧异，李闵虽然不存钱，可也不见得缺钱，怎么会穷到要卖房子？

紧接着，祝弓弓就一边在画本上画大头娃娃，一边振振有词地说："奶奶说，闵爹卖房子是为了帮我筹手术费用。所以，等我长大了，我一定要好好报答闵爹……啊，我还要给爸爸找最好的妈妈。"

他说着，手下的笔正好画完小人的微笑。看着纸片上孤零零的"爸爸"，他突然停下手里的动作，鬼机灵似的看着许蝉："我还是第一次在爸爸家看到女孩子，姐姐你是不是挺喜欢我闵爹的？"

也是那个时候，许蝉才从护工的嘴里得知，祝弓弓是李闵小学老师的遗孤。夫妻俩是李闵妈妈的旧识，对李闵从小就很照顾。祝弓弓的父亲在一次意外中去世，母亲受了重伤因为手术后的并发症离世。自那之后李闵就竭尽全力在照顾这一家人，祝弓弓上学、住宿，乃至请护工走的也都是李闵的账。

祝弓弓父母双亡，爷爷奶奶都不方便挪动，李闵就跟半个爹一样操心着这个家。

因此，祝弓弓从小就喊他"闵爹"，喊着喊着有人真的以为他就是祝弓弓的父亲。

这次，祝弓弓之所以暂住在李闵家，是为了提前办理住院手续，安排手术。

祝弓弓除了腿，看上去和正常孩子完全没有区别，甚至比同龄人更早熟懂事。因此，许蝉知道祝弓弓此外还患病时，整个人都有些发蒙。

"听神经瘤。"许蝉喃喃自语，不太懂是个什么概念，打开手机查了一会儿才问道，"必须要开颅吗？手术风险是不是很大？"

"这个手术属于神外的中大型手术，而且像弓弓这样的病例非常罕见，所以对主刀医生的要求也很高。"护工阿姨说着摇了摇头，"这孩子看着乖巧，实际上特别固执，非要李医生主刀，你说这万一再出个什么事……"

再？

许蝉正疑惑着，就听到门外按密码的声音。

李闵踩着光进门，看到许蝉的时候微微一愣，视线落在饭桌上，对着孩子脸上又浮现出一种冷淡的宠溺感："又蹭吃蹭喝，小小年纪脸皮就这么厚。"

祝弓弓闷着头没说话，许蝉还以为他是故意闹别扭。等到李闵和护工又喊了几声，许蝉偏过头看着他还在兴致勃勃地给画上色，她才意识到他是真的听不到。

两个人站在修葺好的天台上，看着微弱的星光，李闵主动说起祝弓弓的事情。

"其实手术费还好,但是弓弓的爷爷奶奶身体不太好,老人家可能也撑不了多久。"

听到李闵沉默下来,许蝉试探着开口:"所以,你想要竭尽全力让弓弓安顿下来?"

"嗯。"李闵半靠在栏杆上,面对着许蝉。

大约是气氛刚好,他面对许蝉时又总是有种莫名的安全感,心里的话很容易就被道出了口:"弓弓的腿和术后的治疗费用都不是小数目,他年纪小以后还有很长的路,我希望他能比我走得好。"

见许蝉默不作声,李闵忍不住反问:"你和于皖周一样,也觉得我是因为愧疚所以才这么做?"

愧疚?许蝉有些意外。

看到许蝉的表情,李闵便知道自己误会了。他望着浩瀚星空,语气低沉又温和:"他母亲……是死在了我的手术台上。"

那还是他刚开始独立上手术台的时候,那天的手术过程格外顺利,他还记得术后主任还夸他操作精细准确,非常完美。

可是术后,患者就在一次次并发症中失去了生命体征。

直到现在,李闵都还记得那种心跳突然停止的空洞感,整个人都跟着坠入了无底的深渊。

许蝉从椅子上站了起来,身后的小夜灯晕染出金色的光辉,她就像是自萤火中而来,含着笑的声音里似乎夹杂着极度的坦诚:"虽然你对感情有点渣,但是作为医生,还算是称职。"

李闵还是头一次听别人这么评价自己:"看样子,我以前伤你比较深。"

他沉默了片刻,突然仰起头,深邃的眼眸里有着淡淡的哀愁:"许蝉,我总觉得以前在哪里见过你。"

"不是说过了,我和谢时雨经常在一块儿。"许蝉有些麻木地陈述,似乎并不想过多回忆。

"不是。"李闵突然出声打断。他后来回想了以前的事情,的确记得谢时雨偶尔会介绍朋友给他。可是他细细想了,他对许蝉并不是那种眼熟的感觉,反而像是心底的一种默契。

虽然她什么都没说,可是他莫名就觉察到她的心思。

正如现在,李闵看向许蝉,缓缓笑道:"你是不是又在心里骂我渣男?"

许蝉有些无语。

刚刚她说错了,渣而自知才是李闵的优势。

李闵不再逼她,过去那些事他不记得了,可对许蝉来说却是一种痛苦。他一再提及,的确是一种浑蛋行为。

"我不懂行医,但是我听过一句话——"许蝉突然说,"上医医未病,中医医欲病,下医医已病。你也许在手术台上救过很多人,但做到这个程度你真的就已经满足了吗?医生救人是本分,医者能自医才是真正的强大。"

面对许蝉探究的目光,李闵突然有一种被人看穿的微妙感。但奇怪的是,他并没有觉得被冒犯,反而觉得自己尘封已久的堡垒像是被人无意中掀开了一块旧砖,外面的月光突然透了进来,撞破了黑暗里的沉闷与压抑。

"李闵,千万别作茧自缚。"

那天晚上,李闵就把自己的行李打包了三只箱子,一股脑送进了602室。

许蝉原本还很意外,毕竟前几天刚提,转头就搬,怎么说都有点"操之过急"。

直到第二天一大早,于皖周过来帮忙的时候,她才知道,原来李闵所谓的"同居"——只不过是指把他的东西暂时放在602室内,并不包括他本人。

祝弓弓被李闵接去办理住院手续,原本就冷清的601室突然就拥入了很多装修工人,随着时间一天天过去,许蝉发现中介在不断带人上门看房。

刚开始,许蝉还没反应过来,绪灵芝偶尔做了饭还总让她送过去。渐渐地,看着对面的灯光明亮,她这才意识到李闵是真的离开了这里,除了每三个月一次的转账,他再也不会早出晚归地途经她的世界。

一切尘埃落定,许蝉想到那天自己精打细算的账目,对他就莫名有种亏欠感。

以前,她觉得李闵欠了她的,可是自从他们越来越靠近,她反而觉得越来越看不懂这个人。

说他没有心肝吧,他哪怕倾家荡产也要去帮助别人;说他赤诚热情吧,他对自己就跟不负责的"后爹"一样,毫无感情。

两极分化得太明显,他这个人给人一种强烈的割裂感。

他身体里就像是住着两个灵魂,一个向阳而生,一个是偏执地狱,嘴上漠不关心,心里垂死挣扎,两头痛苦。

许蝉回过神,徐树岸已经等待答案许久,她斟酌着解释:"他现在是我的房东。"

徐树岸没有继续追问,反而笑着看向诊疗室的方向:"高中的时候,李闵很出名。那时候,我怎么没听你提起过你认识他?"

高中的事情有点久远,徐树岸突然提起,倒是勾起了许蝉脑中很多快要遗忘掉的记忆。

"全世界都在讨论他,我干吗凑那个热闹?"

"我以为你会关心一下的,"徐树岸看向许蝉,试探道,"你和谢时雨那时候不是好得形影不离。"

谢时雨。

一想到这个名字,许蝉就觉得心口像是被人揪住。

她对谢时雨的感情很复杂,高中的时候,她们大多数时间都是形影不离,两个人站在一起,跟孪生姐妹一样。

许蝉很少被人依赖和信任,她总觉得,但凡遇到对她好的人,哪怕对方只有一分,她也要加倍还过去才行。

因此,在和谢时雨交换手链之后,许蝉就把谢时雨当成了自己唯一的朋友,哪怕后来,她对自己忽冷忽热,也都舍不得放手。

后来,她才知道,原来整个高中三年,尤其是最后两年,谢时雨把她困在身边更像是一种惩罚。谢时雨无时无刻不在诉说李闵的好,只不过是在故意控诉自己对她的"背叛"而已。

那时候,许蝉便觉得谢时雨是恨自己的,她恨自己,竟敢妄想她的东西。

"她不是总在空间里发关于李闵是她好朋友的动态,全年级还有谁会不知道?"既然大家都心知肚明,还有什么可私下八卦议论的。

徐树岸疑惑地抬起头,像是听到了什么有趣的事情:"你确定你说的是谢时雨?"

谢时雨向来高傲,仗着自己的家境在学校也是如明珠一样被呵护着,她想要的,不管用什么手段都要弄到手,不喜欢的,哪怕钻石、翡翠也根本不屑一顾。

这种人非常自我,占有欲极强,怎么可能会像个暴发户一样在社交平台

151

炫耀。

而且，徐树岸也加了谢时雨为好友，可从未见过谢时雨发什么与感情相关的动态。

许蝉看着徐树岸一脸不解，也有些莫名其妙。

"你怎么突然这么问？"

徐树岸没有回答，只是打开手机界面递到许蝉的面前。

"谢时雨的朋友圈没有权限，她也从来不删动态。"徐树岸注视着许蝉，平静地说，"据我所知，谢时雨的社交平台，从来都没有发过与李闵相关的任何动态。"

怎么可能没有，难道那几年都是她在臆想吗？

许蝉微微一怔，后知后觉地想到一种可能。

除非，那些动态，只是仅她可见。

第五章

缘起与真相

绪灵芝结束心理咨询的同时，Sarai 医生的助理急忙跑过来跟许蝉道歉。

"非常不好意思，Sarai 医生今天有个特别重要的私人行程，我本来要提前跟您说的，结果一忙就给遗漏了。"年轻助理满脸歉疚，说着连忙递出了一张名片，"这是我的名片，许小姐如果有空，可以随时过来，我免费再帮您安排。"

这家诊所的排期非常慢，许蝉提前一个多月才约到了现在。

许蝉看向绪灵芝，一想到母亲最近几个月的睡眠和饮食状态，心里便对这位 Sarai 医生的治疗效果十分满意。许蝉本意是想当面感谢这位未曾谋面的医生，既然人家早有安排，她也不好强人所难。

反正，两人总有一天会见面的，不急于一时。

"没关系。"许蝉接过名片，看到上面栀子花的纹路，莫名觉得眼熟，心念一闪而过，她笑着回应道，"那就下次吧。"

助理见许蝉没有怪罪，再三确认，这才送了一份小礼物匆忙离开。

礼物放在手心微微有点重，大概是私人诊所的定制品。

许蝉兴致寥寥地递给绪灵芝，正好徐树岸把车开到了这附近。

徐树岸看到许蝉没有进去，倒是没有很意外，目光扫过绪灵芝手里的礼盒，随口问了句："她没见你？"

"临时有事。"

许蝉顺着徐树岸的示意上了副驾驶座，倒也没有多余的抱怨。车辆驶出木梓路，路边的棕榈树郁郁葱葱地随风抖擞。

许蝉突然好奇起来："你上次说，Sarai 医生是我认识的人，是我们高中的校友吗？"

徐树岸笑着点点头，正要开口就听到后座的绪灵芝道："刚刚治疗完，我随口问了一句，才知道 Sarai 医生原来也是三中毕业的。我提起你的时候，她还说下次一定要见见。"

许蝉有些诧异，这些年她虽然没怎么和高中同学联系，但是隐约也从朋友圈知道一些熟人的近况。她好像不记得有谁大学是读心理学专业，毕业后还专门留美深造的。

她淡淡地"嗯"了一声，和绪灵芝又说了几句，就转过身懒懒地闭上了眼睛。

徐树岸紧握方向盘没有说话，余光扫过许蝉的脸，看到她有些疲倦地靠在座位上，随即抬手将车内的空调温度微微调高了一点点。

许蝉闭着眼，其实一点困意都没有。

她脑海里翻书似的飞快地闪过一幅幅画面，莫名就想起了以前在三中的那段时光。

许蝉出生于川洋县，一路升级打怪似的闯到了尖子生云集的三中。高中三年她几乎是埋着头在死命学习，从第三百八十四名的入学成绩逆袭到了全年级第二，成了老师和同学嘴里的黑马。

那时候，第一是徐树岸，偶尔飘到前三的是谢时雨。

想到高中生涯，许蝉就像是回到了阴雨连绵的午后，漫天的阴霾里她踽踽前行，遇到了生命中最难忘的那个人。

四周的空气突然暖和起来，许蝉蓦地睁开眼，正好撞到徐树岸偷偷看过来的眼神。

"晚上有空吗？"徐树岸别过头，有些不自在地开口。

他目视前方，嘴角的笑意恰如其分地扬起："我有个学生，硕士辅修了会计专业，GPA（平均分数）3.7，考过 CFA（特许金融分析师）一二级，Offer（录取通知）拿到一大堆，家里想托关系让她去投行，但是她偏偏对会计师事务所很感兴趣。我想着你是专业人士，想请你帮我给学生做个职业指导。"

许蝉侧过脸,默默看了徐树岸一眼,话到嘴边,忍了忍,突然"扑哧"一下笑出了声:"你这个学生,多少有点想不开。"

"嗯?"

徐树岸困惑地看了眼许蝉,话还没出口就被绪灵芝抢了先。

"蝉蝉,你又没事,就帮人家孩子看看。徐教授也是难得张一回嘴。"绪灵芝自从被徐树岸接送了两三次之后,就对这个年轻人很有好感,眼见着她的病情也好起来了,于是又开始开启催婚模式。

许蝉一听就猜到了绪灵芝的意图,忍不住打断道:"我注会八月底考试,还有最后一门了,我得回家上网课。"

"你一回家就在刷题,试卷都快堆成山了。"绪灵芝不满地嘟囔,"考试对你来说又不难,年轻人就要多出去走走,你成天不是在加班就是在备考,一点年轻女孩子的样子都没有,你看看人家宿雨。"

提到马宿雨,许蝉立刻就偃旗息鼓了。

马宿雨最近和她那个医生小男友打得火热,搞得绪灵芝危机感十足,成天挂在嘴边的就是:"你看看人家宿雨,该谈恋爱就谈恋爱,事业爱情双丰收,来年再结婚有个孩子……你再看看你,就知道考证考证,什么国际注册会计师、律师资格证、注册会计师,也不知道考那么多证干吗?"

"妈你这话可就不对,证多不压身呀!"许蝉灵机一动,突然看向徐树岸,"而且,你看徐教授就没有被催婚,人家不是照样不着急。"

徐树岸听到这话笑了一下,见许蝉似乎有了些精神头,突然道:"那可未必。"

许蝉疑惑地扭过头,正巧徐树岸也看了过来,他的眼神没有闪躲,望着她如细雨般地轻声道:"其实,我也着急。"

只是他着急没用,有的人偏要让他等。

徐树岸坦诚的心思暴露无遗,看得许蝉心跳莫名漏了一拍,她有点心虚地挪开视线,下意识就低着头摆弄起衣摆上的荷叶边。

沉默了一会儿,许蝉出声答应:"那就看在绪女士的面子上。"

徐树岸手指微颤,幸而正逢拐弯,许蝉的身体略微倾斜回来,隔着衣料摩擦而过,他听到身旁的人低声说:"我得跟你学生好好聊一聊。"

徐树岸忍不住勾起嘴角,方向盘微微旋转,车速悄无声息间好像就飙升了一点点。

目送绪灵芝进了小区，许蝉这才重新系好安全带。车辆一路驶向城南，掠过云盐大桥直接汇入了车流里，街边的霓虹灯缓缓闪烁，耳畔激昂的乐声变幻无穷，又过渡自然。

车子停下，隔着车窗，许蝉看到周边一溜排豪华的餐厅，蓦地反应过来："原来你刚刚跟我妈撒谎啊？"

徐树岸含着笑，撑起身子帮许蝉解开安全带。

刹那间，两个人的呼吸交叠，男人袖口带着的蔷薇馨香涌入许蝉的鼻腔，她听到他贴在耳畔说："我要是直说，伯母未必同意。"他顿了顿，像是在故意撩拨，"你也不会同意。"

许蝉浑身都绷得紧紧的，片刻哑然后，忍不住露出一个认输的笑容："谁要是做了你女朋友，肯定会天天被你算计。"

"你要不要试试？"男人的声音款款落下，就像是栀子花逢上雨，蜜色的月光穿过雾，蜻蜓点水而来。

徐树岸的视线透过车窗，落在不远处巨大的音乐喷泉上，看着天空中的烟花骤然盛放，他骤然推门下车，然后走到许蝉的那一侧，打开了车门邀请道："不知道有没有这个荣幸，可以请许蝉小姐进去跳一支舞？"

"你怎么知道我会跳舞？"许蝉弯起眼睛，说不出的诧异。

上大学的时候，马宿雨说要带她去参加假面舞会，拉着她整整练了一个多月的舞。结果舞会还没开始，她就和舞会上的主持人学长一起玩大富翁去了，就剩下她独自撑着裙摆站在那里发愁。

那天晚上，她没有接受任何人的邀请，坐在水晶大蛋糕旁边喝了一夜的果汁，可滑过眼前的那些舞步却像是永痕的记忆，经年不散。

人生中有很多这样的时刻吧？费尽心思想要做的，却总是竹篮打水一场空。

她没想过，有朝一日，真的会有人郑重地邀请她，就像是把她过往的遗憾一一弥补。

眼前的男人安静沉稳，站在她眼前不卑不亢，如玉如琢，许蝉莫名就想起"芝兰玉树"这个成语。

"这么不给面子？"徐树岸噙着笑，回首故意看了一眼络绎不绝的人群。

许蝉连忙提起裙摆下了车，手指轻轻地搭在徐树岸的掌心。两个人并肩站在车前,黑与白竞相绽放,平白比周围一大片的衣香鬓影更令人瞩目。

徐树岸托着许蝉的手步上餐厅入口的红毯,在小夜灯的衬托下,他注视着许蝉,轻声笑道:"我还知道,今天是你的生日。"

许蝉一怔,忽地感觉到徐树岸的手指掠过她的掌心。

"许蝉?"

许蝉猛地收回手,扭过头就看到一群穿着礼服裹着大衣的人齐刷刷地朝她的方向看了过来。

当然,很快,他们的目光都落在徐树岸那张脸上。

许蝉努力回想这些人的面孔,转身向徐树岸介绍人群最前面的女生:"这是我高中同学。"

见徐树岸没什么反应,她补充道:"我们班班长。"

徐树岸这才像是有了点印象,见女生笑容浅浅的样子,主动笑道:"你好,我是徐树岸,之前听许蝉提起过你。"

人群里隐隐传来细微的尖叫声,许蝉隐约听到其中还夹杂着有关徐树岸的窃窃私语。

莫名地被关注,许蝉有些微不自在。

她悄悄扯了一下徐树岸的袖子,徐树岸默契地收回视线,非常绅士地和一圈人道了别。

两个人正打算要走,许蝉看到女生突然拦了过来说:"许蝉,好久都没见你了,正好咱们班聚会,一起坐坐吧?"

"是啊,水晶广场的露天舞会两年才举办一次,我们想破了脑袋才想到这个同学聚会的创意,你应该是没有看到群通知吧?那既然遇到了,就一起聊聊嘛。"那个男生抬眼看了下徐树岸,"带着你朋友一起呗。"

人群里越来越多的熟悉声音响起,许蝉的视线掠过人群,发现几个活跃的女生都不约而同地看着徐树岸,她突然明白过来,心底忍不住失笑。

这哪是想和她缅怀校园,分明是看上了她旁边的男人。

许蝉突然想起马宿雨说的那句"现在的同学聚会不都是相亲",她看向前排的女生,笑道:"我先问下我朋友。"

然而,还不等她说话,徐树岸的声音就在头顶缓缓响起:"既然都是校友,不如就一起进去吧?"

许蝉有些意外,但看到徐树岸已经答应了,便也没有扫兴。

她松开徐树岸的袖子,道:"也好。"

李闵从手术台上下来,一口气没歇就被护士长拖去了病房。

"2床的小孩哭得特别厉害,哭天抢地死活不配合检查,管床的孙医生都要疯了。"护士长急匆匆地按下电梯,一边走一边跟李闵抱怨,"孙医生也是倒霉,正好遇到主任大查房,问了几句他没答上来,当着一群实习生的面,主任劈头盖脸就是一顿骂,可惨了。"

李闵快步走向病房:"祝弓弓的家里人在吗?"

病患术前家人要签知情同意书,李闵特意将两位老人从老家接了过来,就住在医院附近的酒店。

"在倒是在,就是老人家也劝不动。"护士长说着就先一步赶到了病床边。李闵紧随其后,一进门就看到祝弓弓把自己藏在被子里,抽抽噎噎地啜泣着。

老两口看到李闵来了,连忙拍了拍被子,哄着里面的小阎王露头。隔着厚厚的被子,李闵就听到祝弓弓磕磕巴巴地说:"我不要做手术,我才不要变成面瘫,我会聋的,我不要听不见。"

小孩子声音又细又尖闹得整个病房都不得安宁,李闵接过祝弓弓的术前指标看了眼,缓步走到病床边道:"这里是医院,不是你的游乐场,再闹就把你丢出去。"

一听到李闵的声音,祝弓弓立刻就从被子里探出脑袋。哭声是止住了,但是他的嘴唇却抖得厉害。

李闵见不得祝弓弓这副鬼样子,看到旁边的医生一脸为难,开门见山地问:"谁跟你说会面瘫的?怎么就被吓唬成这样了啊?"

祝弓弓泪眼汪汪地梗着脖子不去看李闵。

一旁的奶奶忍不住叹气:"都怪我,和他爷爷聊天的时候被他听到了,今天一听做完检查就要手术了,哭着闹着不肯去。"

李闵坐在床头,把祝弓弓拉到身边:"给闵爹一句准话,你想要干吗?"

"我要你给我做手术。"

祝弓弓不假思索地开口,口齿清晰得就好像刚刚哭得抽抽噎噎的人不是他一样。

旁边的医生和护士齐齐陷入沉默,闻讯赶到门口的于主任也愣了一下。

下一秒,他敲了下门,示意李闵道:"来趟我办公室。"

"你只管说,院里呢,也会尊重你的个人想法。"于主任开门见山地说。

他的手指敲在祝弓弓的MRI(磁共振成像)图上,语重心长地道:"上次医闹的事情刚刚平息,你可经不起再折腾一次。这孩子的情况有点复杂,会诊了两次,情况你也清楚,就连我都不敢说有十足把握,你可别在这时候感情用事。"

离开主任办公室,李闵坐在医院走廊的长椅上沉默了良久。他心里就像是有一杆秤,一边是执念,一边是责任,中间悬着的是他半冷半热的心。

都说他是三院神外科最好的主刀医生,可他和老师心里都清楚,之所以冷静,临危不乱,并不是他的心理素质有多强大,而是因为他早就把自己当成了一台机器,不管是手术多成功的病人,于他而言也不过是一项完美达成的任务而已。

他会因为失败而更加严格地训练自己,却不会因为成功感到欣慰。

于主任常说,他没有那颗仁心。

李闵以前觉得,就算没有,他也是有价值的。可是现在,他面对祝弓弓,突然就做不到把其当成一项任务。

那是他的孩子,是他从死人堆里亲手抱出来的生命。

"从专业角度来讲,你是最适合做这台手术的人。可是从个人角度上,我不建议不接。"于主任的话响在耳畔,"李闵,你不是个敢于面对自己的人。我就问你,在这件事情上,你敢信自己吗?"

白大褂里的手机响起铃声,李闵突然回过神来。

他长长地舒出一口气,掏出手机看了眼来电显示。电话接通的瞬间,他整个人陡然一怔。

"李闵,我们见个面吧。"

熟悉的女声从话筒里传了出来,带着许久未见的生疏。

李闵沉默了一会儿,道:"没这个必要。"

"你不是一直都想知道,当年我到底为什么要离开吗?"谢时雨顿了顿,轻声笑道,"水晶广场,我在华隆游艇等你。"

荷花状的水晶广场上,年轻男女们舞步轻盈。这里就像是一场盛大的交际狂欢。

许蝉沿着水晶迷宫一路往里,终于在人群聚集处看到了"同学聚会"的打卡地点。

许多人经年未见,早已面目全非,攀比、炫耀、心思不纯,各种情绪杂糅在一起,早已不复当年的纯粹。

"许蝉现在在哪儿工作啊?"

"四大。"她补充,"四大会计师事务所。"

"是做审计吗?工资级别多少啊?"

"S3,过年才涨。"

许蝉敷衍着,漫不经心地应付。

聊着聊着,许蝉突然发现人群渐渐朝她拥了过来,她扫过旁边被视线包裹的徐树岸,平生第一次感受到自己的"人缘好"。

她往侧面避了避,远离人群之后,方才长长地舒了一口气。

徐树岸倒是很适应这种场合,许蝉仰起头看他随时随地都温和从容的神情,突然想到他在新闻里那些长袖善舞的样子。

她本能地又退了几步,保持着适当的距离,心里的紧绷情绪方才缓缓安定下来。

"哎?那不是谢时雨吗?"

"哪儿啊?她不是说有事要晚点到吗?"

人群里的笑闹声戛然而止,所有人都顺着说话人的方向朝着江上的蓝色游艇看过去。

许蝉乍然听到这个名字,下意识就转身看去。

目光所及,她正好看到穿着玫红色缀着水晶鳞片的鱼尾裙的女人从白色阶梯上缓缓而下。她嘴角微扬,目光魅惑,和以前判若两人。

谢时雨似乎也听到了有人在喊她,但只是遥遥颔首,然后就旁若无人地将目光投向了岸边正斜倚在栏杆上、双手插兜、脸上似乎没什么表情的男人身上。

"那是谢时雨的男朋友吗?"

"不知道啊,感觉好高好帅啊。"

说话的人是班长,看到男人的背影忽地起哄道:"没想到谢时雨把男朋友也带过来了啊?"

她看到旁边的许蝉，悄悄瞄了眼旁边的徐树岸，像是终于忍不住问道："许蝉，这也是你男朋友吗？"

许蝉呆呆地站在原地，看着不远处星光垂落的柳树下，两道人影在朦朦胧胧中重叠在一起，她突然有种恍然如梦的错觉。

她掐了下手心，疼痛袭来，胸口的心跳声终于渐渐平静。

人群里忽地一声惊呼，她听到那人说："那不是李闵吗？"

"开什么玩笑。"

"李闵怎么会来？"

"啊，真的是他……"

"他是特意来找谢时雨的吧？"

"天啊，他们俩的连续剧还没演完啊？"

"啊，他们该不会是复合了吧？"

耳畔的风掠过，许蝉打了个哆嗦。

徐树岸伸手轻轻地握住了许蝉的肩膀，眼底的温柔有些失真："是不是有点冷？"

男人解开西装外套，温柔地披上她的肩头。

悠扬的舞乐声中，他缓缓地牵住了许蝉的手："手怎么这么凉？要不我陪你回去？"

许蝉收回手指，紧紧地攥紧，她努力让自己不再失态，可不知怎的，视线蓦地就朦胧起来。

她本能地转身，却撞到了男人温暖宽阔的怀抱里。徐树岸按住许蝉的肩头，拇指安抚似的划过她的眼角："这里不好，让我送你回家，可以吗？"

绚丽的焰火腾空而起，照亮了华丽的游艇。

李闵看着眼前陌生又熟悉的女人，忽地有种身陷牢笼的冷然。短短几步，他心底那种难以言喻的复杂情绪就又像蛛网一样密密麻麻地攀爬上来。

他略微抬起眼皮，只觉得此时的谢时雨，才该是她真正的模样。

"你看，"谢时雨走到李闵旁边，虚碰了一下他肩膀，继而目光看向人群里，"没想到她也在这里。"

李闵闻言转身，正好看到烟花下落，徐树岸抚过许蝉的脸颊。两个人依偎在一起，亲密得如同恋人。

他莫名有些烦闷起来，连带着对眼前的谢时雨也没有太多耐心："找我要说什么？"

"其实也没什么。"谢时雨从包里掏出一个小盒子，"回国这么久，第一次见面，作为老朋友我送你一个小礼物。"

她轻轻地笑着，曼妙的身姿在午夜妖娆妩媚，半点没有当初在校园时那种美丽易折的破碎感。

李闵拇指微挑，打开眼前红色的盒子。

盒子里是一部手机，款式很老，好在还能使用，屏幕里除了系统应用，只有一个橘色的软件。

Sunrise。

李闵心里蓦地一惊，下意识点开软件，界面闪现出来，入目便是"如果夏日不聒噪"的主页。

"你什么意思？"李闵转身喊住谢时雨。

迎着璀璨灯光，李闵看到眼前的谢时雨停住脚步，她在原地站了一会儿，突然发出一声轻笑。

她声音细软，格外轻柔，朝着许蝉的方向示意道："当然是物归原主，合浦珠还。"

冷色调的光柱划破夜色，写着情话的孔明灯乘风而起。

李闵猛地抬起头，视线越过谢时雨的肩膀，正好看到了人山人海中身穿白裙的许蝉。

他脑海中闪过一道模糊的身影，本能地开口："手机不是你的？"

谢时雨背对着纷扬而下的光线，抿着红唇吐字清晰："不是。"

"可是……"李闵难以置信地开口，恍惚间连声音都变得有些陌生。

谢时雨轻巧一笑，打断他的同时快速说："可是你见过，我有一部一模一样的，对不对？"

无边无际的不安感萦绕而来，李闵脸色苍白，人生第二次感到这种如沉入深渊般的绝望。

上一回有这种感受，还是李闵在A大的第二年，谢时雨也正好高中毕业。

他无意中从朋友口中得知——谢时雨在家人的安排下认识了一个男孩

子,两个人似乎决定要一起出国留学了。

李闵还记得,当时朋友告诉他这个消息的时候还专门给他备了两罐酒,满眼的怜悯满得几乎要溢出来。

他意外地没有难过,反而有些欣喜和释然。

因为只有他知道,无论他怎么劝说自己谢时雨之所以和兔子相差甚远,都是因为病情影响,可他依旧无法说服自己。这段时间,对他来说,不过是作为"医生"的自己,负责地看顾好自己承诺要照顾好的"病人"而已。

况且,他也曾答应过她,会陪她走到最后。

但谢时雨自己给他们的关系画上了休止符,他自然而然地想,大概这就是尽头了吧。

李闵主动提及,总觉得有始有终,哪怕恶人是自己也该说清楚。

谢时雨却一脸无辜,似乎很不理解:"为什么?你不是说要一直陪着我?"

"你现在并不需要我,不是吗?"

面对李闵的反问,谢时雨理所当然地说:"当然不是。"

电话里的女生声音娇俏甜美,就像是平时撒娇一样,却说着危险的话语:"你知道的,我不喜欢你说这样的话。你再敢说一句,我就让你在热搜上看到我的名字。"

又是这种威胁,李闵坐在宋芳怡的墓碑前,有点疲惫地闭上眼。

那天也不知道怎么了,大概是宋芳怡女士的墓碑太久没人擦拭,又或许是连日来的阴雨天让他总是想起以前,他心底挤压的东西就一次性爆炸了,以至于他莫名冲动地说了那么一句:"你可以试试,看你快还是我快。"

枷锁戴久了,就会钻入皮肉化为盔甲,让人比傀儡还要冰冷无情。

之后,他再也没有关注过谢时雨的消息,直到有一天谢时雨突然打电话过来。

那天下着一场小雨,李闵刚从实习的教学医院回到宿舍,就听到电话对面的谢时雨说:"李闵,有个问题我一直想问你。"

她平静得出奇,似乎正站在空空荡荡的地方,风声很大。

"那天操场上那么多人,你为什么偏偏走到我的面前?"

旧事被重新提及,李闵突然想到,当时谢时雨穿着白裙与校服,站在紫丁香树下的样子。

栀子花手链，酒精过敏，熊猫血，考过全年级前三，高一（1）班。

李闵心想，这么多线索，很容易就凑全了。

他对着谢时雨语气莫名松软了一点，耐心地说："我们不是约好了你在操场等我，你不记得了？"

谢时雨脸上的笑意散尽，愣在原地。她不是不记得了，而是根本没有这段记忆。

那天第一节是体育课，他们正好要进行一次体测，她的医药喷雾忘带了，许蝉担心她撑不下来，就回教室帮她拿药。

等到许蝉回来的时候，她已经与李闵交换了电话号码，自此将李闵款款地藏在了心里，像独占的秘密，突然的赠予。

谢时雨一直以为，李闵是因为欣赏自己所以才特意接近，后来他总是跟她保持距离也只是因为还没毕业，可是……谢时雨低头看着指间有些过时的翻盖手机，以前她从未翻到尽头的聊天记录里那些细密的文字涌入脑海，她突然就搞懂了所有的事情。

都在一班，都考过年级前三，拥有同款手链，生日是同一天。

那天，要不是许蝉帮自己去拿药，站在丁香树下的人本该是她。

原来，是她错领了本该属于许蝉的邂逅。

可是，这叫她怎么甘心呢？

凭什么先到先得。

"我不会放过你的。"风雨声里，谢时雨突然笑了一下，那声音像是染上了寒意，"毕竟，我们从来都没真正在一起过，不是吗？"

那天夜里，李闵连续做了一夜的噩梦。

梦里，他从一开始就认错了人，他想方设法地想要回头，可是转身就是一眼望不到尽头的万丈深渊。

他不顾一切地纵身一跳，梦就醒了。

醒过来之后，三中的论坛里突然冒出来一个帖子，含混不清地说亲眼见证女生被渣男抛弃而轻生，远景照片里的人影朦胧，但是熟悉的人一眼便能看得出来那就是谢时雨。

李闵找了谢时雨两天两夜，终于在凌晨四点钟他刚从实习的教学医院下班时，打通了她的电话。

"我刚下飞机。"

"有事？"

对面的人越是镇定，他越是害怕。

"你什么意思？"

"没什么意思啊，就是待腻了，出国转转顺便上个学。"

"论坛里的帖子怎么回事？"

"那个啊，八卦而已你也在意？更何况，那不是真的吗？你难道不是心里装着别人。"

谢时雨哂笑，不知道是在欺骗自己还是蛊惑别人："李闵，你听清楚，现在是我谢时雨玩腻了。"

她似乎是停下脚步，拖拉行李箱的声戛然而止，她笑着说："你不是总说我像是变了一个人吗？李闵，你永远都不会知道你曾经失去了什么。"

李闵平生第一次那么冲动，抛开一切，很费了一番周折，越过大洋，跟跄地跑到了谢时雨的眼前。

在确认谢时雨安然无恙之后，李闵才问："Sunrise 里和我聊天的人，到底是不是你？"

谢时雨站在人群里，脸上尽是他看不懂的嘲讽。她微微勾起嘴角，然后踩着皮靴趾高气扬地走到李闵面前。

"不是我，还能是谁呢？"

是啊，不是谢时雨，还能是谁？

繁杂错乱的记忆在一瞬间清晰地浮现在脑海里，李闵陡然发觉，只要他再往深处想一点点，那个困扰他数年的答案便呼之欲出，所有困扰他的问题都能迎刃而解。

当年的兔子和现实中的谢时雨，从头到尾都是两个人！

掌心的手机沉甸甸的，李闵清晰地想起那天在阳台上，他听到许蝉自言自语的每一个字。

迥然不同的性格、背道而驰的喜好，这些明明是最真实的区别，可他当时却没有继续探究。

"你当时很在意她吧？你那么怕失去这个人，所以，哪怕我们俩差距那么大，你还是舍不得放手。可正因如此，你才错过了她。"谢时雨悠然自得地靠在旁边的长椅上，像个事不关己的看客，声音穿透凝重，将李闵的狼狈

165

道了个一览无遗,"李闵,就是因为你不相信自己的心,从现在开始,你永远都要失去她了。"

李闵怔在原地,心里空洞洞地疼。

原来,所有噩梦的源头、悲剧的起因都是他。

怪不得,他有时候会觉得许蝉说话的语气和当年的兔子特别像;怪不得,他总是能从许蝉的眼神里看到很多隐忍不发的复杂情绪;怪不得,他总是不由自主地觉得许蝉很熟悉。

曾有很多个瞬间,他都闪过那个念头——许蝉和当年那个在夏日里不愿聒噪、戴着栀子花的小兔子好像。

李闵原以为,那是自己下意识在寻找一个"替身"的恶念,他自以为那对许蝉是不公平的,因此他从来都很克制,也不愿意承认自己内心。

他从来都不敢面对——如果她就是呢。

这个假设太沉重了。

如果她是,那就是他亲手推开她,一次次地重复伤害她,甚至还当着她的面揭开她的伤疤。

重逢以来,那么多可以弥补的机会,都被他亲手毁掉。

手机贴在身侧发出显示屏碎裂的压抑声响,李闵看着远处正和徐树岸站在一起的许蝉,他几乎是有些踉跄地拔腿奔跑。

来得及,一定要来得及。

第六章

/

一切归位

天空突然下起了小雨。

许蝉收回视线,目光再次落在徐树岸放在自己肩头的手上,她往旁边退了几步。

眼前这场关于李闵和谢时雨的约会戏码,是徐树岸故意带她来看的,她可以理解他想要自己彻底死心的苦衷,却难以接受这种形式的操控。

许蝉只觉得这一切都无聊透顶。

她抬头静静地看向徐树岸,声音里带着浓重的苍凉:"徐教授,你还是低估了自己在我心里的分量。"

她掩去眼底的湿意,只觉得今天发生的一切都极为可笑。

在没有看到刚刚那一幕之前,她原本已经动了答应徐树岸的心思,可现在,他却亲手毁掉了这个机会。

许蝉嘴角微扬,望着徐树岸,眼神里是掩饰不住的失望:"我还以为你永远不会算计我。"

许蝉从小就知道,自己是个信任感很弱的人。这辈子除了姥姥和李闵,她心底那点所剩无几的信任感不过给过两三个人。

在这一幕闹剧开始之前,她原以为徐树岸也可以是其中之一,没想到还是自己太轻信了。

许蝉性子虽然寡淡凉薄，可她心里其实分辨得出真情还是假意。

她当初之所以选择和于皖周在一起，一方面是看在马宿雨的辛苦撮合，另一方面也是想要给他们彼此一个机会，因此后来结果验证失败，她心底其实并没有多么难过。

但和徐树岸再次重逢，她是真心想要改变自己。

她从来都知道，正因为徐树岸心里有她，所以他才对她的家人那么好。

一直以来，许蝉都不是那种拒绝试错的人，但她却很难说服自己和一个处心积虑，步步为营的人相爱。

这样的爱，本质上是利益置换，没有平等可言。

许蝉撒开手，凉意彻骨地注视着徐树岸："谢谢你的生日礼物。"

她转身离开，身后忽然压过来一道阴影。

与此同时，有两只手一同攥住了她的手腕。

"别走。"

"许蝉！"

许蝉回过头，就看到李闵不知道什么时候跑了过来。他被淋得透彻，紧盯着自己，浑身上下都湿透也没发觉，脸色苍白得像一张白纸。

他颤抖着伸出手："这是不是你的？"

许蝉的视线划过他手里的手机，微微一怔，那部手机和自己当年被没收的手机一模一样，上面橘色软件里的聊天记录，就像针尖一样，在此刻重新刺向她的心脏。

许蝉下意识看着远处的谢时雨，她笑得璀璨夺目，泰然自若地望着自己这一方惨烈天地，她明明什么都没说，可许蝉记忆里的碎片却像是狂风骤雨般席卷而来。

她奇迹般地明白过来，怪不得那个账户会发"原来，是喜欢你的"。

那天晚自习使用 Sunrise 和她聊天的人，假装李闵要来教室的人，于皖周口中给自己发信息的人，就已经是谢时雨了。

往日种种——谢时雨故意让人拿走她的手机，故意让班主任没收，故意在她面前不断地提及李闵，故意针对她的仅一人可见，故意谎称躲避流氓追逐弄丢了自己的手机，乃至两副面孔似的折磨了她两年多，其实都是因为一场荒谬的误会。

好长的一场噩梦啊。

错过的知己,掺假的友情,到底她拥有的什么才是真的呢?

她有些好笑地抬起头,等待眼眶中的湿意褪尽,这才静默地扫过李闵的脸,他眼神里有期待、有紧张,但更多的却是恐惧和不安。

他比任何人都害怕知道答案。

许蝉垂下眼,静默了片刻,目光扫过谢时雨,突然笑了一下:"不是。"

李闵握住许蝉的手,像是用尽了毕生的力气。

"你明明就是。"他的眼角红得可怕,声嘶力竭地问,"你敢说你没有用过 Sunrise?当初和我聊天的人不是你?"

许蝉愣怔地望着李闵,看着他满目的沉痛,突然笑了起来。

她就像是排除了一切错误答案之后,唯一剩下的正确答案,对李闵来说,他现在到底在意的是自己这个人,还是答案本身?

如果他真的非她不可,那当初怎么会认错呢?

她和谢时雨明明是两个不同的人。

那么长的时间啊,就算是错了,难道不能纠正吗?为什么迟到了十年才告诉她这一切。

许蝉下意识后退几步,大脑一片空白,只觉得胸口一阵阵窒息。面对李闵的追问,她觉得难以言喻的可悲。

这段时间以来,她所有的犹豫和痛苦,都像是一场笑话。从始至终,原来都是她一个人的独角戏。

现在,就算她承认又有什么用呢?她想要的,不可能再得到了。

周遭的视线齐刷刷地看向自己,许蝉感觉自己像是又回到了那个多雨的季节,那些讨债的人冲到家里,搬空一切砸坏所有,邻居都在看她的笑话,同学们在背后对她指指点点。

孤立无援的感觉油然而生,许蝉已经很多年没有这么无措过,她避开所有视线,下意识里只想躲藏,突然间,有人按住了她的肩膀,她抬头就看到一柄伞撑了过来。徐树岸揽住了她,适时走近,将她整个人都护到身边。

"连自己在意的人都能认错,也算不上什么真心。"徐树岸看了眼李闵拉着许蝉的手,冷声道,"李医生难道不觉得,自己现在的行为很失礼吗?"

李闵站在雨里,看着站在徐树岸伞下的许蝉,蓦地就想到那个许蝉帮自己撑伞的雨夜。

心底泛起一阵阵疼痛,他紧咬牙关,看着眼前紧挨着的两个人,只觉得

169

喉头一阵阵腥咸。

"许蝉，"他张了张嘴，心里有无边的痛意却不知道该从何说起，所有解释的话语，在许蝉冷冰冰的眼神面前，都像是一堆堆毫无意义的借口，他直视着她的眼睛，"我没有机会了，是不是？"

舞会乐声戛然而止，随着铺天盖地的水声响起，整个水晶广场陡然升起一圈银光幕布。

大雨倾盆，冲刷在透明的幕布上，所有的尘嚣、雾霾，连同噪音一同被屏蔽在外，近乎封闭的空间被围成一环套一环的暧昧而又冗长的迷宫。

所有人都被围于其中，执迷于寻找出路。

男人攥着许蝉手腕的手微微颤抖，许蝉抬头看向李闵的眼睛："现在这样，不是很好吗？"她平静地想要挣脱李闵的束缚，却发现对方越握越紧，她眉头微微一拧，"李医生，你握疼我了。"

许蝉平静的话语落在心头，李闵心里那根原本绷到极限的弦，仿佛在刹那间被人骤然拨响，想象中的珠落弦断并未出现，大起大伏里，他反而觉得有种拨乱反正的释然。

李闵深深注视着许蝉，那双眼里像是有说不尽的痛和爱，从十年前蔓延到十年后，直至此刻终于找到了真正的主人。

他近乎哀求道："我不放。"

"可是，我们回不到过去了。"许蝉静静地看着他，冷静得出奇，"以前，我的确在意过你，可人的需求是会变的，小时候喜欢的东西，长大了就未必奉若珍宝。李医生，对你来说，你或许只是认错人；可对我来说，我付出过全部。我现在一无所有，也不想再要你了。"

许蝉每说一个字，李闵脑海里千丝万缕的线索就像是蛇一样，蜇得他蚀骨噬心地疼。

男人的手指尖紧挨着手机显示屏的裂缝，屏幕边缘缓缓滑落鲜血，切肤的疼痛感里，他的情绪终于渐渐平复下来。

一时间，李闵突然感到前所未有的茫然，他所有的理智荡然无存，只想用最笨拙的办法挽留许蝉。

"当年，我以为谢时雨是你。"李闵从牙缝里挤出几个字，他不求许蝉会谅解，只希望她愿意多听他说几个字。

"是不是，你真的分不清吗？"许蝉使劲抽回自己的手，快步走开，走到半路的时候,突然停住脚步,头也没回地道,"不管是十年前,还是十年后,我从来都没有因为你的失信,而怨恨你。就算现在真相大白又怎么样呢?我是活生生的人,有自己的感情,我不是你的玩偶,你想要怎样我就必须配合你!"

李闵怔在原地,无数念头在许蝉的质问中尽数粉碎。

他克制不住地想要留住她,可每前进一步,连他自己也觉得毫无底气。

见许蝉态度决绝,徐树岸扫过李闵,不动声色地将两个人隔开。

许蝉转身离去,徐树岸趁机拦住李闵的去路,他像是换了一张面孔,声音低沉道:"李医生,不要让场面难堪。过去的事情已经过去了,希望你别再纠缠不清,这样对大家都好。"

李闵越过徐树岸的肩膀看向许蝉离开的身影,抬起的眼眸里遍布悲痛,目光仿佛要穿透一切,心里唯一的愿望就是留住她。

可是,留住之后呢?

他踌躇着,像是要逼自己找到一个答案。

狭长的走廊里空荡荡的,许蝉从未像现在这样,想要逃离这个地方。

前方突然缓缓传来高跟鞋"嗒嗒"的回音,许蝉停住脚步,就看到谢时雨朝着自己盈盈走来。

许蝉的目光落在她手腕上的栀子花手链上,突然觉得每片花瓣都极为讽刺。

那条手链是她亲手送给谢时雨的,她自己也有一条。

只不过她的年代更久,看起来也更粗糙一点,高中毕业之后就被她收起来了,和那段不堪的往事一起,永远封存。

"你笑什么?"谢时雨见许蝉突然勾起嘴角,忍不住皱起眉头,她突然觉得自己再也摸不透许蝉的心思,"你这副表情,是在嘲笑我做了你的替身?"

"我只是觉得……"许蝉脸上噙着一抹冷意,迎着谢时雨走上前,手指骤然落在她的手腕上。

谢时雨还没反应过来,就听到一声轻响,她腕间手链的绳结断裂,栀子花瓣散落一地,就像是坠入泥泞里的雨。

她诧异地望向许蝉,只听许蝉冷声说:"这是我的东西,你得还给我。"

看着许蝉眼底的冷漠,谢时雨想到高三毕业之前,她和许蝉一起度过的十八岁生日。

教学楼的旁边是图书馆，楼顶有个螺旋楼梯，往上攀爬就能站在整个三中最高的地方眺望远方。

那天，许蝉也是这副神情，坐在那儿一直在编星星。

直到许蝉脚下满地的星星快要放不下，谢时雨终于忍不住停下手里的折叠，慢悠悠地开口说："折这么多有什么用呢？白折腾一整天，浪费时间。"

许蝉垂着眼，一如既往地寡言少语，但是折星星的动作一刻也没有停。

谢时雨往后一仰，漂亮的眼睛忽闪忽闪："许蝉，你的愿望是什么？"说完转过身看向许蝉，故意问道，"和李闵有关？"

许蝉冷冷地看向谢时雨："无关。"

这样的试探，次数太多，有时候她都觉得谢时雨是不是黔驴技穷，所以才反复用同一个笨办法来折磨她。

"你收到过的最珍贵的礼物是什么？有我送你的好吗？"谢时雨故意问。

许蝉脑海里莫名浮现一罐星星，她快速打消念头，转念看向自己的手链："这个吧。"

那一刻，谢时雨微微一怔。

半晌，她像是突然变成了另一个人，举起手腕，迎着日头温声笑道："这个我不是也有？有什么稀罕的。"她挪向许蝉，忽然感慨道，"为什么非要和我作对呢？你看，只要你乖乖听话，别总是觊觎不该是你的东西，我有什么也都会和你分享的。你有什么心愿，也不用折这些破星星，我都可以帮你实现。"

见许蝉没什么反应，她又有些生气："喂！你听见了吗？"

许蝉闷声坐着，手里的动作终于停下来。

很多人都喜欢许愿得不到的东西，可是许蝉却觉得，轻而易举就能拥有的，才算得上是心愿。

没有人比她更容易满足，也不会有人比她更幸运——因为她想要的，全都触手可及，只需要花一点点时间成本。

"我的愿望都挺简单的，"她看着谢时雨的眼睛，诚恳笑道，"我自己可以实现的。"

谢时雨的双手撑着阶梯，静静地看着许蝉，突然说："你知道，我是什么时候拿你当好朋友的吗？"

许蝉没想到谢时雨会突然说这个,她不甚在意地摇摇头。

两人马上就要高中毕业,谢时雨会出国,而她也会离开这座城市。

一切都会结束,一切也都没那么重要了。

"高一下学期,就在那棵丁香树下。"谢时雨站起身,远远地指着操场的方向,"你明明说你有很重要的事情,但是一听到我有点不舒服就毫不犹豫地去替我拿了药。"

谢时雨淡淡地说:"从那天起,我就在心里认定你是我最好的朋友。"

三年以来的彼此折磨横亘在两个人之间,明明是温情无比的表达,可是谁也没有往下接。有时候,友情就是这样,虽然不是爱情,可是深究起来却也可以刻骨铭心。

许蝉看着谢时雨指着的方向,思绪也回到那天。曾经很多次,她都会想,如果那天李闵先看到的是自己,会不会结局就不一样?

可是她有什么办法呢?如果时光倒流,她还是会去帮谢时雨拿药,命运的轨迹注定无法改变。

说来也奇怪,那天她像是早就预知了结果似的,格外心神不宁。

谢时雨离开之后,她又在那儿等了很久。

可是等待的人一直没来,发出去的消息久久无人回复,就在她要前往四楼当面询问的时候,绪灵芝就出现在了教室门口。

"你才多大啊,就想些乱七八糟的事情。"被强行带回家后,绪灵芝握着扫帚,结实的把手一下下打在许蝉的身上。

"要不是你班主任说你晚上还逃寝,我都不知道你胆子这么大。"绪灵芝红着眼,一只手拧着许蝉的耳朵,咒骂间的余力几乎要把许蝉扯成两半。

"你说!大半夜不回宿舍,你去哪里?"她谩骂着,"我辛辛苦苦供你念书,你就是这么报答我?你怎么那么贱啊!"

绪灵芝气得浑身发抖,口不择言,她看着女儿日渐成熟的身材,蓦地想起周围邻居指指点点的眼神,理智全失,她一巴掌打到许蝉的嘴角:"那么不爱惜自己的名声!我就知道你身上流着和你爸一样的脏血!从明天开始,我不许你再去学校,少出去给我丢人现眼。"

房门"嘭"一声关上,被震得仿佛晃了一下的小房间里,许蝉擦了下嘴角,默默从抽屉里翻出一盒被绪灵芝藏起来的药。

对于被冤枉挨打这件事,她很有经验。

173

只要母亲按时吃了药，不出半天，母亲就会哭得比刚刚还要惨，然后抱着她心疼地自责好几天。

如她所料，那天绪灵芝睡得很安稳。

可惜，许蝉发现自己身上和脸上却浮肿得难以见人。

她白天待在房间里，夜里爬起来通过手机录音补作业。

等到过了一个星期回到学校之后，她就在晚读时间的花坛附近听到了谢时雨和李闵的传闻。

那天晚自习，她满心期待，原以为是她和李闵迟到的初见，没想到——却是终点。

夜幕降临，泛着荧光的塑料星星铺满小天台。

许蝉看着双手合十的谢时雨，也许下了自己的愿望。

"希望明天的太阳如约升起。"

谢时雨扭过头，一脸嫌弃："就这么简单？"

许蝉点头。

她实在是太厌倦这座阴雨连绵的城市了。

十年过去了，许蝉本以为自己已经逃开了，可突然之间，所有人都被命运拽回了原点。

"许蝉，"走廊里的谢时雨突然出声，打破了许蝉的思绪，她看破一切似的笑道，"你骗得了别人，却骗不了自己。你要是真的放下了，就不会这么痛苦。"

"我知道你心有不甘，可就算他当初在意的人是你，又怎么样？"谢时雨突然压低了声音，走到许蝉面前，语调异常平静。

"你敢不敢跟我赌一赌？"她笃定道，"哪怕没有认错，他选的一定还是我。"

女人鲜妍的面孔在夜色里格外夺目，许蝉站在阴影里，脸上泛起浅淡的冷然。

也是这样的夜晚，她曾见过谢时雨脸上洋溢过类似的自信。

那是在高考前夕，许蝉刚从班主任那儿领回了高一时被没收的那部手机，就撞到站在拐角正在等她的谢时雨。

"什么破手机,还专门跑过来拿?"谢时雨随手接过许蝉的手机看了两眼,随即就要拽着她去市中心逛街,"走吧!这几天本来就是让我们放松的,你别那么紧绷。"

许蝉本来不想去,却抵不过谢时雨软硬兼施。

两个人从商场出来时,天色已经暗了下来,谢时雨看了眼自己和许蝉手里满满当当的袋子,朝着不远处一个老旧的拆迁区扬了扬下巴:"这边不好打车,我们抄小路过去。"

许蝉对路况不熟,见谢时雨坚持只好选择妥协。

塌陷的白墙根泡在泥水里,破旧的矮门在暮色里摇摇欲坠,脚下到处都是无人问津的破烂家具。

两人拐出巷子,刚松了一口气,迎面就窜过来几个小流氓。

领头的那个穿着橙色的尼龙面料的短袖,身材壮硕,晒得黑红的脖子上满是汗渍:"哟,哪来的小妹妹啊?"

许蝉挡在谢时雨身前,掌心不住地冒汗,她咬咬牙,仰着头死死地盯着面前的高个儿:"请让让,我们要回家。"

看清楚是两个手无缚鸡之力的女孩子,领头的高个儿来了兴趣:"回家啊?跟哥哥回家呗。"他扭过头和旁边的人笑,"哥哥家的被窝暖和得很。"

感觉到身后人的颤抖,许蝉轻轻地捏了下谢时雨的手腕。

她故意抬高了声音,让自己显得有底气一点:"我们老师就在前面,你们再挡着我就喊了。"

她语气笃定,气定神闲,看着不像是撒谎。

对面的人只是稍微迟疑,忽然就发觉面前两个小姑娘从身侧窜了出去。

附近的废弃物多,路又窄,到处都是堆砌的砖墙和水泥袋,眨眼间,许蝉和谢时雨就被一群人给逼到了角落里。

"来劲了是吧?"领头的高个儿舔了下嘴唇,朝着旁边吐了一口唾沫,他眼神直接地打量着两人,目光落在谢时雨紧压着的裙摆,"大半夜的穿成这样,怎么了?还不许人看啊?"

起哄声一大片,许蝉护着谢时雨步步后退。

忽然人群里有个矮个子男人窜了过来,一把就要将谢时雨拽出去。

谢时雨猛地后退,她背过手掌,紧张地看向许蝉。

"还敢找人?"那人显然已经看到了谢时雨手里的手机,咬牙切齿地喝

175

道,"给我!"

谢时雨借着许蝉的掩护僵持着,旁边的高个儿见状直接推开许蝉,拧过谢时雨的手肘,将手机打落在地。他一脚将手机踢飞,亮起屏幕的手机瞬间落入污水池塘,彻底损坏。

巷子口有人影走过,矮个子男人下意识回头,正好迎面撞上许蝉奋力推倒的木板。

"快跑!"许蝉浑身紧绷,拉着谢时雨从人群里往外闯,连手指被刮破了都没察觉,她一边跑一边呼救,然而她们还是低估了这群人的实力。

很快,她们就被堵进了死路。

"叫什么叫。"刚刚被木板刮伤的高个儿一把揪起许蝉的后领,他正要下狠手,忽然感觉后脑勺被狠狠砸中。

谢时雨捏着一根木棍把许蝉护在一边,她浑身都在颤抖。

"谁在那儿?"

透过人墙缝隙,许蝉看到一个穿黑衣服的男生走了过来。

来人声音耳熟,许蝉还没反应过来,谢时雨先一步出声,挥着手喊:"李闵,我在这儿!"

从派出所出来,谢时雨和李闵站在一起,许蝉站在两三步开外。

她正想先一步离开,突然被谢时雨挽住了手:"对不起啊,刚刚跑的时候,我把你的手机弄丢了,要不我赔你一部新的。"

"不用,反正也是旧手机。"许蝉松开谢时雨,有些生硬地说,"说不定早就不能用了。"

"我就知道你不会怪我。"谢时雨莞尔,回头看了眼李闵,"这么晚了,许蝉自己回去多危险啊,你帮我送送她吧。"

不知是有意还是无意,许蝉总觉得谢时雨将"帮我"两个字咬得格外清晰。

那时候许蝉为了报志愿方便,还借住在舅舅家,李闵在A大住校,其实并不顺路。

"走吧。"李闵没有犹豫先行迈步。

许蝉攥了下手指,本想拒绝,可谢时雨已经自顾自地钻进了自家来接她的车。

想到谢时雨刻意为之的安排,许蝉莫名生出一点逆反心理,她有什么可心虚的呢？只不过是送她回家而已。

许蝉收回视线，不再扭捏地跟上去。她走在前面，自始至终都没有抬头。

快到小区的时候，李闵方才有些意外地问："你住这儿？"

舅舅家和李闵家住同一个小区，许蝉没有回避："嗯，亲戚家。"

路边的灯光落下，门口近在咫尺，许蝉发现李闵停在自己身后，却没有一起走的意思。

"天黑了，我看着你进去。"

许蝉点头，没有多问一句。

进门的瞬间，许蝉犹豫再三，还是回了头。

站牌旁边，男生面容模糊，见她到了，他微微颔首，旋即转身离开。

隔着一条马路，眼前的铁门落锁，许蝉隐约听到行人匆匆的脚步声、附近烧烤摊上的划拳声，她身处尘嚣烟火气里，可她却觉得，有什么东西真切地消失殆尽了，就如同那部装载着过往心事的旧手机一样。

高中三年，即使谢时雨没有明说，许蝉也知道李闵是横亘在她们之间的心结。可自那天之后，许蝉每每念及谢时雨，总忍不住想起她救下自己的那一幕。

就算是有误解和偏见，谢时雨对自己其实也有过真心吧？否则就不会奋力救她。

许蝉忍不住想，这一路走来，她不过是遇到一个失信的浑蛋，可谢时雨却遇到了自己爱慕的人。

她没有做错任何事情，反而是她迟迟不愿放下。因此，哪怕心里再委屈，许蝉都没有怪过谢时雨一点点。

此时，许蝉听着谢时雨的挑衅，心头突然涌起一股难以言喻的悲哀。为什么事到如今，所有人都在怪她呢？明明自己才是那个受害者，不是吗？

"你无非是想让我承认，当年你对我的所作所为都是理所当然，这样你才能心安理得。"许蝉迎着谢时雨的目光，在谢时雨微微退却的一瞬间，她忍不住笑道，"可是，你不觉得可笑吗？谢时雨，我没兴趣参与你的赌局。因为在你自以为主导的这张赌桌上，没有我想要的任何东西。"

谢时雨眼底掠过一片阴影，听到许蝉面无表情道："不对，我还是应该称呼你为 Sarai 医生。无论如何，我都要谢谢你对我妈妈的治疗。"

谢时雨愣了一下，没想到许蝉竟然这么快就猜到了她是谁。她心里略微慌乱，正不知道如何是好时，突然看到许蝉身后两道一前一后的人影。
　　谢时雨意味深长地笑道："参不参与，谁又能做主呢？"
　　许蝉下意识转过身，就看到李闵撞开徐树岸朝着自己大步跑了过来。
　　他跑得那么急，却终究抵不过时间的齿轮。
　　许蝉看着李闵，突然遗憾地想。
　　或许，那年夏日里的聒噪，不光是鸣蝉十七年生命尽头里的盛大悲鸣，也注定了他们之间无法宣之于口的寂寥哀音。

第七章

只愿夏蝉再鸣

雨水像开水一样滚烫,围攻而来的毒虫比瘟疫还要骇人,许蝉一个劲地往抱着她的人怀里躲。可那人也是遍体鳞伤,虽然已经异常小心,却还是一个踉跄,把她狠狠地摔进了堆满人骨头和扭曲的长虫的草丛里。

许蝉捂着嘴巴,躲在草丛里不敢出声,突然有东西从树梢偷袭过来,她下意识往前,却掉进了深不见底的陷阱。她努力爬啊爬啊,好不容易将脑袋探出洞口,就在光亮的尽头看见了李闵的脸。

李闵朝她伸出手。许蝉还没来得及碰到他手心的温度,他忽然脸色一变,反手一击,冷不丁将她再次推下陷阱。

尖锐的长刺钉入视线深处,许蝉猛地惊醒,下意识惊呼一声。

"做噩梦了?"

车窗外大雨瓢泼,徐树岸握着方向盘,车子在黑夜里行驶得十分平稳:"别怕,我陪着你呢。"

"我没事。"许蝉低低地喘气,只觉得自己像是真的死了一遭,她敷衍过去,整个人都靠在椅背上,忽然感觉有些头重脚轻。

徐树岸扫过许蝉略显殷红的脸颊,手背快速贴了下许蝉的额头,脸色瞬间变得凝重:"你发烧了。"

许蝉困惑地皱了一下眉头,她又发烧了?这段时间到底是怎么了,她好

179

像总是在生病。

"我回去吃点药就好。"许蝉掀开毯子坐起身,突然想起这么晚了得和绪灵芝打个招呼。她的目光落在座位角落自己的手机上,蓦地一惊。

十九个未接电话!

都来自马宿雨,这是怎么了?

许蝉连忙撑起身子,回拨电话。忙音响起的瞬间,她突然有种从未有过的慌张感。

马宿雨从来都不是黏人的人,她一定是出了自己无能无力的大事,所以才在最绝望的时候找自己。

电话一直都没有接通,许蝉果断挂掉点进微信,果然看到马宿雨的微信对话框上醒目的小红点。

许蝉火速翻看聊天记录,内容从日常的小男友的深夜睡衣惊喜,到洗澡的时候忘记带沐浴露,突然急转而下说:

驴子不戴花:蝉蝉,苏越长不要我了。

驴子不戴花:明明前两天他还带我见家里人,说要和我结婚,可是刚刚……他说我脏,说我是做了不干净的事才做的手术……

微信时间显示十分钟之后,马宿雨又发过来一段语音。

她声音嘶哑,整个人都像是被击垮了:"蝉蝉,我想为自己争取一次。"

许蝉听到马宿雨孤注一掷的语气,整个人都紧绷起来,她一边打电话,一边慌忙让徐树岸掉头去马宿雨家,但电话始终无人接听。

车辆转弯,距离马宿雨家还有两公里,电话终于接通了,但对面却是个陌生的声音。

徐树岸见许蝉听着对面的人说明情况,满脸都是眼泪,还强忍着迭声应着,连忙驱车到路边:"出什么事了?你别哭,先把话说清楚。"

许蝉刚挂电话,看到徐树岸像抓住了最后一根稻草,颤声道:"马宿雨出车祸了,急救车正在前往三院的路上。"

她望向徐树岸,人类最原始的脆弱袒露出来:"可以麻烦你带我过去吗?马宿雨一个……"

不等许蝉说完,徐树岸已经发动了车辆,许蝉看了眼已经飙升到安全极限的车速,试探道:"还能再快一点吗?"

"有个近路。"徐树岸迅速掉头,和许蝉说话的声音却依旧温和平稳,他道,"别担心,我们这就过去,她现在正需要你。"

许蝉渐渐冷静下来,想到马宿雨的父母不在国内,现在与她最亲近的人就是苏越长,出了这么大的事情,必须要告知一声。

许蝉迅速翻找着通信录。

她之前留过苏越长的联系方式,但一通通电话打过去,对方大约是已经睡着了,直到自动挂断也无人接通。

目光扫过苏越长的名字,许蝉的视线最后落在倒数第二列的"于皖周"上。

"许蝉?怎么了?"于皖周接通电话,似乎还有点起床气。

"马宿雨出事了。"许蝉哽咽着,强迫自己说清楚原委,几乎是央求着对面的人,"我不知道该找谁,于皖周你来一趟好不好?求你了。"

"别挂电话。"

电话那头弄出一阵动静,像是从哪里跌了下去。

很快,许蝉就听到于皖周呼吸急促地说:"我马上到。"

年轻医生正在会话室跟救人的路人沟通签字事宜,就看到护士带着一个看上去柔柔弱弱的女孩子闯了进来。

许蝉脸色苍白,目光落在桌角的白纸黑字上。

她整个人都异常紧绷,开门见山地问:"医生您好,我是马宿雨的朋友,她现在情况怎么样?手术必须做吗?"

年轻医生点点头,又说了一遍病人情况和手术风险,就看到女孩看了眼门外,像是在等什么人似的。片刻,她接过文件迅速过了一遍,道:"她家人在国外,男朋友联系不上,现在情况紧急,这个字我可以签,责任我来负,请您尽快帮忙安排手术。"

做完一切,许蝉感觉整个人都有些虚脱,她瘫坐在椅子上,不知道什么时候亮起的手机屏幕上闪着李闵的名字。她扫了一眼,疲惫地挂掉了电话。

许蝉扶着桌角摇摇欲坠,有人从后面将她轻轻扶住,隔着不远不近的距离。

"不用管我,我们去问一下马宿雨的情况。"许蝉以为是徐树岸,忙推开男人的手。她的耳畔全是男人沉重的呼吸,余光看到他浑身上下全都湿透了,连地上都落着淋漓的水渍,她仰起头,眼底立刻映入李闵布满担忧的脸。

许蝉猛地抽回手,正巧徐树岸推门进来,一看到许蝉被李闵半圈在手臂里,忙大步向前,赶紧伸手把许蝉拉到自己身后。

"请你自重一点,这是我女朋友。"

趁着徐树岸拦住李闵,许蝉转身扶着墙壁走到门口,眩晕感席卷而来,她双腿一软,强撑了一夜的身体和理智彻底垮了下来。

徐树岸见许蝉烧得厉害,连站都站不稳,连忙伸手扶住她的肩膀。

身后大门紧闭,徐树岸才低头抱歉:"刚刚是权宜之计,我以为你不希望被他纠缠。"

许蝉松开徐树岸的手:"我明白。"

六个小时后,手术彻底结束。

"病人的CT显示脑水肿,伴随严重脑出血和轻微肺挫裂伤。"年轻医生耐心地讲解着,"右小腿还有神经断裂,这个要看术后的痊愈情况再做诊断。"

"她还能站起来吗?"许蝉不懂这些专业名词,只关心马宿雨还能不能恢复。

"就目前的手术效果来看,痊愈的可能性并不小。"

"那会有后遗症吗?会不会对她的生活造成影响?她是很出色的翻译,她会不会……"许蝉心里一阵阵后怕,根本不敢把那个字眼说出口。

办公室的门突然被推开,一道男声响起:"别担心。"

许蝉仓皇地抬起头,就看到李闵一身白褂、戴着听诊器走了过来,半张脸都被口罩遮着。

电脑前的年轻医生瞬间站了起来,如释重负地小声喊了声:"老师。"

李闵走到许蝉面前,就像是不认识她一样:"我是李闵,三院神外的专科医生,患者的手术做得很成功,痊愈之后不会有明显的后遗症,平时注意休养,不用过于担心。"

许蝉放在腿上的手指微微发颤,情绪上本能地想要回避,但她清楚,这时候要信任眼前的李医生。

"她的情况严重吗?"许蝉往前一步,两个人几乎要碰在一块儿。她眼底满是焦灼,甚至可以放下所有的一切,只想从他口中得到一个肯定的答复,

"她还会像以前那样活蹦乱跳,对不对?"

李闵沉默片刻,伸出左手耐心地跟许蝉比画:"在临床,小腿神经损伤是很常见的,就是神经上有这么一条裂缝。手术过程中,我们会在显微镜下用八个零的弦进行缝合,其实很简单的。"他举重若轻,语气就像是一只大手缓缓地纾解着许蝉的压力,"相信我们。"

"您放心,我们主刀的林医生非常厉害的。"旁边的年轻医生面带微笑地说,大约是觉得许蝉有些过于紧绷,开着玩笑说,"虽然比不上李医生的完美缝合术,但林医生是这方面的专家,一定会给患者缝得漂漂亮亮的。"

看到许蝉总算是松了一口气,李闵忙伸出左手想要扶着她的手臂。快要碰到的时候,他突然顿了一下,又仓皇地收到口袋里,松松垮垮的白大褂罩在他的身上,显得他身体有些单薄。

"手术方面你要相信我们医护人员,但是病人方面,"李闵看向许蝉,露出的一双眼睛犹如寒潭,单刀直入道,"她求生的欲望似乎不强。"

许蝉愣在原地,本能地想反驳,马宿雨那么乐观活泼的一个人,怎么可能求生意志不强?

"麻烦李医生了。"徐树岸过来自然而然地搂着许蝉的肩膀,语气听起来十分客气,"我们想去看看她,可以吗?"

李闵的目光落在徐树岸搂着许蝉肩膀的那只手上,视线微微垂落:"患者还需要在麻醉恢复室监护一段时间。"

他转向许蝉,手克制地插在兜里,脸上明明没有太多表情,语气里却透着明显的关切:"你还发着烧,记得吃药。最近请个假吧,注意身体。"

许蝉察觉到手机在振动,低头一看发现是于皖周打来电话。

"我去接个电话。"

许蝉离开后,诊疗室里只剩下三个人,年轻医生觉察到气氛有点微妙,赶紧抱着文件夹借口离开。剩下李闵和徐树岸两人,室内安静得只剩下钟表秒针在精准地响。

"你知道许蝉为什么死活不愿意换工作吗?"徐树岸率先开口,语气却已经没有之前那么戾气深重,"高考之前,许蝉就已经拿到了A大的保送名额,可是她却选择了N大的审计专业,你知道为什么吗?"

"很多女孩子都会选择从事会计类工作,N大的审计专业全国闻名,四大又是行业翘楚。"

难道，许蝉还有别的理由吗？

理由、理想，只差了一个字。

李闵突然仰起头，头一次正视眼前这个看起来温雅斯文的男人："你到底想说什么？"

"许蝉从高一的时候，就说过将来要报考 N 大的审计专业，可后来不知怎的，她突然一门心思研究起 A 大的历年报考分数线。"徐树岸随手拿起桌角的一支笔，在桌面上一笔一画地写下 N 大的名字，"你有没有想过，是你的出现，曾让她一度退让，退而求其次。"

李闵愣在原地，原以为许蝉是因为特意避开自己，所以才故意填报了 N 大。

"许蝉之所以坚持做审计，是因为她父亲当年是被人诬陷财务造假，而间接导致去世。"徐树岸语气悲悯，如同在施舍李闵一个真相，"她这些年，其实一直在想办法调查当年的事情。"

李闵脚下微晃，突然想到很久以前许蝉说过的话。

  如果夏日不聒噪：如果有人被冤枉，我一定会让证据呈堂。
  如果夏日不聒噪：我知道被人冤枉的辛苦。
  如果夏日不聒噪：我一定能做到的。

李闵这时候才意识到，原来许蝉口中的理想其实是为自己父亲找到真相，而当年自己的出现，曾一度动摇她最初的决心。

  如果夏日不聒噪：开开心心和理想成真，哪个更值得？

在人生的选择路口，许蝉也在轻松快乐的路和继续背负压力之间纠结过。

他曾给过她一点点"放过自己"的劝慰，却又辜负了她。

李闵无法想象，一个孱弱的女孩从小是怀揣了多大的信念才选择背负这么大的重担。他当年明明曾亲手将她解救出来，可后来又亲手将她推向更深的深渊。

这些年，她一个人，到底活得有多辛苦？

"李闵，是你亲手弄丢她的。"徐树岸道，"可我不会，我会用尽全力照顾好她。"

房门一响,许蝉打完电话推门进来,看到两个人相安无事地站着,她莫名松了口气。

她正打算把于皖周要过来的事情讲一下,就听到徐树岸说:"我还有点事得先回趟学校。"他走到许蝉身边,声音温柔体贴,"别硬撑,我晚点过来陪你。"

"不用了,我自己可以。"

许蝉不习惯被人照顾,尤其是对自己有好感的男人,她总觉得这样就好像是欠着人一份永远还不完的人情,就像是永远都算不平的账,纠缠得让她心烦意乱。

徐树岸停在门口,突然深深地看了眼许蝉:"好好休息。"

他不轻不重地握了下许蝉的肩膀,目光扫过李闵,随即缓缓勾起嘴角,朝着她道:"无论你做什么选择,接下来的路,我陪你一起走。"

走廊里,熬了一夜的于皖周跟炸雷一样满科室乱闯,逮到谁就问"苏越长那浑蛋在哪儿""姓苏的浑蛋给我滚出来",吵吵嚷嚷得整层楼的人都朝着神外科室这边张望。

李闵赶到的时候,整个科室都被于皖周闹了个底朝天,要不是护士长拦着,他还能跳上桌子拿着大喇叭找人。

李闵一把推开门,难得发了通脾气:"想上社会新闻,还是八卦头条?要不要我去请几个记者给你开个直播让你舞个尽兴?"

于皖周自知理亏,但是心里憋着一口气,还是没忍住破口大骂:"那姓苏的孙子是个什么东西?要不是他提分手,马宿雨能出车祸?他倒好回家'呼呼'大睡到现在连个人影都找不到。我——"

他急吼吼地骂着,没注意被骂的当事人正插着兜站在门口:"你找我?"

许蝉眼见着不对,小小的身躯立刻挡在苏越长前面,面朝着于皖周道:"先冷静点,大家坐下来好好聊。"

于皖周手中的椅子都抡到腰上了,听到许蝉这么说,他紧咬牙关挤了一句:"你给我等着!"

休息室里值班的人抱着饭盒走了出去,许蝉目送于皖周和苏越长进去"沟通"。

李闵也隔着一扇门安静地守着，垂在身侧的手指上未经处理的伤口已经结痂，看上去就像是裹了一层红色的油漆。

"你不该把于皖周叫来。"

李闵突然开口，说的第一句话就让许蝉皱起了眉头。

李闵、于皖周和马宿雨是同一届一个班的同学，虽然李闵和马宿雨的关系没有他和于皖周那么要好，但是三个人也算是一起长大。

虽然许蝉很少听马宿雨提及李闵，但是在她的认知里，李闵其实比任何人都要更洞悉这两人之间的状况以及问题。

起码，她以为在目前的情况下，李闵应当是赞同她喊于皖周过来的。

许蝉转身面向李闵，语气很不客气："那你觉得，我应该怎么做？在马宿雨生死未卜的时候，死皮赖脸去求一个根本不在意她的男人来可怜她？"

李闵很明显有些意外，忽地想起上次在车上许蝉也是一提马宿雨就炸了。沉默了一秒，他缓缓道："说到别人的事情，你总是比对自己的还要上心。"

但凡许蝉能和自己吵起来，甚至骂他两句，他们之间也不会陷入这样的僵局。

就像是两团湿棉花，他们彼此窝囊，闷着难受，来路无期。

"不管昨晚到底发生了什么，马宿雨既然还没有同意分手，那他们就是男女朋友。马宿雨醒过来，如果看到的是苏越长，那他们也许还有可挽救的余地。但如果是于皖周……"

李闵看向许蝉，眼神洞若观火："你很了解她。你真的觉得，她醒过来看到于皖周目睹自己的狼狈，会开心吗？"

马宿雨从小就很要强，许蝉认识她到现在，没见到她因为什么事情犯过难……唯独对于皖周。

如果当初不是她发现了端倪，也许，马宿雨这辈子都不会承认自己其实一直喜欢于皖周。这段感情在她心里就像是一朵偷偷豢养的花，秘密地生长，是她隐秘的快乐。

如果马宿雨术后恢复如初，也许会考虑让这段感情明朗，可万一……许蝉心想，按照马宿雨的性格，她这辈子都不可能把这桩秘密宣之于口。

许蝉陷入沉默，私心里不希望他们彼此再错过，可是……

李闵的话萦绕在耳畔，许蝉犹豫起来。

如果马宿雨和苏越长真的只是玩玩而已,那她就不会特意跟家里打招呼说十一的时候要带男朋友回去,也不会那么用心地开始经营自己的生活,更不会在苏越长离开之后,那么心急火燎地追出去,以至于出了车祸。

李闵说得没错,马宿雨心里其实是很在意苏越长的。

不管是淡淡的喜欢,还是一时的好感。起码截止现在,马宿雨心里喜欢的、想要争取的还是苏越长。

许蝉虽然心里已经动摇,但还是嘴硬道:"你根本不懂,不管发生了什么,苏越长都不该丢下宿雨。大家都是成年人,不管是欺骗还是误会,本该用更体面的方式解决,他走得那么痛快,说到底还是不在意罢了。"

许蝉微微有些哆嗦,李闵抬头看一眼冷风口,不动声色地走到了她的身侧。

被雨水淋湿的后背有些冷,李闵站在风口,脸色看上去却比刚回到医院的时候好了很多。他声音偏薄,平时说话也是冷静平缓的语气,能让人不由自主地镇定下来听他讲话。

"他们之间的误会,应该他们自己解决。就像于皖周和苏越长,不管他们之间怎么争执,最终做决定的人都是马宿雨自己,不是我们这些外人。"

李闵停顿下来,看到许蝉眉头紧皱。

他略微低垂下眼,眼底强忍着的悲凉一闪而过:"误会只有说出来才能解开。许蝉,我们也是,不是吗?"

休息室的门被猛地撞开,一米七七的苏越长竟然被于皖周一脚踢飞了出来,听诊器和口袋里的笔"哗啦"一声摔得满地都是。

于皖周整张脸上都写着"暴躁"两个字,看到门口的许蝉和李闵面对面站着也没顾得上,一脚踹在苏越长的后背,骂道:"你再说一遍试试?谁不干不净?谁不要脸了?"

楼道里的人纷纷看了过来,李闵忙一把扯住于皖周的后领,许蝉也上前扶起了苏越长,不为别的,就单纯不想让事情闹大,让马宿雨醒来听到不开心。

"你这么激动,你和她什么关系?"苏越长眼角的痣随着一声冷笑微微挑起,目光投向于皖周,一脸的看不上,"你这么护着她,难道你和她也——"

"我呸。"于皖周挣脱李闵的手,一把将苏越长按到墙上,打断道,"我和马宿雨清清白白,十几年的哥们儿感情,你满嘴喷什么粪,你爸妈没教过

187

你什么是素质吗？"

于皖周气得脸都发紫，一拳头还没砸下去就被苏越长一把推开："你们干净？哼，我看她心里未必这么觉得。"

许蝉心里一惊，下意识要上前阻止，生怕苏越长再说出什么不该说的话。

紧接着，苏越长微一沉吟，忽然把视线对准了于皖周："我说呢，马宿雨平时就老护着你。"

他拉了拉衣襟，把衣服上于皖周踢出来的脚印拍掉大半，脑海里想起无意中看到的马宿雨病历本上的记录，然后冷冰冰地说："她该不会是因为你才没办法生育的吧？"

什么？许蝉脸色"唰"地变得苍白，于皖周脸上的表情也跟着僵了僵。

"你放什么狗屁。"于皖周指着苏越长骂道，"你嘴巴放干净点！"

苏越长冷笑一声，眼底的轻蔑浓郁到了极致："不是你，那就是还有别人。"

苏越长的脸色越来越难看，毫不客气地说："你们的过去我没兴趣知道，总之我们昨晚已经分手了，大家好聚好散，别纠缠来纠缠去的。什么于皖周、马皖雨，就算你是于主任的儿子，我也照样是这句话。"

苏越长说完，就等不及了似的拔腿要走，刚走到一半就看到面前窜过来一个瘦弱的身影。

"啪！"

于皖周愣在原地，苏越长也僵了片刻，意识到自己竟然被一个女人打了之后，他本能地抬起手臂，不料却被一只男人的手死死攥住。

"李闵？"苏越长看到李闵，更恼火，"你多管什么闲事！"

李闵一把拂开苏越长的手，把已经气得嘴唇发白的许蝉挡在身后："这还是医院，你是医生，公众场合注意你的言行。"

苏越长也憋了一肚子气，大清早就被人喊过来又打又骂，当即就炸道："什么货色，就是个被人穿烂了的破鞋。"

"你到底是不是个男人！宿雨因为你差点生死未卜，你竟然还因为这些毫无根据的事情在这里诋毁她。"

许蝉两只拳头握得紧紧的，满眼都写着愤恨："你到底是喜欢她这个人，还是喜欢她给你带来的体面？"

苏越长眼底立即溢满震惊，张了张嘴却半个字都没说出来，好半晌才看着许蝉问:"什么生死未卜,她怎么了?你们在说什么?"

事情过去这么久,她和于皖周轮番给他打电话,他都置之不理,现在还有脸问到底发生了什么。

许蝉在心底冷笑一声,捡起苏越长的听诊器丢进他的怀里:"你走吧!她现在已经和你没关系了。"

看到男人又要跟过来,许蝉立刻转身警告道:"既然要分手,那你就滚远一点。以后看到我们也请避开走!希望你永远都不要再出现在我们面前,尤其是马宿雨,否则我就去举报你骚扰病人"

苏越长拿着冰冷的听诊器,和马宿雨的点点滴滴仿佛就在眼前,看着许蝉不像是撒谎,也因为自己的一时语冲而慌张起来。

"宿雨到底怎么了?"他满脸焦急,喃喃自语似的重复,"昨晚她还好好的啊,我走的时候她还在家里……"

"都说了和你没关系了,你聋了吗?"于皖周看到苏越长纠缠许蝉,立刻拧着眉把人扯开。

于皖周心里也乱得很,懒得再搭理苏越长,一只手拽住许蝉两三步就走到了消防通道的拐角。沉默片刻后,于皖周哆嗦着开口:"许蝉,你跟我说实话,姓苏的说的是真的?什么无法生育?马宿雨到底怎么了?你是她最好的朋友,你一定知道对不对?"

楼道里暗淡无光,感应灯静静地熄灭着。

"我不清楚。"许蝉摇了摇头,她真的不知道马宿雨发生过什么事情,但她隐隐感觉,马宿雨缄口不提的这个秘密,恐怕就是导致她始终都不愿意告诉于皖周自己的心意的重要原因。

她和李闵已经是一场悲剧,可是马宿雨却还来得及。

但就算是要续写这个转机,也应该由马宿雨本人亲口对于皖周说,而不是她越俎代庖。

许蝉不打算多言,她的脚刚踏出一步,就听到身后于皖周突然问:"是不是和我有关?"

都说女人的第六感无比精准,但如果男人愿意留意,很多事情也并非无迹可寻。

于皖周淹没在黑暗里的身影一动也不动,在许蝉无声的回应里,他突然捂住脸蹲了下去。

李闵一直站在外面守着,看到许蝉出来,脸上的表情微微松动。

走廊里只剩下两道孤单的影子交错,就像是人生的十字路口,彼此交叉紧密相连,却因为方向不同而注定分道扬镳。

"许蝉,"李闵单薄的声音回荡在寂静的长廊,"我们好好聊聊,可以吗?"

医院的走廊里总是弥漫着淡淡的消毒水气味,许蝉看着李闵的侧影,蓦地发觉,原来他和自己想象中的那个人迥然不同。

十年的沟壑,他们之间哪怕有再浓烈的悔意也无法弥补,也不可能破镜重圆。现实,终究是会有裂缝的,就像是镜子修补得再精细,人一照总是面目全非。

"那天在'发呆'遇到你,我心里其实很期待你能记起我,希望就像小说里那样,男主角遇到女主角,他对她似曾相识,一见钟情。"

许蝉没有继续否定自己的身份,看着眼前熟悉又陌生的李闵,她忽然觉得自己二十几年来脑子里所有不切实际的幻想,都结束在了和李闵遇到的那一刻。

"可惜你不记得我,也没有再次爱上我。当时我就想,果然啊,如果你对我真的有感觉,也不会迟到这么多年。"许蝉靠在墙角,抱着手臂,她抬起下巴微微示意旁边的长椅,"那次我特意找了零钱给你,我心里很希望你收着,因为这样我们就能银货两讫,再不相欠。可是我又很希望你能拒绝,因为这样我们就有了下次再见的机会。"

她一点一滴地讲述着那些过往,就好像一幕一幕都镌刻在她的心口,哪怕斗转星移也未曾被时光磨平:"于皖周想要一个真相,所以我故意提及过去,就是想要看你的反应,可惜,过去的你根本就没注意到我的存在。"

一切都是命中注定吧,他们之间横亘的不光是谢时雨,还有十年里的经历对彼此的改变和扭曲。

"我以为,你不会是现在这个样子的。"

许蝉侧过头,看着李闵似笑非笑地叹了口气:"学长,你答应我的事情,一个字都没有做到。"

哦,除了考A大。

李闵捏着手机,视线隔着过道紧紧地盯着许蝉,到现在他才发现,原来许蝉一直在给他机会,是他自己没有握住。

十年前是，十年后亦是如此。

"当年，我……"李闵越想解释，越不知道从何说起，连他自己也觉得词穷。

许蝉轻声打断他的解释："我想，你肯定有很多苦衷。可是，苦衷并不是你道德绑架我的理由。李闵，不管你是什么理由，结果就是我们错过了，回不去的。"

没有人要为别人的苦衷买单。

"我爸爸被冤枉入狱，除了我，连我妈妈都觉得他是真的犯了错，有人会在意他到底做了什么吗？不会的，所有人都只会记得他犯了罪，连累了很多人，所以我们是罪魁祸首，活该被打、被骂，接受所有的惩罚。"

许蝉低着头，看着地上自己缩成一团的影子："不管你有什么苦衷，那都不重要了。重要的是你伤害了我，而我也不会原谅你，你更没有权利要求我接受你的歉疚。"

李闵捏紧衣角的手指微微颤抖，他背靠着墙壁，任由冰冷触感渗入脊骨。良久，等到许蝉的气息渐渐平和均匀，他才努力噙起一抹勉强的笑意，脚步沉重地挪到许蝉面前。

"可是你说过，我们要往前走。"李闵小心翼翼地伸出手，手指在快碰到许蝉的时候又缩了一下，然后压抑着满腔情绪轻声道，"你愿意帮于皖周制造机会，为什么不能再给我一次机会？"

许蝉抬起头盯着李闵，目光由原本的平静变得有些讥讽："在你身上，我看不到一点我在意的那个人的影子。"

她站直了身体，看上去柔弱的身体却坚定挺拔："李闵，现在的你，有哪里值得我喜欢吗？"

李闵木然地立在原地，突然想起导师说过的那句话："你可以糟蹋自己的前途，等你以后遇到了想要照顾的人，再后悔就来不及了。"

现在，他看着许蝉失望的眼神，突然觉得那些话就像是一种温柔的诅咒，将他包裹直至窒息。

"我可以改。"李闵从牙缝里蹦出四个字，每一个音节都仿佛用尽了他所有的力气。

许蝉笑着摇了摇头："你不用为我改变，你做的每个选择都是你自己的决定，和任何人都没有关系。"

她迎上男人的眼睛，像是要立时将他击溃："你母亲的死，你父亲的混账，都不是你把自己所有的遭遇归咎于别人的理由。李闵，你知道我最讨厌你哪一点吗？"

她直视着李闵的眼睛，褪尽温柔和爱意的眼底满是对他的绝望："你永远都在为别人而活，不管是死人还是活人，欠了你的、你欠了的，你觉得自己的人生全都被他们毁了，然后加倍地坠落报复回去。可是，你本是自由的啊，谁都没有责任为你活得消沉而买单。死去的人已经死了，你有什么权利把自己的失败都甩给他们。"

一口气说完，许蝉看到李闵的眼底死寂如深渊，她的身影陷在里面挣扎求生，却被他生生拽住，仿佛要把她一起拖下地狱。

走廊里的人影渐渐多了起来，许蝉有些眩晕地扶住旁边的栏杆，她垂下眼眸，最后缓步上前，踮起脚轻轻地抱了一下李闵。

男人身上还沾染着淡淡的消毒水味道，衣袖间隐约有血腥气传来，许蝉闭上眼，在他耳畔说："李闵，我们回不去了，放过我吧。"

隔着厚重的楼梯间木门，于皖周看着许蝉头也不回地离开，剩下李闵像个被抽去灵魂的木偶似的站着。

他握紧门板，盯着那道身影看了许久，眼底的愕然变成悲伤，手指最终无力地垂落在身侧。短短的一个小时，他所有的问心无愧被全线击溃，此时站在阴影里的他，再也没有像对待苏越长那样追过去暴跳如雷质问别人的底气。

医院阳台上风很大，扬起的沙尘让李闵有些睁不开眼。

他抬手挡了挡，看到刚上来的人，嗓音喑哑低沉："你都听到了。"

没有预料中的愤怒和暴躁，于皖周难得地缄默。

良久。

"昨晚听到马宿雨出事，我突然感觉心脏就像是被挖了一块。"于皖周的眼圈还泛着红，断断续续地说，"我从来都不知道，我会那么害怕。来的路上我一直在想，她那个臭脾气，伤成那样一定会疼得不行，说不定一看到我，就又要讹我开几次跑车，宰我几顿大餐。"

"可是当我看到她的时候，她躺在那儿，一动不动。"于皖周说，"她那么爱漂亮的人，脸色差成那个样子，伤口那么多，头发也被剃了。"

他哽咽道:"当时我脑子里只有一个念头。如果她不在了,我该怎么办?"

"再也没有人坐我的后座,借我的跑车,嫌弃我的球技,帮我办生日宴会。"于皖周泣不成声道,"我怎么这么蠢啊,她离得那么近,我怎么从来都没注意到呢?"

是啊。李闵也忍不住想,许蝉离自己那么近,他怎么就没有注意到呢?

他心乱如麻,不自觉地摆弄着手指间的一支笔,手上突然一空,再抬头,于皖周发泄似的,捏着笔杆一拳砸到了水泥台子上。

李闵忍不住起身,伸手阻止道:"别作践东西,想出气——"

他没说完,一直处于低气压状态的于皖周反手一拳砸了过来。他没躲,结实挨了那一下,侧过头的瞬间,他嘴角溢出鲜红的血渍。

李闵的脸颊很快就浮肿起来,他看着于皖周,用拇指擦了擦嘴角,却一点都没有退避。

"李闵,"于皖周难得喊李闵的全名,他微微喘息着,眼底掠过无数情绪,认真道,"从小到大,我从来都没有可怜过你。因为我知道,你不是过得不好,只是自己不想过而已。"

于皖周突然抬起头问李闵:"你那点破事,到底要别人迁就你到什么时候?非要大家都跟着你陪葬,你才心满意足吗?你能不能振作一点,把你该拿的都拿到,把你想要的抢回来?别像我一样等到要失去的时候,才知道自己的心!"

李闵看着于皖周,突然想起许蝉对自己说的那一席话。

十年前,他因为错过而失去了她;十年后,他却是因为自己让她失望。

那么漫长的时间里,他因为母亲而憎恨自己,怨怼父亲,把所有不幸都归结在一个逝去的女人身上。

但事实上呢?也有人拼命拉起过他啊。

祝老师,许蝉,于皖周,于主任。

那么多人的重量,却压不过他一个自我逃避的借口。

李闵,你真的甘心就这么过完一生吗?

失去所有家人、爱人与朋友,从以前,直至将来。

风沙飞扬的高台上,他看着眼前高楼林立的世界,心里突然冒出一个声音。

于皖周站起身正要离去,突然听到李闵说:"我知道了。"

马宿雨的手术过程非常顺利，但是人一直都没有苏醒的迹象。

许蝉专门请了一天假，跟床陪护到下午，一天一夜地煎熬下来，她整个人都处于一种透支严重的状态。

于皖周回到病房里，就看到许蝉的脸色比床上的病人还要苍白，原本就瘦弱的身体在没有靠背的凳子上一晃一晃的，眼皮耷拉着在打盹。

"你去那边躺一会儿。"于皖周关上门，轻手轻脚地从柜子里拿出一条毯子，示意许蝉到隔壁小陪护房休息，"昨晚就没有睡着，吃了感冒药又容易犯困，你这么熬她还没醒你就先倒了。"

许蝉从凳子上直起身，揉了揉眼睛看向于皖周："明天你陪陪她，晚上我过来替你。"

"没事，我找了护工，也通知了她家里。"

于皖周给马宿雨拉了拉被子，拇指不小心碰到她的脸颊，突然就想起以前他每次捏马宿雨的脸，都会引来她的夸张大叫："于皖周你占我便宜。"

他忍不住微微勾了下唇，目光落在她干净的素颜上，莫名又觉得心里沉重异常。

于皖周看着许蝉同样沉默，想到楼道里她和李闵的对话，忍不住道："原来你说的那个人，是李闵。"

他斟酌用词，看着许蝉的神情小心翼翼地问："当初你和我在一起，是为了接近他？"

许蝉有些意外地看向于皖周，于皖周见状，慌忙自己否定："瞧我这脑子，以你的性格怎么会呢？要不是我一直死缠烂打，你可能连眼神都不会分给我，更何况是交往。"

冷静下来，于皖周清晰回想起许蝉面对李闵时说的每一句话、每个表情。

他以前和许蝉交往，总觉得她这个人无欲无求，连情绪都很少会有起伏。她不会讨好你，也不会有求于你，这样的女孩，不管是在熟人面前，还是外人眼里，总是带着一些距离感。

可就是这样一个古井无波的人，却在面对李闵时剑拔弩张，言辞激烈。

在那一瞬间，他突然意识到，原来许蝉骨子里并不是那么温顺乖巧，她会愤怒、激动，也会被情绪左右失去理智。

而这一切，都只是对着那个人而已。

"上次也是在医院，我跟你说，我看到过有人给你的 Sunrise 发消息。"

于皖周仿佛陷入了回忆里。

于皖周一字一句地耐心讲着，余光扫过许蝉的表情："可是我问过李闵，高三毕业后他就再也没有登录过那个账号。"

果然，发那条信息的人，是谢时雨。许蝉扭过头，像是有些疑惑："你到底想说什么？"

"李闵不是你的良配。但是，我不希望你们之间存在误会。"于皖周支起身子，望着许蝉，语速有些快地说，"你可能无法想象自己对李闵有多重要。当年，如果不是遇到你，他可能连高考都会放弃，也正因如此，他才在哪怕疑心错认谢时雨时，不敢去追究，他太怕失去你了。"

许蝉听到半截，有点坐不住地起身："你不用告诉我这些。"

"许蝉，当时谢时雨的状态太差了，李闵不敢冒险。"于皖周猛地站起身，突然都变得不像那个大大咧咧、毫无心事的于皖周，"你知道的。他从一开始心里就只有你。但是他活该，活该认错人，活该作茧自缚。"

"我不求你谅解他，只是希望你可以正视你的感情。"于皖周紧跟在许蝉身后，看着她随手拿起水壶，似乎是打算出门打热水，忙语调急促道，"我不看好你们，是因为现在的李闵配不上你，但如果你们心里都有对方，却因为这些误会而再次错过，我觉得不值得。"

许蝉脚步微顿，于皖周看向许蝉："就像我和马宿雨。如果不是苏越长，我这辈子都不会知道她喜欢过我。"

"你知道了？"许蝉惊讶地转过身，下意识地扫向病床。

于皖周点点头，思绪落在某个记忆点。

高三毕业聚餐那天，他一晚上都没见到马宿雨。等到报考结果出来，他才发现马宿雨居然改了志愿去了 N 大。

出分前的那段时间，他天南地北地和朋友海逛。在红榜前面乍一见马宿雨，她整个人都瘦得不成样子，不过看起来精神头还不错，听说找了一大帮朋友在家里彻夜聚会。

他当时没当回事，可是现在回想起苏越长的话，再联系当年马宿雨去医院的时间点，他心里莫名就串想起一个可能性。

哪怕微乎其微，也足够让他冷入肝脾。

"能不能答应我一件事？"

许蝉望向于皖周，好像又看到了记忆里那个肆意挥洒的少年，他抿起嘴

195

角,眼底满是恳求:"帮我瞒着她。"

如果马宿雨不想让他知道,那他就不知道。

一夜之间,所有人都被推着改变,做不得不做的事情,面对不得不面对的人。

许蝉突然觉得于皖周仿佛一夕之间成熟了很多,也许是他不得不鼓起勇气面对自己的心,又也许……她看向马宿雨欣慰地想,是有人在不言不语中一力促成了他的长大。

绪灵芝在家等了许蝉一夜,生日蛋糕都放塌了人也没回来。

忖度大概是许蝉又在加班,她就想打电话再催催,刚打开手机,就看到消息通知栏"唰唰唰"地跳出来一串,点进去,是个沉寂已久的家长群突然冒到了首页。

  春花秋月-:《树洞贴 传闻中的学长携女友的闺蜜参加舞会,小三上位破镜重圆,恶心》
  春花秋月-:全体成员 这不是李向魁家那小子吗?听说他现在还是什么三甲医院的医生,出诊费高得不得了呢。前段时间上了新闻还把人给弄面瘫了,真造孽啊。

绪灵芝看到人名觉得眼熟,想了会儿才记起来这是许蝉高中有次得奖学校拉的优秀学生的家长抽签群。

她好奇地点进去,赫然看到第一张图的角落里站着的三个人里唯一露出半张脸没有被打马赛克的李闵。她的心一沉,再仔细看就发现被骂"小三"的那个女孩子穿着和许蝉一模一样的裙子。

许蝉被徐树岸强行从医院"押送"回家,路过超市的时候,顺带买了些蔬菜和肉。

虽然上次在水晶广场闹得不痛快,但不管是绪灵芝看诊,还是马宿雨住院,他都尽心尽力地帮助自己。

这么多年,她从来都是独自前行,有人愿意为她费心费力,说不触动也有些自欺欺人。

许蝉无以为报,便趁这个机会打算亲自下厨,也算是聊表心意。

门锁打开,许蝉发现屋里没有开灯,她按下开关的一瞬间就看到绪灵芝阴沉着脸朝她看了过来。

许蝉下意识把徐树岸挡在门外,转身就要去房间里拿药,却听到绪灵芝难得头脑清醒地问她:"你谈恋爱了?"

母亲对她谈恋爱的事情总是格外敏感,小时候母亲听到班主任说她逃寝就把她关在家里差点打个半死,后来听她那个爱挑拨的小姨添油加醋地胡说,就总是怀疑她在外面乱来,这才有了上次大老远跑过来要看她,结果差点冲动撞人的行为。

"没谈。"

许蝉浑身无力地放下包,给徐树岸发了个消息让他先走,然后才解释:"我不是答应过你,谈恋爱一定会告诉你的。"

绪灵芝敏感地拧起眉头,似乎变得格外计较:"上次你和小于在一起,就没跟我说。"

"与于皖周在一起那只是试试看,而且我们俩聚少离多的,谈和没谈没什么区别。"许蝉平静地说着车轱辘话,但今天她的耐心像是提前售罄,语气也带了些怨怼,"妈,你是不是又听到什么闲话了?"

绪灵芝从口袋里掏出自己的老年机,把聊天记录直接推到了许蝉的面前。

她紧盯着女儿的眉眼,企图看到一些惊讶、一丝愤怒或是一点点心虚,但从始至终许蝉只是扫了一眼,然后就默不作声地摇了摇头。

"你和这个李医生,"绪灵芝欲言又止,脑海里又想到什么似的追问,"上回在宿雨家里,我看你俩就眉来眼去的。蝉蝉,妈妈不是不信任你,只是这个李医生既然有女朋友,咱就不要去招惹他。你看看徐教授、小于对你多好啊,而且家里也都很妥帖。"

自从上次车祸后,绪灵芝一度误以为李闵是许蝉的男朋友,拉着马宿雨打听了不少关于他的情况。

在她看来,李医生的确优秀,可是除了他自己的能力,其他方面简直是一塌糊涂,不光家里一堆烂摊子,三十左右的人了连自己的工作和生活都处理不好,成天都是过一天算一天的样子,一点也不靠谱。

这样的人,做朋友勉强,做男朋友做丈夫都不行。

她的女儿从小就吃苦,从记事起就没有过过一天好日子,好不容易走到现在,做着体面的工作,拿着让人眼红的工资,就算是个人条件也是毋庸置疑地出色。

她的女儿拼尽全力爬到了云端,就决计不能让任何人再把她拉下来。

哪怕,她来做这个恶人。

"妈,我和李闵就是房东与房客的关系。"许蝉顿了一下,思索道,"如果你介意,要不我在A城买个房吧?我们母女俩一直住在一起,永远都不分开。"

"你胡说什么?"绪灵芝的神情更加担忧,"你和我住在一起干吗?你不嫁人了?"

她气呼呼地瞪着许蝉,心里的烦躁一丝丝地缠着她的神经。在一次又一次的挣扎里,她谨记着医生的嘱咐努力保持理智,和许蝉面对面地认真聊:"你年纪还小,心可不能这么冷。"

绪灵芝鼓励道:"这些年你给妈妈的钱,妈妈一分钱都没花。要不,你还是换个工作,好好调整一下自己的作息时间,多出去逛逛,也许你就遇到喜欢的人了?"

绪灵芝环顾四周,看着冰冷的家里,朝着许蝉叹了口气:"我知道你不愿意换工作,可是你爸爸都去了那么多年了,逝去的人我们不要再去纠结了好不好?你看现在,我们不是都好好的,妈妈也可以自己照顾自己,可以照顾你的。"

不要逞强,不要钻牛角尖,放过自己。

许蝉听着绪灵芝的话,语气不佳:"妈,我知道你一直都不相信爸爸,但是没关系,时间会证明,法律也可以。我有自己的打算,你别管了。"

绪灵芝还要再说,突然听到门口传来一阵敲门声。

许蝉猛地回头,就看到原本应该离开的徐树岸还站在门口。他微笑着和绪灵芝打完招呼,然后才朝着许蝉道:"抱歉,我不是有意偷听,只是忘记告诉你一件事。"

"什么事?"许蝉问。

徐树岸深吸一口气,将自己这段时间的收获一并告知:"我其实一直都知道你想给伯父翻案,所以我托朋友打听到伯父当年就职工厂的一些工友名单,走访完之后结合他们提供的一些信息整理出一份调查资料,里面有关于当年事件的一些细节,可能对你有用。"

见许蝉有些踌躇,徐树岸并不在意道:"你不用有负担,我只是想帮你分担一点。毕竟,"他看向许蝉,眼底满是安抚和宠溺,"我也不希望你一个人太辛苦。"

"伯母，"徐树岸走到许蝉的旁边，伸手拢住她的肩膀，朝着绪灵芝温声道，"您放心，不管将来发生什么事情，我都会好好照顾许蝉的。"

"徐教授，真是麻烦你！留下来吃个便饭。"徐树岸很明显就是帮着许蝉说话，绪灵芝也不拆穿，瞥向许蝉，"算了，由你去吧！反正我也管不住你。"

见徐树岸手里还提着蔬菜，绪灵芝忙伸手接过，一边招呼许蝉待客，一边又去厨房收拾东西。

她站在厨房，看到客厅里两个人有说有笑的样子，心里不知道想到什么，一直耷拉着的嘴角终于微微扬起。

得知马宿雨醒来的消息时，许蝉正准备陪着绪灵芝进行下期会诊。

这段时间，许蝉没日没夜地熬，总算是结束了手头上的两三个项目，工作强度逐渐减轻，她就用加班时长兑换了小长假，一方面是想好好调养一下，另一方面也要抓紧时间备考注会。

"上次 Sarai 医生说，这次治疗要进行深度催眠，我有点紧张。"车子快拐进木梓路 78 号的时候，绪灵芝突然提及，见许蝉一脸深思，又忍不住安慰，"不过已经治疗这么多次了，我觉得精神状态真的改善了很多！妈妈这些年拖累你不少，这次多亏了徐教授的引荐，才有机会遇到这么好的医生。"

见绪灵芝这么说，许蝉没有说多余的话：你要是觉得她好，那就再做几个疗程。如果有哪里不舒服，就告诉我。"

"怎么会不舒服？这几个月我感觉自己的睡眠质量都提高很多，之前的药也减量了。"绪灵芝笑着说，眉眼间满是对 Sarai 医生的赞许和感谢，"我听说 Sarai 医生和徐教授也很熟，下次让徐教授带着她一起来家里坐坐。我也没什么好答谢的东西，也就厨艺还拿得出手。"

大概是缺什么就会在意什么，绪灵芝总是会不自觉地对帮助她的人倾注除金钱之外的东西，比如感情。

但在这一点上，许蝉就和她截然相反。

"商家和客户的关系，不用弄得那么复杂。"许蝉淡淡出声，视线一直看着眼前的路，"还有，我和徐教授只是朋友，你别乱点鸳鸯谱。"

"好好好，妈妈不胡思乱想。"绪灵芝嘴上这么说，但言语、表情却

199

把她出卖得妥妥的,"感情是需要培养的,妈妈又没逼着你们现在就结婚生孩子。"

见许蝉不大爱听,绪灵芝又换了个角度说:"人家徐教授年纪也不小了,你要是不喜欢,也别耽误人家。我看这段时间,他来家里也殷勤,又是接你上下班又是送茶叶、糕点,就连对你爸爸的事情也格外上心。"她叹了口气,"女人这辈子,靠自己只能活一半,跟对了人才算是完完满满。"

就像她,年轻的时候就看中许蝉父亲那张脸,心想着只要人善心好懦弱一点也没关系,可是最后呢?担不住事的男人除了给自己和家庭带来一辈子的灾难,半点好处都没留下。

他眼睛一闭就走了,留下她们孤儿寡母惨败地活着。

"我约了 Sarai 医生面聊,治疗结束你就打个车先回家。我晚点还有点事。"

许蝉将车倒进车库,一片黑暗里,绪灵芝问:"大晚上的你又要去哪儿?"想到最近许蝉总是一个人东奔西跑的,她忍不住皱起眉头,"要不还是让徐教授陪着你吧?"

"没事,我去医院看看宿雨。"许蝉打开车门,扶着绪灵芝下来。

两个人径直进了直梯,她这才说:"对了妈,我联系到了爸爸当年的同事,他在电话里说想和我见面聊聊。以后我爸爸的事情少麻烦徐教授吧,人家工作也很忙的,咱们没必要非得打扰他。"

许蝉都把话说到这儿了,绪灵芝也知道女儿心里是真的拿徐树岸当外人,她心里不赞同女儿再去调查当年的事情,但又知道拗不过女儿,想了想方叹了口气道:"那你一定要注意安全,有事随时给我打电话。"

许蝉"嗯"了一声,先一步迈出电梯,一抬头就看到徐树岸和谢时雨一前一后迎面走来。

明明不久前刚见过,可许蝉却觉得这才应该是她和谢时雨的第一次重逢。

两只手礼貌地碰在一起,当着绪灵芝的面,谁也没把那层窗户纸戳破。

宽敞而明亮的过道里,许蝉和谢时雨面对面站着,一个如栀如玉,一个艳丽如火,截然不同。

"你还挺令我意外的。"谢时雨递给许蝉一杯茶,视线落在她的脸上,露出欣赏探寻的表情,"换作是我,在得知自己母亲的心理咨询师是仇敌后,我一定第一时间换人，保险一点，还可以向有关部门提出申请来判断此前的医疗行为是否安全。"

许蝉端起眼前的温水抿了一口，沉默中，她环顾四周的装饰，然后才对着谢时雨摇了摇头："我从来都没有拿你当敌人。"

就像那串栀子花手链，在它断开的一瞬间，她心里便将谢时雨连同过去的一切一起放下了。

"我妈妈的病情有所好转，全都仰仗你的专业能力，所以我愿意继续接受你的医治。"许蝉目光锐利，带着薄薄的审视与试探，她反问谢时雨，"更何况，你要是诚心为难我，我不管换多少医生都躲不掉，不是吗？"

其实不管是财会行业，还是医疗行业，圈子统共就那么大。人脉人脉，能走到高处的，除了拔尖的实力，剩下的无非就是人际交往而已。

许蝉从来都没想过要逃，不管是面对李闵，还是面对谢时雨。

"有意思。"谢时雨靠在桌角，身后的仪器上正在倒计时秒表。她的指间把玩着一个类似于魔方的解压玩具，看着许蝉的目光突然有些闪躲，"你不想问问，徐树岸和我是什么关系？我看你俩，似乎是……在谈恋爱？"

对自己有好感的男性却和别的女人来往过密，一般女孩子都受不了吧？谢时雨观察着许蝉，淡淡的笑意里猜度浓重。

"历史不会重演。谢时雨，到此为止吧，你伤不到我了。"许蝉起身，将桌上的杯子丢进垃圾桶。她转身告辞，正好迎上推门而入的徐树岸。

徐树岸有些不悦地瞪了眼谢时雨，扭头就要跟着许蝉走出大楼。

"喂——"谢时雨撑起身子，见徐树岸停住脚步，随即勾唇笑道，"追女人哪有那么容易。这次，就当是你上回在水晶广场利用我的惩罚。"

她抱臂走了过来，完美的笑容里都是冷冰冰的憎恨："我和你不一样，你想要的是许蝉的真心，而我只想心里痛快。你猜，如果我告诉许蝉，你背地里动用的那些手段，她还会不会像现在这样和你做朋友？"

"是吗？"徐树岸反问。

女人错开视线："我最讨厌你这种自以为是的眼神。"

她垂眸想了一会儿，忽然扬起嘴角笑道："你才华横溢，自视清高，这么多年却唯独搞不定一个许蝉。徐树岸，我可真可怜你。"

徐树岸冷冷地看着谢时雨，一向温煦的脸上浮现出浅淡的愠怒："你怎么报复李闵我都不管，敢动许蝉一根手指头，别怪我没提醒过你，后果自负。"

男人的背影消失在门口,谢时雨自嘲地笑了一下。看啊,时至如今她还是无依无靠,连自己的亲生哥哥,都一心向着外人。

谢时雨站在阳台上,目光落得有些远。她低下头摸了下空荡荡的手腕,喃喃道:"许蝉,我真的好妒忌你。"

你什么都失去了,却什么都唾手可得。

无影灯下,祝弓弓的手术如期进行。

助理医生小心翼翼地操作着仪器,泛酸的手腕抑制不住地开始发抖。

李闵目不转睛地处理完关键的部分,长睫下的眼神如刀如炬。他屏住呼吸,几乎是将自己的专业能力发挥到了极致。汗水从眼角滚下,他的嗓音微哑:"擦汗。"

旁边的助理医生立刻上前,颤抖的手将这台手术的紧张程度暴露无遗。

她机械似的递送着手边的手术器械,忍不住回头看了眼红色的计时,已经过去六个小时了。

这台手术是切除非常罕见的儿童单发性听神经瘤,各科室会诊之后完全没有现行可靠的手术方案,多方胶着的情况下,是李闵主动提议由他担任主治医生并进行创新性手术。

从会诊到术前准备,从消毒、麻醉到术中电生理监测设备放置,所有人都提着一颗心在完成,助理医生牢牢地紧盯各项数据的波动情况,视线不自觉就落在了屏幕里李闵的手术操作细节上。

他们这批实习生都听说过李闵的手术操作有多神,但是从来没有人亲眼见证,这次能有机会担任助手,她比谁都紧张也更兴奋。

三个小时后,手术全部完成。

彻底脱下手术无菌衣和手套,李闵才感觉自己可以放心大胆地呼吸。整个手术历时近九个小时,每一秒钟他都像是踩在刀尖上活着。

以前,他每次做手术都想着怎么透支自己做到极致,唯有这一次,他心无杂念,只希望手术结束之后,能看到一个健康的祝弓弓。

这种期待感,是他从来没有的。就好像死亡的战场上不光有绝望和灰败,还有希望与光明。

"做得很好。"

于主任从手术室出来,拍了拍李闵的肩膀。他欲言又止地看着李闵,往前走了几步,突然说:"手术录屏出来之后,一起来参加一下研讨会。这次的手术虽然很成功,但是中途发生了很多意外情况都是我们没有提前预案的,一个人有应对能力还不够,要让所有的医生都具备这样的知识储备和专业素质。"

于主任说完,又觉得自己这是白费劲儿。他微驼着背,刚抬起脚突然就听到李闵"嗯"了一声:"我知道了。"

于主任诧异地回过头,李闵还是靠在墙壁上,外表看不出什么异样,只是整个人都像是放空了,由着各种念头胡乱撞击,直叫他彻底认清自己。

"你不是想报名参加银鸽计划吗?"于主任叹了口气,像是无可奈何地做了妥协,"公告要求做了修改,必须是正高级才能报名。过段时间院里开启晋升通道,你自己看着办。"

于主任的脚步声渐渐消失,李闵活动了一下有些发酸的手指,目光落在窗外梧桐上驻足的鸟雀,脑海里突然想起许蝉说过的那句话。

"蝉的生命周期其实有十七年,但是它除了最后一年的夏天,一直都蛰伏在地下。所以啊,为了最后的夏天,我们一定要坚持下来。"

李闵打开手机,点开许蝉的头像,看到备注上方的昵称显示"后夏",蓦地有种原来如此的恍然。

那天在休息室门口,许蝉的话再次灌入耳中。

"在你身上,我看不到一点我在意的那个人的影子。"

"现在的你,有哪里值得我继续喜欢吗?"

他清晰地感觉到心脏一下又一下地抽痛,就像是那人天生锐目,一招一式专挑他的致命处去打。可是血肉模糊的最后,他却只觉得疼,并未死亡。

李闵将手插进口袋,指尖摩挲过那串被许蝉从谢时雨手上扯下的残缺不全的栀子花手链。当年,就是因为这串手链,他才笃定谢时雨就是许蝉。

现在这串手链被许蝉亲手毁掉,自此物归原主。虽然迟了十年,他也算是从她手中接过了这份支离破碎的感情。

李闵直起身来,看向窗外天边斜挂的半轮明月。月光穿过大片梧桐落在眼前的玻璃上,他伸手触碰那一抹浅淡的亮,突然想:

如果,我也熬到了最后一个夏天,是不是就还有机会再次与你相遇?

第八章
/
勇士的备战

这一年的夏季格外漫长，许蝉考完注会卷二走出考场的一瞬间，迎面就是一股令人焦躁的热风。

她满脑子"企业战略""资金需求""利润分配政策"，这些念头被黏糊糊的风一吹，就像是悬挂在废墙上的即将脱落的墙皮"扑通"落地，一下就卸了大半的压力。

按照许蝉的资历，等到十二月考试成绩过线，她就可以成为注册会计师执业会员，并且拿到签字权。即使是风险与责任并存，可她到底是朝着当年的"理想"更近了一步。

许蝉刚抱着备考资料走下台阶，马路边洋槐树下的黑色车辆就按了两下喇叭。她跟着其他考生一起扭头看过去，一眼就望到徐树岸抱着一束鲜花朝她走了过来。

男人身上的白衬衫整整齐齐，在炎热的夏日里就像是凉风般的存在，可莫名地，许蝉却在这一瞬间想起了李闵。

少年时的他也曾穿着白衬衫，站在高高的领奖台上，一脸的疏离，他高傲地把一捧鲜花握在掌心，就像是冬日里唯一的晨阳，虽然凛冽，却在她的少年时代留下了难以磨灭的痕迹。

"恭喜你。"徐树岸款款而来，在行人的注目下把鲜花送到了许蝉的手心,眼底的宽容和深情让人有种他马上就要单膝下跪,道上一句婉约陈词的错觉。

幸好,没有。

许蝉笑着接过花,目光扫过花束里明媚朝气的向日葵和香槟玫瑰,抿着唇笑道:"等成绩出来再庆祝也不迟。"

徐树岸帮许蝉拉开车门,自己上了驾驶座:"不用等,看你的表情就知道稳操胜券。"

许蝉不自觉地带上笑意,把花挪到后座,随手打开手机。

自从开始备考,她已经好久没上过网了,除了上班几乎都是失联状态。

她打开朋友圈刷动态,正好看到马宿雨发了张在轮椅上吹泡泡的照片,璀璨的泡泡一触即破,照片一角站着的男人脚上那双大红镶蓝钻的球鞋异常醒目。

配文是:愉快的假期,最后一站。

许蝉看到发布时间是昨天下午,伸手给她点了个赞。

"我订了家西餐厅,他们家牛排做得很好,要不要去尝尝?"徐树岸开着车,娴熟地驶向许蝉的住处,快要到十字路口的时候突然问道,"之前你老说没空,现在考完了总不能再拒绝我。"

许蝉抱着手机,心里倒也不是很排斥和徐树岸吃饭,只是……

马宿雨住院和备考的事情告一段落,父亲当年案件的调查虽然坎坷,但也算有了些眉目,她终于有空思考自己和徐树岸的关系。

此时,看着徐树岸认真的态度,许蝉开门见山地道:"你帮我调查我父亲当年的事情花了不少心思吧?但我能给你的,无非就是物质上的报酬,其他的我给不了的。"

"所以,你别在我身上浪费时间,也不要再做无谓的争取。"

路边的梧桐叶子"簌簌"作响,黑色的车辆穿梭在光影之下,徐树岸抬手扶了下眼镜,像是觉得许蝉看轻了自己:"你觉得我照顾你,是想图你什么?"

他笑了一下,眼底泛起幽微的难忍。

"许蝉,你看不出来吗?我只是想让你多图我一点点而已。"

闷热的夏日里,许蝉感觉空调风缓缓爬过锁骨,整个人却像是要被男人的眼神点燃,有些坐立难安。

徐树岸和于皖周不同，他含蓄周到，从来都不会把话说开，也不会把余地抹杀。在他这里，许蝉总有一种压力，明知他对自己有意，但是一举一动又恰到好处、极有分寸，她无从拒绝，却又挣脱不掉。

"上次在诊所，我本来想跟你解释的。"

徐树岸的语气很慢，耐心得不像是已经等了两三个月那么久，他借着树荫的凉意，刻意将自己的声调也略略压低了许多。

男人悦耳轻缓的嗓音传入耳膜，许蝉听到他说："我当初把谢时雨推荐给你，的确是有私心。"

"我有个同胞妹妹，在很小的时候被我弄丢了。虽然家里人从来都没怪过我，但是我心里一直觉得很对不起她。这些年，我一直以为找到妹妹，看着她幸福，就是我这一辈子最重要的事情。"

徐树岸简短地陈述，话音却突然戛然而止。寂静的停顿里，许蝉顺着徐树岸的话语，记忆突然就回到了高一刚入学的时候。

当时开学体检，她是班里第一个抽血化验的，站在体检处休息的时候，有人瞄到她的血型，就跟知道了惊天大八卦一样，很快就传得半个年级都知道了。

那天下着小雨，谢时雨很晚才报到。

班主任在晚自习上啰啰唆唆地讲完了开学感言，突然就点了她们俩的名字说让大家重点照顾。那时候，班里的同学才知道原来谢时雨也是熊猫血。

不是唯一的，不再引人注目。

聚焦在许蝉身上的探究目光终于移开，她有了一丝喘息的空隙。那时候，她还挺感激谢时雨的，也很羡慕。

她是个很惧怕被人群注视的人，但谢时雨却能在这其中周旋得非常好。

当时，许蝉已经认识谢时雨一年多，比谁都知道她看着美丽而脆弱，其实心里谁也瞧不上，所谓的好人缘不过是一场经营。

可是，谁都不敢招惹她，也不敢怠慢。

许蝉一直以为，徐树岸推荐谢时雨为母亲做心理治疗只是碰巧而已，也许是两人此前有过交集，也许只是在校友群里认识，也许他也是这份经营中的一分子，并没有做其他猜想。

可刚刚徐树岸提及过去，她突然恍然大悟，忍不住回头哂笑："所以，你接近我，是以为我是你失散多年的妹妹？"

是啊，徐树岸失笑。

他错认了两年，直到那次谢时雨被误会跳楼，他才知道自己找错了对象。也是那个时候，他清晰地认识到自己对许蝉的那种感情，其实是最正常不过的同学好感而已。

她不是自己的妹妹，他的妹妹另有其人。

他为了证实这一切，特地找人去调查许蝉和谢时雨的家世背景，渐渐深入过程中，他越来越觉得自己荒唐可笑。

许蝉的父母从未收养过孩子，她是许家唯一的亲生女儿，反倒是谢时雨，是谢家从小收养的小孩，被"养在"奶奶家直至十二岁才带回主家。因为是独女，谢家人在身外之物上从来不薄待她，但同样的，对她的要求也格外严厉。

听到徐树岸的解释，许蝉瞬间明白了大半。

徐树岸之所以和谢时雨那么亲密，是因为他们本来就存在血缘关系。

谢时雨，是徐树岸的同胞妹妹。

"你可能不信，"徐树岸声音轻缓，带着恰到好处的温柔，"其实，时雨很在意和你的友情，毕业的时候，她无意中意识到是李闵认错了人，曾经想和你说出真相。"

徐树岸没说，谢时雨的消息只发了一半，就戛然而止，并且没有勇气再说一个字。

和谢时雨相处这么多年，徐树岸也清楚，她这个人永远都学不会低头认错，哪怕心里再清楚，嘴上还是不肯服输。

哪怕，伤人伤己。很多人，包括他自己，都觉得谢时雨再次策划这场久别重逢，只是单纯地想要报复李闵的"错误"。

但偶尔会有那么一瞬间，徐树岸会觉得，撇开一切杂念，谢时雨其实更像是回来找许蝉讲和，只不过这个讲和的方式过于隐晦，连她自己也无法觉察。

"伯母的病案，是她自己接下来的。"徐树岸不再提及当年的事情，转而说起绪灵芝的病情，他的目光打量着许蝉，"她在心理领域是很出色的，也非常认真地在帮伯母做治疗，这一点我相信你可以公私分明。"

见许蝉脸上的表情还算缓和，徐树岸莫名地松了一口气："我不是在给她当说客，只是希望你们可以坐下来好好聊聊。"

许蝉道："承你的情，我会和谢时雨相安无事。"

207

车辆启动，许蝉透过玻璃窗看向街边摇晃的树叶，一切都在往前奔跑，落在身后的理应被慢慢遗忘。

她能理解一切苦衷的起源，但让她敞开胸怀去接受一个伤害过自己的人，她没那么大方。

尤其，这个人还是她曾经很在意的朋友。越是在意过，越是无法容忍，哪怕是误会。

人与人的关系，向来如此。

手机铃响起，许蝉接起马宿雨的电话。

"蝉宝，你快看我发给你的截图。"马宿雨的语气有点幸灾乐祸，催促着许蝉赶紧看私信。

许蝉借机岔开徐树岸的话题，迅速点开聊天记录。

她的视线从上回马宿雨发的旅行自拍上挪下来，伸手戳开聊天记录截图，下载了原图之后就清晰地看到了李闵的昵称"M"。

"看到没？李闵对那个发帖的群主起诉了。"马宿雨兴致勃勃地给许蝉讲解，"我就说大佬怎么悄无声息地不说话，原来是在憋大招。这下好了，那个群主自己就是个搞营销的，为了蹭热度什么标题都敢编！那篇破帖子点击过万，实时转发大几百，这些嘴巴没把门的一个都跑不了！等着吃官司，公开道歉吧。"

许蝉放大截图，这才看清马宿雨说的是哪个帖子。前段时间绪灵芝因为帖子焦虑了好一阵子，她费了很多心思才把人给安抚下来。

帖子的事情，她原本没多在意，不过是躲在阴沟里的老鼠为了谋利博眼球而已，她走在坦途，哪有空闲管这些鸡零狗碎的小事。至于名誉，她已经不是当年敏感脆弱的小姑娘了，不至于因为陌生人一两句话就痛哭流涕，对生活失去希望。

更何况，她的律师资格证也不是白拿的，用法律的武器保护自己，才是唯一正当的手段。

只是，她没想到李闵会替她扛起来。

"蝉宝，你说他是不是为了你？"

她放下手机，耳畔响起马宿雨突然的试探，心里莫名有些说不清的酸楚。

李闵不是这种斤斤计较的人，上次被医闹事件搞得声誉扫地，他却一个字都没有解释。可是这一次,他悄无声息地就将人直接起诉了。

是因为她吗?不,也许只是为了他自己。

许蝉匆匆按下心思,电话还没挂断,马宿雨停顿了一会儿突然说:"蝉宝,有个事我不知道该不该告诉你。"

电话那边的马宿雨像是在和谁嘟囔什么,半晌才清了清嗓子道:"李闵去埕州参加志愿者特训,听说伤了眼睛,现在都没人照顾,你要不要去看看他?毕竟,他也是你的房东。"

马宿雨的电话被人夺了过去,很快许蝉就听到于皖周说:"你别听她吓你,其实就是擦破了一点点皮,没什么大事,死不了。"

许蝉听到听筒里传来"嘀"的一声,电话随即挂断。

她扬起眉眼,才发现车辆已经驶过了十字路口,正奔向徐树岸说的那家新开的小夜景西餐厅。

"我晚点还得回趟公司,"许蝉低着头将手机屏幕熄灭,摘下蓝牙耳机,有些茫然无措地说,"抱歉,我们下次再去吧。"

徐树岸眼底掠过一丝黯淡,欲言又止地张了张嘴,最终轻轻地点了下头:"好。"

没关系,我们来日方长。

下午四点钟,许蝉敲开项目经理的隔间。

"有个项目负责人要做手术,临时补个缺,那边推荐你过去。"

经理的语气平静,要不是递过来的资料上火辣辣的名字过于"烫手",许蝉甚至都觉得,这只不过是日复一日的工作中一场平平淡淡的交接而已。

"你应该也有所耳闻,这个项目风险很高,而且负荷会特别重,他们家早几年流程不规范,还有很多纯手工记账。"经理认真地说,每一个字都仿佛在提醒许蝉,"你最近刚考完注会,其实可以申请个小长假好好休息,要是没空我就帮你推掉。"

看着资料上企业的名字,许蝉按捺住心里纷杂的念头,佯装镇定道:"IPO(首次公开募股)上市项目难度高,我想回去考虑一下。"

经理点点头,欲言又止道:"你来所里也有四五年了,业务能力各方面都很优秀,这次晋升好好把握机会。"

许蝉看着经理的眼睛,莫名觉得经理似乎并不想她接这个项目。她接过文件夹，点点头："这个项目为什么推荐我去？"

"你有能力。"

有能力出具审计报告和有能力让甲方满意，是两回事。

许蝉了然。

夜晚十点半，许蝉出了事务所的大楼，刚走完长长的楼梯，忍不住回头看了眼这栋坐落在顶级商圈里的巨大建筑。

星光稀疏的楼宇间，零星走过一群群人，有些人她见过无数次，但大多是没有说过话的陌生人，他们同样穿着一身铠甲，在无声的操戈中或者独善其身，或者摧枯拉朽。

出租车停在小区门口，许蝉一进前厅自动门就感觉好像有人注视着她。

她下意识抬头看了眼监控，快速输入密码，快要开锁的一瞬间，突然就看到右侧的邮箱电子指示灯亮了一下，提醒她有新邮件。

这个月的水电费、燃气费账单都交过了呀，怎么还会有？许蝉输入密码，借着路灯打开，就看到里面是一份厚厚的文件。

她用钥匙扣划开了封条，入目就看到了"季隆医药"的名字，企业LOGO和今天下午项目经理递给她的项目资料上的一模一样。

许多年前，太平间里父亲的尸体骤然浮现在脑海。

她心里的畏惧、不甘、愤恨，那些无与伦比的煎熬就像是把她推进了蛊盆，但倏忽间，她又被人拉了起来，如获新生。

努力了那么多年，一切就像是命中注定一样。所有的恩怨，都在她二十八岁这一年不期而遇。

父亲的突然死亡，背着冤屈入土，她和母亲这么多年以来承受的一切，都是源自这里。

她只要再勇敢一点点，也许就可以找到破局的蛛丝马迹。

她需要一个真相，来证明一切。

"礼物看到了没？"徐树岸的声音温柔缱绻，莫名让人心安。

许蝉浑身剧烈地颤抖着，黑暗将她笼罩其中，像是庇护又像是一种警示。

良久，她看着手里的材料，心里突然就安定了下来。

徐树岸怎么会知道她在负责季隆医药的项目？许蝉警惕起来，又觉得疑惑："是你寄的？"

"嗯。"电话里徐树岸的声音带着笑，他为了挑选这份礼物费了不少精力，虽然把握十足，但此时还是像拿不准她的心意似的道，"你喜欢就好。"

许蝉捏紧手里的材料，心里百感交集。

转身间，她正好错过了楼道拐角里，眼角贴着纱布想要上前却又仓皇后退的男人身影。

男人看着许蝉良久，直到她安安全全地进了门，这才望着楼顶卧室里的灯光露出一点点寥落的笑意。

他虽然无法陪在她的身边，但是她想要什么，他都帮她拿到，她只管往前走，泼天的危险，有他帮她扫平。

男人的身影消失在黑暗里，月光如影随形。

从黑暗到黎明似乎只有短短的一瞬间，许蝉被闹铃声吵醒的时候，还趴在桌子上，手边的材料被她压得微微卷起。

天光大亮，清脆的鸟鸣声正好穿过轻薄的窗帘落入卧室。

许蝉一边刷牙，一边点开手机查看每日经济新闻，免打扰模式刚刚关闭，就看到邮箱里跳出来一封 Offer 邮件。

她看到企业的 LOGO 愣了一下，手中的牙刷半天没有动，好一会儿才迅速漱完口，回到电脑前下载了附件仔细辨认。

这是……国内顶级投行管理岗位的面试邀请 Offer。

从邮件的内容来看，对方的诚意十足，直接省去了初试和笔试直奔主题。许蝉视线下滑落在最后的 HR 邮箱和企业加密水印上，心脏突然不受控制地"怦怦"乱跳。

如果换作以前，这个机会几乎是她职业生涯中一次质的飞跃，而现在……

许蝉看着昨晚她看了一夜的那份材料，看着屏幕里外的两份"前途"，心里仿佛有两个小人在激烈对战。

"你犹豫什么？高薪、体面、多少人想都不敢想的地位，现在顶级投行主动抛橄榄枝招聘一位女性高管的可能性有多低你知道吗？错过这次机会你这一辈子可能都不会再遇到了。"

"别听他胡说，审计行业怎么了？虽然很辛苦但是熬了这么多年马上就要升职了，节骨眼儿上跳槽，这些年不就白瞎了？再说，你忘记自己的初心了吗？你坚守在这个行业这么多年，为的不就是干干净净地证明自己，用专业能力为父亲洗清罪名吗？"

"做个富婆开开心心体体面面，多香啊！你和家人都可以得到更好的生活。"

"可是，放弃理想和信念的人生，你真的不会有遗憾吗？"

许蝉不知道这封邮件是从何而来，她从来都没有投递过，但是机会难得，她比谁都清楚。会计师事务所是典型的乙方，很多像她一样的人，终极目标不过就是以现在的职业为跳板，寻找下一个更高点。

大多数人都梦寐以求的机会，就这么从天而降地出现在她的眼前，说一点也不动心，是虚伪。

可是……

"学长你说，开开心心和理想成真，哪个更值得？"

"人活着有无数可以开心的方法，但能因为理想而开心，一定是非常幸福的事情。"

许多年前的记忆突然被唤醒，许蝉清晰地听到自己心底有个稚嫩的声音在说话。

十七八岁的年纪，心却比任何时候都要纯粹坚韧。

她轻轻柔柔地许下誓言："我一定要让真相呈堂。"

看着电脑界面里的纯英文 Offer，许蝉抬手在键盘上敲击，每一个字都敲得格外认真，流利的英文回复客气而礼貌。按下回复键的那一瞬间，她心里蓦然感到无比轻松。

眼前的路阡陌纵横，她其实早已确认了方向。

不破黎明，誓不回头。

绪灵芝的最后一个疗程接近尾声，她坐在客厅里一边给许蝉整理出差的行李，一边叹气："又要满世界到处跑，怎么就你这么忙？让你换工作你又不听，这下好了又得十天半个月回不了家，饭都吃不到嘴边。"

许蝉知道绪灵芝也是关心自己，索性就让她说个高兴，一句顶嘴都没有。

"哎，对了。"绪灵芝突然拍了下大腿，冲进了房间。

许蝉看到她急急忙忙地冲到卧室，拿出来一个黑色的礼盒袋子，脸上是藏都藏不住的笑容。

"对了，你有个快递，我帮你签收了，也不知道谁寄到家里的。"她仔细回忆了一遍,"都怪我这个记性,那天睡得早,结果第二天就给忘了。"

许蝉打开看到是一条月亮吊坠的项链,上面的钻石璀璨优雅,花苞深处刻着她的英文名字。

"这是徐教授送的吧?"绪灵芝脸上满是欣慰,催着许蝉戴上试试看。

许蝉合上盖子将项链放进礼盒里,不动声色地将纸袋挪到了一边。

出差要带的东西准备得差不多,许蝉一只手把行李箱提到墙角,这才跟绪灵芝说:"妈,以后不要再收徐教授的东西,他又不是我的什么人,免得让人家误会。"

绪灵芝的表情有点怪异,上下打量许蝉:"你不是和徐教授在谈恋爱吗?"

"没有啊。"许蝉不理解绪灵芝从哪儿看出来她和徐树岸"正在恋爱中",见绪灵芝一副困惑的表情,她连忙问,"谁跟你说的?"

绪灵芝正在摸索新手机的玩法,半天才解锁屏幕,把徐树岸的朋友圈凑到许蝉面前。

不像许蝉的朋友圈,除了几个关系好的朋友就是客户和同事,平日里几乎一个字都懒得发。

徐树岸的朋友圈里充满了各式各样的上层名流,其中也不乏校友圈里的佼佼者,因此他的朋友圈要么就是各种高档的活动,要么就是转发工作上的宣传"任务",与他个人相关的几乎为零。

此时,许蝉看到绪灵芝的手机屏幕上徐树岸在朋友圈发的那一条状态,目光落在发布的日期上,大脑突然一片空白。

那是她考试结束那天下午,她正抱着备考的资料慢悠悠地沿着台阶往下走,灿烂的笑容在阳光下绽放,修长的天鹅颈像是一截白玉,她正注视着镜头的方向,整个人都被晚霞笼罩着。

照片是远景,靠近镜头的位置朦胧地露出半边向日葵的花束,氛围晕染开来,像是在公开主人的心思。

沉默的爱和勇敢追求。

许蝉记得马宿雨说过,这是向日葵的花语。

配图的上方,徐树岸只写了一句很简单的话:"朝我走来。"

虽然算不上是很露骨的表白,但是看到这样的图片和文字,很难不让人联想到热恋中暗搓搓秀恩爱的小情侣。

更何况,她和徐树岸都算不上是初心萌动的少年,成年人利益权衡的世界里这样的情感和表态,便显得更加珍贵。

面对这样汹涌而绵长的追求,许蝉突然间就有点不知所措。徐树岸优秀专情,对她的无微不至,前两天在车上的极度坦诚,还有他帮助自己调查父亲旧案的心意,所有的东西涌入脑海,在她心底斑驳的墙面上描摹出一种极度不真实的幸福感。

虽然许蝉不想承认,可起码在这一刻,她的确有些心动。

"那个朋友圈……"

许蝉刚说出五个字,徐树岸就直接打断道:"抱歉,没有经过你的许可就擅自发了。"

男人身边有点吵,应该是刚下课在楼道里接电话,他说:"看到他们恶意攻击你,我就想帮你说说话。我虽然没有办法证明他们造谣诽谤,可是我想……这样做也许可以让你撇清关系。"

周围隐约传来几声学生的问好,许蝉听到徐树岸的呼吸有些急促,很快他像是走到了无人的空旷地带。

一片安静里,她听到他声音有些央求的意味。

"许蝉,"徐树岸忽地一笑,"就当是演戏,别拒绝我好不好?"

就像是干涸大地上突然来了一场春雨,寂静的空气中,许蝉感觉自己的脸颊在微微发烫。她突然觉得,比起一见钟情的喜欢、十年的暗恋,也许彼此熟稔、性格互补也可以是一种喜欢。

马宿雨说得对,人总不能吊死在一棵歪脖子树上,她也应该放过自己,多给别人一点机会。

比起和于皖周那次,许蝉显得更为谨慎。她按捺着心底的悸动,捏着桌角的手指尖微微泛着白,缓声说道:"给我点时间,让我先结束季隆医药的项目。"

前半句的喜悦尚未入心,后半句却让对面男人的呼吸一窒,他忍不住皱紧眉头。

对面的沉默袭来,恍惚间,许蝉感觉徐树岸似乎很惊讶于自己的决定。

"你还是打算继续?"徐树岸询问,语气不再热切。

他帮许蝉调查当年的旧案,帮她联系旧厂处理过财务的工人,不是为了让她继续前行，而是想让她知难而退。

为了许蝉，他可以做任何事情，包括亲手为她铺平一条更加完美的道路。可这并不包括看着她走上预定的砧板，面临无法预计的危机。

徐树岸的语气里饱含担忧，坦诚道："我知道你这段时间四处奔走，查到了不少东西，可那些皮毛很可能只是冰山一角，这件事情太过冒险，我不希望你把自己置于险境。"

危险，是啊，这本来就是一条注定无法安宁的路。可是她的安稳，早在七岁那年就被毁掉了不是吗？她的父亲含冤入狱，莫名其妙地死亡；她的母亲彻底被击溃，直到如今还是战战兢兢；她失去了信任，失去了家庭，失去了所有童年里本该享受的温情和快乐。

这些失去，难道不该讨回来吗？

许蝉心里的思绪万千，对着话筒里男人的劝说，心里反而越发坚定："可是，只要找到证据，我就能把当年陷害我父亲的人绳之以法，我不能临阵逃脱。"

她强忍着心里的恨意，平静道："你放心，我不会挟私报复，我有我的底线。"

但如果那个人本就烂透了，即使没有当年的事情，他也干净不到哪去，那就算是他身居高位，她也一定要让他得到应得的惩罚。

原本的暧昧气氛骤然消散，许蝉莫名地有些失望。

她原以为徐树岸那么不遗余力地帮她，是因为他懂她——懂得她内心真正的渴望，也懂得哪怕千万种诱惑放在面前，她也绝对不会动摇分毫，愿意信任她，理解她想要走下去的决心。

许蝉垂下眼，眼底有些黯然。

到底，是她过于自私了。

"好。"徐树岸突然应声，"不管你选哪条路，我都相信你。"

许蝉鼻子一酸，有些意外。

她捏紧手边的项链，指腹抚过月亮的轮廓，轻声笑道："谢谢。"

徐树岸勉强挤出一抹笑意："跟我还客气。"

晚上十点钟的事务所门口，星光湮灭，人来人往。

许蝉拖着行李箱离开事务所大楼，刚走下楼梯就看到李闵站在门口的路灯下面。

　　他头发剪短了很多,身形比之以前的慵懒疏散新添了几分坚毅,整个人看起来就像是沙漠里的白杨树,笔直挺拔。

　　许蝉一眼看过去,明明看不清他的五官和表情,可是她莫名就感觉到他身上带着一种令人难以忽视的哀伤。他立在那里,平白无故就传递给人一种微妙的脆弱感,让人忍不住想要抱一下。

　　出入园区的大门近在咫尺,隔着十米不到的距离,许蝉握着行李箱的手微微收紧。她直视着李闵的眼睛,反复在心底强调着两个人目前的状况,终于在彼此距离不到五米的时候露出一个标准的职业微笑。

　　"李医生,你好。"许蝉点头示意,擦肩而过的一瞬间,随口道,"这么晚了,还在等人?我还有事,就先走了。"

　　她对李闵的出现没有兴趣,此时只想赶紧离开这个容易让她失控的场景。然而没等她溜之大吉,李闵就强有力地一把提起了她那只还挺重的大箱子,一言不发地走向了不远处的车子。

　　眼看着自己的行李就要被装到李闵的车里,许蝉连忙伸手阻止:"这是我的东西,我还要赶晚上的飞机。"

　　许蝉的手险些蹭到车辆边缘,李闵蓦地手指一松,原本已经送到车内的行李箱立刻就顺着许蝉的拉力,重新落在了水泥地上。

　　"我在等你。"李闵一出声,许蝉便有种恍如隔世的错觉。

　　她抬起头,脸上的不耐烦还未褪去,就借着幽微的灯光看到了李闵眼角那道刺眼的疤痕。

　　——"蝉宝,有个事我不知道该不该告诉你。"

　　——"李闵去埠州参加志愿者特训,听说伤了眼睛,现在都没人照顾,你要不要去看看他?"

　　马宿雨的话突然响彻耳畔,许蝉下意识就把原本的话噎了回去。

　　看着那道触目惊心的疤痕,许蝉心里想象出无数种受伤的角度和方式,每一种都像是一把锋利的刀片掠过她的心口。她感觉心脏一阵阵发闷,满脑子只剩下一句:"你,还好吧?"

　　李闵侧过身,像是要把伤痕藏到阴影里。见许蝉眼底闪过一丝不忍,他愣了下神,慌忙勾起一丝安抚的笑意,简短而温柔地道:"已经好了。"

　　脸上的伤痕总会淡去,可是他给许蝉带来的伤害却永远无法消弭。

看着眼前人的身影,李闵突然想,如果当时受伤的角度再偏移一厘米,他这双眼睛彻底瞎掉了,是不是对他也算是一种惩罚。

总好过现在,他想要的,终究是要擦肩而过了。

许蝉撑着行李箱站在停车位的空隙,腕表的指针轻轻地响着。

她忍不住道:"抱歉,我快要赶不上航班了,先走了。"

许蝉转身离开的下一秒,李闵终于疾步走到她面前,他像是鼓起了十万分的勇气,轻声道:"我送你。"

"不用。"

许蝉下意识拒绝,几乎是擦着他的肩膀走了过去,李闵忽然喊了一声她的名字。

许蝉心里绷紧的那一根弦就像是被人骤然拨了一下,发出一声连她自己也没有意料到的轻鸣。

"我马上要离开这里,也许半年,也许一年或两年。"李闵小心翼翼地低头看着许蝉,每个字都仿佛斟酌了无数遍,"这段时间,我每天都在想,现在的我到底还配不配得上你?"

许蝉在自己的心跳声中,清晰地看到李闵眼神坚定地往前靠近一步:"我不强求你回应我,"李闵有些紧张地攥紧了手指,脊背挺得笔直,一字一句异常清晰道,"可是我想告诉你,我喜欢你。"

从在意到深爱,历经十年。

可是他不敢说,怕吓到她。

如果一点点喜欢能让许蝉接受,或许,他就有勇气再进一步去奢求。但如果她不愿意,那他这一生哪怕是退避万里之外,都不会再打扰她的幸福。

如果她过得不好,他也会拼尽全力让她幸福。

许蝉从最初的触动,到心底被他掀起狂澜,眼底的情绪在理智的压制下迅速冷却下去。

隐约记得马宿雨说的,李闵这段时间在评主任医师的头衔,虽然她不知道他是怎么想通想走出过去的阴霾,可是面对现在的李闵,她不想做那个总是揪着过去不放的人,也不想再纠结以前的种种。

她正在努力卸下肩膀上的重担,而他也在尝试着扛起属于自己的责任。

这样的他们也许不再有任何交集,但不是刚刚好吗?时隔多年,他们早就不在同一个世界。

眼前的人耐心地等着，似乎不会因为许蝉的沉默而有一点点的不耐烦。

不知道过了多久，他听到许蝉扶了下身侧的行李箱，笑着回答："对不起李医生，可是我不喜欢你。"

李闵的双肩忍不住微微颤抖起来，难以抑制的情绪溢到眼底。他抬起泛红的眼，伸出的手指在即将碰到许蝉时又无力地落下，竭力恳求："再给我一次机会，好不好？"

"抱歉，我做不到。"

"让我最后陪你走一程。"像是怕许蝉再次拒绝，李闵急忙道，"最后一次。"

表盘上的秒针有节奏地响着，许蝉停顿了片刻，无声地走向后座。

从事务所到机场的路上，车内寂静无声，却比任何时候都要令人煎熬。

李闵目视前方，握着方向盘的手指上似乎还残余着许蝉手背的温度。他不受控制地想着许蝉的回应，强硬地命令自己安静本分地陪她走完最后的这段旅程。

许蝉枕在后座上假寐，闭眼后黑暗兜头笼罩下来，像是让她穿上了盔甲，屏蔽了感觉。她终于有些理解李闵——原来黑暗除却恶意的侵占，真的会让人倍感安全。

许蝉从来都不是一个心如朝阳的人，她只是伪装得很好，以至于所有人都觉得她坚韧无比，能面对所有的痛苦。

没有人知道，她做的所有决定都是推演了无数失败后的垫底选择。当预期降到最低，对她而言就不会失望。最差不过如此，还能坏到哪里去呢？

沉默袭来，许蝉闭着眼，脑海中又浮现当年那个惊鸿一瞥的邻家少年。那年她才十三岁刚上初中，舅舅在姥姥去世后，就力排众议将她接到川洋县城华鑫花园的家里寄居了一段时间。

冬日里难得下了一场大雪，许蝉把自己团在被子里不肯起床，难得香甜的梦里突然发出一阵天崩地裂的响动。她揣着满肚子的起床气站到阳台上，火气还没发出来，就看到隔壁空荡荡的阳台上立着一个少年。

隆冬时节，他只穿了件半新不旧的白底蓝领的 polo 衫，款式和她入学时发的校服一模一样，一样的又俗又丑。

但许蝉一眼看去，却觉得穿着这件丑衣服的少年，格外有精神。

好看。人好看，衣服也变好看了。

然而这一刻的邂逅并非她想象中的浪漫，下一秒她就看到有个男人提着一根棍棒一抬手就抽到了少年的腿上。他一个趔趄间，就被男人一脚踢开。

"嫌我脏是吧？就你干净，你身上流的还不是我的血。"

男人佝偻着，谩骂着，却明显不敢靠近少年一分一毫。隔着渐渐漫上水汽的玻璃窗，许蝉看到少年一把合上窗帘将她的视线遮挡，紧接着就是一通拳打脚踢的呼喝和低闷的哼声。

吃饭的时候，舅妈随口嘱咐许蝉："上下学早点回家，到家门口赶紧进来，别招惹隔壁那家。"

舅舅盯了眼舅妈，一脸"你跟孩子说这些干吗"，见许蝉脸上露出疑惑，就叹着气说："那家人是拆迁搬过来的，实在是不好相处。做爹的四十好几也没个正经工作，成天喝酒赌钱鬼混生事，高兴了就四处显摆儿子，输个底朝天就在家折腾个没完，投诉了好几次都没个消停。"

舅妈放下手里的筷子，气不打一处来："也是我们家倒霉，什么人都能碰上。"

说者无心，听者有意。

许蝉低着头小口小口地嚼着白米饭，细碎的刘海遮着她的视线，可是耳畔却清晰地听到舅舅朝着舅妈嘀咕了一声，紧接着就无奈地叹了口气。

是啊，她也是这种让人讨厌的存在，是负担，是累赘，是沾亲带故不得不帮衬的狗皮膏药似的存在，甩都甩不掉。

自那之后，许蝉就很少说话了。

一天中，她除了在家吃饭睡觉，大多数时间都耗在学校和小区后面的小树林里，偶尔也会利用周末去帮街边纸扎店的老板一点小忙，得到的"报酬"加起来，偶尔可以给舅舅舅妈买点零碎的日用品。

好像从那么小的时候，许蝉就学会了等价交易。

无论是生意，还是亲情友情，都需要对等的价值来维系。

除了，某些事情。

许蝉看到记忆里那个一笔一画在地上写下祈祷的小女孩突然朝她扬起眉眼，温柔的笑里，她似乎在质问自己：

你的愿望实现了吗？

当初的期许，是否成真？

——万物有灵，蝉鸣为证。

——请保佑我的月光啊，终究清越，常常耀眼。

——还有，永远幸福。

许蝉看着李闵的侧脸，想到当年自己那段不求回应、输得惨烈的感情，心底突然泛起些许难忍的酸楚。

阴错阳差间，他们各自失约。

她默默守护的月光，也曾堕落，光华殆尽，未能幸福。没有人能轻易逃出牢笼，逃走的人也注定遍体鳞伤。

到了机场入口，许蝉安静地等待着李闵一言不发地把她的行李箱递了过来，然后头也没回地拎起自己的行李箱走向检票口。

李闵站在原地，黏稠的黑暗像是要将他一口吞噬，可他偏偏穿了一身白，醒目地站在人潮里，像一座岿然不动的堡垒。

"帅哥，接单吗？"

旁边有三个女孩子很早就注意到了这边的情况，以为李闵是那种没事接单玩的富二代车主，于是小心翼翼地试探问道。

李闵抬起腕表看了眼时间，一边拨电话，一边示意道："抱歉，我赶航班。"

随着车辆被代驾开着驶离视线，李闵也从寄存处拿到自己的行李，办理完登机和托运手续，掐点登上和许蝉同一趟的航班。

十天前。

银鸽计划·战区救援的第一期训练已经接近尾声，李闵刚回到院里，就听说负责季隆医药的会计师事务所要聘请院里的专家作为审计团队的专业顾问。

接到于主任的电话，他立刻赶到办公室，便看到除了医院的几位领导，当地的警方竟然也在场。

"你看看这个药物成分化验单。"于主任将检验报告递给李闵的时候，手都有些颤抖，从业几十年的职业操守让他对这些藏污纳垢的东西深恶痛绝，"这一批药物都是针对各类病患治疗抑郁症的进口特效药，除了针对高端客户的昂贵药物,还有不少平价产品,这些真假难辨的假药在市场流通起来,后果简直不堪设想……"

他话说到一半,突然戛然而止,但李闵却敏锐地捕捉到一丝不对劲:"季隆医药和那批有问题的药物有关?"

于主任沉默不语,半晌才像是放弃了挣扎似的点了点头:"这次的事情有些危险,院里也是配合警方办案,如果不是没有其他更合适的人选,我万万不会推荐你。"

李闵消化着其中的复杂情况,心里大概有了些底:"具体要做什么?"

于主任起身,警惕万分地将一份文件递到李闵的面前,轻声嘱咐:"这些药物务必要重点关注,如果可以最好能带回样本。当然了,安全第一,不要逞强。"

李闵熟读之后,于主任即刻就销毁了文件。

快出门的时候,于主任突然回头道:"对了,去看看29床的病人吧,今天正好安排了会诊。"

29床的病人是个易发术后癫痫的颅内肿瘤患者,复杂的是她同时又患有严重的产后抑郁症,药物冲突严重,情绪极难控制,风险极高,因此患者至今都没有办法正常接受手术。

于主任不会平白无故让他去关注一个病人,除非……李闵想到刚刚的药物问题,记忆突然回到了十几年前班主任对他说过的那段话:

"你妈妈虽然看着柔弱,但其实是个有主意的人。但是不知道怎么回事,自从生产之后她的精神状况就每况愈下,一大堆的药吃下去反而像是要了她的命一样。"

李闵的心脏猛地抽搐了一下,完全凭着本能挪到了病房门口。

病床上的女人看上去精神状态十分差,整个人都被病痛和毫无希望的未来折磨得面目全非。

但是她旁边的男人却温柔细致,端着一碗清粥小心翼翼地吹凉,慢慢地劝着她尝一点点。

"医生?"

男人意识到李闵的到来,猛地站直了身体,旁边的护士介绍道:"这是我们神外的李医生。"

"我知道,我知道。"男人紧张得声音都有点颤抖,拘谨地笑道,"我

221

在专栏的专家号上看到过李医生,我知道的。"他试探着上前,又和李闵保持着距离,他看着李闵名牌上的副主任医师称号,语气谨慎又带着难以控制的哀求,"医生,请你一定要帮帮我老婆,她……"

男人瞬间泪如雨下,控制不住地捂着脸道:"让她少一点痛苦吧。"

李闵心底骤然掀起了倾盆大雨,仿若在无人之境给他重演了一场和当年迥然不同的剧情。看着眼前憔悴不安的男人,他忍不住伸手拍了一下对方的肩膀,语调是连他自己也没有意识到的温柔细腻。

"我明白的。"

因为,他也经历过类似的痛苦,延迟却又刻骨铭心。这一刻,李闵才明白于主任的用心。于主任一边不忍心他冒险,一边却知道要完成这次的任务其实非他莫属。

如果换作以前,李闵大抵会犹豫退却。

可是现在,他在漫漫长夜里寻找到了那抹丢失已久的月光,虽然相隔十年,但是她照进自己心底的那一瞬间,周边全都亮了起来。

他想,这大概就是那颗她种在他心里的种子吧。

一生里,它只为她而破土重生。

航班上,空姐按规定给客人送来饮料。

李闵顺着纸杯的空隙看到熟悉的人影从通道匆匆而过,连忙压下帽檐,将口罩往上拉了一点点。

"先生,要可乐还是石榴汁?"

李闵扫过许蝉从过道路过的背影,轻轻地摇了摇头。

他想要的,早就被他自己弄丢了。

季隆医药是一家新型合资企业,主要以医药研发、医疗设备、医疗大数据软件、医疗咨询等业务为主,近年来因为收购或并购了不少老牌药企、大型药厂、科技研发公司,规模一度壮大,加上药物研究领域的新突破,在行业内声名鹊起。

许蝉之所以了解这个客户,主要是前任负责人接手他们公司的时候问题不断,差点就给加到黑名单。她当时的组就在隔壁,偶尔听到几次项目经理抱怨,就有点好奇这个烫手的山芋,专门去查过资料。

总之,这是一家看着光鲜亮丽,但是财务问题冗余复杂,内部势力两极分化严重的高风险客户。

用组员私下吐槽的话来说,就是:"鬼知道合伙人吃饱了撑的,干吗要接这个项目,嫌自己太过自由吗?"

下飞机之后,许蝉径直入住了客户安排的酒店。她打开电脑先和组员沟通了一遍见面会的事情,又继续和前负责人交接过往的工作。等到事情差不多处理完毕,月亮已经爬到了落地窗的斜上角。

许蝉揉了揉酸痛的脖子,随手调出季隆医药官网,目光缓缓地落在了官网上的企业高管框架图上,慢慢往后靠了靠。

季隆医药财务总监——吕业震。

这个名字她只在小时候听过一次,但是这辈子都忘不掉。

当年父亲因为财务问题入狱,吕业震就是整个财务部门的负责人。

越是接近真相,人就越发理智起来,许蝉甚至有点好奇,想再看看这些跳梁小丑还能做到什么程度。

她不急,这么多年都过来了,还有什么可着急的。她只求,一击致命。

"到了吗?"

徐树岸的视频拨过来,就看到许蝉坐在电脑前,连灯都没开。

许蝉看到视频里的自己,乌压压一片的暗色衬得她整个人异常苍白冷漠。她看到徐树岸正盯着自己看,下意识地别过脸,起身开了灯。暖色调的光线覆盖整个房间,她脸上方才染上一点点生气。

墙上的钟表已经指向了十一点半,许蝉见徐树岸撑着下巴一言不发地看着自己,忍不住问:"这么晚,你怎么还不睡?"

徐树岸眼底噙着笑意,温柔话语里带了些撩拨:"我觉得自己有点可怜。"

"嗯?"许蝉一边觉得奇怪,一边握着鼠标往右一划顺便点开了季隆医药最近三年的财务报告。

报表摊开在电脑屏幕,许蝉一目十行地扫过大面积的英文内容,顺口笑道:"还有人敢让徐教授这么委屈?"

徐树岸一只手摩挲过白色的咖啡杯,嘴角往上一提,目光径直撞上许蝉的视线。

一瞬间的静默里,徐树岸明明半个字都没说,可许蝉却清晰地听到了自己心底的回响。

人家辛苦工作一整天，回到家还得熬夜等着时间开视频，这委屈的源头除了自己，好像也没别人。

"开玩笑的。"徐树岸抿了口咖啡，似笑非笑地望着视频里有点难为情的许蝉，"就是看你每天都熬这么晚，有点心疼。"

自从上次两个人就差捅破那层窗户纸之后，许蝉感觉徐树岸对她的关照似乎又进了一步，这人很擅于不动声色地试探她的底线，温柔巧妙地步步为营。

许蝉撇开视线，将思绪转移到自己之前捋到的财务报表的疑点上。

从季隆医药对外披露的财报来看，一点问题都没有，可太过完美，反而很不合理。

就像当年父亲就职的那家工厂，上下虽不过百人，但是在案件调查中，证词竟然能上下一致，连细节都能对上，这本身就很诡异。

许蝉前段时间拜访过几位老员工，虽然年代久远，但根据当年老员工的回忆，作为财务部门的负责人，吕业震大权独揽，滥用第三方代理，又过度依赖财务软件，经常睁一只眼闭一只眼地搞"搞灰色地带"，搞得当时很多专员人心惶惶，离职率高得离谱。

但因为他是工厂老板娘的亲侄子，大笔的费用经他复核没出过问题，每一笔流水和对账单又都对得上，底下的人也无话可说。

许蝉飞快思考，如果父亲真的中饱私囊，那吕业震举报之后大可乘胜追击把债务给追偿回来，可他偏偏引咎辞职。

许蝉脑海里闪过当年药厂财务提到的几个疑点，在工厂破产清算之前，明明还有几个项目一直显示高盈利状态，而且周期性很强，可厂子却选择了"走"为上策，现在想来，这一行为反倒给人一种断臂求生的感觉。

——"厂里出了事之后，股东全都撤资，老板也和吕主管闹翻了，听说差点闹到法庭上。"

——"就说亲兄弟难算账，出了那么大的事，老板指定是疑心病犯了，换了我，我也跳槽不干。"

——"老板也是仁义啊，厂子都要倒了还惦记着工人的工资，我当时还多拿了三万多块钱，整整一年的工资都没那么多。"

许蝉的耳畔响起老员工的感慨，她随手搜索当年工厂法人的名字，意外地发现他还在经商,并且持股着一家小型药品容器加工厂,再往下查,这家企业分公司的合作企业的法人代表是他老婆,而同一主体的独立子公司的合伙人里竟然挂着吕业震的名字。

吕业震当年是和他亲姑姑闹翻了才辞职的,当时又遇到了那么大的案子,按照老员工的说法,他们不可能再有任何交集。可是现在看来,他们除了给原本的工厂换了一张皮,还保持着相当紧密的往来,至少在合作交易方面。

这里面一定有问题。

"你在想什么?"徐树岸的话打断了许蝉的思绪,她猛地抬头,茫然无措的眼底映出了男人似乎有些不安的表情。

许蝉感觉自己有点走火入魔,这些事情她只需要理出头绪,接下来的事交给公检法就行,没有证据地胡乱猜测,实在不符合她的行为习惯。

她叹了口气,看到徐树岸似乎也有些疲惫,想了想还是有些警惕地问道:"我一直想问你,上次你寄到我家的那份材料,你是从哪儿弄来的?"

许蝉很希望是自己过于敏感,可之前的调查还能说是徐树岸为自己用了他的人脉关系,但那些关于季隆医药以及相关人员的材料,可不是光凭人情就能拿到的,他哪来的时间和精力,以及那么专业的角度,正好给到她此刻最需要的信息。

许蝉感觉,只要是她想要的,徐树岸似乎都能帮她实现,感激的同时,又有点担心过多涉足会带给他风险。

屏幕里的徐树岸目光微微一滞,就好像什么都没有发生似的笑了一下:"好不容易有空聊会儿天,你不是跟我聊工作,就是跟我聊案子。"

许蝉愣了一下,突然就有些愧疚。她关掉电脑桌面上的网页和文档,然后专注地看着镜头里的徐树岸:"等我忙完这个项目,一定好好休个长假,到时候我去你们学校陪你吃食堂。"

徐树岸忍不住笑了一下。

"那太远了,我等不了。"他突然说,"许蝉,我来找你吧。"

季隆医药所在的芎城是有名的港口城市,作为全球供应链上的重要枢纽,奢靡、快节奏、忙碌几乎就是这座城市的代名词。

许蝉扫过后视镜里的自己——除了公司无法缺席的晚宴,她很少会穿得这么隆重。

225

车窗外的霓虹灯一晃而过，映照在窗户上打出蓝紫相接的虚影，许蝉看着浓妆艳抹陌生的自己，突然有点后悔这次的冲动。

觉察到许蝉的不自在，徐树岸的手指微微一挪，不动声色地握了握她的手指："很漂亮。"

许蝉微微偏过头，细长的白钻棕榈款式耳链落在清瘦的锁骨上。她难得化浓妆，看向徐树岸的时候，脸颊微微有点发烫："谢谢。"

为了这次赴宴，许蝉没少给自己做思想工作，甚至动用了远程的"马宿雨大法"。

"你工作压力那么大，是该好好去放松放松。"

马宿雨最近康复状况很好，每天都嘻嘻哈哈的，一听说徐树岸邀请许蝉当他的女伴参加活动，立刻就献上计策说："徐教授这么上道，我猜他肯定做好了万全准备，你一定要把持住啊，千万别气氛上头就被他的花言巧语给骗了。"

"男人对你好不好，别光看他在人后怎么做，人前会不会心疼你才是第一要素。趁着这次机会，好好观察他的为人。"

"但凡他露出一点不对劲，赶紧远离，千万不要心软舍不得。"

一道熟悉的男声突然插了进来："你又跟许蝉瞎说什么呢？老老实实把动作做标准了，到时候做一辈子瘸子，我看谁敢要你！"

许蝉想着马宿雨和于皖周日常斗嘴，心里莫名就轻松了许多。感觉自己的手指被徐树岸握得有点紧，她微微蜷了下手指，正想抽出来，就感觉男人突然倾身过来："我上次送你的项链，不喜欢吗？怎么没见你戴过？"

项链。

许蝉下意识地摸了下自己的手包。

出差之前，她特地上网查了一下那条项链，价格实在是高得超出了她的认知范围。

她和徐树岸毕竟还没在一起，就算是在一起了也没必要收人家这么贵重的礼物。本来，她想着去机场之前给徐树岸邮寄过去，但当时碰巧遇到了李闵，一耽搁她就把这事给忘记了，一直带到了芗城。

今天搭配礼服的时候，她原本也想过要不要戴着出席。一方面，她是觉得过了这么久再还，实在是有点矫情；另一方面，她也想借着这次机会，向徐树岸透露一些自己的心意。

她也不是焐不热的石头,徐树岸邀请自己作为女伴出席这种场合,其中的暗示已经足够明显。她如果还是端着,那和有些明明不喜欢别人又吊着对方的女人有什么区别。

"到了。"

徐树岸先一步下车,俯下身亲自帮许蝉打开车门。他一只手护着许蝉的头顶,另一只手托起她一只手,两个人并肩走在小夜灯围起来的红毯上,影子叠在一起,看上去难舍难分。

男人绅士地提起女人的半边裙摆,婀娜的身影在荧光摇曳下渐渐靠拢过去。

这一幕,恰好落在不远处倚着车门静静站着的男人眼底,在他们背影即将消失的最后一刻,他终于还是忍不住往前一步。

车窗摇下,露出里面妆容艳丽的女人的面孔。

见李闵有点沉不住气,女人若有所思地眯了眯眼,推开车门走到李闵身边,像是在给他介绍似的笑道:"哟,那不是我嫂子吗?"

李闵仿佛被"嫂子"这个字眼深深刺到,薄唇抿成直线,视线冷冷地投向谢时雨:"既然已经跟过来了,就管好自己。"

"放心,我记得正事。"

谢时雨瞥了眼李闵,妖娆地从他身侧走过,嘴角的弧度微微上扬:"但愿,你也是。"

这场晚宴的主题是"镜",许蝉从踏入门槛的瞬间,目光所及就是无数精妙设计的镜面里映照出穿梭往来的残影。

通过随处可见的嘉宾名卡,不难看出这次受邀到场的不光有非富即贵的业内名流,更多的是一些寻常不愿意露面的专家学者。

这是许蝉第一次近距离观摩徐树岸的应酬能力以及……交际魅力。

不过半场,她亲眼看着他滴酒未沾就哄得老古板们合不拢嘴,遇到长袖善舞,三言两语就能说得对方认输赔笑,偶尔有上前搭讪的女性,应付起来也轻车熟路。

她头一次切身体会到,自己距离徐树岸的世界的确是很遥远。

但奇怪的是,许蝉并不觉得自卑沮丧,反而觉得这个距离更让她安心自在。

227

场面散去,许蝉不动声色地退到一旁,察觉到手机在振动,她扫了眼工作群里的八卦消息,顺手点到了朋友圈。

她很少会发朋友圈,也很少去看。

但是此时此刻的晚宴就像是一场疏离而典雅的幻梦,将她款款地托上了云端。一片奉承逢迎里,她突然就觉得自己需要做点接地气的事情来找回一点理智。

同组的 A2(四大会计师事务所里,A1、A2、B1、B2、C1、C2 是指不同的级别,以审计部门为例,A 是 Accountant,A2 就是 Accountant 的第二年)连续发了好几个朋友圈,许蝉忍着将她屏蔽的冲动松开了刷新的手。

果不其然,年轻俏皮的小姑娘又添了一条新动态——

我的天!审计人的福利来了!这腰这脸!

许蝉目光定在"审计人的福利"几个字上,心里有点好奇,伸手就点开了缩略图。

图片的地点是在季隆医药的 1 号仓库附近,旋转门的侧面走过来三四个穿着白大褂的男人,镜头对准的方向走在最后的人正好抬头,模糊看得出来身形挺拔的男人气质偏冷,视线专注得好像是鹰隼看到了猎物,直勾得涉世未深的小姑娘心里小鹿乱撞。

许蝉记得那是他们几天前清盘回去的路上,当时同行的同事顺嘴介绍说,那是所里聘请的三甲医院的专家,7 号药库盘点的时候,会全程参与指导各种药剂的取用、清点以及注意事项的科普。

那时候她离得远没太在意,但这会儿……她松开手指,目光落在缩略图中男人的侧影上,突然觉得这人有点像李闵。

李闵怎么可能会在这里呢?他上次说自己可能要离开一段时间,现在应该还忙着参加那个什么保密的训练项目吧。

许蝉的拇指贴在太阳穴上揉了揉,她觉得自己大概是太焦虑了,以至于看到穿白大褂的就心神不宁。

她转过身,将手指间的一盏梨茶送入托盘。男人的皮鞋撞进视野,她抬起头就看到结束应酬匆匆而来的徐树岸。

"华教授是医药研究领域的专家,最近在研究材料的翻译上遇到点麻烦,就多聊了几句。"徐树岸耐心地解释,紧盯着许蝉的表情,却发现她好像并没有额外的情绪。

"应该的。"许蝉抬眼,望着徐树岸的眼底是淡淡的笑意,"你不用总顾着我,这里挺好玩的,我也想自己随处走走。"

徐树岸总是这样,不管发生什么事情,他总会在事态严重之前主动解释,许蝉有时候很佩服他的这种能力,也觉得很难得。

很少有男人能做到他这样,什么事情都拿得起放得下,处理任何问题都能快刀斩乱麻,又恰到好处地让所有人都觉得很舒服。

人与人之间的相处,不就图个舒服吗?

对面的徐树岸表情有些微妙的变化,开玩笑似的笑道:"你就一点儿也不生气?"

为什么要生气?以徐树岸的身份和人脉资源,来到这种场合肯定无法避免应酬,她觉得他已经做得很好了,起码她从头到尾感受到了重视和尊重。

许蝉将旁边的佐料点缀进梨茶,重新端起来轻轻抿了一口。满口的甜腻里,她垂着眸,仿佛随口一提:"你是不是不喜欢我现在的工作?"

徐树岸碰到酒杯的手指一顿,微一摩挲,随即直起身看向许蝉:"怎么这么问?"

许蝉自认为没有徐树岸那么会洞察人心,可刚刚和徐树岸一起的时候,好几位身价不菲的高层不约而同地朝她抛出橄榄枝,她就算再傻,也不至于连他们是徐树岸提前打过招呼的都看不出来。

"你还是不相信我有能力处理好我父亲的事,对不对?"许蝉单刀直入,几乎没有给徐树岸留任何空隙地说,"上次那份投行 Offer,是你托关系帮我拿到的?"

是想诱导我放弃,还是想让我临阵脱逃?

许蝉原本不想拆穿,但如果徐树岸真的想认真和她交往,那有些事情两个人最好提前都讲清楚,她不喜欢被别人当作金丝雀一样豢养,也不喜欢被当作玩偶一样摆弄。

再善意的谎言,脱去伪装都是不信任。她只是觉得,也许徐树岸并没有他想象中那么非她不可。

许蝉看着自己今天的这一身装扮,有点怅然地想,不然,他就不会致力于把自己改造成他想要的模样。

很明显，徐树岸的沉默已经给出了答案。

他并不觉得自己做的有什么不对："你想要的真相我完全可以帮你获得，我也有能力成为你的依靠。那你呢，为什么就不愿为我做出一点点改变呢？"

附近的六棱镜镜面里折射出许蝉的身影，她望着徐树岸的眼睛，看着男人瞳孔里真真假假的自己，语气冷静得有些不合时宜："我不会为任何人改变自己。"

"许蝉。"徐树岸抽出口袋里的手，修长的手指握上许蝉的手臂，就像是一把炙热的枷锁。

许蝉感觉徐树岸身上的酒气有点浓郁，两个人仅仅隔着不到一厘米的距离，她清晰地听到他说："你在利用这件事拒绝我。"

"树岸哥！"

许蝉的余光看到一道橘色身影从徐树岸身后冲了过来，她感觉徐树岸的手指一松，立刻如蒙大赦般地往旁边挪了一点点。

来人很自然地从后面攀上了徐树岸的脖子，旁若无人地捂着徐树岸的眼睛亲亲密密地问："猜猜我是谁？"

徐树岸挣开年轻女孩的遮挡，注意到许蝉转身要走，连忙拉开年轻女孩，追上前解释道："许蝉你别误会，这是我妹妹尧尧。"

被称为"尧尧"的女孩仿佛这才注意到许蝉，她将手背到身后，细长的双腿交叉站着，一双水灵灵的大眼睛上上下下打量着眼前人，突然露出一个甜甜的笑容。

"原来你就是许蝉啊。"徐尧尧随手从旁边接过一杯酒，斜眼瞄了瞄徐树岸的表情，撇着嘴嘟囔，"也不怎么样嘛。"

大概可以预见的场面让许蝉有些微不适，她迎上徐树岸的眼睛，正打算告辞，就看到徐尧尧大步迈向自己的时候脚下突然一个踉跄，和橘色礼服几乎融为一体的酒水全都泼向自己的胸口。

酒水顺着许蝉的锁骨滑入沟壑，银蓝色的抹胸礼服立即洇开一大摊暗沉污渍。

徐树岸眼神微冷。

他伸手护住许蝉，想要带她离开。徐尧尧却不依不饶地追了过来，缠着许蝉道："哎呀，真不好意思！看你这副样子，应该也没带备用的礼服，不然我送你一身吧?"

不知道是不是故意的,徐尧尧把"送"字咬得异常清晰,再加上她语气自带优越感,莫名就给人一种盛气凌人的施舍感。

许蝉感觉肩膀上徐树岸的手指微紧,不等男人说话,身边便响起一道熟悉的女声。

"哟。"谢时雨晃着酒杯,靠在一面镜墙上兴致缺缺地看戏,"徐教授的妹妹可真不少啊,可惜这位好像没什么教养。"

许蝉听到来人的语气,就知道没什么好事。

见徐树岸并不打算追究徐尧尧,许蝉心里居然没有一丝难过。

她捂着胸口,下意识从人群里退出几步,脚下的裙摆又大又重,每一步她都走得艰辛。

她轻轻地叹了口气,忽然感觉压过来一件宽大有型的香槟色西装。她下意识地收紧了领口,只觉西装上还残留着的温度笼罩过来,带着点青柠的味道。

许蝉诧异地看了眼身后走来的李闵,有些尴尬:"谢谢。"

就在她生怕李闵再有过分亲密举动的同时,男人短暂停留后的手指即刻收走,他和她拉开一个非常安全的距离,站在不远处螺旋镜面楼梯的栏杆处将目光投向谢时雨。

他是在等谢时雨?

许蝉心头跳出这么个念头,连她自己都有点意外。

"我当然配不上你们这一大家子。"不远处,谢时雨突然拖长了音调,对着徐尧尧和徐树岸懒洋洋地说,"毕竟,我姓'谢',不姓'徐'。"

许蝉回过神,才发现谢时雨和徐尧尧的争执已经到了白热化的地步。

旁边的徐树岸一改平时的游刃有余,眉头微微皱起,站在原地一言不发,就像是遇到了自己的软肋。

许蝉曾经听徐树岸提起过徐尧尧,他们俩原本没什么血缘关系,只是因为徐母早年丢了女儿心里不安,才在徐树岸上了大学后认了和小女儿小时候长得很像的别人家孩子作为干女儿。

很巧的是,她也姓"徐"。

因此,徐尧尧从小就被两家人一起宠着,上有样样优秀的哥哥,下有和美美的家庭,养出了一副娇惯性子,是个典型的小霸王。

许蝉不清楚谢时雨和李闵为什么会出现在这里，又为什么主动掺和进她和徐树岸的事情，但她知道——此时，作为徐树岸亲妹妹的谢时雨的心情已经差到了极点，她再不做点什么，也许谢时雨真的会做出什么出格的事情。

许蝉下意识地扫了眼李闵的方向，却看到楼梯口的位置空空如也。

算了，原本也没指望他能帮忙。

可一想到李闵就这么丢下这里走了，许蝉心里还是有点难以控制的失落。

"徐先生。"

浑厚可亲的年长学者的声音缓缓而来，一行人齐齐抬头，就看到那位在医药研究方面成绩卓越的华教授竟然走了过来。

等他走近了才发现徐树岸身边的两位女士，他一脸了然地随即止步，脸上的皱纹都跟着颤了一下地笑道："我是不是打扰你了？"

华教授的到来可谓是解救徐树岸于水火之中，在场的人除了本来就离得有些远的许蝉，谢时雨和徐尧尧统统都熄了火，脸上挂起完美无瑕的笑容和华教授打招呼。

"华教授。"

"华伯伯。"

徐尧尧是顾着徐树岸的体面，可就连谢时雨也主动搭话递名片，许蝉就觉得有些奇怪，她可不算是个热爱交际的社交名媛。

M：过来。

手机突然弹出一个消息，许蝉低头看了眼，下意识地拢了下西装的衣襟。

这个场合她的存在的确有些尴尬，她如果大大方方地走过去，那衣服上的污渍和狼狈简直就是在践踏徐树岸的脸面。

许蝉之前做季隆医药的背景调研的时候，看到过这位华教授的资料。

他在华人医药研究领域首屈一指，近年来更是突破不断，获奖无数。她清晰地记得，当初让季隆医药声名鹊起，至今屹立不倒的那一批治疗抑郁症的特效药的临床试验负责人就是这位教授。

后来这批药物的研究历经种种变故，实验室的人员也经历了好几拨变动，这件事在业外鲜有人知。

徐树岸对华教授突然过来有些诧异，聊完几句之后才知道他是被李闵误导过来"救场"的。

他第一反应不是感激,反而有些不安,目光挪到许蝉方才站着的酒梯附近,就看到她的身影顺着走廊走远,一下子就拐进了后花园里。

徐树岸按捺住心里的冲动,表面平静地应和交谈,视线却不住地看向许蝉离开的方向,眼底的黯然近乎凝为实质。

眼下的局面已然令人焦头烂额,一方面是他从小看着长大的徐尧尧,一方面是他这些年苦苦寻找到现在都怨恨他的亲妹妹,两个人势同水火,明枪暗棒。徐树岸心乱如麻,又不能跟华教授解释,以至于被华教授这个老顽童频频笑话。

他甚至完全忽视了——在华教授到来之后,谢时雨的态度微妙地发生了一些变化,他们侃侃而谈的过程中,一些他不甚了解的字眼频频出现,直到最终,谢时雨拿到华教授的名片时眼底一闪而过的得逞神情。

芗城的绿化占比在国内数一数二的高,小小的后花园被设计者巧妙地打造成了一座花园迷宫,迷宫的入口处是晚宴主厅的后门,迷宫的出口处通往的则是离开整栋别墅的停车场。

许蝉一言不发地跟着李闵,两个人一前一后地穿梭在狭窄却意趣横生的迷宫里。小夜灯暧昧的灯光下,她什么都不用想,什么都不必担心恐惧,似乎只需要跟紧他的脚步,等她再次抬起头的时候,就看到了梦寐以求的终点。

"车牌号你知道。"李闵终于说了今晚的第一句话,他将车钥匙放到许蝉的手心,又迅速抽离,"我在外面等你。"

许蝉紧紧捏着原本属于男人此刻却贴着她心口的西装点了点头,电梯门关上的那一刻,她清晰地看到李闵忍不住朝她望了一眼。

她有点紧张地偏开视线,心里想着要是李闵冲进来,她要怎么办?可直到电梯门严丝合缝地闭拢,这样的窘境也没有发生。

回到李闵的车上,许蝉打开后座抽屉,里面果然放着一个精致的盒子。那是一件香槟色的露背晚礼裙,触手冰凉柔软的布料在她的指尖滑落。

衣服并不暴露,是她喜欢的那种类型。

但不知道怎么回事,许蝉越看越觉得这衣服有点眼熟。

现在也不是挑剔的时候,她很快换好了衣服。在推开车门下车的一瞬间,她突然犹豫了一下,目光落在了自己的手包上。

一个念头凭空而起。

233

李闶在许蝉下电梯之后，才搭乘电梯跟到了停车场。停车场的装潢有点重工业风格，极简的工厂化设计让原本沉闷压抑的场景显得不那么令人窒息，地下一层的温度略高一点，他略站了一会儿额角就出了一层薄汗。

他松开衬衣纽扣的同时，不远处的黑色车上就款款下来一道绰约人影。

许蝉迎面而来，香槟色的收腰礼服将她的身形勾勒得恰到好处，不知道哪儿来的光轻轻柔柔地打在她的侧面，整个人就像是废弃工厂里突然冒出来的金色玫瑰。

不过是一恍神的工夫，李闶就看到许蝉踩着高跟鞋走到了自己的面前。

她重新补了妆，向来清澈如泉的眼眸里含着他的影子，耳畔微微垂下的发丝悄悄卷翘起来，要贴不贴地随风轻颤。

蓦然对望，李闶好半晌才堪堪回神。

许蝉看到李闶的一瞬间，乍然想到刚刚的"眼熟"是怎么回事，她身上这套礼服和李闶的西装都是香槟色系，要不是他那件外套还在车上，那此时两个人站在一起，猛地一看就像是……

"项链很好看。"

李闶艰涩地开口，像想了半天，终于找到了一个不那么越界的称赞。

许蝉听到"项链"两个字，心底的涟漪骤然平息。

她冷静下来，余光瞥到从电梯口大步而来的男人身影，平静地看向李闶，然后径直朝着他的身后笑道："嗯。树岸哥送的。"

徐树岸焦急地走到许蝉面前，身后只跟着慢悠悠踱步而来的谢时雨。

谢时雨扫过李闶难看至极的表情，目光落在许蝉和徐树岸十指交缠的手上，目不斜视地扬声笑道："我就说嘛，人又不会丢，你急什么！"

徐树岸刚刚送走了徐尧尧，此时紧盯着许蝉像是生怕她消失一样。

"我来晚了。"男人解释着，急促的呼吸证明着他的紧张和慌乱。

徐树岸的视线不由自主地被许蝉吸引，目光滑落在她锁骨上的项链，眼睛突然一亮，原本的灰暗和烦躁一扫而空，有些惊喜地看向许蝉。

许蝉看着走向李闶的谢时雨，下意识地碰了下身上的礼服，一想到这件礼服可能是李闶为谢时雨准备的，她心里突如其来一种像是有人拿着针一下下地在戳的感觉。

徐树岸试探地握了一下许蝉的手指，她的指尖凉得有些惊人："是不是着凉了？"

他话还没说完，就感觉许蝉突然回握住他，手指微微收紧，她的语气出奇地镇定和气："今晚，谢谢李医生和 Sarai 医生的帮忙。我们先回去吧。"

徐树岸抬眼扫过李闵，不动声色地将许蝉往身边搂了一下："嗯，听你的。"

补风机呼呼地叫嚣着，地下车库明明闷热异常，可看着许蝉和徐树岸离开的背影，李闵却觉得骨头凉到发冷。

整场晚宴，他都看着徐树岸把许蝉护在身边。

他们就像现在这样登对又亲密地站在一起，彼此的眼睛里只有对方，他光明正大地将她带入自己的世界，以朋友之名，爱人之实。

李闵忍不住地妒忌，这原本是独属于他的"特权"。可现在，他却只能像只鬼祟的老鼠，躲在角落里偷偷窥探着别人的月光。

等到他们的身影彻底消失，李闵难忍地呼出一口气，沉默了片刻，冷着脸转身问谢时雨："套得怎么样？"

谢时雨把袖口的录音夹丢给李闵，一副得意表情："我出马，当然不负所托。"她顺手递上华教授的名片，指着上面的联系方式道，"这个也搞到了，你发给他们吧。"

"我真的不懂你，想要就去抢啊！婆婆妈妈的。"谢时雨注意到李闵的表情，忍不住冷嘲热讽地轻哼一声，转念又叹道，"不过，徐树岸要是知道，自己又被你阴到了，说不定会写篇隐晦的论文去抨击你的职业道德。"

谢时雨原本是受邀参与 29 床病人的会诊以及术后治疗的，在得知自己当年使用的那种喷雾药剂的厂商有问题后，旋即走特批申请参与了这次警方的行动。

两个人一前一后来到季隆医药的厂房进行调查，另外又设法利用人脉资源近距离接触药物最初的研发者，尽力帮助警方确认药物作假的问题是否来自源头。

此时，两个人的合作暂时到此结束。

李闵默然片刻，半是奉劝半是关心道："季隆医药水很深，别踩太狠，否则惹火烧身。"

谢时雨反问："你倒是不管不顾，就不怕你死了，留下你的许蝉被人欺负？"

李闵将录音载入云端设备的手指微顿，头也没抬地继续说："她会幸福的。"

"你真的放弃了？"

谢时雨明明是询问，可眼底却是明晃晃的不信。

李闵快速拆解掉录音夹，彻底销毁痕迹之后，将手套和录音夹外壳一起丢进了垃圾桶。

做完这些，他才淡淡地"嗯"了一声。

"喂！"谢时雨站在原地，看着李闵越走越远，突然大声喊道，"你刚刚为什么不解释？"

许蝉在看到她之前，态度本没有那么冷漠，许蝉一定是以为那件礼服是她的备用品，所以才用那副口气感谢她和李闵。

"你为她做尽了打算，却一个字都不说，你以为自己这样很伟大吗？"

谢时雨觉得自己越来越看不懂李闵。他心思比谁都深，可是心机不放在追人上，反而钻牛角尖似的想着怎么为一个人着想而不被她发现。

这不像是她认识的那个冷冰冰的男人，更不像是当年她熟悉的那个十八九岁的李闵。

"她现在讨厌我。"李闵警惕地看向谢时雨，眼底的冷意重新纠缠上来，"我不解释，她只会离我越来越远。谢时雨，这不就是你想看到的吗？"

谢时雨定在原地，在心里突兀地反问自己：我是这么想的吗？我真的希望是这样的结果吗？

李闵的身影远去，谢时雨抱起手臂，抬头看了眼漆黑一片的天花板，喃喃道："我只是希望你能多看我一眼而已，怎么就那么难？都已经错过一次了，为什么就不能将错就错呢？"

满目的黑暗里，她突然想起徐尧尧那张刁蛮跋扈的脸，嘴唇微动，忍不住又重复了一遍："你凭什么不喜欢我？为什么你们都不喜欢我？"

第九章

惊险的罪证

短暂的冬天转瞬即逝,季隆医药的年审进度已经过半。

在反馈会前夕,许蝉皱着眉头检查完所有的审计报告,拉着几个 A1、A2(A 是 Audit Associate 审计助理,A1 是在职第一年,A2 是在职第二年)连夜进行视频会议。

年轻小姑娘也不是第一次被 Q(清 Q(question),即开 Q 人指出底稿中的疑问和漏洞,底稿负责人做出解答,称为清 Q),从底稿到报告,一路过来几乎天天都在 Q 与被 Q 的边缘,但是这次的项目明明很顺利啊,可是看着眼前作为 Senior(资深前辈)的许蝉一脸严肃,还是忍不住屏住呼吸,心跳紊乱。

许蝉看着几张明显"放飞机"的底稿,特意挑了一个问题耐心地问道:"仓库的账目 tie 不上(数据对不上),库存失效的原因未明,客户也没有出具凭证,你是怎么出的报表?"

小姑娘被问得哑口无言,半晌旁边的组员替她补充:"我们要了好几次,财务部门总是推三阻四,后来快到 Deadline(最后期限)了,客户那边给了一份公开的披露数据,我们以为可以用就……"

许蝉说话间给客户那边的财务负责人发了封正式邮件,申请抽调凭证,那边反应很快,都没等到十分钟就爽快答应,只不过要求她亲自去确认。

邮件抄送答复之后,许蝉跟组员同步了信息,顺便核实道:"有问题的是几号仓库?"

"7号。"

在线的两个组员异口同声地回应,其中一个补充道:"这个仓库的看守特别严格,每次进去都得穿防护服,上回我们去清盘只待了半个小时就被催出来了。而且里面的药品都贴了保密文,随行的专家根本没法核对,客户那边也不太配合。"

"提前沟通让客户准备好清单,重新盘点7号仓库。"许蝉顿了一下,友好地提醒了一下,"少说话。"

在前往芗城调取会计凭证之前,许蝉特地去探望了一回马宿雨。

马宿雨上次出院就被于皖周拉去"轮椅旅游",这还是许蝉第一次登门拜访,她躺在阳台上晒太阳,除了瘦了一些,气色看起来还不错。

许蝉到的时候,她还在睡觉,旁边的网课老师还在声情并茂地念着印度语阅读理解,马宿雨一看到许蝉就站在原地挥舞着手臂求抱抱。

"我一个人都要闷死了。"马宿雨窝在沙发里,看着许蝉一脸的心疼,"自从伯母回老家之后,你怎么憔悴了这么多,某人这段时间都在吃屎吗?怎么都没好好照顾你?"

许蝉听到马宿雨还有闲心取笑自己,就知道她现状应该还不错。

说起来也是因祸得福,自从上回马宿雨去了一趟鬼门关,于皖周就像是转了性似的天天围着马宿雨转。这小半年下来,除了两个人的关系还没确定,是个人都觉得他们俩在光明正大地搞暧昧。

"徐树岸元旦前出国出差……"许蝉算着数,估摸着,"应该这几天会回来了。"

马宿雨笑盈盈地端详着许蝉,突然伤感了起来:"徐教授人还蛮好的,稳定踏实又心疼你,上次听说过年时他还陪你回了趟老家。"

自从那次车祸之后,她有时候就有些多愁善感:"人啊,一定要找个真心对自己好的人,不然一天也过不下去。"

这话其实挺正常的,但是从马宿雨嘴里说出来,许蝉就觉得有点古怪。

她一向是无拘无束的性格,但自从那次分手之后,她好像就变了一个人,言语间总是流露出向往稳定生活的意思。

许蝉料定马宿雨是被苏越长给伤到了，但是因为马宿雨始终都没有主动提起当时分手的原因，许蝉怕碰到她的"伤口"，也从来没有主动问过。

"于皖周对你也挺好的。"

许蝉试探着提了一句，扭头就看到一向大大咧咧的马宿雨突然红了眼眶。

她卸了力似的往沙发上一靠，突然就像是一朵恹恹的秋海棠。

"他啊，"马宿雨声音有些哽咽，摇了摇头，"他只是可怜我而已。"

许蝉俯下身抱了抱马宿雨："傻话，你看他像同情心泛滥的人？"她想了想，还是想提醒下好姐妹，"不过，你自己也要想清楚，你不可能逃避一辈子，他也不一定能等你一辈子，别再错过了。"

马宿雨突然抖了一下，大滴大滴的眼泪砸落在许蝉的肩膀上。许蝉动也不敢动，耐心地等着她哭完了，才听到她发泄似的断断续续地说起了当年的事情。

那场毕业聚会，于别人而言只是一场肆意的狂欢，而对十八岁的马宿雨来说，却是她人生中难以抹去的噩梦。

那天，马宿雨本来想借着酒劲向皖周吐露心事，结果在追他的路上，不小心脚下一滑，踩着裙摆滑倒滚下了楼梯。

在医院醒来之后，她便听到医生说，自己因为从高处摔落导致骨盆严重损伤，大概率再无法生育的消息。

这件事，她一个人扛着，谁也没告诉。

记忆里的连番打击接踵而来，马宿雨的脸色苍白下去，她使劲摇了摇头，不住地重复："我以后，再也没办法有自己的孩子了。"

那时候心里的恐惧和自我厌恶汹涌而上，瞬间就包裹住了她的神经。

马宿雨红着眼，眼泪就像是流干了，忽地又想到了什么："蝉宝，你说，为什么我好像永远都在做错事情啊？好像每次我真心想要什么，就会输得一败涂地。你知道吗？出车祸的那一瞬间，我心里竟然只有一个念头——就是希望于皖周永远都不知道我暗恋过他，不然我连死都好像是在道德绑架别人。"

许蝉轻轻地拍着马宿雨的后背，等到她呼吸平稳，才转移话题问："苏越长呢？你打算怎么办？"

马宿雨拭去眼角的湿润，身体微仰，似乎并没有太在意："他不算坏人。只不过，他或许可以包容我的一切缺点，却不能接受我无法生育的事实。"

马宿雨一把抓住许蝉的手，有些紧张地问她，"蝉宝，我这辈子，都不会被爱了是不是？"

许蝉深深地望着她,慢慢回握过去,坚定地回应:"胡说!我们都会一直爱你的。"

沉默片刻,马宿雨松开手看向窗外,整个人好像是一个站在悬崖绳索上的木偶,讷讷地开口:"许蝉,我是不是太自私了?"

明知道自己的身体是残缺的,却依旧贪婪地想要得到一份爱意。

许蝉不知道正确答案,但她想了想,道:"永远不要低估自己的珍贵。"

离开 A 城途中,许蝉突然收到了马宿雨的消息。

驴子不戴花:我好蒙。
后夏:咋的?
驴子不戴花:于皖周跟我表白了。
后夏:哦。
驴子不戴花:你怎么一点也不惊讶?

许蝉仔细想了一下,回复。

后夏:可能是早有预感。
驴子不戴花:唉。
驴子不戴花:蝉宝,你说他是不是可怜我?

许蝉静了片刻,懵懂时候就坚定地守护,不知情时情不自禁地关注,得知她痛苦遭遇后第一反应是心疼……喜欢一个人,就是哪怕你面前横亘非议和阻碍,可你仍旧能看到自己内心真正渴望的执念。

许蝉脸上盈着笑意给马宿雨回复。

后夏:相信自己感受到的。

屏幕对面,马宿雨靠在沙发上,仰头看向头顶空荡荡的天花板,心里闪过很多念头,手指在锁屏上摩挲片刻,文字删删减减,最终回复了一句话。

驴子不戴花：你也是。

芍城，季隆医药大楼。

许蝉从财务部出来之后，就被工作人员带到一间办公室门口，她一面刷开门卡，一边介绍道："我们领导特意提前将凭证原件和清单整理在了这边，到时候您抽凭啊，或者核对库存清单都很方便。哦，对了，右侧2号柜13号保险箱里就是您要的资料。我还有点事，就先回去了。"

狭长的过道里泛着冷调的光，财务工作人员离开不久，许蝉就发现四周的灯暗淡了下去。

她感觉有些不对劲，但也想不到会有什么危险。

办公室的玻璃门打开，许蝉刚迈进门槛就听到身后"嘀嘀"一声，自动门应声关闭。

手机突然发出一声清脆的消息提醒，许蝉抬起手机屏幕，微弱到有些可怜的信号加持下，微信聊天框里跳出来一个小红点。

背靠大树好乘凉：开个定位。

后夏：？

背靠大树好乘凉：迫不及待地想见你。

后夏：回国了？

背靠大树好乘凉：想我没？

后夏：干完活来接你。

随手打完几个字，许蝉莫名放松下来，她如徐树岸所愿地开了个定位。手机落入黑暗的口袋，她伸手打开银色的柜门，就看到了一排银色的保险箱。

她输入临时密码，从里面抱了一沓7号仓库的凭证出来。一张张的原始票据从许蝉眼前闪过，快要见底的时候，许蝉手指猛地顿住，看着眼前的纸张脸色倏地一变。

厚厚的单据下面，躺着一张薄薄却面额巨大的支票。

那一瞬间，许蝉脑子里闪过许许多多的念头，冷静下来后，最后只剩下一个：原来是这样。

许蝉完全不记得自己是怎么离开那栋大楼的，巨大的震撼和慌乱感猛地

241

袭来,她从来都没有觉得自己像现在这么茫然。

在此之前,她只是在心里怀疑季隆医药的账目存在问题,包括刚刚抽查凭证的时候,即使遇到莫名其妙的连号她也只是觉得"尚待商榷""得有更多的证据",可现在对方竟然赤裸地利诱,这让她本能地觉得,这里面有更危险的东西存在。

那个存在,是他们在备受威胁的情况下还能肆意妄为毫无顾忌行事的坚强壁垒,是恐吓她的源头。

审计的独立性,人性的欲与望,生与灭,往往就在弹指一挥间。

许蝉手脚冰凉地离开繁华的商业区,等她意识到自己正在漫无目的地乱闯之后,才发现自己不知不觉已拐到了不知名的居民楼里的穷巷。

芎城的土地资源极为贫乏,密密麻麻的楼只有越盖越高才能容纳更多的人。

到了傍晚,窄而高的楼体就像一根根竹竿刺破苍穹,渺小的人站在缝隙里,抬头往上看会有一种强烈的窒息感。

许蝉走错了好几条路,终于拐到了一条勉强有些人烟的潮湿狭窄的巷子。颠簸不平的青苔小路上不时就会出现细碎的城市垃圾,她走着走着忽然听到身后有脚踢易拉罐的响声,可是回过头人影又一晃而过,像是生怕被她发现一样。

方才的经历浮现在脑海,许蝉下意识就想到了"软的不行来硬的"这句话,她本能地想要寻求帮助,可是手机信号在这个时候反而满格熄灭。

感受到身后的目光,黏腻、不怀好意,许蝉强装镇定沿着有人的地方走,可是这些眼神就像是不小心蹭到白裙子上的污渍,怎么甩都甩不掉。

许蝉不知道走了多久,直到她被压迫得有些喘不上气来,方才扶着一旁的生锈楼梯停下了脚步。

她下意识想抬头看看月亮,可是透过密密麻麻的窗户和阳台,她只看到一指宽的棕色天际像一只危险的瞳孔正目不转睛地盯着她。天上不知道什么时候飘起了雨夹雪,雪花就像是头皮屑似的洒落地面上,和街角的垃圾一起,成为这座城市里的一部分。

这大半年以来,许蝉来往芎城很多次,始终对这座陌生的城市没有好感。

此时,浓重的压迫感直冲头顶,她蓦地就觉得有种身陷地狱的无力感,眼前阴沉灰暗的巷子就像是永远都走不到尽头的迷宫,而现在再也没有人会一言不发却细心周到地带着她,一步步地走向终点。

身后的脚步声细细碎碎而来,伴随着竹竿落地的声响,许蝉听到或深或浅的呼吸声从四面八方靠近。

她下意识拔腿就跑，但是当危险临近时她反而没了力气，扶着楼梯扶手的手掌被阴冷的铁皮粘住，她一使劲，手掌连带着冷风窜入的胸口都跟着一起发疼。

许蝉原以为自己完蛋了，可身后不知道从哪儿冒出来一个人影，那人穿着黑色的冲锋衣，戴着连衣帽，他整个人都包裹得严严实实，隐约看得到他侧脸苍白，五官棱角分明。

她不小心撞到楼宇间的杂物，一大排的五彩旗帜纷纷散落在地，斜搭在两座大楼之间彻底遮挡了她的视线。

视线的那头，隐约有刀刃反射出来的亮光，许蝉抬手遮住视线，隐约听到有人喊了句"多管闲事"。

眼看着黑衣人难以招架，许蝉掏出手机一边寻找信号打电话，一边拼尽全力地往外跑，直到视野开阔，乌泱泱的人群渐渐地出现在她面前，她才感觉自己脱离了异常幽暗的噩梦，重新活了过来。

"人在哪儿啊？"

许蝉带着碰巧在附近巡逻的警察跑回来的时候，就看到满地狼藉的巷道空无一人。

她茫然地站在楼梯口，仿佛这里只是狂风一扫而过的灾难现场，此前的所有打斗都只是她一厢情愿的幻想和不切实际的想象。

"啊——"

有一双大手突然从身后蒙住了她的视线，许蝉几乎是惊呼着将他推开，在回头看到是徐树岸的时候，苍白的脸颊终于浮现出一种名为害怕的情绪。

她下意识地张开手臂，在徐树岸的拥抱中，无声地颤抖起来。在男人紧张又温柔的询问声中，她才红着眼圈急忙道："你怎么在这里？刚刚……"

"别怕。"

徐树岸搂住许蝉柔弱的肩膀，瞥了眼幽深的巷子，似乎是在疑惑："我从那边过来的，这里刚刚发生什么了吗？"

许蝉张了张嘴，不远处的小桥上突然跑下来两个五六岁的小孩子，他们的欢声笑语和周遭行人身上的烟火气，让她突然生出一种刚刚的一切都是自己的臆想和多心的错觉。

没有人在跟踪她,也没有人要伤害她,更没有人凭空救下她。

"就在这个路口,大概五分钟之前,有人持刀斗殴。"许蝉努力和警方陈述自己看到的事实,生怕因为自己而让不相关的人出事。

她环顾四周,注意到楼上的窗户微微敞开,阳台下方的竹竿稀稀拉拉地散落在过道上,栅栏尖锐的棱角上还残存着些微血迹,连忙走近道:"这里还有血迹,您问一下附近的居民,一定还有人注意到的。"

走在最前面的警察警惕地环顾四周,见许蝉惊慌失措的样子,还是尽力安抚说:"这一带地痞无赖多,可能是有人持械私斗,我们正在严令管制。"

他翻开笔记本不知道写了什么,又抬头看了眼旁边的徐树岸,像是在确定两个人的关系:"这大半夜的也不安全,你们先回家,有什么事情我们联系你们,随时保持电话通畅。"

许蝉心里想着在巷子里看到的身影,还是有些不安。但事已至此,她唯一能做的也只有信任警方。

许蝉视线下落,看着空荡荡的胸前,试探着扯了一下徐树岸的袖子。她指了指空荡荡的巷子口道:"我的项链好像落在那边了,我想过去找一找。"

徐树岸温柔地揉了下许蝉的发梢,低头宠溺地笑道:"项链而已,以后再买。我先送你回去。"

许蝉固执地摇了摇头,微不可察地冷下了眼神。

徐树岸知道拗不过许蝉,叹了口气,只好妥协。

"我没有跟你讲过,你怎么知道我在这里的?"许蝉蹲在地上耐心地翻找,在小道上细细搜查,看到徐树岸默默跟在自己身后,突然出声询问。

这边信号几乎为零,电话都联系不到外界。许蝉原以为徐树岸会直接在酒店等她,没想到他竟然跟着定位一路过来,还准确地找到了自己。

徐树岸脸上没有什么表情,也跟着许蝉一边找一边道:"信号中断之后,我怕你出事就直接过来这边,路上问过几个人,才沿着你的路线追了过来。"

"你也是从这条路过来的吗?"许蝉直起身,冻得发红的手指蜷缩在袖子里。

徐树岸感觉许蝉情绪不对,连忙上前哄道:"你生气了?都怪我来得晚了……"

"这条路根本就不是我来时的路。"许蝉也是刚刚才意识到自己走错了路,可是徐树岸却毫无察觉,他从来都不是犯迷糊的人,除非他的心思压根儿不在这里。

许蝉紧盯着徐树岸，头一次觉得眼前的男人有些陌生。

她差点就脱口而出"是不是有人让你过来的，你为什么要撒谎"，可沉默半晌，她只是垂下眸，冷淡地叹了一句："你刚回来，肯定也累了。我们回去吧。"

许蝉离开的身影被路灯拉得瘦长，深褐色的影子延伸到角落，暗色顺着巷道一路穿梭，绵延到了破败楼梯拐角处的男人身上。

李闵仰头看了眼路的尽头，弯下腰将地上的竹竿一根根捡起来。

身后七扭八歪的废旧旗杆已经断了好几根，台阶的缝隙里闪过一道光线，他用手指勾住项链缓缓拉起，就看到月亮吊坠上闪闪发光的钻石，在灯光的映衬下耀眼到几乎要盖住月亮的光芒。

楼上"嘎吱"一声，伸出脑袋看动静又胆小怕事的老太太扶了扶老花镜，在看清角落里还站着一个眼底冷漠的年轻人时，又匆匆重新关上了窗户。

暗蓝色的狭长天空飘着大雪，芎城的隆冬比所有人预计的都早了很多。

经过大半个月的磋磨，季隆医药终于答应开放7号仓库。药库的位置在地下三层，隔着厚重的墙壁，冷库里的温度只有2～10℃，许蝉特意准备了一件羽绒服才在外面穿上防护服，和组员一起进了库存盘点的区域。

由于7号药库的存货大多属于保密配方，部分药物珍贵且危险，有些病毒类的药品还有感染风险，因此所有组员进仓库之前都经过严格的检查和防护措施，最终审计团队这边只有四个人符合进库的条件，而指导专家那边只允许跟过来两个人。

专家团队来的是顾问和助理，每个人也都裹得严严实实，整个指导工作中，许蝉几乎很少听到他们讲话，极其快速高效地对接完所有工作，就站在一边进行检验工作。

看着眼前批发似的一模一样的药瓶，许蝉弯下腰随手抽查了几个，递给旁边的指导专家，询问工作人员："可以打开检查吗？"

"不可以的。"药库的工作人员态度非常坚定，"这些都是特效药，每一滴都非常宝贵，如果只是清点完全可以根据药瓶标签和成分来做鉴别。"

一直都没怎么出声的指导助理似乎没听到工作人员的制止，从许蝉手里接过药瓶，自己又随手拿了一个草草对比，便点头道："没问题。"

他穿着防护服，又戴着口罩，嗓音有些含混不清。

许蝉觉得这声音有些耳熟，正在记忆里思索着，就听到旁边的组员小声嘀咕了一句："清单都对上了……"这怎么可能？

一旦是有所准备的对阵，双方都会有预期，而这次的药品存货盘点就和许蝉的预期一样，简直是非常"顺利"。

如果不是上次看到那张支票，许蝉简直就要相信这个项目之所以落在自己头上不是噩梦，而是一种久违的幸运，真的没有什么比顺顺利利完成一个项目更令她开心的了。

撤离冷库的途中，工作人员突然拍了下大腿，说是突然想起有份文件落在冷库 231 号货架上面的折叠梯上了。

许蝉一听是关键文件，看到工作人员已经换下了防护服，于是就说自己去拿。

原本巡逻频繁的冷库里突然一个人都没有，许蝉越往里走越觉得冷，她抱着手臂数着架子上的序号，终于在工作人员说的地方找到了文件夹。

不过，文件夹是空的，里面也并没有她提到的那份资料。

许蝉隐隐感觉有些不对，这种直觉和当时在凭证办公室外的不安感一模一样。她连忙快步走到门口，就看到一侧站着的男人有些僵硬地朝这边看了过来，含混不清的嗓音在此刻突然异常清晰。

他说："门落锁了。"

男人见许蝉又要往里跑，再次给她致命一击："应急逃生门也坏了。"

许蝉望着男人被遮挡得密不透风的脸，下意识往后一退，不小心就碰到 G 号货架。

货架上的药物应声滚落，男人比她快一步上前，伸手接住了白色的药盒。

隔着厚实的白色手套，许蝉看到他的手似乎微微一颤，紧接着他就当着她的面拆开了写着密封药物禁止私拆的包装。

"你……"

不等许蝉出声制止，男人先道："这药有问题。"

许蝉扭头随手拿了几个，除了刚开始的几个重量一模一样，越到后面每隔十几个就有一个手感不太对，或轻或重，有的夹在中间不好抽查的甚至还是空包装。

她仔细看了眼药品描述和规格，回忆着自己核对的清单数据，表情不由自主地凝重起来。

许蝉也顾不上危不危险，直接伸手撕开货架最下方的一个药物包装，果然就看到一盒喷雾药剂。

这药有些眼熟！

——这不是谢时雨上高中的时候，有段时间经常使用的那种医用喷雾吗？

许蝉记得谢时雨当时还说过，这种喷雾是进口特效药，生产厂地远在国外工厂，国内甚至连正经的经销商都没有，除了她爸爸有渠道可以买到，其他人这辈子恐怕见都不可能见到。

如果只是进口药，怎么可能会像是见不得人似的以半成品的形式存放在冷库里。

她正想着，眼前的光亮刹那间消失，一片漆黑里她清晰地听到自己的心跳仿佛都慢了一拍。

季隆医药的冷库为了防止断电，电路和制冷设备是分开的，此时光明被抽离，剩下冷飕飕的寒气。

在他们进冷库之前，手机等一切能够联网以及和外界通信设备都被工作人员收走了，此时的冷库层层屏障道道加密，许蝉心想，如果自己真的被困在这里几天几夜，恐怕叫破喉咙也不会有人发觉。

随着气体流动声音的加速，许蝉明显感觉到室内温度又下降了许多。

冷库作业本来就需要提前保暖，许蝉自认为已经穿得异常厚实温暖了，可是眼下却感觉冷空气无孔不入地钻入她的皮肤，让她行动都开始变得艰难。

"有人把温度调低了。"许蝉迅速提醒。

许蝉靠在冰冷的货架上，实实在在地感觉到一种寸步难行的绝望。

"外面被动了手脚。"她忍不住抬起头看向不知道什么时候站在那里的男人，清晰的语句直白地透露着她早就猜到了眼前人的身份，"李闵，你还要继续装下去吗？你来这里到底是做什么？"

暗处的李闵有些惊讶，原以为许蝉会一直装作不认识自己。

"来。"

他借着自己手表上的光亮，俯下身伸手邀请许蝉站起身，似乎对这些事情的发生并不意外："你这么蹲着只会越来越冷，得动起来。"

许蝉瞥了眼李闵腕表上的时间，踩着脚站起身。她掠过他的视线，心里有种复杂的情绪在一点一点地积累。

半晌,她还是主动追问:"你参与季隆医药项目到底有什么目的?是不是和这批假药有关?"

她再自恋,也不会觉得李闵搞这么大的动静,会是恋爱脑上头来接近自己。

许蝉念头一动,立刻上前一步,两个人几乎是贴在一起,她有些生气地开口:"今天的事情是不是冲着你来的?"

说完,她突然想到自己是被工作人员故意陷害回来拿东西的,迟疑了一会儿,迎上李闵的眸子恐慌道:"不对,是冲着我来的。"

是因为她发现了财务漏洞,他们怕她顺藤摸瓜找到更多的证据,所以才在收买不成之后制造一次又一次意外。

是她,连累了李闵。

李闵不由分说地伸手将许蝉拉到距离制冷出口远一点的角落,给她裹上了一件不知道什么时候从他身上脱下来的外套。见许蝉有些抗拒,他出声道:"保护好你自己。"

见许蝉不动弹了,他又脱下大手套戴在她的小手上,伸手帮她搓了搓手掌:"想平安离开,你最好乖一点。"

这种哄孩子的语气让许蝉有些恼火,瞬间连冻得有些发僵的四肢都顾不上了:"别用这种语气对我说话,可能别人吃你这套,但我不喜欢。"

李闵疑惑地轻"嗯"了一下,想明白许蝉在意的点,突然笑道:"谁让你看起来这么小。"

除了许蝉,没有人给过他这种"明明看起来很乖却总是不听话"的感觉,和他的那只小兔子一模一样。

李闵突然想起那次在马宿雨家的厨房里,他满心想着许蝉能告诉他一些他潜意识里想要的答案,但他忘了,眼前人也许就是当事人。

那时候她的激动、排斥,现在想来都是在自己刺激下的逆反表现,明明她都表现得那么明显,可他还是不敢把真相往她身上延伸哪怕一点点。

那个时候,他大概是很害怕的吧?他害怕自己当时对许蝉的动心,也恐惧于那种被直觉左右的困顿感。

于皖周曾问过他:"你到底从什么时候喜欢上许蝉的?医闹那次,还是车祸那次?"

李闵想了很久,但不管以哪种角度,首先出现在他脑海的就是那天在酒吧初见,所有人都喝着他调配的鸡尾酒,只有她一个人缩在角落里小口小口地抿着一杯加冰的柠檬水的场景。

他记得很久以前,在 Sunrise 里,有人跟他说过这么一句话:"如果我走丢了,你知道怎么找到我吗?"

当时他脑袋里冒出一个俗套的答案:"你站在高处,我一眼就能看到。"

"那如果我走到高处,可高处有很多人呢?"

他沉默下来,就听到小兔子说:"如果我走丢了,你就去酒吧找我。"

"你不是酒精过敏吗?"少年笑着调侃,"在酒吧找病人啊?"

兔子急了,连忙解释:"如果你在酒吧里看到不喝酒的人,那个人就有 89% 的可能性会是我。"

"那剩下的 11% 呢?"

兔子秒回:"看你的直觉准不准,还有运气好不好了。"

那天,李闵初见许蝉,脑袋里突然就想到了这个情景。

他亲手给所有人都送了祝福,解释了鸡尾酒的来历和特色,只有许蝉,他只说了一句:"希望你有个好心情。"

眼前的黑暗就像是保护色,掩去了两人脸上和眼底的情绪。

李闵无法言说自己为什么参与项目,为什么也会滞留在冷库,这些涉及保密信息的部分,哪怕是面对许蝉他也只能缄口不言。

沉稳的呼吸里,李闵俯下身安抚许蝉:"放心,会有人来接应我们。"

他语气笃定,带着不容置疑的坚决。许蝉下意识就觉得安心起来。

许蝉被自己的念头吓了一跳,突然听到身旁有衣料摩擦"刺啦"的声响,就看到李闵将防护服拉到下巴,帽檐压到最低,整个人都抵在门口像是在静静思考着什么。

"你在这里尽量走动,我去里面看看。"

李闵先一步离开,身后突然传来布料摩擦的声响,浓稠的黑暗里,他定住脚步,身后的人也停下步子。

"我可以和你一起吗?"

许蝉小时候很怕黑,现在长大了早就不怕了,可是看到李闵离开,她不由自主地就抬脚跟了上来。

她从袖子里伸出一个小手电筒,试探着说:"我给你打光。"

李闵背对着许蝉的脸上微微露出一丝笑意,冻得青紫的嘴唇微微勾起:"跟紧。"

249

许蝉立刻挪着步子跟在李闵身后，就像上次走迷宫那样，哪怕视野里到处都可能是遮挡阻碍，只要是李闵走过的地方，就都能完全信任地跟上前。这种莫名的信任，许蝉也觉得莫名其妙，但是除了姥姥真的只给过眼前这个人。

此时，许蝉看着李闵挺直的后背，突然觉得他们仿佛又回到了当年那个时候，他们自黑暗泥泞中而生，却为了各自的光，奋勇向前，不畏艰险。

她的少年晚了十年，可是在最后一个夏日来临之际，他还是赶到了她的身边。

像现在这样。

"下面有个暗门，找一下开关。"

许蝉腿脚发僵，把自己缩在冰冷的防护服里，手电筒都快没电了，还是没能找到线索。

她手臂交错，屏住呼吸，蹲下身想让自己暖和一点，但哪怕是这样轻微的动作，她都做得十分艰难。

时间过得极慢，许蝉再次站起身，在货架夹缝、底层继续摸索，忽然听到李闵那边传来尖锐的货架滑行响声。

李闵看到地板上的开关轨迹，忽然听到身侧一声轻响，扭过头就看到许蝉昏倒在了地上。

周遭的药盒散落在地，他丢下眼前的发现立刻将人轻轻地抱起来，挪到了相对不那么冷的地方。

"许蝉！"

再也顾不得许蝉会不会不高兴，李闵一把将人拢到身边，碰到她手肘的时候，他眉头略微皱了一下，但很快就将注意力放在了许蝉结了些许霜花的睫毛上。

他反复揉搓许蝉的四肢，僵硬的手指活动着她的手指。等到人终于有一点点意识的时候，他忙道："别睡过去。"

许蝉想要开口，但是感觉头昏沉沉，浑身一点力气都没有。

"你在这里等我，我下去看看。"察觉到衣角被拽住，他抬手握了握许蝉的手掌，"我马上回来。"

温度越来越低，许蝉本能地把自己蜷缩起来，看到李闵起身，她下意识道："注意安全。我等你。"

李闵心里触动，但还是快步离开，钻进了暗门入口。

许蝉在上面数着时间，努力让自己的意识清醒，不知道过了多久，终于听到李闵爬上来的动静。

他佝偻着身体，整个人都被覆上了一层冰霜。没等他靠近，许蝉就感觉到周遭又冷了一圈。

"过来。"见李闵坐在距离自己一米远的地方，许蝉哆嗦着说。

不等李闵答话，许蝉突然靠近过来，她隔着并不温暖的布料，有点生疏地抱住了他。

"李闵，我们会活着的，对吧？"许蝉把脸挨着李闵冰冷的衣料，心无旁骛地将两个人的体温捆绑在一起，"有没有暖和点？"

"嗯。"

许蝉安安静静地窝在李闵怀里应声。

"那我就再信你一回。"

过了一会，许蝉开始挣脱他的怀抱："我们会死在这里吗？"

李闵的嘴唇冻得青紫，他将许蝉的腿脚抱在怀里，用衣服把许蝉露在外面的皮肤包裹严实，语气温柔得都不像他："不会的。再坚持一会，很快，我们就可以出去。"

明明是很有把握的事情，可此刻，李闵也开始有些不安。他开始害怕这次计划的安全程度，如果发生万一呢？他不怕死，却无比害怕许蝉受到伤害。

从接到任务的那一刻起，他就做好了最坏的打算，一方面，他确实想要协助警方调查案件的真相；另一方面，他了解到这件事里牵扯到的嫌犯之一，和许蝉父亲当年的案子有牵连。

哪怕从此再不相见，李闵也想为许蝉做点事情。

可现在，许蝉也牵涉了进来。

李闵拥紧许蝉，突然发现自己原本视死如归的心情，也因为怀里残存的温度渐渐变得柔软，消融。他一直以为感情是负累，是让他临阵脱逃，无法破釜沉舟的累赘，但直到此刻，他护着许蝉，才发现心有牵绊，并没有让他畏惧不前，反而让他如披铠甲。

他要活着，活着才有希望，有机会。

"别犯困，我陪你说会儿话。"

李闵抱着许蝉坐在角落，像是在故意找话题刺激："你那么讨厌我，怎么现在一句话都不说？现在只有我们两个人，你骂出来吧，机会难得的。"他笑着，嗓音略微有些哑，"现在不骂，等出去之后就没机会了。"

"我不会骂人。"许蝉猫在李闵怀里，眼神有些迷蒙。

251

她漂亮的眸子微微眯起，像是很累了却又努力坚持着，梦呓似的小声询问："学长，你是不是冻迷糊了？你知道我是谁吗？这一次，你会不会又把我认错了？"

然后抛下我，离开我，忘记我。

李闵一愣，握着许蝉的手再次收紧，像是用光了他所有的力气要将她揉到自己的骨子里。

"还记得我教你叠的那些星星吗？"李闵贴着许蝉的耳垂，像是怕吓到她似的小声说，"你想象着叠星星的步骤，坚持数到一百下，我就实现你一个愿望。"

星星？许蝉反应迟钝地看了一会儿李闵，眸子微微一亮，像是特别惊讶地开口："你……你想起我了？"

听到许蝉腔调里淡淡的委屈，李闵鼻子有些发酸。

是啊，他终于都拼凑起来了，他终于把所有的事情都捋清楚了。

那个常常藏在小区的花园里偷看他的小家伙，那个头像是兔子的网友，那个新年送他剪纸的女孩，那个一看到他扭头就跑的小学妹，那个在雨天为他撑伞的女孩，那个在教学楼上被他拒绝的人……她们通通都是许蝉。

他找了许蝉十年，许蝉躲了他十年。可是这十年里很多存在过的痕迹，无论如何都无法抹去。

她擅长剪纸，因为姥姥家是做纸扎生意的。他曾寄给过她一大罐星星，而那瓶丑星星，恰好就放在许蝉舅舅家的废弃阳台上。

她是唯一一个夸他名字好听的人，也是他所有灰暗过去里唯一的亮色。这些亮色曾经错位，曾经布满灰尘，但现在全都被真相冲刷干净，直白地立在他的眼前。

他万分感激，感激人生给予他悲剧的同时，悄然地送给他一道月光。而此时，他抱着他的月光，小心翼翼。

"你想好愿望了吗？要认真地想，我还欠着你十个呢。"

李闵从身后抱着许蝉，将自己的防护服解开罩在她的身上，有些僵硬的手指一直握着她的手掌缓慢地传递着温度，他慢悠悠地问，就像是可以帮人实现一切幻想的神灵。

"愿望啊……"

许蝉旧得发黄的回忆里，少年蹲在隔壁的破旧阳台上小心翼翼地用塑料管折叠星星。

她用手在玻璃窗上擦去一片霜花，趴在玻璃窗前，直勾勾地问他："哥哥你为什么不开灯？"

他头也没抬，说："只有夜里才能看到星星。"

哪怕是塑料的星星。

"你那个是假的。"小姑娘懵懂又坦率地建议，"隔壁小破楼上可以看到全城的星星，我还对着流星许过愿。哥哥你不要玩这个，下次我带你去看真的星星。"

少年点点头，但很明显是在敷衍人。

"小家伙口气这么大？不过你这么大方，就不怕我抢了你的许愿机会？"他抬起头，手里正鼓捣着一个看起来像是手工雕刻的塑料卡片，他笑着说，"愿望是守恒的，运气也是，你把愿望分给我，怎么听都很吃亏啊。"

"才不是啊。"

小姑娘笑盈盈地背过身坐在阳台上，用只有自己才能听到的声音悄悄说："把星星分给你，就是我的愿望啊。"

记忆就像是一道道水彩，在夏日瓢泼的雨中被冲刷干净，很快又换上了新的布景。

那是一款叫Sunrise的APP，许蝉捧着手机看着。发给自己的叠星星教程，故意发消息笑话他。

如果夏日不聒噪：这种哄小孩子的东西就是你送我的生日礼物啊？小气鬼，抠门死了。

M：授之以鱼，不如授之以渔。这才是赚钱的手艺活，懂不懂？

如果夏日不聒噪：不稀罕。

M：那这样吧？一百颗星星就能实现一个愿望，我每年都给你叠一百颗，等到你活到一百岁，那就是一百个愿望。你想啊，那么多愿望你都实现了，到时候你肯定是全天下最幸福的人了。

如果夏日不聒噪：这个好像还不错。

如果夏日不聒噪：那你真的会每年都送我一百颗星星吗？

M：拉钩。

如果夏日不聒噪：拉钩。

如果夏日不聒噪：做不到，你就是个渣男。

M：你知道什么是渣男吗？

如果夏日不聒噪：答应我的事情做不到，就是。

M：嗯，你说得对。

许蝉还记得自己按照李闵的指令去学校的存放处偷偷摸摸拿星星时的心情，她眨了眨眼，恍惚看到记忆里的人就在眼前，她停止了数星星的行为，本能地想要伸手去抓，却被什么东西死死抱着，她推不开，索性闹了起来："你松开我，我要去找人。"

"找人？"

温柔的男声在耳畔响起，他手臂微微松开了一点点，就感觉许蝉又像是看到了什么令人悲伤的场景，把脑袋埋在他怀里，不再挣扎地说："我去晚了，我再也找不到他了……"

李闵头脑昏沉地背靠在墙壁上，他想摸摸许蝉的头发，可是略有动作便觉得头晕得厉害。他用手肘狠狠地撞了一下拐角的铁管，刺骨的疼痛再次袭来，他强行让自己保持清醒。

隐隐感觉许蝉状态越来越不对，李闵连忙晃了下她，强迫她找回一点理智："刚刚才数到三十二颗，怎么不数了？"

"根本就没有星星。"

许蝉像个孩子一样闹脾气，叛逆地挣开李闵的手臂，开始扯自己的防护服。

很多在极端寒冷环境里冻死的亡者都出现过这种反常脱衣现象，这时候人的体温会迅速降低，很危险。

李闵见状，连忙起身将自己的毛衣脱下来护住许蝉，他仔细回想了一遍，将许蝉抱起重新挪到通风的位置，然后在四周寻找大量可以御寒的包装作为保温空间将许蝉抵挡在里面。

"你在干吗？"

许蝉注意到李闵的动作，迷迷糊糊间伸手拉他，隐约间有什么东西落了下来，从脸颊划到嘴角，似乎有点烫。

她本能地排斥，手胡乱地挥舞，突然感觉手指扯到什么东西。一阵什么东西落地的轻微声音里，她微微歪过头，就看到一条银色的项链从李闵的口袋里滑落在地。

许蝉盯着黑暗里泛着银光的项链愣了好些时候，有些迟钝地仰起头看向李闵，像是在竭力思考："那天在巷子里帮我的人，是你？"

四肢的僵硬感传来，李闵简单处理好伤口，继续抱着许蝉一言不发。

过了一会儿，他像是养好了精神，才低声说："抱歉，是我把这件事想得太简单了。"

他没想到季隆医药会牵扯出这么多事情，不光是财务造假而已，制造假药，他们甚至想要致他们于死地。

李闵下意识摸了下口袋里隐蔽的传讯器，明亮的眼睛里透出一点一点锋芒："不过没关系，很快就结束了。"

许蝉看到李闵像是想起了什么，顶着冷气走到制冷设备那一头，观察了一会儿，跟跟跄跄的身影从东南角落检查到仓库的西南角，终于在一方快要脱落的墙皮下找到了什么东西。

她趴在地上，摸到手边到快要没电的手电筒。微弱的光线里，她看到冷风肆意地钻进李闵单薄的领口，宽大的衣服微微鼓了起来，他整个人就像是飘荡在冬夜里的游魂。

好困啊，怎么越来越困了……

许蝉无力地低下头，忽然感觉身上又重了一层，李闵把自己身上的厚衣服和防护服几乎全都裹在了自己的身上。

不行，这样下去李闵熬不住的。

许蝉握了握手指，缓慢地活动四肢，她挣扎着想要站起身，双腿却因为麻木僵硬而无法支撑导致她再次摔在地上。眼前的药物货架摇晃了两下，眼看就要倒下来的时候，李闵适时跑过来一只手扛住了重量。

货架重新稳定之后，许蝉抱歉地垂下脑袋，像个犯了错的皮孩子。

她这一低头就看到李闵的鞋子上全是冰霜，裤腿不知道什么时候浸上的不知啥的液体被冻成硬邦邦的块状支棱在小腿上。

"没事吧？"李闵蹲下身，伸手想要检查，但是手指伸到半空又缩了缩，唯有还有些温度的眼睛里带着浓郁的笑意，"这么急，是在担心我吗？"

许蝉伸手拉住李闵的袖子，心口就像是被他冰冷尖锐的袖口刺了一下，那种感觉，和当初她在巷子里皮肤被铁皮黏连一模一样。

"你的手？"

微弱的光线里，她脱下手套碰触李闵的手指，他的手背上很多地方已经被冻得青紫红肿。

医生,尤其是外科医生对自己的手指都是非常爱护的吧?

许蝉胡乱想着,不由分说地就将那双毫无温度的大手套套在了李闵的手上,眼角的湿润一点点泛滥,她几乎是带着哭腔央求道:"你别这样……你能不能不要总是自作主张,不逞强,我不想……一点儿也不想你出事。"

"会好的。"李闵若有似无地安抚着她。

室内的制冷器还在运作,温度在下降到一定程度后,似乎逐渐稳定下来。或许,只是她的错觉。

但李闵总算是乖乖听话地穿好了衣服,也重新戴上手套。

李闵顺从地坐在许蝉的旁边,他双腿其实已经没有什么感觉了,像是在踩高跷一样活动着,但看着眼前的小不点脸上落下两道泪痕,还是笑着给她演示了两个动作,甚至还利用旁边的绳索打了一个不那么漂亮的三迭结。

"7号仓库的冷冻系统,温度跌破一定值之后就会自动报警。"

李闵看着已经静止不动有一会儿的腕表,在心里默默数着倒计时。

"再坚持一小会儿,会有人来救我们。"

许蝉已经说不出话了。

不知道过了多久,许蝉终于听到冷库的紧急报警器在温度突破设定值之后骤然响起。

整个季隆医药的厂房里都陷入了尖锐的长鸣中。

与此同时,和报警长鸣一同响起的,还有来势汹汹的警笛和救护车鸣叫。

许蝉趴在李闵的怀里,迷迷糊糊间看到防护门被人推开,比仓库里的黑暗更黑沉的夜色里,无数黑压压的人群拥入。

有的人朝她奔来,有的人朝着仓库后方跑去。下一秒,许蝉感觉自己被人强行远离温暖,从白昼坠落黑暗。

手里空空的,有什么东西溜走了。她想要喊出他的名字,可是无数沉钝压抑的痛感袭来,一个字都念不出来。

沿途中除了身穿白大褂的医护人员,还有持枪驻守两侧的警员,他们脸上一片焦急,像是正严正地等候着什么指令。

许蝉在心里想,如果她也可以发号施令,那她只有一个愿望。

——要活着。

——他要活着。

第十章

/

洗净的尘埃

许蝉做了一个很长的梦,梦里是北极,她是一只白熊。北极真的好冷啊,可是她却觉得身上热得厉害。血腥味窜入鼻腔,硬邦邦的肢体上递来温暖,她就像是被拢入春风的宠物,有人将她反复呵护,又不断威胁。

——"一定要睁开眼睛。"

——"春天很快就到了。"

梦境太长,以至于许蝉清醒的时候都有一种终得饱睡的惬意。床头撑着下巴睡着的马宿雨摇摇欲坠,床尾轻手轻脚正在打水的祝弓弓似乎又长高了一点点,许蝉侧过头,隔着轻薄的帘幔,看到隔壁病床上模糊的人影——他一动不动,像个贪睡的孩子。

马宿雨感觉被子在动,猛地睁开眼就看到枕头上的许蝉正呆呆地望着她笑。

"我的天!"马宿雨骤然站起来,跟受到什么刺激似的跑到楼道里大喊大叫,很快于皖周就提着两份盒饭东倒西歪地被扯了进来,许蝉听到马宿雨哭丧着脸说,"于皖周你快看看,她是不是冻傻了!她冲着我笑。"

于皖周有些无语。

许蝉下意识地摸了下嘴角,仿佛连她自己也有些错愕。

她刚刚笑了?

病房门口突然挤满了人，许蝉隐约看到一个黑色的衣角闪了一下，她下意识就抬头看了眼时间。

"我睡了多久？"许蝉眉头微微皱起，那天的意外……不知道有没有人继续追究。

马宿雨翻了个白眼，很明显是会错了意："出了这么大的事，你命差点都没了，还担心工作丢了不成？"

病房里的人突然多了起来，许蝉乖乖闭嘴，悄悄瞄了眼在隔壁病床查房的医生。

门口的风偷偷潜进来，掀起一角帘幔缝隙里，她隐约看到李闵白纸一样的憔悴侧脸。

"李医生有严重的低温综合征，"正打算换药的护士注意到许蝉的小动作，弯下腰轻声提醒，"再加上伤口感染严重，所以情况比较严重点。不过你放心，肯定会醒的。"

许蝉有种被戳破小心思的尴尬，扭过头看屋顶，特别想解释一下，可是话到嘴边，她忍不住还是问了一句："哪儿来的伤口？"

在冷库里后半截发生的事情她有些记不清了，但是潜意识里，她记得李闵好像一直抱着自己，然后逼着她数数，从头到尾好像没有在哪儿受过伤。

护士正要开口，许蝉就听到身后传来几道略显低沉的脚步声，她扭过头就看到几个陌生男人直接走向自己。

为首的男人亮了下证件，表明自己的身份后，快速说明了来意："我叫于光睿，需要你配合调查，了解一些事情。"

许蝉看了眼马宿雨，旁边的医护人员很快也收好东西离开。等到所有人都退出病房，空荡荡的空间里就只剩下于光睿、她和昏迷中的李闵。

于光睿似乎不是第一次来病房，见人都走了便直起身将隔在病床中央的帘幔一把拉开固定在墙上。

刺耳的"刺啦"声中，许蝉下意识看向李闵的眼睛，见他一点反应都没有，她有些失望。

"季隆医药涉嫌伪造抗抑郁药物，经查实7号仓库下方就是用于药物生产的地下流水线。我们调查发现，近十年来，一直有人通过各种方式和财务总监吕业震长期保持合作。他们不光使用非法手段让假冒伪劣药品进入市场，还进行着长期的有预谋的财务犯罪，意图通过不正当的手段掩盖罪行获取巨额利益。"

于光睿严正地讲完，一双锐利又含蓄的眼睛紧紧地盯住许蝉："作为季隆医药的第三方审计团队的现场负责人，我们想知道，你在审计工作中是否发现了一些指向性的证据，或者说，你是否愿意提供给我们。"

不等许蝉开口，于光睿就把手里的照片递了过去："我们查到吕业震曾雇人多次调查你，并且也曾在芎城动手。"他目光微移，扫过李闵道，"要不是有人发觉，你可能根本见不到7号仓库。"

"在这件事上，我希望你可以和我说实话……你和吕业震的关系，我们调查得一清二楚。另外，吕业震身上还有几桩旧案，其中关于你父亲的案子疑点颇多，我们也在重新调查中。"

于光睿步步紧逼，许蝉感觉快要窒息的时候，突然抓到几个关键词，她微微倾身，挣扎着追问："我父亲的死因和这个案件有关？"

"目前证据尚不充足，"于光睿察觉到许蝉的动摇，继续道，"所以，需要你的配合。你既然能引起吕业震的警觉，一定是无意中搜集到他非常重要的证据。"他声音轻了一点点，像是鼓励又像是催促，"你好好想想。"

许蝉思索片刻，她在负责盘点审查的过程中，的确发现了一些关于吕业震经手业务资金流动异常的情况。在飞往芎城重新盘点7号仓库之前，她就将这些情况汇总整理，并且结合审计过程中自己和组员发现的一些证据一同反馈给了经理。

此时，她在心里将所有已经证实的信息梳理了一遍，一字不差地跟于光睿复述了一遍。

"好的，谢谢许小姐的配合。"于光睿得到了自己想要的答案，起身就打算离开，临转身的一瞬间突然换了一副面孔，笑盈盈地说，"这次还要多谢许小姐帮忙，如果不是你坚持要开7号仓库，我们也没有办法顺利找到突破口。"

许蝉呆呆地坐在病床上，拥着身前的被子，她缓了好一会儿，才意识到刚刚于警官的言外之意。

李闵参与季隆医药的审计指导，竟然是为了协助警方办案。

她忽地想起在冷库里，李闵发现门被关闭之后不慌不忙的态度，原来他是将计就计，目的就是想要落在后面趁机调查7号仓库的地下工厂。

7号仓库，季隆医药，吕业震。

许蝉脑海里蹦出一个念头,答案即将呼之欲出的时候,她却害怕得不敢再继续想下去。

病房门微微一响,许蝉还以为是于光睿去而复返,结果扭头就看到门口站着会计师事务所的一行人。

"Carol,听说你醒了,我们赶紧过来看你。"

"你快躺着,哪里不舒服告诉我们。"

"要不要吃水果?我去给你洗几个。"

经理和组员七嘴八舌的声音落在许蝉的耳畔,大约客套了两三分钟,伴随着高跟鞋的优雅节奏响起,许蝉就看到其他人在经理欲言又止的眼神里纷纷起身告辞。

从他们刚一进门,许蝉就察觉大家的表情都有些奇怪,明明是过来探病,但是几个平日里和她关系还不错的人似乎都有些心不在焉。

等到房间里安静下来,许蝉看着经理原地转了几圈,慢吞吞地坐在床头,突然笑道:"先恭喜你拿到签字权。"

注会成绩前几个月出来了,从程序上来说,许蝉已经通过了审核成为执业会员。

这对一个审计师来说,是很重要的事情,尤其是今年CPA(注册会计师全国统一考试)的通过率又创新低。

经理是个很知性理性的女人,她仿佛并不着急进入主题,闲聊了一会儿,在许蝉放松下来的时候,才出其不意地抛出今天真正的来意:"Carol,你看看这个,有没有要解释的?"

许蝉接过经理递过来的牛皮纸袋,轻轻一抽,就看到里面是几张照片。

图一:徐树岸和吕业震吃饭的照片。

图二:注会考场外面,许蝉抱着花和徐树岸站在一起的照片。

图三:徐树岸和吕业震在"镜"酒会上碰杯的照片。

图四:吕业震和旧厂厂长夫妇在停车场发生争执的照片。

图五……

许蝉看着图片,手指不由自主地颤了一下。

她揉了下眼睛,不敢置信地看着照片里站在一起的吕业震和徐树岸,目光定格在吕业震脸上许久,又落在他正递给徐树岸的那个文件夹上。脑海里乱七八糟地浮现出许许多多的猜想,让她突然有些恶心,有种喘不上气来的窒息感。

徐树岸给她的那份关于旧厂员工的调查资料，用的就是那样的文件夹。

那份资料，原来是从吕业震那里拿来的？

许蝉回忆起徐树岸当时的说法，突然觉得一切都串起来了，徐树岸说的那个他托关系找到的"旧厂股东"原来就是吕业震。

念头一闪而过，许蝉掩去片刻的灰心，思绪瞬间回到了于光睿的那番话上。

许蝉看着照片中的吕业震，想到自己此前无意中查到的吕业震和厂长夫妇的关联，突然有种自己被层层落网密密围住的困顿感。

——"我没有拿那些钱。"

——"厂长和吕主管可以为我做证的。"

——"那笔款项都用于采购药品了啊！进口药啊！"

父亲当年的申诉突然浮现在脑海，许蝉感觉一张天大的网就像是乌云一样笼罩在她的头顶，可是从小到大，她却从来都没有发觉。

经理看到许蝉呆呆地坐着，眼神从震惊到愤怒又转而失笑，以为她是心虚害怕，也有些不安起来。

看着许蝉眼底的悲恸，经理不得已严正通知道："Carol，所里成立了调查组，有人指控，你在季隆医药的项目里有背离职业道德的不当行为。"

许蝉愕然抬头，她的确是和吕业震有"个人恩怨"，但是在审计过程中她从来都没有公报私仇的行为。她发现季隆医药的财务有严重问题时，立刻在第一时间重新展开调查，没有证据之前也没有盲目上报上级，遭遇行贿的时候更是及时拒绝。

这个指控，她全然不知从何辩解。

"有人匿名举报，说你和季隆医药的涉案高层存在不正当的亲密关系。"

听到后面的补充，许蝉更觉荒谬："什么？"

"季隆医药的股东吕业震和你认识吧？这次参与审计，你没有告知任何人你与吕业震的关系，并且还在私下通过第三方和他见面进行交易。"

经理抽出许蝉面前的某张照片，递给她道："这个徐树岸是你男友吧？我们调查取证的时候，发现你存有大量与吕业震相关的文件，将客户资料透露给亲属，这属于违规行为。你还有什么要声辩的？"

许蝉有将纸质文档记录上传到发票夹的习惯，因此当时在查阅材料的时

261

候就顺手储存到了电脑上,但从未涉及将工作资料外泄的行为。

至于徐树岸……许蝉感觉短暂的半日里,无数的重担压了过来,而徐树岸就像是最后的一根稻草。

她无从辩解,也无处可逃。

她不知道徐树岸为什么会和吕业震有交集。

经理的话,她明明可以反驳,可现在莫名的疲惫压得她一点点力气都没有了。

许蝉合上眼的一瞬间,黑暗里突然响起一道虚弱的声音。

"怎么不解释?"

许蝉蓦地睁开眼,旁边的男人微微侧过身,苍白的脸上勉强挂着淡淡的笑意。

他目光直勾勾地盯着自己,像是委屈得很:"那份关于季隆医药的调查文件,是我提供给你的。还有……"

许蝉感觉世界被温柔的光溢满,所有的黑暗都被驱逐,只剩下李闵在那里说:"你什么时候有的男朋友,我怎么没听说过?"

李闵的突然解围,让经理有些意外:"这位先生,请不要妨碍我们的工作。"

"我和许蝉认识十几年,我们所有的社交关系都可以证明她和徐树岸没有交往。"李闵坐起身,苍白的脸上浮出一点点从容,"如有必要,我会配合和接受所有的调查。"

许蝉诧异地看向李闵,她在家门口收到的那份文件,原来是他给的?

她大脑一片空白,只觉得自己弄错了好多事情。

十年前,他错把别人错认成她。

十年后,她也犯了同样的错,承错了人情。

许蝉出院这天,正好惊蛰。

这段时间,事务所发布了停职公告,她除了偶尔配合调查,闲下来的时间比过去四五年加起来还要多。

春雷乍动,惹来的一场骤雨将原本浮躁沉闷的医院洗涤一新,隔着明净的落地窗,楼下小花园里的盎然绿意似乎要爬到人心里。

出院单上的笔触沙沙作响,许蝉听到病房门外传来低沉而急促的脚步声,手上的动作微顿,她急忙扭过头,眼底的期待就那么毫不掩饰地暴露在来人的视线里。

徐树岸一只脚踏进门,入目就清晰地看到许蝉眼底那锐利的欣喜,然而这份喜悦转瞬即逝,突然就冷却成了冷漠。

徐树岸原以为自己一下飞机就赶过来,许蝉不说有多惊喜感动,起码也应该对他展示出些许心疼和理解,毕竟,她向来是很善解人意的。

他扫过许蝉身旁空荡荡的床位,见她填好了出院单就要离开,反手将病房门紧紧合上,继而整个人都挡在门板上缓缓抬头:"你现在连看我一眼都不肯了吗?"

他从国际机场过来的路上就看到了关于季隆医药和冷库发生意外的新闻,虽然警方透露的信息非常有限,但是看着跌破谷底的股价和沸腾起来的媒体,他大概也猜到了三四分,只是他万万没想到,李闵会因为这件事再次和许蝉扯上关系。

此时,徐树岸觉察到许蝉对自己的态度改变,又想到谢时雨发过来的那些消息,他心底的不安情绪瞬间达到了峰值,语气也不由自主地软了下来:"别不说话。我们好好谈谈,好不好?"

许蝉定在原地,仰起头看着徐树岸,眼底平静得就像是一汪死水:"徐教授,请让一让。"

徐树岸的肩膀微微发抖,他死死抵在门板上,紧紧地盯着许蝉的眼睛。

许蝉的力气不算小,可是手指都被勒得充血了,那扇门依旧岿然不动。

"你是不是怪我来晚了?是不是怨我在你最需要的时候没有及时出现?"

徐树岸无法接受这样的冷待,更无法接受这样无缘无故的失败,他一只手抓住许蝉的肩膀,手指微微用力:"我只是来得晚了。"他往前一步,眼圈微微泛红,将许蝉紧紧抱在怀里,禁锢似的收拢了一下,"以后不会了,我发誓……"

"徐教授。"

许蝉任由他抱着,下巴蹭在他的胸口上,淡淡地开口。

女人毫无感情的声音缓缓响起,徐树岸感觉自己的心口像是被什么蜇了一下:"那天在巷子里,是李闵发消息让你来接我的,对不对?"

徐树岸的手臂下意识地松了下,许蝉也没动,垂着眸盯着地面上自己

263

的影子看了一会儿，才从包里掏出一个盒子递到徐树岸的面前，她仰起头冲着徐树岸微微一笑："你看，我找到项链了。"

那条项链没有落在路边的草丛里，没有被流浪汉捡走，而是在另一个人的口袋里。

她隐约还记得项链落在地上的轻响，就像是隐秘的守护倾巢而出，温柔地席卷荒地，在夜色里留下一道道不易察觉的痕迹，浅尝有些甜蜜，回味却又酸楚异常。

项链躺在盒子里，就像是从未离开。

徐树岸拇指划过月亮背面的英文名字，小心翼翼地看向许蝉："可是，你不想要了，对吗？"

许蝉松开手，慢慢往后退了两步。

阳台上的风掠起帘幔，遮住了她半边裙角，她背对着徐树岸，平静得有些令人心惊："我奶奶常说，要开心就不能太贪心。"她转过头，目光掠过徐树岸掌心里的盒子，眼睛轻轻地弯了起来，"我已收过星星了，就不能再要月亮。"

"可是你明明都接受我了不是吗？"徐树岸定定地质问许蝉，情绪有些激动，"难道就因为有人在我不在的时候乘虚而入？你就又要推开我。许蝉，你这样对我很不公平。"

许蝉笑意褪去："那你对我公平吗？"

你明知道我父亲的案子对我意味着什么，你明知道我对"信任"这两个字看得有多重……可你还是选择一次次撕开我的伤口，然后在我疼痛的时候递上肩膀。

爱不是靠利用和算计兑换的廉价品，也不是可以用来等价交易的筹码。

许蝉眼尾泛红，一字一句地问他："你明明知道我有多在意当年的真相，却不惜利用我最想要得到的东西，来换取我的感激。"

许蝉一步步逼近，冷静又默然："你知不知道，吕业震就是间接害我父亲被冤枉的罪魁祸首，是杀害我父亲的凶手？"

"设计我在水晶广场目睹谢时雨和李闵的重逢，隐瞒李闵为救我受伤的真相，假装帮我调查我父亲的案件，其实一直在引导我放弃。上次的投行面试 offer（录取通知书）也是你知道我会动摇，所以才安排的吧？"许蝉看着眼前步步后退的徐树岸，突然笑道，"徐树岸，我不是你的提线木偶，要按照你的心意去活，去存在。"

"我有我的原则，"擦肩而过的瞬间，许蝉放低了声音，"我从不和魔鬼做交易。"

徐树岸立在原地，仿佛一下子就失去了所有底气。

身后的门被许蝉陡然拉开，"嘎吱"声中他感觉自己和许蝉之间仿佛有什么联系突然间也跟着断掉了。

徐树岸猛地醒过神，转身踉跄着跑出了楼道。原本宽敞的过道被途经的病床挡住了去路，他抬起头看向视线的尽头，却再也找不到那个他想找的人。

从第一次算计开始，他就在用一种饮鸩止渴的方式来豢养他的爱意。

徐树岸太了解许蝉了，以至于他比任何人都知道如何取悦她，如何用最有效的方法快速得到她的心。

可是，他到底还是小瞧了她的心志，也低估了她的原则——企图用最廉价的手段困住一个人，是他在这场博弈中唯一的败笔，也是致命伤。

四月初，季隆医药的案件终于落下帷幕。

谁也没想到当年一个濒临倒闭的药厂竟然会牵连出一条假药制造产业链，从厂里的出纳被栽赃蒙冤而亡，再到因伪造抑郁症药物流通市场造成的一系列惨剧，全都是因为"利益"二字。

李闵发来大段消息的时候，许蝉胸口就像是卡着一块烙铁，明明疼得要命，可是嘴里却一个字都蹦不出来，她努力保持镇定，艰难开口："警方为什么会突然调查当年的事情？"

"当年，罗承会所曾经发生过好几起性侵案件，"李闵掠过一些尖锐的词，直接讲了结果，"警方在调取监控和自愿做证的证人口中得知，很多药物都是在罗承会所私下交易，他们交易的药物也是经由地下工厂私自研发，流通渠道和季隆医药查封的那批相同，药品的配方也在7号仓库的地下工厂里被搜查找到。"

吕业震，药厂，证据。

所有的关键词组合在一起，许蝉忍不住战栗起来。

"那我父亲的死……"许蝉嘴唇颤抖，突然不敢问下去。

"警方重新调查了当年的案子，通过证据比对和法医检测，发现你父亲临终前曾被注射过药物，药物本身没有问题，但因为你父亲有严重的哮喘病史,药物导致呼吸道收缩,所以才导致的死亡。"李闵语气微顿,缓声说道,"可惜,当年的检验设备粗糙,针孔又藏得隐蔽,才没有被发现。"

许蝉静静地坐着,突然有种被命运裹挟的无力感。

"许蝉,你很厉害。"李闵突然道,"你做了一件正确的事情,救了很多人。"

新闻报道还在继续,接连被通报的相关案件陆陆续续在网络热议中载入大众的记忆,因季隆医药牵扯出的所有涉案人员都得到了应有的惩罚。

许蝉盯着屏幕上的判刑人员名单,只觉得李闵的安抚隐秘地包裹住了她假装冷硬的心肠,迟到的难过和委屈终于涌上心头,她头一次想要痛痛快快大哭一场。

她一生都在追求认可,小时候渴求母亲的信任,少年时希望得到喜欢之人的拥抱,长大后哪怕遇到再多的诱惑也始终不敢忘了初心。

这一切,从来都没有报酬。

可她在此刻,突然觉得自己一路走来,哪怕什么都失去了,也是值得的。遵从内心,抱得一隅,她坚守在自己的一方天地,总有同路之人愿意踏足。

小区里的樱花全都开了,许蝉坐在阳台上,看着手机屏幕上长达十页的具体通报,大量的关键词钻入眼底,突然感觉自己长达二十几年的孤独奔跑,终于迎来了终点线。

白纸黑字虽冷,人心却因此得到了安定。

她正想着,突然就听到物业打电话说她家楼顶的小天台上漏水,隔壁业主要与她见面讨个说法。

楼顶的小阳台原本是601和602共用的,但是后来李闵把601给卖出去了,许蝉自然而然觉得楼上是公共空间,因此她就再也没有上去过。

此时,听到自己家的小天台漏水影响到了其他住户,许蝉第一反应是不可能,第二反应就是想和对面业主解释清楚。

她急忙跑到楼顶,结果凶神恶煞的住户没有看到,只看到李闵敞着腿坐在许久没有打理的青皮小沙发上。

温暖的阳光透过干瘪的藤条架漏在李闵的脸上、睫毛上,他安安静静地坐在那里,整个人白得比金色的碎光还要耀眼。

"过来点。"李闵招招手,像是在招呼谁家小猫。

许蝉眨眨眼,这才反应过来:"你就是业主?你不是把房子卖了吗?"

李闵笑着看许蝉,像是被她的话给逗笑了:"嗯,是卖了,不过不是这套。"他拍了拍旁边的位置,示意许蝉坐下,"我只是重新装修了一下,租给祝弓弓一家住。等他长大了,我还得把房租连本带利收回来,要不白占着我的地儿这么久,也不像话。"

男人半真半假地说着,语调里是说不出的轻松畅然。

许蝉感觉李闵突然有些陌生,却又莫名地有些熟悉。她别过视线,把自己的心神定在遥远的樱花树上。

"那你要搬过来住吗?"

许蝉指了指602的位置,看着李闵的目光有些若有似无地闪躲。

过了好一会儿,李闵见许蝉终于舍得把视线挪回来,才快速道:"许蝉,我今天过来是特地找你的。"

许蝉微微挺直了腰背,有些紧张。

"这是新的房租合同。"李闵放下已经签过字的文件,也扭头看向不远处的樱花小树林,"我报名了银鸰计划,下周要和其他志愿者医生一起飞到丹达葛尔参与援助,估计至少也得一两年才会回来。这段时间,你不要……"

他顿了一下,像是吞下了什么话,转念指了指合同上的数字,道:"……担心房租的事情,直接打到这张卡里就行。"

"丹达葛尔?"许蝉满心只剩下这四个字。

如果她没有记错,这个地区最近经常在新闻中出现。前几年国际卫生组织就有针对性地组织各个国家的医疗志愿者进行救援行动,在国内简称银鸰计划,那边地处偏远,自然灾害频繁,而且本地病非常顽固,新生儿死亡率居高不下。

有人说那里满目疮痍,遍地硝烟,更是瘟疫横行的沼泽。

"为什么要去?"

许蝉怔怔地望着李闵,可是他眼底并没有她以为的颓丧和消沉。

以前,李闵觉得自己的出生是刽子手厚茧下的闸刀,是他害死了父亲的爱人,以及别人眼中那个善良温柔的他的生母。

因此,他曾认为只有死在手术台上,才算是完完整整地赎完了罪,才能有资格去见一面那位未有记忆的母亲。

可后来,有人骂他推卸责任、作茧自缚,还指责他这副做派只不过是用亡人来遮掩自己的懦弱胆怯，本质上就是把自己人生失败的责任推卸到别人身上。

——"你知道我最讨厌你哪一点吗？"

——"你永远都在为别人而活，不管是死人还是活人，欠了你的、你欠了的，你觉得自己的人生全都被他们毁了。可是，你有什么权利把自己的失败都甩给他们？你是自由的啊。"

是啊，人生来自由。他的每一步都是他自己走出来的，跟任何人任何事都没有直接关系。他可以选择地狱，也可以选择天堂，全凭他心罢了。

许蝉见李闵沉默，便直勾勾地盯着他，仿佛在坚持等待着答案。

在许蝉没有看到的角落，男人的手臂微微有些发颤，身体因为手臂难以支撑而轻晃了一下。

过了一会儿，李闵双手撑在身侧，自然而然地往后一靠，眼底噙满了温柔的底色，像是随口那么一说："没有为什么，就是想离开这里，去外面看看。"

多年前，有人带他走出过牢笼。

现在，他也想成为一盏灯，为途经他生命的每个人带来光亮。

在末路穷途，生死绝境，他不光想要守护好他爱的人，也希望那些和自己一样，曾在绝望与泥泞里挣扎的人，得到光与转机。

离开天台，许蝉在房间里坐了很久，直到外面的杨柳被狂风卷得乱摆，天际迅速乌黑下来。

她刚站起身，余光突然看到楼下的车辆间掠过一道熟悉的身影。

狂风里的身影略有些摇晃，他走得异常缓慢，每隔几米就要停下来歇一歇。小区有直达电梯，从电梯口到单元门口不过短暂几步，可他的白色衬衫却隐隐透出汗印，紧绷的肌肉在衣料下起伏，每一步都像是踩在玻璃上。

许蝉屏住呼吸，目光落在他的腿上。

下一秒，她就看到李闵重心不稳地跌了下去，他半蹲在地面，手指重重地擦过旁边的墙体，勉力支撑才再次站了起来。

直到李闵离开视野，许蝉这才想到，从那会儿见到李闵到她离开，他一直一动不动地坐在那里。

是上次在冷库里伤到了吗？他根本不是提前出院，而是因为腿伤？许蝉胡思乱想着，下意识就拨通了于皖周的电话。

"我问你……"

许蝉的话还没问出口，就听到对面于皖周兴奋地说："许蝉你今天有空过来吗？我给马宿雨准备了一个惊喜，不知道她会不会喜欢！你知道她这个人嘴巴又硬又严实得不行，我套了半个月都没套出一句话，可愁死我了。"

听着对面于皖周满心欢喜的话语，许蝉犹豫片刻，还是把已经到嘴边的话咽了回去。

她无力地靠在沙发上，想了想，轻声提醒："其实学姐一点儿也不喜欢热闹。"

马宿雨之所以把自己包装成那个样子，原本以为那是于皖周喜欢的样子，久而久之，连她自己也习惯了再也改不过来。

"你说于皖周为什么突然对我这么好，他是怜悯我吗？"

马宿雨不止一次这么问，许蝉觉得，与其说是疑惑，不如说她自己也想得到一个确定的答案。

那段时间，于皖周也变了很多。

她想，每个人都有自己的路要走，只有走过错的，才知道什么是对的。

人在危急的时候，恐怕才能最能明白自己的心。

到底是爱还是怜悯，他心里应该已经有答案了，至于有些事情是否还能弥补，就看他到底有多诚心。

聊到最后，许蝉终究是什么都没有提，而关于李闵的事情，她也一个字都没问。

这一夜，许蝉鲜有地又梦到了很久以前的高中时光。

其实从李闵和谢时雨的流言传起，直至李闵毕业，不过半年时间。可是那半年，许蝉却觉得自己就像是被时间压缩着痛苦了一辈子。

在这场梦里，没有那段痛苦，许蝉看到自己没有去拿药，绪灵芝也没有突然闹到班主任办公室，她就站在约好的地点，等到了李闵朝着自己而来。

只是他失去了双腿，坐在轮椅上，然后笑着说："对不起，我可能再也做不了外科医生了。"

许蝉蓦地睁开眼，梦里声嘶力竭的痛哭让她觉得嗓子有些发干。她坐起身，却看到阳光已经透过窗帘映了进来。

金色的暖光，就像是给她往后的生活都镀上了一层光辉。

那，李闵呢？

许蝉侧过身拿起手机，点开自己和李闵的聊天框，两人最后一次聊天，是在芗城的晚宴上。

M：过来。

昨天，他也说："过来。"

那天在季隆的冷库，许蝉隐约记得，最后他们都意识不清地说了很多话，她好像还说了"要是能活着出去就再给他一次机会""如果你没认错人可能早就是我男朋友了"之类的胡话，但这些都随着时间越来越模糊，只有李闵把自己垫在阴凉的地板上将她裹在怀里的温度她怎么都忘不掉。

她说不上那是一种什么样的感觉，像是感激，又像是感动，可是拎起来却又觉得轻飘飘的不足以形容。

可后来，他们都脱离了危险，李闵却一句话没留地离开了。就像那天的事情只是一场噩梦，而他只是其中的一道虚影。

就这么算了吗？她真的放下了吗？

许蝉脑子里在不断地循环着这个疑问，她才不得不正视自己内心的杂念。

不行，许蝉想，得冷静一下。

难得有空，许蝉回了趟老家。

绪灵芝正在跳广场舞，突然听到许蝉已经到家门口了，急得啥也不顾了就往回跑。

许蝉靠在行李箱上，猛地看到一口气爬上楼梯的绪灵芝，她看上去气色很好，整个人比大半年前像是年轻了十岁。

她有些诧异地让开位置，只听绪灵芝一边打开门，一边念叨："怎么都不提前说一声？你房间里的被褥都没换，房间也没有重新打扫！早知道你回来，我就让你周叔帮忙把那张床换个新的，听说现在都流行硬板床，对腰好。"

绪灵芝打开客厅的壁灯，把许蝉的行李一把提到沙发旁边，然后赶紧换衣服洗手，看架势就要在厨房大干一场，许蝉连忙阻止："我吃过了。"

她笑眯眯地看着绪灵芝，看着绪灵芝都有点不自在了，才轻咳一声问："妈，你刚刚说的周叔，是谁啊？"

绪灵芝眼神闪躲了一下，似乎没有意识到自己说漏了嘴："我哪有说什么周叔、李叔，你先坐着，我去给你洗点水果。"

忙忙碌碌了一下午，在许蝉的再三要求下，绪灵芝才老老实实地坐下来，这一坐，话题又回到了周叔身上。

"我想起来了，你说的是不是前几年帮你修留声机的那个周叔啊？在玖鼎商场门口开电器维修铺的那个？"许蝉见绪灵芝还是闭口不言，于是又猜，"不是这个啊，那就是你上次电话里说的教你直播做菜的那个？啊，我知道了，难道是舅舅家楼下那个看门的周大爷？"

绪灵芝见许蝉刨根究底没完没了，干脆也不隐瞒了："不是周大爷。"

"哦。"验证完毕，修理留声机的和教直播做菜的是同一个周叔，许蝉淡淡地应了，慢慢地抱起杯子喝了口热水，"多久了？"

绪灵芝这才急了，有些心虚地道："没影儿的事，你别多心。"

许蝉严肃地看向绪灵芝："我又没不同意。"

她并不介意老人家重组家庭，但是绪灵芝和人家都相处这么久了，竟然一个字都没有给她透露。

许蝉有些自责，但更多的是担心："周叔家都有什么人？"

"就一个儿子。"绪灵芝像是很不好意思，又有点自得，"那孩子在铁路上工作，很勤恳老实，知道我之后，就经常来家里帮忙，上次家里装修也是他帮忙里里外外地打点。"

绪灵芝一边说，一边看许蝉的脸色："其实也没多久，我们认得三四年了，这段时间才……"

"我们没打算结婚，"绪灵芝急忙解释，"就是两个人……"

许蝉一直都没有说话，听到这里才拧着眉头道："不结婚怎么行？没名没分的，你们这算什么？"她话音一转，"改天一起吃个饭吧。"

绪灵芝先前没反应过来，等体会到许蝉的意思，忽地笑容满面："行行行，我这就给他打电话，让他立刻过来。"

"改天吧。"

许蝉感觉绪灵芝就像是个热恋中的孩子，叹了口气，徐徐道："总得双方都有个心理准备，这又不是小事。"

绪灵芝这才平复下来，坐在一旁局促不安地点头。

她坐了一会儿，突然拍手道："对了，你快过来看看。"

271

绪灵芝拉起许蝉走到她卧室门口："前段时间有人给你寄了很多箱快递，我知道你不喜欢别人碰你的东西，就让人直接都放在你房间了。"她就像是想到了什么棘手的事情，手舞足蹈地比画了半天，"也不知道是什么物件，又大又多，我怕给你弄坏了，也没敢挪动。"

许蝉闻言也很好奇，她没什么朋友，寄件的地址也都是在 A 城那边，怎么会有人给她寄礼物。

推开门的一瞬间，许蝉愣了一秒。

满屋子的纸箱，几乎把过道都占满了，大大小小摆了一地。

她卧室本来就装修得很精简，这么一弄给人一种扑面而来的仓库既视感。

"什么呀？"许蝉随手拿起一个小包装，上面只写了自己的地址，寄件人是 Late。

绪灵芝越过大大小小的包装，随手将许蝉卧室的窗帘拉开。

阳光透了进来，正好打在许蝉拆开的包装上，玻璃瓶里色彩不一的折叠星星闪耀出淡淡的荧光，打在她的手背上就像是把天上的彩虹摘了下来。

许蝉呆呆地看着装满了星星的玻璃瓶，突然松开手又拆了一个包裹，刚开始还只是一瓶两瓶，等到最大的那个箱子摊开在地，她看到里面裹着一眼看不出数目的小箱子，每一箱里都是同样的玻璃瓶，每个玻璃瓶里都是一百颗小星星。

而这些瓶子，有的光洁崭新，有的已经被时光磨损得有些失去光泽。

这不是一次性攒起来的，是有人年复一年地在折，却不知道为什么没有送出去。

许蝉坐在玻璃瓶堆里，余光看到箱子底部还放着一封信，信里工工整整地写着几段话。

启信安：

　　许蝉同学，你好。

　　很抱歉，迟到十年才来赴我们的约。

　　我是高三（17）班的李闰。

　　很抱歉，

　　十九岁的我没能走到你面前。

二十九岁的我没活成你理想中的样子。
许诺给你的，我全都失信了。
你也因我失去很多珍贵的东西。

你说得很对，我是个懦弱的人。
我恐惧失去，害怕冒险，总是过着以别人为借口的颓唐人生。
从我打心底里觉得无法将星星送出去开始，我就已经在逃避现实。
此后的种种，不过是我为了粉饰太平而自欺欺人，哪怕真相终于被人捅破，我仍旧不敢面对。

再次，很抱歉。
十年前的我，食言了。
十年后，我只希望：
有无限繁星因你而璀璨。

每年一百颗星星，太少。
送你一辈子的吧。

许蝉，你要永远幸福。
Late.

　　Late，迟到。
　　果然，他们永远在错误的时间相遇。十年前如此，十年后的现在，如出一辙。
　　许蝉坐在地毯上，抱着手臂将头埋下，一动不动，连绪灵芝离开也没有注意到。
　　夕阳落入大地，夜幕再次爬了上去，她从手臂里抬起头，便撞到了满地在夜色里依旧发着光的玻璃瓶。
　　无端的酸楚掺着甜蜜汹涌而来，许蝉突然感觉自己脸颊有些发痒。她抬起手一抹，指腹沾上了冰凉，可心里却像是燃起了火光。
　　——走都走了，为什么还要回头？

许蝉从地上爬起来，挪到自己锁住已久的一个柜子前，她伸手拉开柜门，露出了里面摆放得整整齐齐的九瓶星星。

十七岁时叠的星星被她落在了舅舅家，从十八岁开始，她每年都会给自己叠一瓶，直到二十七岁与李闵重逢那年。

那个人曾说，每年都会实现她的一个愿望。后来，他失约了，她便自己开始许愿——希望他能记起和自己的约定，每年给自己叠一百颗星星。

许蝉原以为这一切都是她欲罢不能的痴心妄想。

可是此刻，她突然发现：

不是啊。

原来，她的愿望早就实现了。

只是，迟到了十年。

第二天，许蝉从舅舅家拿回了那瓶被当成废弃物的星星。

路过隔壁的时候，许蝉忍不住问了一句，舅妈才压低了声音，小心提醒说："老李前段时间昏倒了一次，进了趟医院回来就不爱出门了，见了人也低着头不搭理，整个人都阴恻恻的。"见许蝉出神，她连忙催促，"快回去吧，别让你妈等急了。"

许蝉看了一眼对面积攒着厚厚灰尘的大门，匆匆应了舅妈一句就转身下了楼梯。

绪灵芝刚准备好午饭，正在端盘就看到许蝉回来，她连忙喊道："做了你最喜欢的野生牛肝菌汽锅鸡，还有香茅草烤鱼，快来尝尝。"

绪灵芝现在厨艺进步飞快，每天抽空在网上直播一小时，赚的钱先不说，整个人都能开心一大截。

许蝉坐在餐桌前，尝了口炖得酥烂的鸡肉，她思前想后，忽地放下了筷子。

"不合你胃口吗？"

绪灵芝放下最后一道菜，手掌在围裙上抹了一把，拿起筷子自顾自地吃了一口，思考着教学视频里的步骤，觉得味道应该没有出错。

她正在疑惑，突然就看到许蝉抬起头，欲言又止。

许蝉起身回房，从抽屉里拿出了昨天的快递单，单子平整地放在餐桌一角，上面预约的送货日期正好是她生日那天。

"他怎么会知道的？"像是怕绪灵芝听不懂，许蝉补充道，"快递是李闵寄的,可是我从来都没有跟他说过我们家的具体地址,他是怎么知道的?"

绪灵芝低着头不说话,许蝉见她离开座椅,一副找个借口就要走的样子,连忙站起身道:"妈!你是不是还有事瞒着我?"

"没有。"绪灵芝委委屈屈地摇头,她为难极了,转身走了几步,却又叹着气坐了回来,好半天才慢慢开口,"妈不是有意瞒着你,只是李医生千叮咛万嘱咐不让我告诉你。"

听完绪灵芝的叙述,许蝉才知道原来李闵在去年年底她接手季隆那个项目之后不久,就回过老家一趟。

当时一起过来的还有A城和当地的警方,他们主要问询了绪灵芝当年旧厂倒闭的情况,以及当时的工作内容方面的事情。

也是那个时候,绪灵芝才知道自己的丈夫有可能真的不是贪污犯,他只是懦弱无能,为了家人的安宁选择了一个谁也不愿看到的极端结局而已。

绪灵芝是个性格软弱的女人,许蝉从来都知道她的不经事,她的恐惧与惊惶。后来很多年,她也曾怨恨母亲不相信自己的话,可等她渐渐长大,才慢慢理解这样柔弱的女人在那么多证据面前,会有多么无力和不安。

她的恐惧完全遮盖了所有的理智,所以她本能地接受了兜头而来的指责和罪名。她怨恨丈夫,悔憎自己的选择,甚至把所有的痛苦施加在自己身上,一边折磨自己,一边折磨别人,直到把自己弄到崩溃。

"蝉蝉,"绪灵芝泣不成声,从她看到警方通报的那一刻开始,她就在酝酿这场道歉,"是妈妈错了,没有相信你的话。"

许蝉默不作声地走到门口,拿着快递单的手微微发抖。这些话明明她等了好多年,就像是那个真相一样,可是她却一点也高兴不起来。

她现在才知道,原来那天在病房里,李闵当着经理的面并没有撒谎,他不是为自己遮掩,那份资料的确是他费尽心思整理好给自己的。

而他做的,还不止这些。

他也只是一个普通人而已,许蝉不敢想象李闵做到这些付出了多大的努力,但是他的每一步都走得非常准确,步步为营,让她无法拒绝,也无法不触动。

可是,他为什么要瞒着她呢?为什么只瞒着她?他是想让她愧疚,让她感激却无法报答,然后不得不把他放在心里,永远忘不掉吗?

许蝉红着眼圈,恨恨地想,李闵,你好恶毒啊。

可心里的小人却又尖啸着嘲笑她，你明明很开心不是吗？她明明想努力忘记他，可是关于他的一切却都历历在目，一秒都没有忘记。

"给你透露一个小秘密。"有次于皖周突然半夜找许蝉，像是刚刚想到了久远的趣事。

"你可能不知道，Sunrise 是我爸爸朋友的公司开发的。大二的时候，李闵也不知道从哪儿打听来的，一直缠着我让我帮忙调取用户信息。得知这种做法是违法的，他才放弃纠缠。可是他这个人轴啊，靠着那个账号上尚存的零星信息，一找就是好几年。"于皖周忍笑的声音从话筒里传了过来，许蝉听到他说，"我现在才知道，原来他找的一直都是你。"

许蝉站在窗前，清澈湛蓝的天空下是刚刚被清洗过的马路，红绿灯闪烁，所有人都按照秩序走走停停。

拥挤的人潮里，许蝉却感到了前所未有的安定。

她想起很久之前，自己对李闵说过很多次的那句话——"学长，我们都要往前走。"

既然李闵选择了不想让她知道，那她就如他如愿。他们都带着一切继续往前，最好，谁也不回头。

年复一年的春晚，是人们心中对过年的一种仪式感。除夕夜，许蝉陪着绪灵芝坐在电视前，期待着晚会开场。

她随手按着遥控器，无意中点到了新闻频道，报道中几句话带过了关于银鸽计划志愿者行动的最新进展，她凝固在原地，脑海里反复回想着刚刚那一幕画面。

许蝉在手机上打出丹达葛尔，搜索之后屏幕上出现的都是非相关图片。

她打开电脑检索，终于看到一则相关论文期刊，明明只是毫无情感的客观描写，可是她却不由自主地紧张忧虑起来：他在那里，好不好？

整个年假，许蝉都过得有些心不在焉。回到工作岗位不久，许蝉手里又拿到两个 IPO 项目，其中一个上市公司的海外业务比重很大，而且难度也在这块，需要经理到海外出差对接完成。

五月份，许蝉安排好行程就直接飞到了海外对接，车辆兜兜转转，突然就驶离了原定的路线。

"厂区那边路况非常差，所以我们得绕道先去丹达葛尔东部，然后再过去。"同行的工作人员似乎有些焦虑,但是并没有对许蝉多说什么。

只是许蝉一路发现,越是靠近丹达葛尔,司机的车速就越快,沿途遇到很多不太友善的眼神,似乎都预示着这里发生过什么。

"前段时间发生过一次海啸,东部灾区爆发了很严重的本地病,救援队的人源源不断地过去,结果疾病还是在扩散。"开车的是当地司机,看到乘客忧心忡忡,忍不住解释了两句,"我们这边本来就资源匮乏,遭了灾补给又跟不上,大家看到外来的车辆就以为是送东西的。"

许蝉坐在最后,目光落在沿途的泥泞弯道,心里突然有些紧张。

丹达葛尔,那个人也在那里。

她不清楚志愿者队伍具体的分配和规划,也不确定眼前的司机是否值得信任,因此对银鸽计划的事情一个字都没有提。但是旁边的同事似乎经常走这边的路,和司机也十分熟稔,追问道:"哪来的救援队?又是上次那拨?"

"我哪清楚。"司机干笑,"每次发了病,我们避着还来不得,哪会上赶着去看热闹?除了那些不怕死的年轻人,要么就是走投无路的家属。"他说着叹了口气,接着抬头看了眼天色,突然低声说,"又要下雨了。虫季也快来了。"

一路绕过密林穿过沼泽遍地的危险区,许蝉几人很快就和工厂那边取得了联系,处理完所有事情,她就跟着团队一同上了一辆大货车。

这边路况不好,很少有车辆过来,即使有车也只有本地的司机敢开。

车辆行驶到丹达葛尔东部,突然就下起了中雨,灰蒙蒙的天色让所有人脸上都暗淡无光。

车辆摇摇晃晃地驶上公路,黏腻湿滑的泥地有些松,许蝉感觉整个车身都颤颤巍巍的。

快要拐过一个路口的时候,夹道两侧突然拥上来很多大孩子,他们猛地扒着车窗,挡住了司机的视野,紧接着车后就传来砸东西的巨响,以及后车厢被打开后拖拖拉拉的动静。

这次的司机是个生面孔,许蝉回头看向同伴,发现他们脸色俱是一变,连忙嘱咐她丢下东西下车。

雨水浇在头顶,许蝉亲眼见证那些年轻干瘦的孩子把车上的吃食洗劫一空,其中有个高个子,盯着他们一行人看了好一会儿,用本地话叽里咕噜地说了什么,旁边的司机立刻点头回答。

不一会儿，那些孩子就把许蝉几个人的包丢在地上跑掉了。

一行人吓得魂飞魄散，有经验的司机用不太标准的英文解释："他们是附近灾区的孩子。"他并不打算多说，催促着许蝉他们上车，似乎一秒都不想多待。

许蝉正要捡起自己的包，被司机看到一把打掉在地："别直接碰！他们都是从病区过来的，小心传染。"

病区？许蝉惊愕地抬头，所以刚刚他们以为车上都是物资？

一旁的男同事拉住许蝉，照顾她先一步上车，然后才过去用不太标准的当地话询问。

许蝉透过车窗，看到男同事得到答案后，又从口袋里掏出塑料袋套在手上，然后从地上的包里拿出了各自的手机回到了车厢。

男同事把手机分发给大家，忍不住叹了口气："应该是救援队里有咱们的医生，他们才对我们心软的。"

正说着，车辆突然一阵颠簸，许蝉感觉整片大地都在震动。旁边破损的车门突然崩开，她正想去抓，车辆猛地翻转，她蓦地脱离了原本的位置，连同整个车身都跟着半截断崖一起从空中坠落。

大雨冲刷着红色的泥土，遍体的疼痛里，许蝉下意识地想将自己蜷缩成一团。

失去意识的最后一刻，她仿佛听到有人扒开废墟，朝着自己跑了过来。

白色的身影和完全听不懂的本地话萦绕在她朦胧的意识里。

她不合时宜地想：如果是他，就好了。

第十一章

/

月光与星星赴约

丹达葛尔临海,最近频发的海啸让很多沿海岸居住的居民感染了疟疾和严重的地方病,部分尚有能力迁移的灾民不得不携家带口地开始前往雨林附近的高地。

连绵不断的雨水降落,将矿物质浓度过高的土壤冲击得如泥泞泽地,断断续续的灾民缓慢行走,每家每户的孩子们则负责扛行囊,破旧的皮鞋浸在泥水里,像是踩进血泊。

忽然,地面就像是起伏的波涛猛地震颤起来,不远处的山坡上发出一声巨响,一辆白色的车带着火星翻滚而来,沿着坍塌的泥块一同跌入了又一重高崖。

"是他们——"

人群里有孩子大声喊着,本地话含糊又粗犷,听上去像是在呵斥。

有几个孩子睁着亮晶晶的眼睛跑过去,看到果然是他们抢过物资的那群人,面面相觑了一会儿立刻分成两队,一队人马去翻找物资,一队人马回去给村长报信。

队伍在村长的带领下停住了脚步,等到大孩子们打听清楚情况,村长才从队伍里挑出几个年轻力壮的青年:"他们是外来的人,身上肯定有不少能用的,也许还有药。"

人群里蠢蠢欲动，饥饿和病痛让他们几乎放弃了为人的底线，他们毫不犹豫地丢下手里的东西，窜入茂密的林间，掀开层层叠叠的破旧废墟，陆续洗劫灾难现场。

"车掉下去了，估计东西都烧光了。"

村长嘱咐灾民注意安全，忽然听到有人大声喊道："村长，这边还有个活着的。"

许蝉从昏迷中醒过来，就发觉自己被人抬到担架上，颤颤巍巍地在黑夜里前行。她身上没有重伤，但是胸腔疼得要命，每说一句话都要咳好半天。

村长跟巡视的人从附近高地回来，一听说许蝉醒了就立刻走过来询问。

他不懂英文，更听不懂中文，和许蝉沟通全靠比画。

丹达葛尔地处偏僻，地震又导致信号中断，许蝉没办法使用手机翻译功能，只好磕磕绊绊地用自己并不擅长的但他们可以勉强听懂的阿拉伯语来交流，同时庆幸自己大二时出于好奇辅修了阿拉伯语。

花了一个多小时，在曾在救援队里帮过忙的懂英语的年轻小伙的帮助下，许蝉终于讲清楚了自己的来历，也大概了解到原来救下自己的人本身也是灾民。

小伙子见许蝉瘦瘦弱弱的，勉强撑起笑脸安慰道："你命可真大，从那么高的地方掉下来，要不是被树枝挡了几下，估计都摔碎了……"

"我们仅有的止痛药都给你了，应该能好受点。"他碰到许蝉仍旧滚烫的手背，用浸湿的布频繁地擦了擦她的额头和太阳穴，然后一脸无望地看向毫无光亮的天际，"可惜没有更多的药了。"

我们能不能活下来，就看天意了。

许蝉想要说话，可是一开口比之前更加浓重的疼就席卷而来，她抑制着想要咳嗽的欲望，在艰难的呼吸中昏昏沉沉地睡了过去。直到半夜，她突然被一阵混乱的打斗声吵醒，撑起身体就看到露天的营地里所有人都警醒地爬了起来。

人群从四面八方的泥地里跳了起来，他们拿着铁锹、棍棒，甚至还有石块，见人就打东西就砸，哄抢声里全是老弱妇孺的尖叫，反而是瘦筋筋的孩子像是斗士一样在人群里翻滚抵御，同那些看不清面目的青壮年一起击退了一波又一波的掠夺。

许蝉被旁边的大男孩护在身后，迷迷糊糊地听到那孩子对她说了句什么话,凭借着和村长沟通的记忆,她拼凑着其中关键词句的发音,应该是让她"不要怕,这是常事"。

原本就疲惫不堪的队伍在一番夜袭之后变得更加脆弱不堪,村长清点完人口,愁眉紧锁。

他站在人群里,看着远方的鱼肚白,似乎做了一个惊人的决定。

许蝉听到不少人提出了抗议,但大多数人都低着头保持沉默。很快她就知道了那个提议的内容,因为队伍驻扎在了一处隐蔽的高地之后,她被灾民捆绑了起来,然后随同所有尚有行动力的灾民一起进入了附近一片白色的区域。

泥地上的白色警戒线已经模糊不清,区域里的人正在有条不紊地忙碌着,许蝉看到无数白大褂在风中飞舞,到处都是消毒药水和血腥的味道。

"你们要做什么?这里是哪里?"

许蝉艰难地吐字,但无人回应,一直照顾她的小伙子蓦地红了眼低下了头。

在埋伏好的队伍袭击救援队的同时,他悄悄割开了许蝉手腕上的绳子:"对不起,没有粮食没有水没有药,我们就是死路一条。"

他抬头看向被层层保护伞包裹得一切安好的救援区大帐,咬了咬牙推开许蝉。

"这是我们最后一条生路了⋯⋯"他松开绑着许蝉的绳结,然后悄声说,"跑吧。"我也只能救你这一次。

许蝉震撼地仰起头,小伙子已经拔腿冲进了人群,鞋底的泥点子溅了她一身。

许蝉愣了几秒,终于意识到这些灾民孤注一掷的意图,她连忙挣开紧密严实的绳索,抓起能支撑自己行走的树枝棍棒,跌跌撞撞地想要让自己这个"人质"离这里远远的。

可就在转身的那一刻,她听到了一道熟悉的喊声,带着电流声,流利的英文从残破的大喇叭里传了出来。

"我们是救援队的医生,我们正在积极救助丹达葛尔的灾民,这里有食物,有药,我们有足够的能力提供资源和医疗救助,请停止攻击,不要伤害无辜。"

许蝉正出神,忽然就被人一把提了起来,她感觉天旋地转,紧接着就被另一个身材高大的男人几乎是提着丢到人群最前面。

"还敢跑？"那人瞪了眼自己的同伴，扭头孤注一掷地望向正前方，"你们这群虚伪的人！我不信你们！你们立刻离开这里，把所有东西都留下来，不然我就把这个女人一刀刀剐给你们看！"

"像这样无辜的外国女人，我们还有很多。你们不是治病救人的医生吗？难道忍心看着这些健康的活人被我们折磨致死？我们现在什么都没有了，我们只想活下来！你们要是不听话敢反抗，我就——"

那个救了许蝉的小伙子瞬间低下头，许蝉还没反应过来，就感觉那人将一根削尖的木棍狠狠地刺入了自己的腿。

许蝉整个人都木了一下，剧烈的疼痛袭来，她伸出手臂死死咬住，任凭口腔里鲜血横流也没有发出一丝哭声。

双方阵营的人还在用本地话沟通，许蝉明明根本听不懂他们的对话，但是那些人脸上的表情、手里的动作，都让她觉得胆寒和绝望。

"我来做你们的人质。"

男人的声音明显着急起来，他冲出人群，站在两方阵营中间，距离许蝉只有那么一小步。面对村长凶狠警告的眼睛，他小心翼翼地往前走了一步："我是救援队的负责人，我来换她。我可以承诺，绝对保证你们的安全，救援队会无偿给你们提供水和食物。"

他顿了一下，目光扫过灾民的脸："你们中的大多数人都有本地病的症状，我们这里有很多出色的医护人员，我们可以帮你们。"

抓许蝉回来的高壮男人质疑道："我凭什么相信你们？"

人群里不安的情绪疯长，不知道是谁先冲了上来，灾民突然就像是蜂群一样横扫进了医疗队伍里，救援队的医生虽然都经历过训练，但灾民不是敌人，他们束手束脚反而陷入被动。

许蝉蜷缩在地上，眼看着身后的人群踩踏过来，她被踢了好几脚，不知道谁身上的血溅了她一脸，无数腿脚纷乱而至，忽然间有人将她轻轻地护在了身下。

失去理智的人群中，男人被闷棍抽打只漏出一两声闷哼，许蝉微微松开手臂，耳畔仿佛听到他用中文道：

"你是来找我的吗？"

她身体一轻，还没来得及反应，就被男人裹住带到了洼地旁边的灌木丛附近。

"刺刺啦啦"的喇叭声再次响起,这一回男人的声音突然变得肃正坚决。响亮的枪声穿透林间。

他抬头看向突然静止的人群:"要么信任我们,要么到此为止。"

救援队里,方才持枪的金发男医生走向李闵。

"你们都是丹达葛尔的灾民,之前都接受过我们的救助包吧?李,是我们救援队最厉害的医生,是他研发了治疗本地病的临床药物。你们不相信他,难道要相信死神的施舍吗?"

沉默许久的村长抬手制止灾民的行动,他心里清楚这群医生不会开枪,可是他们的话也不无道理。

"村长!"许蝉仰起沾着血渍的笑脸,用尽力气劝道,"神明不会保佑我们,他们才是我们最后的希望啊。"她摇摇头,朝着救她的那个小伙子央求道,"不要再有牺牲了。"

村长目光掠过许蝉,心底已经开始动摇。

"我们也不想伤人。"他咬紧牙关,回望了一眼身后的灾民,他们有的是朋友,有的是亲人,还有一路扶持从未放弃的伙伴,"只要你们信守诺言,我们可以相安无事。但是……"

他抬眼看向对面的李闵,指着对方道:"你要保证救治好我们的亲人。否则,我们就同归于尽。"

"好。"李闵眼神坚毅,一字一句地道,"我向你们的神明发誓。"

许蝉听到李闵毫不犹豫地答应,慌忙仰起头:"你不能去!"

她的话音落地,就被李闵强硬地抱了起来,果断地交给了身旁的金发医生,期间甚至没有跟她多说一个字。

救援队的物资和医护人员陆续抵达,李闵嘱咐完金发医生,转身直接走到了灾民群里。

村长见救援队诚意十足,立刻抬手示意灾民们放下武器。他朝着许蝉抱歉地看了一眼,带着所有人后退了十几米,在确保救援队没有任何花招的情况下,方才转身离去。

许蝉目光追着男人的白色背影,她满腹的话堵在嗓子眼里,一阵剧烈的疼痛下,她再也忍不住呛出一口鲜血。

"快!先带她去急救。"

"李，怎么办？"

"他有办法的。"

陷入昏迷之前，许蝉只听到这么几句英文，浓重的生存渴望支撑着她，在漫漫长夜里寻找一切生机。

救援区的空间并不大，丹达葛尔救援队的主要工作是对本地病和传染病的治疗和防护，因此整个病区的隔离措施做得非常到位。

正因如此，当许蝉发现照顾自己的医护人员全都穿着清一色的防护服时，才后知后觉地意识到问题的严重性。

"你的确是被感染了。不过不要怕，我们已经有丰富的临床样本，也已经对你进行了药物治疗，依照之前的成功病例，再过一段时间会痊愈的。"

许蝉从病床坐起身，昏沉沉的意识让她几乎失去了对时间的感知。

"他们去了多久了？"

"第五次，三天前进去的。"

许蝉憔悴的脸上一双眼清明异常，她想伸手抓住护士长的袖子，可手指曲在半空又猛地缩了回来，带着一点点央求的口吻："我、我现在可以出去吗？"

护士长摇摇头："你还在隔离期。"

许蝉看着四周包裹得严严实实的白布，分不清白天和黑夜，也不知道现在的处境如何，她心慌得厉害，莫名感觉有些喘不上气来。

"我们暂时是安全的，那边的灾民已经安顿好了，不会再攻击我们。"护士长耐心地安抚着许蝉的情绪，见她似乎很担忧，又说，"我们是本地的银鸽计划志愿者，汇聚了各个国家的优秀医生，还有熟悉本地情况的向导。你放心，我们会一起渡过难关的。"

"回来了！他们从林子里回来了！"

帐篷外面有人喊了一声，许蝉隐约听到"医生""药物"之类的关键词，连忙起身，然而想到护士长的要求，她又停下了动作。

护士长在门口看了一眼，心里有些不忍，她仔细看了一眼许蝉的帐篷，正好第一间的位置，她匆忙弯腰进门，然后在白色隔离布上摸到一个拉链。

许蝉目不转睛地盯着护士长的手指，只见她轻轻一拉，帐篷随即露出一个小小的方窗，许蝉正好看到一群穿着简易防护服的年轻人从附近的雨林里钻出来。

他们身上和手上,凡是裸露在外的皮肤都涂着厚厚的泥膏,大约是防虫避蚁的。

虽然所有人都回来了,但是每个人的神色都十分疲惫。

许蝉站起身,一眼就看到人群里又高又瘦的男人也朝她这边看了过来。

天空中没有太阳,天气干燥热得让人窒息,可这一刻,许蝉却觉得心里淌过一股清泉,万物复苏,春暖花开。

"热带雨林不光是'世界上最大的药房',也是各种毒虫蛇蚁出没的巢穴。"护士长给许蝉讲解着,眼神里透着一股难以言喻的悲伤,她转身离去,留下一句叹息,"大家都知道他们带回了什么,却没有人在意有什么永远留在了那里。"

六月初,许蝉终于通过检测,可以自由行动。隔离期间似乎发生了很多事情,灾民们和救援队的关系明显缓和了很多。

这段时间灾民区的治愈率很高,但是药物紧缺,导致救援队不得不再次冒险进入雨林。

预计归来的这天下午,许蝉意外得知自己的同事早在半个月前就被其他救援队伍抢救了下来,此时他们已经辗转回到了市区。

她心里的一块大石头落地,看到灾民们都跑到出口迎接,也戴着防护的纱巾跟在了人群的末尾。

许蝉被灾民挡在后面,无法透过层层叠叠的人群看清队伍里的人,但是隔着并不宽敞的大路,她看到一群人互相搀扶着,脸上和胳膊上都是狰狞的伤口,跟跟跄跄地从林子里钻了出来。

许蝉站在人群末端看得胆战心惊,但是救援队的人脸上却毫无怯色,似乎除了腿脚有些不灵便,并无大碍。

"哎?他们怎么好像少了人?"有人窃窃私语,有个大男孩盘算了一会儿,突然说,"少了一个医生、一个猎户,被搀扶出来的那个是向导。"

许蝉一颗心猛地揪了起来,目光紧锁在队伍里的男人身上。他们表现得这么轻松,是为了不让同伴们担心和恐慌吗?

她看着李闰检查发放完一大包一大包的药草,终于看到他凝重的表情终于松开了一点点。

"还好都有用。"他捡起一棵药草,展示给周围的村民看,"这个可以代替止血的药物。这个可以暂时用来消炎,但是药草本身有剧毒,需要谨慎使用。你们都记住,在雨林里万一遇到紧急情况可以用得到。"

有个村民在旁边看了许久,大约是听懂了他们的对话,看到李闵笃定地说这些本地雨林里常见的药草竟然是救命的珍宝,忍不住凑上前感叹:"这就是传说中的'中国医学'吗?"

"是的。"

李闵戴着口罩,露出来的眼神里是许蝉熟悉又陌生的骄傲。

在人群散开一点之后,许蝉就看到他的裤腿上全都是湿淋淋的血迹,黑色的靴子外面看起来毫无异样,但是男人走路时强忍疼痛的微表情却暴露了一切。

"辛苦大家。"

男人晒成小麦色的皮肤上滚落几滴汗水,他拍了拍手上沾到的土,转身朝着村长走去,在询问完灾区驻地这边的状况之后,继续带着人钻进了灾民这边临时搭建好的病区里。

明明是极为凶险的情况,但在治愈病人面前,救援队的所有人都一往无前、毫不退缩。

救援队里大部分医生都是来自不同国家的志愿者,他们无论国籍,不管家境,不辨曾经,站在这里就是为了完成自己的救援使命。

许蝉突然想起,刚刚李闵站在人群里井井有条地安排人手的样子。他笑起来的时候极有感染力,旁边忧心忡忡的队友也跟着轻松起来。

这样的他,在这里的他,让许蝉觉得很不一样,又觉得似曾相识。就像是,她与那个春日里蓬勃温柔的少年,再次重逢。

"前面的路都堵死了,我们队长怕你们粮食不够,特地送过来的。"

匆匆赶过来的女医生扯开粮食袋子的口子,在看到水时不自觉地舔了一下嘴唇,掩饰了眼底的恋恋不舍,将东西全都递到了村长手里。

村长大叔感激涕零地收下,紧接着询问无菌区那边是不是药物紧缺,他可以再安排人手进雨林再找找。

女医生摇摇头,扫了眼附近的老弱妇孺,不卑不亢地说:"我们队长有办法的。"

等到救援队的人全部离开,许蝉才悄悄退到自己的帐篷里。她看着自己用砖块标记在地上的手写日历,抬手全部擦掉。

她已经在丹达葛尔待了很久了，从第一天开始度日如年恨不得立刻回国的心，在遇到李闵之后，在看到救援队的艰辛之后，出现了迟疑。

　　这里的人救了她的命，收留保护她。离开之前，她也想帮他们做点什么。

　　许蝉攥着手里的笔，端端正正地蹲在床头，她在来之不易的纸张上勾勾画画。熬到晚上十点多，她才从帐篷里出来，直接找到了当初救她的村长。

　　这边原本只是个临时救援营地，用于救援队驻扎，对本地病患者进行治疗和手术。但是前段时间海啸频发，导致沿海周边的村庄里爆发了疟疾，少部分村民不得不转移住所，结果兜兜转转就挪到了丛林附近的高地。

　　目前，只是因为救援队大本营和这边距离很远，再加上严格的防疫疾控和合理安排，才暂时没有交叉感染。但随着时间的推移，人群的密集，疾病的爆发传播，本地虫季的来临，所有人的健康安全问题很难得到绝对保障。

　　也许等不到搜救队的到来，这里就已经成为一片尸区。许蝉也只是个普通人，她明白普通人的需求和恐惧。

　　"你觉得现在的灾民区规划和帐篷的安全距离设置不合理？"

　　救援队的女医生有些惊讶地看向眼前看起来有些柔弱的许蝉："可是目前可用的安全空间实在太小，如果把灾民分散到低危地带，可能会导致再发生灾害时我们无法保证及时救援。"

　　许蝉将自己的图纸展示给他们看："我的意思并不是灾民的占地范围太大，而是现有的空间没有合理地利用起来。比如我看到很多居民都会在自己的帐篷周围堆放锅碗瓢盆，占据了大量的生活空间。包括帐篷里也是，所有的吃的用的都堆放在内，这里的地形气候还有温度会让它们迅速发霉，甚至滋生病菌。"

　　"如果我们让灾民统一分布在A区，"许蝉指着自己的图纸，解释道，"安排人手统一管理B区的资源，C区轮流进行每天的食物制作。不管发生什么事情，我们都可以有秩序地保护灾民撤退，保证物资第一时间有专人负责运输，不管是效率还是安全，都能更胜一筹。"

　　在极端情况下，如果真的要放弃一切，那第一时间保证人身安全的可能性也更大。

　　许蝉说完，其实心里也没有谱。

　　她不是专业的医护人员，掌握的专业知识帮不到救援队，但是通过计算规划出合理空间却是她的长处，她提出的想法只是想让这里的灾民更安全一点,起码在后方的他们不至于再给救援队添麻烦。

而群体秩序,是保证效率的基础条件。

"在我的国家,有句话,"许蝉渐渐放松下来,笑着说,"团结就是力量。"

在这种和灾难斗争的时刻,没有人是单靠自己就能生存的,只有团结起来,把整体当作一个人,彼此信任,才能获得生的希望。

救援队的医生刚把许蝉的建议翻译给村长,突然就听到许蝉又说了这句话,她蓦地笑了起来:"我们救援队的队长,也经常说这句话。"

女医生的脸上都是药泥,许蝉看不清她的长相,但此刻她的笑容却仿佛和白日里男人的笑融为一体。

赤忱,坦荡,无所畏惧。

"亲爱的,这里的灾民恐怕不会接受这样的改变,"救援队的女医生起身,在许蝉有些失落的时候,突然拍了拍村长的肩膀,"接下来就交给你了,不要让我们漂亮的中国女孩失望哦。"

村长拿了许蝉的图纸,认真地看了眼许蝉,第一次正视眼前的东方面孔。

他拣了几个没听懂的地方又问了一遍,又说了一些不合理的地方。许蝉一边听着翻译,一遍改动。凌晨三点钟,三个人终于在摇摇欲坠的应急灯的催促下完成了一张因地制宜的规划草图。

"这样就好办多了。"村长笑呵呵地扬了扬手里的图纸,朝着救援队的女医生和许蝉道,"我这就去和他们商量,尽快安排他们动作起来。"

临出门的时候,村长突然掀起帘子朝许蝉深深地鞠了一躬。他深陷的眼窝里满是歉疚,用本地话说了很长一段,然后用明显练习过的中文说了句"对不起"。

女医生看着村长的背影,微微叹了口气,连忙翻译:"他在跟你道歉。"她说着,看着许蝉还包扎着的左腿,又补充道,"在灾难面前,善恶的界限太模糊了,你本可以不原谅他,可还是在尽力帮助这里的人,他们应该感谢你。"

许蝉沉默地起身,女医生也打算赶回救援队的驻扎地,看到许蝉正在收拾纸笔,于是从口袋里掏出一个香包一样的东西,塞到许蝉手里说:"这个是我们队长给的,这里毒虫特别多,你一定要小心。"

"嗯。谢谢你。"许蝉双手接过香包,是很典型的中国风样式,她嘴唇略动了动,但最终什么都没有问,"你也是,要保重。"

看着女医生的身影消失在晨曦将至的黑暗里,许蝉匆忙转过身回到帐篷,光是空间规划还不够,还有食物——如何利用有限的食材,让所有人都填饱肚子也是关键。

灾民这边的安置工作很快就如许蝉所想的重新做了安排。这里的人都是老弱妇孺,小孩子格外多,虽然搬挪起来不太方便,但是好在村长有着绝对的话语权威,灾民们也对他出奇地信任,事情的落实比许蝉想象中的还要快。

秩序重整之后,许蝉也跟着灾民们一起吃住,与此同时也和负责做饭的姐姐们打成了一片。她认真地了解当地的饮食习惯,然后结合自己的想法给出一些建议,僧多粥少,总要想办法以最少的投入获得最大的效益。

虽然杯水车薪,但是聊胜于无。

看到灾民在吃到不一样的饭菜,脸上露出那种惊喜的笑容,许蝉突然就觉得心里获得了极大的满足。

午间排着队拿饭的时候,她突然看到有孩子从林子附近连滚带爬地跑过来:"虫灾!虫灾要来了!"

空气里融着火焰,黏稠的汗水在每个人的脸上滑下绝望的痕迹。

"虫灾?"

附近排队的灾民有些惊惶起来,但更多的人是一种习以为常的麻木。

有个和许蝉比较熟的女人见到许蝉一脸疑惑,赶紧解释:"我们这里一到七八月份就会出现虫灾,这些虫子会无孔不入,爬到缸里,爬到被子里,很多人都会在睡梦里被爬进口鼻里的虫子要了命。只是今年,怎么会突然提前两个月?"

不仅提前了两个月,还赶上了海啸频发,地震封路。

他们被困死在这里,毫无退路地要和虫灾与疾病抢夺生命自主权。

所有人都在反常的平静和骤然的躁动中一反常态地放下了碗筷,他们虔诚地匍匐在地,开始祈求神灵的庇护。

许蝉站在突然而至的雨水中,看着手里碗中的水面上倒映出来的自己的脸,下意识就朝着救援队的方向看去。

她刚转过身,就看到匆匆赶来的救援队队伍最前方站着的男人愣在原地。

他像是不敢相信自己的眼睛,抬手擦了一下。

雨水从眼角滑下,落入脖颈,他胸口起伏,像是有话要说。

可转瞬间，当李闵看到满地手无缚鸡之力的灾民时，他就像不认识许蝉一样，果断带着队伍与她擦肩而过，正色走向雨林深处。

过了没多久，队伍再次退回原地。

李闵的同伴说："把运过来的药物分给他们，然后让村长组织所有人都过来一起挖隔离带。"

双腿跪地拜神没有用的，想要得到什么，只有自己的双手最可信。

药包分到许蝉手里的时候，她已经被淋透了衣服。

许蝉出事的时候身上只穿了一件衬衫，后来灾民们借给她一件当地衣服。

服饰长裤长袖，连头发也要被包裹起来。

此时，她脸上还戴着用于防护的长面巾，除了皮肤和眼睛的颜色，几乎和本地人毫无二致。

许蝉不知道李闵有没有认出她，但他停留在自己旁边的时间比别人长了好几秒，甚至感觉留在自己眼前的脚印也比别人深了几分。

她特别想上前说话，心里的恐惧、不安、害怕……还有他乡重逢而迸发出来的思念，足以让她一时间放下所有的面子和顾虑不顾一切地深拥而上。

可是此时，许蝉却挪不动步。因为她知道此时此刻，在李闵心里有人远比她更加重要，也应该重要。

她为他感到高兴，只因他也终于找到了自己的理想，可以披荆斩棘，极致热爱，永远忠诚。

因此，她愿意守护他，以他为信仰。

药包发放完毕之后，救援队立刻发动所有的灾民在靠近驻地的热带雨林周围挖掘沟壑。

沿海的水流灌入，很快就形成了一条褐色的隔离带。在村长的带领下所有灾民都自发地将手里的药包投入水中，人工造出了一条可以将虫群暂时隔断在对面的药物"城墙"。

"能抵挡多久？"救援队里有人出声。

李闵看向灾民群中，定了定神道："撑到有人发现我们。"

然而，病情的蔓延比所有人想象的还要快，先是救援队里有医生疑似感染本地病，紧接着灾民里也有人出现了疟疾的症状。

许蝉得知那位女医生突然生命垂危的时候，整个人蒙了。明明前几天她们还在一起画图，她还送给自己荷包，怎么会突然就病危了？

许蝉从来没有距离死亡这么近,连上次从悬崖上掉下来也没有这么害怕。

下午,她填写了临时志愿者报名表,救援队那边的压力巨大,有限的医生护士资源已经完全无法满足疾病防治布控的需求。

她悄悄跟着本地的年轻人进入救援队,目光所及所有人都安安静静的,哪怕是死亡就在面前,可是每个人都专注有序。

许蝉被分配到的任务是处理无菌区的手术台,他们这一批人都经过了系统又急速的培训,但是实际操作过程中还是存在不少问题。

此时,许蝉认真地按照规范清洗临时手术台,她刚结束一轮工作,正活动酸痛的肩膀和脖子,就听到旁边的护士长笑道:"你做得很不错,下午去无菌区帮我们队长的忙吧。他那边的手术密集,很需要你这种工作高效的搭档。"

搭档?

许蝉直起腰,脸上只露出两只眼睛。

刚刚说话的是主管无菌区的护士长,之前就认得她。

许蝉有种被人看穿的窘迫,但更多的还是无法抑制的雀跃。她做完眼下的工作,还是有些不确信地揉了下自己的耳朵,再次确认之后,立刻小跑着去交接处存放好自己的工作用品,消毒之后就赶回附近的临时志愿者帐篷吃饭。

短短的三天时间,许蝉就凭借着突出的语言能力和沟通能力获得了伙伴们的认可,但很不巧的是,这段时间她一直都没有轮上李闵的手术。

无菌区工作时长最久的有两位医生,其余医生会每八个小时轮班一次,整个区域除了专业的护士,三个志愿者护士每十二个小时会换班,然后轮流在手术台前工作。

许蝉每次交班都和李闵完全错过,但是她暗中计时,发现他几乎是不眠不休一直守在病房里,困了就眯一会儿,醒了之后就去查床,然后逼迫自己休息五个小时,然后继续循环。

食物见底,水源断绝,隔离带里已经满是毒虫的尸体。

这天夜里,天空中罕见地出现了流星。

似乎没有人觉得这是好兆头,每个人都疲惫至极,饥饿、口渴比毒虫还要可怕,盘旋在绝望者的心头。

许蝉垂着手臂靠在伙伴的后背上,看着天上的星星,目光落在再次被抢救过来的女医生的床位方向,她头一次想许一个不切实际的愿望。

——希望这世上有神灵,保佑我们所爱之人,永远健康。

"那边的中国女孩一直在偷偷看你。"发色金黄的男医生抬手捅了一下李闵,悠扬的声调散漫又乐观,一点也不像是刚刚做完一台高难度手术的样子,"你不是说过你们中国有句古话,叫'人生得意须尽欢'。如果是我,就算明天就是世界末日,我也要和喜欢的女孩……"

李闵猛地瞥向男人,冷冷地道:"嘴巴张那么大,小心虫子钻进肠道。"

他换了个位置,嘴上不提,可视线却不由自主看向不远处的人群里,那个渐渐耷拉下去的脑袋。

李闵攥住旁边的支架,男人发白的骨节紧绷到极致,仿佛每根骨头都在强忍又挣扎着。他也想去抱抱他的女孩,可是他也怕,她会因此舍不得离开。

明天,一定要撑到明天。

按照以往的经验,明天就是搜救队的最后期限,如果他们还没到……也许他们就真的会死在这里。

不管她因何而来,在此希望抵达之前,他绝不能给许蝉留下任何的念想。

因为,那是他喜欢的女孩。他想要她,平安健康,回到故土。

皇天不负有心人。

许蝉被尖叫声吵醒的时候,就看到头顶"轰隆隆"悬着一架差不多能容纳三十几人的直升机。

她激动地站起身,突然就感觉有什么东西从自己身上掉了下去。

许蝉低头捡起来,是一件干净的男士外套。

"这边还能再加一个人。"从灾民区那边过来的小直升机上面有人喊着,许蝉下意识把目光投向了手术室的方向。

李闵突然出现:"你愣着干吗?快过去。"

许蝉被他吼得心口一跳,下意识地以为李闵一直没有认出她,她想要扯下口罩露出脸让他看个清楚,可他却不管不顾地将她提到了绳梯边,又松开了手催促:"赶紧走。"

附近的灾民已经被转移,此时,剩下的救援队的志愿者和一些病情稍轻一点的患者已经不足十人,而这架小直升机仅能再带一个人走。

许蝉看着李闵头也不回地离开，心一横，立刻跑到昨晚和自己背靠背睡觉的女孩身边，将她推到了绳梯边，然后转身就直奔手术区的消毒帐篷。

李闵正在给一个病人处理流脓的伤口，突然就看到身侧闪过一个人影。她眼疾手快地用夹子收拾完刚刚掉在垃圾桶里的药棉和纱布，然后又快速转移到另一个手术台前，她低着头看不清表情，但是每一个动作里都含着不开心。

"这种时候为什么要赌气？"

许蝉仰起头，终于看清了男人眼底的不忍。

她咬紧下唇，忍不住红了眼圈："就算是死，我也不想再错过你。"

两架直升机相继离开，新一轮的搜救即将开启，但谁也不知道这个轮回要多久。

李闵站在狼藉一片的病床前，死亡缠绕着他的每一寸相思。他看着许蝉，良久，用额头轻轻地碰了碰她的额头："傻不傻。"

夜里，暗处的危机蠕动而来。

仅剩的医生围在一起，他们欣慰地讨论起雨林里的药草，聊起今天救了几个病人，有人说这次研究报告上的新发现，有人诅咒这该死的毒虫，也有人想念着故乡的姑娘。

"李，你有心上人吗？"金发医生调侃似的问，"要是没有，等我回国可以把我妹妹介绍给你。"

帐篷里黑洞洞的，垫子上时不时就会爬来软体爬虫，有些多足的许蝉一看就害怕。

因此，一入夜她就站在帐篷外面吹风。

另一头男人们的聊天适时传了过来，她听到有人和李闵交谈，瞬间浑身紧绷地竖起了耳朵。

等了半天，李闵都没有什么动静，她有点好奇，就偷偷看过去。

这一抬眼，许蝉就发现李闵不知道什么时候已经站在自己的面前。

她转身想钻回帐篷，却被李闵一把抓住了胳膊。

最近许蝉的胳膊酸疼得厉害，被他一抓，她忍不住"嗯"了一声。

李闵瞬间松手，然后在许蝉弯腰掀起帐子的同时，随口提醒："我刚刚看到有蛇钻进去了。"

293

许蝉吓了一跳，瞬间就往后退了一步。

见状，李闵微微勾起嘴角，半张脸隐没在阴影里，声音像是在轻哄又像是在恳求："今晚，待在我那里。"

"我晚上不住帐篷。"

"去吧，我守着。"

李闵嘱咐完，带着许蝉走到帐篷前，转身离开。

许蝉本来有点嘴硬，可她越是强撑着眼皮，浓重的困意越紧咬着她不放。

最终，她还是在人群的注视下，妥协地钻进了帐篷。

李闵住的帐篷设施条件和志愿者的差不多，唯一的区别就是他的床上药草味很重，她掀开床垫就看到下面铺了一层烘干的药草，感觉像才铺上去不久。

许蝉躺在床上，将干燥的被子拉到胸前，她看着头顶摇摇晃晃的电池灯，突然就觉得疲惫感扑面而来。

李闵站在帐篷外面，等到里面的人呼吸声均匀，才扭过头招呼金发医生进入了会议室。

"你疯了！"

金发医生听到李闵的提议，哪怕他自己就是个狂热的赌徒，也依旧震惊异常。

"你要去参加 Jx 药剂的药物临床试验？李，这次回去你就可以申请回国了！你这么做……天哪，我完全不知道你想要做什么？你简直让我无法理解。"

怎么会有人专门往险地里走？

就像他当初报志愿者，完全是遵从家人安排，可他却知道，李闵刚来志愿者队伍时那种拼了命的狠劲，就是奔着自己的信仰来的。

这一点，不光是他，也是所有队员之所以信服和钦佩李闵的源头。

可这次救援计划，是李闵填报的最后一次救援。如果能顺利完成，他就可以带着荣誉安全回国，完满地结束这次志愿者支援行动。

可现在，李闵突然就放弃了回国的机会，他不知道这个人到底在想什么。

"你不怕你的姑娘等不到你吗？"

听到金发医生的质问，李闵蓦地一怔，但很快他就斩钉截铁道："她能遇到比我更好的人。"

李闵垂下眼眸，眼底的坚定就像是蓬勃葳蕤的藤蔓，将他整个人都包裹武装起来。

这次援救行动之前，他的确还在犹豫。

可当他从灾民的口中得知她的细心，从病人口中听到她的善良，看着她无差别地对待每一个狼藉一片的手术台，看到她在明明可以离开却又选择留下的时候……他突然觉得在这样的姑娘面前，自己做的还远远不够。

Jx 药剂是他主要参与研究的项目，从 I 到 II 期临床试验，所有的艰难他都看在眼里，如果他就这么半途而废，也许会有人从头开始继续研究，可是这里的人却会加倍痛苦下去。

但如果他愿意留下来，也许他们一群人的努力，就可以让药物提前问世。那么这些饱受地方病折磨的人，就可以早日恢复健康，他们会站在亲人的面前，健健康康地度过余生。

"我已经决定了，"李闵抬起眼眸，认真地恳求金发医生，"等这边的病人全部转移，我会直接前往实验室完成研究。你是个不错的伙伴，我想麻烦你帮我照顾她，让她平平安安地离开这里，回到我的国家。"

金发医生皱眉，像是极为不理解李闵这种行为。

"你想知道上次托我照顾女朋友的人，他女朋友后来成了我的什么人吗？"

李闵似乎并不在意，但嘴里的话却一点情面都不留："你敢动她一根头发……"他话音一转，"但愿下次再见，不是在你的墓碑前面。"

半晌，金发医生失笑，无奈地耸肩道："啊，比起冥币，我还是更喜欢现金。"

在搜救队离开后的第二天上午，救援队有位本地老医生在一处废墟救下了两个奄奄一息的年轻人，男人被砸伤了一条手臂，女人被男人护在身下，但是头部受了重伤。

"需要开颅。"

金发医生果断开口。

他一边安排护士准备手术，一边自然而然地走到无菌区正在进行操作的李闵。

"我想起来了，外面那个中国姑娘就是你经常翻相册看的那个。嗯，本人比照片可漂亮太多了。"他瞥了眼门外，意有所指地说，"我们也有一句俗话，叫作一名优秀的外科医生，是绝不会在心上人面前手术失败的。"

李闵抬眼瞥向金发医生，哑然失笑，这话算是哪门子的谚语。

"神外可是你的专业，今天我给你当一助。"金发医生抖了抖手臂上的水滴，"让给你一个机会，好好表现。"

能把偷懒说得这么冠冕堂皇，李闵也只在这人身上见过。

他头也没回地走向手术台，目光下意识朝着门口扫了一圈。

"开始吧。"

此时，许蝉正在协助护士长给年轻男人进行包扎，她捧着盘子，情不自禁地往手术室看去，却只看到一个背影。

"开颅手术一般得三四个小时，不用担心。"护士长亲切地解释着，似乎已经在心里认定了许蝉和李闵的关系不一般，收拾好东西突然就开启了八卦模式，"李医生很少在工作以外分心，那天知道你要过来，他特意准备了驱虫的药草，还把被褥全都拿出来晾晒了一天。"

她笑眯眯地盯着许蝉看："如果不是亲眼见证，真不敢相信李医生居然会追求女孩子。"

追求？许蝉脸颊微微滚烫。

他这哪是追求，根本就不算。

她回想刚刚护士长说的话，疑惑地抬头："你刚刚说他知道我要过来？"她愣了一下，不确信地问，"他早就知道我报名了临时志愿者？"

"对呀。"护士长快速收拾药物、容器，一边重新贴标签，一边说，"你还没过来他就跟我们打过招呼，让我们照顾你。我们当时都以为你是那种娇滴滴的大小姐，没想到你这么厉害，第一天就让我们……"她思索片刻，找到了合适的词语，"刮目相看。"

许蝉不好意思地低下头，心里却不断回想起当初李闵初见她的那个眼神。

他到底是高兴，还是不高兴呢？

她心里有些说不清的情绪，正觉得迷茫，突然就听到29号病床的青年轻轻呛咳了一下。

管床的老医生快一步赶到，检查之后才松了口气，又走到别的病人面前一一询问。

许蝉查看药物的时候,目光无意中落在男人的脸上,典型的东方面孔。

她忽然想起那会儿老医生说:"我找到他们的时候,三个人里只活了这两个,还有一个……"他叹了口气,似乎不忍心继续说下去。

这段时间,许蝉看多了各种病患的外伤,承受能力稍微强了一点点,但看老医生的脸色,便猜测大概是常人无法承受的惨状。

"真是可怜。"护士长一边核对药物,一边摇了摇头。

她紧接着挨个儿查完病人的情况,重点标记了几个有些加重的,就留下许蝉自己去继续完成每日喷洒消毒药的工作。

现在手术区人手不够,除了不能上手术台,几乎每个护士都被当全能的用,许蝉也不例外。她除了日常的帮忙,还得和护士一起做饭,没多久又被安排负责照看病人。

3号床的年轻男孩脸色很憔悴,应该是正在上学,稍微懂一点英文,但许蝉多数时候跟他说话,他都只管点头不出声。

7号床的阿姨是本地人,但老人家孤苦无依,不舒服的地方总是爱瞒着忍着,导致病情最近又有点反复。

13号床的大哥是个超市售货员,精神状态很好,乐观话痨,经常拉着旁边的病人闲聊,但其实病症是最重的,好几次都差点熬不过去。

许蝉一个个地关心慰问过去,到29号床的年轻男人床边时,就看到他似乎有苏醒的迹象。

药水缓缓落下,老医生赶过来的时候,正好他能开口说话。

"她人呢?"

他说的是中文。

许蝉见他自己满脸都是伤,但是眼底却都是对同伴的关心。她正想要出声安抚,突然就听到老医生走过来道:"正在手术。你放心,你女朋友是颅脑损伤导致的脑出血,术后好好休养会没事的。"

女朋友?青年似乎一怔。

但很快,他就意识到什么,扭头看向四周,然后用英文问:"我朋友呢?和我们一起的那个年轻人?"

许蝉一直在注意年轻男人的神情,此时听到他这么问,周围的人脸色都不太好看。

她想了想,蹲下身看着年轻男人,用中文道:"你们能活下来已经很不易了。等你们痊愈，再带他一起回家吧。"

年轻男人原本就不太好的脸色越发惨白，他捂着脸痛苦起来，喃喃道："怎么会这样，怎么会这样，我明明劝了别走这条路，为什么就是不听我的话？"

他好几天都没有进食，又刚醒十分虚弱，没一会儿就陷入了昏睡。

年轻女孩的手术很顺利，麻醉期一过，没多久就渐渐恢复了神志。

女孩醒过来之前，年轻男人就苏醒了过来，他稍微吃了点东西之后，就守在她的床头默默陪伴。

此时，女孩睁开眼有些茫然地看着四周，目光落在病床前的年轻男人身上，犹豫了片刻，突然开口："盛路白？"

被叫作"盛路白"的男人眼底掠过一丝诧异，但是很快，他就点点头："是我，我是盛路白。"

女孩似乎有些头疼，按了按太阳穴，似乎是想到了很恐怖的事情，突然就望着眼前的盛路白大声哭了起来："盛路白你活着，我以为……"她伸手想要抱抱男人，但是手背上的针头扯得发疼，年轻男人见状立刻上前。

他姿势扭曲地被她抱着，听她委委屈屈地说："我还以为……再也见不到你了。"

等到女孩的情绪平复，年轻男人才挪开她的手，哄着她渐渐睡着，他才直起酸疼的腰，狼狈地回到床上。

而她，从始至终都没有提到另一个人的名字。

许蝉这段时间熟能生巧，技术已经快赶上初出茅庐的专业护士，她刚给隔壁的病人换完药，扭头看到男人红着眼发呆，就悄悄给他递过去一杯热水。

当前的处境下，干净的水源已经很少了，尤其还是热水。

年轻男人接过水杯，先是一愣，紧接着连忙小心翼翼地将水杯放在旁边。

"你不喝？"

"我想留着，等她醒过来喝。"

许蝉没有说话，将方才从老医生那里拿到的身份证、护照递还给年轻男人。

她顿了顿，故意翻开那个叫盛路白的男人的证件，轻声确认："是你的吗？"

年轻男人抬起的手微微有些发颤，他缩回手放在被子上擦了擦，突然一把将证件夺到怀里,过了十几秒的时候,他突然点头不已。

"是我。我就是盛路白。"

但从始至终,许蝉都没有看到他正视自己的眼睛。

许蝉处理完手上的事情,目光落在木台阶下面满地乱爬的奄奄一息的虫子身上,就拿起门口的扫帚一点一点地清扫起来。

自从隔离带的效果减弱之后,越来越多的虫子蔓延过来,有时候吃着饭,碗里都会掉进来几条。

它们有的有毒,有的无毒,但是不管怎么样,遇到之后胃口就很难再有。

就像刚刚那个年轻男人,不管他是有心,还是无意,他的行为都让许蝉有些不舒服。

"怎么了?"

李闵换了衣服走过来,看到许蝉冷着脸扫地,忍不住问。

许蝉没有说话,李闵抬眼看到29号床上正低着头发呆的男人,了然道:"有些事情,我们并不是当事人,无须去评判善与恶。"

"他根本就不是盛路白,他在欺骗那个女孩,也在骗自己。"

那女孩只是暂时失去了记忆,又不是永远。

如果有一天女孩把所有事情都想起来了,那她怎么面对自己死去的男朋友,怎么面对眼前曾经亲密的朋友?

能一起旅游,生死时刻都想着要保护彼此的人,一定是最好的朋友吧。

可是那个男人却要冒名顶替自己的朋友,就算他和喜欢的女孩在一起了,那能假装一辈子吗?

面对这样的欺骗和背叛……她越想越觉得难受。

"我知道他是为了那个女孩好,怕她一时间承受不住,可是……"许蝉放下手里的扫帚,和李闵擦肩而过的时候,慢慢地说,"不管是那个认错的人,还是被认错的人,得知真相的那一瞬间都会受到伤害。我只是不希望,他们像我们一样,重蹈覆辙。"

李闵伸手抓住许蝉的胳膊,隔着布料,他的手指渐渐收紧。

"每个人都有自己的选择,不管是主动还是被动,对的路不一定一帆风顺,错的路也未必死路一条。"

李闵骤然松开手,沉默了两分钟那么久,他突然含着笑意,轻声道:"许蝉,谢谢你没有拒绝我的星星。"

隔了两年，他终于有机会当面说出这句话。

他转过身，面向许蝉："和你重逢，我很高兴。"

下午一点钟，病房里突然有个患者疑似发病。为避免疾病传播，整个病房都被暂时封锁，除了医护人员，其他人全部禁止进入。

许蝉原本是坐在帐篷旁边的树桩上打盹，没想到竟然睡了过去。她醒过来的时候，就发现自己的头正枕在旁边李闵的肩膀上。

"你出来了？"

她的欢喜溢于言表，李闵弯起嘴角回应："虚惊一场，还好没事。"

她笑着点头，方才的尴尬也一扫而空。

许蝉感觉头顶好像有什么东西，抬起头才发现是男人不知道从哪里弄来的支架，在她头顶搭了个小帐篷，顶部的白色布料上已经有一层软囊囊的虫子身体，似乎正在上方蠕动。

她打了个哆嗦，有些不敢想如果李闵没管她，那现在的她是什么样子。

"别动。"

李闵轻声提醒，然后停下翻书的手，指了指面前圆圈以外的地方。

许蝉定睛一看，这才注意到身边围着一个小圆圈，界外已经围满了密密麻麻的暗金色长虫，有点像蠕动的面条。

"哦！"金发医生一出手术区就被眼前的景象惊呆了，他远远看到李闵和许蝉还坐在树底下，更是睁大了眼睛，"上帝，你们还有心情约会？"他头皮发麻地退了回去，远远地都能听到他的尖叫，"我敢说我这辈子也不会再吃意面了！这颜色和形状实在是让我浑身难受！还有这该死的搜救队是去投胎了吗？"

面对金发医生的质问，四周只有同样强势的回音回应。

"那个是什么？"许蝉指着那个用粉末围成的圈。

李闵淡淡地说："老祖先的智慧。"

他瞄了眼不远处的金发医生，有些无奈地往后靠了靠："可惜，就只能圈这么大。"

只能容纳两个人。

"不过，这些虫子大多都是无毒的，顶多就是恶心人而已。"

许蝉悄悄瞄了眼金发医生走开的方向，忍不住抿嘴笑道："看样子，效果还挺不错。"

明明是危急恐怖的处境,可是两个人突然就开起了玩笑。

许蝉见李闵也跟着笑,突然侧过身,拧起眉头不悦道:"你是不是又有办法了?怎么一点儿也不着急?"

"没有。"李闵答的是实话。

这次他们在这里已经耽搁了两个多月,原本供给病人的药物就尚且不够,全靠他们组织人手前往雨林临时找药材才勉强撑到现在。

如果将药物用在防治虫灾上,那他们就相当于把病人的生命交给死神。

现在他们弹尽粮绝,剩下的几个医生又不足以面对雨林里的复杂情况,面对这些自然灾害,他们的确只有束手就擒的份。

好在,他和金发医生在一起两年,也算是学到了一些东西。

此时,他看着许蝉,便发挥得淋漓尽致。

"我有办法?"他故意问,"在你心里,我这么无所不能吗?"

许蝉腹诽:这人……什么时候脸皮这么厚了,还自恋。

她扭过头,故意不说话。

不知道是真的从心理上接受了,还是因为有人在身边她就觉得安心。此时,许蝉哪怕知道身陷险境,可心底竟然出奇地平静。她想起那次在冷库,感觉和死神触手可及的时候,也是这种感觉。从骨子里生出来的安定,信任他仿佛信任自己。

这样,算是爱吗?

许蝉胡思乱想着,突然听到李闵说:"以后不要再来这种地方,"他合上书说,"不安全。"

许蝉低着头,反问他:"你能来,我为什么不能?"

"我是医生,治病救人是我的职责。"

李闵站起来,抬眼看向道路尽头的车辆,嘴角突然挂上了一抹笑意。

他俯下身,看着许蝉眼底的乌青,突然轻声说:"现在你是病人。"

——病人要听医嘱,知道了吗?

丹达葛尔之旅就像是梦游一场,缥缈又真实。

许蝉有时候在办公室发呆,都会怀疑自己是不是真的去过这个地方。要不是偶尔还和那边的同事联系,她真的会以为那只是又一场噩梦。

而这场真实的噩梦,也的确给她带来了不小的后遗症——她的强迫症症状加重了。

有时候,许蝉好端端地站在树下,忽然看到一只蚊子,她都会生理不适地想到那里遍地的虫尸,然后又突兀地焦虑起来。

但很快,她又会联想到那个让她觉得安定的人,心绪就会渐渐平静下来。

来年的五月底,蝉鸣如期而至。

"恭喜我们蝉蝉升职!"马宿雨大嗓子一吼,整个"发呆"的客人都朝着他们这边看了过来。

许蝉安静地托腮坐着,旁边的于皖周悄悄捅了捅马宿雨:"你低调点,生怕不露富。"

"距离上次升职才多久啊,我们家蝉宝就又升职了!这难道不该庆祝吗?"马宿雨凶巴巴的,对着于皖周的时候有点变本加厉的感觉,唔……更像是有恃无恐。

许蝉看看这两个活宝,恍惚发现原来时间过得这么快。

十三岁,她第一次见到李闵。

十五岁,她和谢时雨成了朋友。

十六岁,她认识了学长于皖周。

二十岁,她遇到了此生挚友马宿雨。

所有的人都在经历成长,只有她独自在黑暗里奔波。

直到二十七岁的她,再次和十三岁时仰望的少年相遇,他们之间有什么被打碎,又有什么东西变得更加坚硬,在一同奔赴理想的路上,跌跌撞撞前行。

即使他们被幸运抛弃,可他们依旧重新相逢,再次相知,一切都回到他们所期待的原点。

许蝉突然好奇地转向于皖周:"你知道李闵是从什么时候开始喜欢在酒吧调酒的?"

于皖周摸了下脑门,非常确定地说:"就是他和谢时雨彻底断了联系之后……"

他正说着,突然"哎哟"一声:"臭驴你踩我干吗?"

马宿雨狠狠地瞪了他一眼,眼神示意了半天,于皖周才"噢噢噢"地恍然大悟。他轻轻咳了一声,紧接着找补:"反正就是那会儿,闵爷就开始疯了一样泡吧,刚开始我们几个还以为这家伙受了情伤,结果每次去劝,他倒是好好的，把我们哥几个灌得烂醉。"

许蝉后知后觉地反应过来。

原来他还记得当年自己说过的来酒吧找她的话，他调得一手好酒，也是因此而来吧？

莫名地，许蝉有点想念那杯他在 Blueberry 给自己专门调的，不含酒精的长岛冰茶。

如果，能再喝一杯就好了。

窗外的烟花就像是黎明前的骤雨，哗然而起。

许蝉诧异地回过头，就看到在落地窗外的烟花衬托下，于皖周郑重其事地单膝跪在马宿雨的面前。

他手里捧着马宿雨最喜欢的洋牡丹，随着礼炮声响起，彩带缓缓落下，当着所有人善意的欢呼和起哄大声问道："马宿雨，和我结婚好不好？"

酒吧里的乐声突然停了，在所有人的等待中，一向大大咧咧的马宿雨突然红了眼眶，泣不成声。

于皖周坚持不懈地等待着，看不出一点点的不耐烦。

马宿雨等了他十五年，他就算等她五十年又有什么关系。

许蝉穿过人群，将于皖周提前准备好的戒指递到他的面前。

于皖周执起马宿雨的手，给她戴上戒指，马宿雨下意识避开视线，他不急不躁地深拥而上，在马宿雨忐忑不安的等待里，轻声道："你知道吗？小时候，我们玩过家家，我其实很喜欢你做我的新娘，可是你老躲着我。"

马宿雨微微一愣，错愕地看向于皖周。

"你总说你的人生注定残缺不全，但是我偏要扎进缝隙里，成为你余生的尽头。"于皖周笑着说，"马宿雨，让我做你的家人，行不行？"

马宿雨望着于皖周的眼睛，不知道过了多久，眼泪突然就掉了下来。她咬着嘴唇，看着自己面前的戒指，看着面前目光坚定的男人，心底的爱意再也忍不住地蓬勃迸发。

时间仿佛凝固，疑似永恒的等待中，她微不可察地点了点头。

于皖周跳得老高，抱起马宿雨原地转了好几圈。

"我不喜欢做饭。"

"我做。"

"我讨厌洗碗。"

"我洗。"
"于皖周。"
"嗯，我在。"
"我要你永远幸福。"
"马宿雨。"
"嗯。"
"我要你，比我更幸福。"
无数掌声中，小情侣真情深吻，满世界都是送给他们的祝福。
许蝉悄悄拭去眼角的湿润，走到无人的角落。她刚拿起手机想要记录这一刻，就看到屏幕上弹出一个特别关心的消息。

全世界心机最深的人：转身。

许蝉愣在原地没敢动，她手指有些发颤，目不转睛地盯着屏幕上的文字。
是真的吗？
她眨了一下眼睛，屏幕上却突然掉下一滴眼泪。她伸手擦去，可是怎么擦都擦不干净。她有些看不清对话框里的字迹了。
许蝉的目光在人群里扫视着，她蓦地转身，结果就被迎面而来的男人拥入怀中。
他身上有淡淡的青柠味，混合着些许消毒水的味道。她仰头看向他，眼底的湿润突然散去，忍不住"扑哧"一声笑了出来。
"我变丑了吗？"
李闵摸了下自己的脸，深色的眸子里全是许蝉。
许蝉摇摇头，踮着脚，伸手拭过李闵殷红的嘴唇。
她有点奇怪地"咦"了一声："我还以为你擦了口红。"
"哦，"李闵似乎是有些困惑地皱了下眉头，忽而笑道："哦，原来你有这种癖好。"
许蝉月牙儿似的眼睛里盛满了笑意，故意装作有些不理解："什么癖好？"
"想知道我有没有擦口红吗？"
不等许蝉反应过来，李闵俯下身噙住她的唇瓣。

白灼灼的光旋转在他们头顶，呼吸交缠之际，他的手指抵着她的下巴，轻轻一捏，呼吸急促地问："要不要，再尝一会儿？"

被压制性地撩到，李闵原以为许蝉会害羞得垂下眼，没想到对面的人却直勾勾地看了过来，伸手搂住他的脖子重新吻了回来。

她的吻比想象中霸道、甜蜜，李闵揽住许蝉的腰，笑意深抵心间。

他心里攒了一肚子的话，想要告诉她，此时却被她搞得心都乱了。

"李医生，"许蝉抿着唇，泪眼汪汪地盯着李闵嘴角，她点了点自己的唇瓣，"你弄伤我了。你说，你要怎么弥补我？"

李闵嗓音有些低哑："你想要什么？"

"一杯你亲自调的长岛冰茶？"许蝉意犹未尽地弯了弯嘴角，"调一辈子的那种。"

倾巢而出的贪恋，瞬间将男人拉入红尘。他一把将许蝉抱起，仿佛身后的惊呼和质问全都是杂音。

他们掠过黑夜，奔驰过长桥，他带着她一路疾驰而上，在日出将至的时候来到了一座海边别墅。

"跑这么远，就为了看日出？"

许蝉倚在白色的栏杆上，海天交接的金线渐渐逼近，晕染得岸边的贝壳都像是浮上了流光。

李闵俯下身将双手撑在许蝉身侧，把她完完整整地圈在怀里："日出天天都能看，我现在只想好好看看你。"

"嗯？看什么？"

许蝉无辜地眨了眨眼睛，李闵觉得一年不见她的演技又出色了许多。

看着许蝉这么贵人多忘事，李闵咬牙切齿地逼近，贴着她的唇瓣威胁："当年你做了什么事情，我要加倍讨回来。"

许蝉还没反应过来，李闵就十指交叉着她的手指压了过来。

他俯下身，仿佛要将许蝉揉进肋骨里，唇齿交接时，他喃喃道："想起来了吗？"

在被男人一把抱起的瞬间，许蝉再也不敢装傻，连声求饶。

"我错了。"

她紧紧抓住李闵的衬衫，略微松开的领口内是线条流畅的蓬勃身躯。

"错在哪里了？"

李闵不依不饶，像是押上了一辈子，非得将眼前的嫌犯刨根问底。

许蝉低着头，肩膀微微颤抖。

李闵心一软，正要放过她的时候，她突然自己凑了过来，轻轻地亲了一下李闵的嘴角。

"早知道你这么不经撩，我就不该亲你这里。"她视线下滑，快到腰际的时候戛然而止，然后正视着他的眼睛说，"该把你吃干抹净，然后重新找个人嫁了，让你这辈子都求而不得。"

"你这个思想，"李闵轻轻地蹭了一下她的唇，断断续续地说，"很危险。我不会让你得逞了。"

时间回到一年前。

李闵原本打算等许蝉走后直接回实验室，没想到许蝉三言两语竟然提前套到了话，临走之前偷偷上了他的那辆车——以家属的身份。

"李医生，你是不是落了什么？"

身后传来笑闹着的提醒声，李闵一回头就看到许蝉拖着行李箱大摇大摆地走了过来。

她越过人群，大大方方地挽起他的手臂。

在众目睽睽之下，有个面生的外籍男医生故意问李闵："这位小姐是你的……"

"嗯。"李闵闷闷地应了一声，宽大的手掌顺着许蝉的手臂缓缓往下牵紧了她的手，像是拿她没办法似的轻捏了一下，然后才朝着所有人用英文介绍道，"我正在追的姑娘。"

许蝉听到李闵的话，脸不红心不跳，面不改色地开口："他这个人有点轴，要是大家有哪里不满，欢迎随时找我。"说着，就把自己的名片一一递给了在场的所有人。

李闵趁她还没发到男同事，立刻把人拉到怀里，径直上了楼。

"谁准……"

关上门，李闵问责的话还没说完，就被许蝉抱了个满怀。

见许蝉踮着脚辛苦，李闵索性将她抱了起来，惩罚似的悬在半空问："现在是在告饶？"

"那你放我下去。"许蝉赌着气，盯着李闵，像是要把他看穿。

六月初的天气闷热，房间里还没有开空调，两个人对峙了一会儿便感觉出了汗。

李闵发觉许蝉故意和他对着干的心思之后，认输似的叹了一口气。他将她送回房间，看到她乖乖巧巧抱着膝盖坐在被子里，瘦了一大圈的脸上，两只泪汪汪的眼睛就像是随时能滋出水，蓦地就放弃了责怪许蝉的想法。

他转脸威逼利诱似的让她老实，没想到她竟然多学了半招，扬起正在充电的手机，说自己赶不上航班，要留宿在酒店。

"在丹达葛尔，你让我睡你床的时候，怎么没有觉得不适合？"许蝉躺在床上，疑惑地发问，"更何况，我现在是在酒店的床上，又不是你家的。李医生，你是在紧张什么吗？"

她细巧的下巴微微一抬："困了的话，客厅有沙发，你自己过去。"

随后，卧室里的灯就关了。

一片黑暗里，李闵只看到穿着粉色真丝睡衣的许蝉在被窝里翻了个身，光洁白皙的后颈有些醒目，就像是掩映在湖心碧荷间的曲颈天鹅一样。

他喉头滚动，停在原地半晌，莫名有种被人摆了一道的错觉。

睡到半夜，李闵从沙发上爬起身去了趟卫生间，他转头回到沙发，就看到被子掉在了地上。

被子掉在地上了。掉在地上就脏了，脏了还能用吗？

李闵拧着眉头，认真地想，肯定是不能再用了。于是，他走到许蝉的卧室门口，伸手敲了一下门，结果还没敲几下，房门就缓缓打开了。

四边形的光块落在黑暗里，映在粉白交加的床上，他看到许蝉赤白灵巧的脚露在被子外面。

睡觉这么不老实？

李闵走上前，替许蝉盖住脚，抬起头就看到她的肩膀又露了出来。

他只好又往前提了提被子，她的脚又露了出来。

哦，原来是被子盖反了。

他又把许蝉的手挪到被子里，然后轻手轻脚地给她把被子摆正。折腾完之后，他都快要忘记自己进屋只是为了借一床被子。

可是此时，许蝉似乎已经睡熟了，他正犹豫要不要吵醒她的时候，女人的小手突然朝前一伸，准确地抓住了他的睡衣领口。

李闵单膝跪在床单上，呼吸微微有些沉重，随着她随意一带，他的身体

307

跟着床单轻微一滑，下一瞬整个人就送到了许蝉的面前。

"睡吧。"许蝉哑着嗓音，撒娇似的伸手抱住李闵的一条手臂，"别闹了，我好困。"

她力气倒是不大，使劲抽出来也不是不行。

可是……李闵看了眼许蝉抱着自己的位置和角度，心里盘算了一下，还是深吸一口气，闭上眼躺在了她的身旁。

第二天一大早，许蝉醒过来的时候似乎还有点蒙。

她倒打一耙："你怎么在我床上？"

李闵想要辩解，但是一想到的确是自己闯进来的，随即又哑口无言地垂下了头。

"啊，来都来了。"

许蝉看着李闵有些松散的衬衣领口，抬手卷了一下他的领口："要不，你再陪我一会儿？"

她慵懒地眯了眯眼，像是真的很困，给人一种无法拒绝的感觉。

李闵鬼迷心窍，真的以为许蝉只是抱着他睡会儿而已。

直到，她闭着眼，突然亲了他一口。

那一吻，在他的脑海里萦绕了一年，险些将他逼疯。

谁能想到，兢兢业业的李医师能提前完成研究，原因竟然是因为一个浅尝辄止的吻呢？

海风里伴着轻微的腥咸味，海浪一波波地推到脚背，淡淡的海草气息迎面而来。

许蝉走在前面，李闵跟在后面，小脚印上叠上大脚印，一路上的沟壑似乎是一个人的痕迹。

"这次回来，还走吗？"

许蝉迎着海风，裙摆纠缠在她的脚踝，勾勒出优美的弧度。

李闵眼底溢出笑意，伸手将许蝉抵到胸口，心脏的律动声逐渐加速，他一字一句地说："你在这里，我还能去哪儿？"

番外一

/

一百颗星星

　　寒假期间下了好几场大雪，开学的时候操场的草坪上还堆着厚厚的积雪。
　　教室倒数第二排的课桌上，李闵正低着头在高高摞起的教材后面折星星。透着冷意的阳光透过玻璃窗，正好斜斜地打在李闵的侧脸上。
　　他眉目清明，嘴角上扬的时候还带着薄薄的清冷，弧度优越的鼻梁上一双锐利的眼眸就像是把银河都囊括其中。
　　此时，斜对角正趴在桌子上朝着李闵使眼色的于皖周都快要急疯了，但是直到物理老师拿着教鞭晃到了最后一排，李闵都没有注意到他的暗示。
　　好在，物理老师只是站在李闵课桌前敲了敲，眼神示警之后又巡视着继续回到了讲桌前面。
　　白色的投影幕布上还放着一道难题，物理老师清了清嗓子，突然说："这次模考，我们班考得最好的同学是谁啊？"
　　于皖周捂着脸，一副糟糕的剧情又来了的表情，然后就如期看到斜对角的李闵站起身。
　　一片窃窃私语里，物理老师回身指着白板："那你上来给大家讲讲，至少讲出三种方法，该画图的画图，直到讲透彻为止。"
　　那可是市里模考第一名都解不出来的扩展题目，这不是明摆着为难人吗？

309

于皖周心里嘀咕着，目光追随着李闵上台。

"他怎么又被叫上讲台了？"

"闵神是不是又睡着了？"

"没有——他在叠星星。"

"啊……"

于皖周斜眼看过去，李闵自己空荡荡的桌肚里堆着乱七八糟的星星。

这种娘里吧唧的东西，不是只有女孩子才喜欢吗？闵神叠这玩意儿干吗？难不成是平时扔纸疙瘩不好玩，改成塑料管？

啧。

于皖周心里吐槽，突然就听到前排一阵唏嘘。

他扭过头，就看到李闵不知道什么时候在题目里标记了一处红圈，然后"唰唰唰"几下就解出了答案。

于皖周差点从座位上站起来，不等他有动作，物理老师先扶了扶眼镜走到了白板面前。

"第几种了？"

"第三种。"

"还有？"

李闵停下笔，似乎是在思索。

过了一会儿，他笑着指了指题目里的某一处，说："这道题没有人能解出来，因为这个地方的图印刷有误。改完之后就简单多了，可以有三种以上的解法。"他把手里的笔放在一旁，笑容很浅，但是明摆着不想再"浪费时间"，"剩下的我也不会，我也想听老师教我们。"

李闵回到课桌，快速收拾完桌子上散乱的星星，见物理老师开始讲题了，立刻坐得端端正正，目视前方。

于皖周还以为李闵突然转性了，他余光瞄了一眼，震惊地发现这人居然把手放在桌子底下，抽了一根粉色的塑料管，手指敏捷地继续折了起来。

"这玩意儿配在弹弓上能打疼人吗？"

一下课，于皖周就趴在李闵那边，看到他一桌肚的星星，顿时就吐槽道："你什么时候学会这个了，该不会是送给哪个小学妹的吧？"

于皖周随口胡说，额头突然被敲了一个脑瓜嘣。

"胡说八道什么。"李闵嘴上否认，眼底的笑却藏也藏不住，"闲着没事，随便打发时间而已。"

"哦。"于皖周偷偷瞄着李闵的神情，脑袋猛地伸到桌肚里狠狠抓了一把，然后满教室喊着，"闵神送星星咯！一人一颗先到先得！拿了闵神的星星，下次模考一定拿第一啊！"

他站在课桌上大声吆喝，刚开始大家还起哄争着要，没几秒他突然就发现所有人都回到座位不理他了。他感觉身后阴恻恻的，扭过头就看到李闵双手插着兜，冷淡地站在他的身后。

李闵睫毛很长，眼底的黑眼圈在白皙的皮肤上尤为明显。此时，他疲倦似的眨了下眼，朝着站在桌子上的于皖周伸出手："三十一颗，还我。"

"闵神，你不至于吧。"于皖周被李闵突然冷下来的气场搞得有点心慌，但还是没有立刻认，"不就是几颗塑料星星吗？你要是喜欢我改天让人赔你一车。"

"还、我。"

李闵手指摊开，细碎刘海覆盖下的眉头微微一挑，整个人突然笼罩上一层愠色。

于皖周从桌上跳下来，正好上课铃响了，他顺手将手里的星星，还有刚刚不少同学还回来的星星全都放到了李闵的手心。

"啧，还你还你！又不是抢你老婆，抠门到家了真是的！太小气了！改天我让马宿雨给我批发一箱，酸死你！"

李闵站在原地，仔细数着星星确保一颗不落，才转身回到座位。

他落座，数学老师就匆匆走了进来，一进门就把一摞试卷丢在了讲桌上。他摔摔打打，像是在拍灰尘，又像是在置气。

"完了，这次成绩肯定不好。"

"求求了，数学课赶紧结束吧。"

班级群里刷屏吐槽着，于皖周支着下巴，一边看手机，一边假装乖巧地听着数学老师讲试卷。

他越想越不对劲，扭过头就看到李闵面前摊着一本数学练习册，试卷放在旁边看都没看一眼。

李闵低着头，手里还握着笔，远远看着就像是在认真看题，但其实眼睛早就已经不受控制地耷拉下去了。

纸疙瘩突然砸在他的鼻梁上，少年眉头微微拧起，略微掀了掀眼皮，余光就看到于皖周那个不怕死的都快把脑袋塞到桌子底下了，正朝着自己疯狂做手势。

闵神，你是不是谈恋爱了！

李闵看着字条上的字和硕大的感叹号，随手用红笔画了个大叉。

什么谈恋爱？于皖周的心可真脏啊。

他只是答应了小姑娘要给她送生日礼物而已，算起来……她还未成年，他再怎么畜生也不至于对这么小的小家伙动这种心思。

李闵不耐烦地把字条揉成团丢在地上，很快又被于皖周丢了回来，李闵展开字条看背面——

你赶紧给我坦白，我观察你一早上了，看你这一脸春色，瞒得过别人瞒不住我。快如实招来。我跟你说，送星星没用的，现在小姑娘都喜欢打直球。

打直球？

李闵偏过头，看向于皖周。

他想了想，翻到书本的最后一页，撕下一张白纸，在上面写了一句话。

于皖周刚兴冲冲地拿到字条，就看到数学老师"哼哧哼哧"地飞奔了下来："于皖周，你上课传什么字条？给我看看，你们在讨论什么东西。"

于皖周缩了缩手，数学老师不依不饶，他一狠心刚要把字条塞到嘴里，就被数学老师一试卷横在面前打落在地上。

数学老师摊开字条，就看到上面是李闵端端正正的字迹——

什么是打直球？

于皖周脸都憋红了，正低着头思考着怎么糊弄，就听到斜侧方李闵一脸无辜地告状道："老师，于皖周打扰我听课。"

"你这个浑球。"

于皖周没控制住骂了出来。

教室里的其他同学忍不住笑出声。

良久，于皖周偷偷瞄了眼数学老师，就看到他一张黑到离谱的脸。

紧接着，全班都听到数学老师兼教导处副主任指着于皖周大声骂道："给我滚出去!"

李闵正嚼着笑,忽然就看到数学老师扭头过来,不知道想到了什么,又指着他说:"带着课本出去站着上课。"

楼道里,于皖周幸灾乐祸地朝着李闵挑眉,整个人笑得直不起腰来。

"老姚和老孙向来斗得你死我活的,你上次物理考了全年级第一,数学却漏拿了9分,他落了下风正不自在呢!还想整我啊?活该你自己倒霉吧?"他哼哼唧唧地埋汰李闵,却看到李闵把手从口袋里掏出来,不知道从哪儿揪出来几根塑料管,专心致志地叠了起来。

于皖周看得目瞪口呆,半天才反应过来:"好家伙,该不会是为了叠这个故意拉我下水吧?"

"什么下水?"荧黄色的塑料管在李闵手指间越来越短,完成最后一步,他懒洋洋地抬头看于皖周,"我不是因为你才被赶出来的吗?说起来,我也算是受害人,你不打算请我吃顿饭安慰一下?"

"狗东西。"

于皖周用肩膀狠狠撞了一下李闵,李闵敏捷地闪身躲开,正好听到自己口袋里的手机轻轻振动了一下。

　　如果夏日不聒噪:学长,你们班在上课吗?
　　M:嗯。
　　如果夏日不聒噪:看窗外。
　　M:怎么?
　　如果夏日不聒噪:操场的四叶草小花园里,我给你藏了礼物。

教室窗外啊?

李闵合上手机,有些遗憾地看了眼教室门口。

他火速地趴在窗口"唰唰唰"做了一页题,把试卷上没有写的地方都填满了,然后看了眼气势汹汹的于皖周,突然说:"兄弟,你好自为之。"

于皖周还没反应过来什么意思,突然就看到李闵走到教室门口,端端正正地给数学老师道了个歉,在众目睽睽之下非常不要脸地回到了座位上。

从窗外透进来的光线太刺眼,上一堂课课间的时候,窗户就被前排同学遮了起来。

李闵注视着眼前的试卷,微微侧过身,目光透过窗帘的缝隙正好看到操场上不知道哪个班正在上体育课的情景。

他坐在座位上视野受限,只能看到四叶草花园的一个角落,那里一片贫瘠,只剩下落雪过后的软踏踏的泥地。

过了一会儿,趁着数学老师转过身去写讲解,李闵将椅子往后挪了几下,然后假装去打开窗户,站起身朝着窗外望了下去。

冬日里枯萎的四叶草花园里一片无瑕,坚硬而厚重的雪地里,蹲着一个丑丑的小雪人,雪人头上戴着树枝圈成的王冠,脖子上挂着一圈深绿色的松柏叶子,嘴角甜甜地扬起。

雪人面前,用小雪堆拼成几个字,写着:高考加油。

如果夏日不聒噪:看到了吗?
M:嗯。
如果夏日不聒噪:看到了什么呀?

李闵噙着笑,手指在书页底下轻轻地按下键盘。

M:你送给我的春天。

四月中旬,李闵总算是攒够了一百颗星星。

那些便宜的塑料管质量不太行,说是有夜光但是有的根本就淡得不见光,劣质得不行,他只好先折叠,折了差不多有四五百,然后在大半夜坐在图书馆的小天台上挑选一些比较亮的。

他选来选去,终于挑好了最亮的一百颗。

傍晚的暮色泛着红晕,李闵小心翼翼地把玻璃瓶放进纸盒里,用白色的泡沫紧紧围住,然后用软纸严严实实地填充缝隙。等到了学校快递存放处的时候,又觉得太高的怕兔子够不着,太低了她又要弯下腰,于是站在那儿等了一个多小时,等到晚霞全都沉没下去,终于腾出来一个中间的空位置。

第一个一百颗星星放在柜子里,他半蹲在旁边的石阶上,给兔子发了一条消息,然后望着幽暗的西方,看着那颗最亮的昏星,虔诚地念道:"小家伙,要开心。"

番外二
/
求婚

许蝉从来都不知道李闵竟然有写日记的习惯，自从同居之后，她没事就翻出桌子底下那个日记本看两眼，每次看几页就又头疼地放回去。

是不是做了医生字都会变得这么丑啊？

日记本上的字，刚开始都还整整齐齐的，许蝉越往后翻阅，就越是潦草，有时候句子都连不上，像是懒得写一样东扯一句西扯一句乱写。

李闵下班回家，进门就看到许蝉又在和日记本较劲。他先去卫生间洗了个手（许蝉的要求），然后才贴在许蝉身后温声询问："要不要我念给你听？"

许蝉看得入神，忽地觉得耳畔一阵阵温热，方才知道李闵回来了。

"不用。"

这种东西，念出来多矫情啊。她脸皮薄，明知道是写给她的，怎么可能继续听下去。

日记本的扉页上是贴得整整齐齐的剪纸，是李闵把照片打印出来，然后用刀抠出来的图形。

许蝉已经不记得原件被她丢在哪里了，看到这个她就扭过头问李闵："听说拿手术刀的男人，厨艺都很好？"

"多谢夸奖。"

李闵一只手臂环住许蝉，两个人腻在一起看着日记本上的内容，听到她这么问,就扫过纸张上的日期,然后翻到一页道:"这是我第一次做饭,做的是粉蒸兔肉。"

许蝉一脸古怪,拧着眉看向李闵:"所以?你这是在挑衅?"

明知道她的头像有兔子,他还故意吃兔子。

"你为什么不能换种思路呢?"

——也许,我只是单纯地想吃兔子了。

李闵捏了下许蝉的脸颊,偏过头视线对准她的薄唇。男人带着青柠气味的呼吸萦绕在她的鼻尖,很快她就尝到了酸涩的温软。

许蝉被男人抵在沙发一角,觉察到男人滚烫的眼神,她小心地把日记本挡在面前:"我明天还要去给实习生俱乐部的小朋友做评委,你要是敢乱来,到时候我还怎么见人。"

李闵的动作停住,目光落在许蝉细白的脖颈,有些失落地坐回去。

许蝉松了口气,正要攀着李闵的脖子从沙发上坐起来,李闵突然脱掉了西装外套,整个人猛地往前逼近了好几厘米。

"我懂你的意思。"他轻轻地趴了过来,下巴蹭了蹭许蝉的肩膀,小声央求,"看不到的地方也可以。"

春节放假,许蝉提前一天收拾回家的行李。

李闵一早就端坐在客厅,他抱着一本杂志半天没翻页,听到她来来回回把箱子打理得满满当当,嘴里还盘点着还落了什么的时候,他仰起头轻轻地咳了一声:"需要我送你吗?"

"不用,你明天不是还有个采访?"许蝉一把拎起行李箱,掂了掂然后又回屋把新家钥匙放进了包里。

李闵原本还很镇定,看到许蝉拿了新家钥匙,立刻就急了:"你过完年不过来了?"

许蝉理所应当地点了点行李箱:"上次剩下的东西我都装完了,为什么还要过来?"

前段时间,许蝉在 A 城买了套三室一厅一厨两卫的房子,距离鑫海茂世半个小时的路程,离他们公司特别近。李闵刚开始持反对意见,他们都已经有两套房了,许蝉实在没必要再买,可是许蝉坚持婚前必须有一套自己的房,他只好松了口。

回国之后,在一起一年多,两个人同时在家的日子掰着手指头都能数清楚,现在许蝉又要搬走,往后的日子……李岅想想就觉得难忍。

"你还落了一样。"

许蝉看到李岅转身回到他的房间,忍不住跟了过去。她刚踩到地毯上,就被躲在墙侧的男人拢入怀里,身后的门轻轻带上,他恋恋不舍地问:"你走得这么洒脱,就这么舍得我?"

唔。

许蝉恍然大悟,原来李岅这段时间跟她闹这个别扭。

"我会抽空过来的。"

许蝉说完一句,李岅就挨过来亲上一口,直到她再也不敢说话。男人忽然抬手按下开关,直接把她揉进了被子里,径直带入了温柔乡。

第二天许蝉拖着行李箱走下大楼,她刚刷完卡出了大门,就看到路边黑色车辆的玻璃窗缓缓落下。

"你怎么来了?"

李岅升职之后,行程安排得特别满,所以许蝉从来都没想过让他送自己。

"上来。"

副驾驶的车门打开,李岅俯下身给许蝉系好了安全带:"车后面买了零食,喜欢什么自己拿。"

许蝉扭头一眼,满满一后座的礼品盒,她本来想说"自己带不了这么多零食",转念一想突然打开车门跑到后备箱一看,果然塞得满满的,全都是人参、燕窝、名酒、女包。

"你要陪我回家啊?"

面对许蝉的惊讶,李岅目视前方点了点头,有点不自在地说:"前几年,徐树岸都陪你回去过,我们交往一年多了,你怎么就没想着给我个机会,让我这个男朋友讨讨丈母娘的欢心?"

许蝉憋着笑坐回座位,她系着安全带,故意没有看李岅:"那我得跟我妈和叔叔说一声,今年家里少买一点醋。"

"不是醋。"

李岅松开方向盘,忽然伸手将许蝉捞了过来,他修长的手指在她后颈轻缓摩挲,语调淡淡地说:"是柠檬。"

许蝉脸颊发热,身上的小西装被揉得有些凌乱,她直视着李岅的眼神,胸口的衬衫领口微微起伏着。

"你是在跟我算账吗？"

"不，我是在邀请你跟我算账。"

许蝉蓦地红了脸，她以前怎么没觉得"算账"这个词竟然这么暧昧呢？

灼热的呼吸里，男人的吻密密落下。

直到车窗被人敲响，车内行为暂停。

李闵用自己的西装外套盖在许蝉脸上，然后整理好自己的领口，将车窗打开了一道小小的缝隙。

"什么事？"

"您好，我们想倒个车，但是水平不太行，那个……可以麻烦您先挪出去一下吗？"

男人的脸色微微缓和了一点点，他轻轻笑了一下，像是对着窗外，又像是对着车内。

"不用动，我来吧。"

从事务所大楼出发，经过许蝉的新家，再到川洋县城，一路上总共需要三个小时的行程。在加油站的时候，天上突然飘起了雪，许蝉忍不住抱怨："早知道，我们坐飞机回去了，你非要开车。"

"开车不好吗？"李闵抱着许蝉站在车辆旁边，他从许蝉的手里接过一枚糖果，仔细拆开之后递到了许蝉的嘴边，"难得有机会见面，我怕飞太快，我看你的时间太短。"

余生那么漫长，厌倦轻而易举，哪有你说的这么……许蝉扭过头，心里的话还没说出口，就撞到李闵无比认真的眼神。

他的眼里是深海，只豢养她一条鱼，平和微漾为她，惊涛骇浪为她，沿岸拍起的泡沫里都是热恋的余温，她不由自主就陷入一种莫名的信服里，就像是神明的蛊惑，让她闭口不言，永生臣服。

"李闵，"许蝉仰着头，舌尖还带着一点点甜，她心里最后一颗扣子随着这声呼唤缓缓落地，"我突然想知道，你这十年是怎么过的了，你愿意告诉我吗？"

李闵敞开棉服包裹住许蝉，就像是准备已久，在漫天大雪，无人停驻的加油站里，轻轻地将下巴抵在许蝉的额头上。

"小傻子。"

那本一直在许蝉面前晃悠的日记本，此时正躺在李闵的抽屉里。

无数次，李闵想要告诉她，他的爱从来都不是空中楼阁，可是无数次，他又鼓不起勇气。

他爱许蝉，是因为她是许蝉。许蝉爱他，会不会是因为吊桥效应呢？

丹达葛尔的一幕幕，每天都在他的噩梦里浮现。他怕，她误把感激和恐惧当成爱。

直到此时，李闵听到许蝉再次提及过去，他才敢肯定、用力、毫无顾忌地回拥过去："抱歉，我弄丢了你的十年。但是，你知道吗？其实我的生命里全都是你。"

街道两边的玉兰开得正盛，光秃秃的枝丫上白色的花朵就像是玉石绽放。许蝉走着走着忽然被一簇从墙头蔓延出来的山茶花吸引了视线，山茶花浓艳得仿佛油画，在尚显贫瘠的春日浓烈非常。

李闵提着祝弓弓的小背包快步走到许蝉身后，正好看到一朵白玉兰坠落在她的耳畔，他伸手拈住顺势刮了下许蝉的耳垂，见她面带笑容地回过头，方才上前轻声问道："怎么突然停住了？"

许蝉抬了抬下巴，眼神示意："没想到竟然走到了这里。"

"闵爹，这是哪里？"原本落在后面系鞋带的祝弓弓跑上前，远远地就好奇地追问许蝉，小孩子一脸和年纪不符的成熟，满眼都是好奇和思索，"哦，我知道了，这里是闵爹和蝉姐姐的定情地是不是？"

祝弓弓挺起小胸脯，一脸自信，话刚说完，后背就挨了李闵一下。男人嘴角勾着笑，语气漫不经心地威胁："嘱咐你多少遍了？你又忘了？还想回家再抄一百遍家族歌？"

"蝉姐姐，闵爹打我。"祝弓弓躲在许蝉身后，他一把揪住许蝉的胳膊，朝着李闵可怜兮兮地眨巴大眼睛，"你们又没结婚，我想怎么喊就怎么喊！我们老师说了，体罚是不对的，你不能罚我抄书的。"

李闵盯着祝弓弓看了一秒，突然伸手揉乱了祝弓弓的头发："告状鬼！不过，有件事你说得没错。"

许蝉笑吟吟地把祝弓弓的头发重新拨整齐，然后和事佬似的念叨："你看你闵爹知道体罚是不对的了，也跟你承认错误了，你就大人不记小人过，

319

原谅他？"

　　李闵认真地听着许蝉给小朋友讲道理，闻言嘴角的微笑蓦地一僵，随即将视线意味深长地投向了许蝉的脸上。

　　他穿着一件黑色的夹克，深色的鸭舌帽压得有些低，阴影底下的眼色晦暗不明，语气突然就带上了一点微不可察的甜腻："今天还早，进去走走？"

　　许蝉一只手牵着祝弓弓，一只手拿着手机，看着眼前突然来了兴致的李闵，慢慢地点了点头。

　　她也很久没有再回三中了。

　　时隔这么多年，许蝉原以为三中带给自己的只有凝重的心事和残忍的掠夺，可当她真正靠近，看着夹道两侧的杨柳依依，看着角落里依旧缺了口的砖红色瓷砖，看着到处都是穿蓝白校服的学生，突然有种所有的怨恨全都消散，只剩下恍然如梦的怅然。

　　——大梦初醒，她还是那个十七岁的许蝉，在图书馆，在操场上，在晚读时，总是小心翼翼地寻找着某个人的身影，期待着与他的每一次目光相接。

　　"这里是闵爹以前上学的地方吗？"祝弓弓故意挑刺，撇着嘴嫌弃，"一点也不好看，校服好丑。"

　　许蝉牵着祝弓弓的手晃了晃，指着不远处的食堂说："我以前经常在那里遇到你闵爹，他吃饭速度特别快，而且每天定时定点跟游戏里的NPC（非玩家角色）一样。"

　　"啊——"祝弓弓扭过头看李闵，目光落在他一米八几的个头上，突然闹了起来，"那我也要去吃，我也要长高。"

　　李闵提着祝弓弓挪到一边，突然挤到了他和许蝉中间，肩膀紧紧相接的那一刻，他伸出兜里的手悄悄握住了许蝉的手指，十指交缠，他略带宠溺地纵容了一次祝弓弓的任性："你老实点，闵爹就带你撮一顿。"

　　祝弓弓满脸都是欣喜，一点也没发觉自己被李闵无形中取代了地位。食堂的饭菜还是以前的样式，邻近上课时间，很多窗口都已经停掉了。

　　许蝉跟在李闵身后，看着他在超市买了一大堆零食，然后又东拐西拐地搜罗了一圈的小吃，什么酱猪肘、柠檬凤爪、炒鸡柳还有砂糖山楂。等到东西全都堆在了原地敲桌等待的祝弓弓面前，小孩脸上的笑容掉得比雪山融化还要惨烈。

　　"我不要吃珍珠果茶，不要大白兔奶糖！我也不喜欢卤味、关东煮！"

祝弓弓气呼呼地站在凳子上抗议，"闵爹，你不爱我！这都不是我喜欢的。"他捡起一颗可可爱爱的兔子软糖，眉头几乎要皱成一团，"咦，只有女孩子才喜欢这种东西吧？我才不要。"

空气里安静了一秒，许蝉再也忍不住轻声笑了一下。

祝弓弓还没反应过来，就看到许蝉拎起另一个袋子："这个是给你的。"

小朋友看到了心仪的零食，顿时心花怒放，完全没有注意到旁边的两个大人，各自眼底的温柔与光彩。

"听我妈说，你前段时间回了趟老家？"许蝉接过那颗被祝弓弓丢回袋子的兔子糖，慢慢吞吞地拆着，突然提起。

李闵立刻点了点头，帮许蝉打开了手边的矿泉水："见了那个人，顺便去了一趟墓园。"

"嗯。"许蝉只知道李闵回家去探望病重的父亲，却不知道他还去拜祭了母亲。

李闵拿过许蝉手里的糖，拆掉塑料包装，重新塞回许蝉手心："我等不及了。"

"什么呀？"许蝉停下手里的动作，在门帘晃动的光影里偏过头审视李闵，"你今天怎么奇奇怪怪的？"总是说一些让人浮想联翩的话。

李闵蹭过零食袋子，伸手捉住了许蝉的手。他慢慢地捏着她的手指，悠悠地说："本想处理好了再告诉你，既然你都知道了，那我也就不瞒你了。"

他脑海里浮现出医院开的那张病危通知，语气平淡得仿佛是在讲别人的事情："他要走了。我去看了他，也告诉了他当年我母亲去世的真相。"

李闵没有想到，父亲竟然从始至终都不知道，是自己买的那些药要了母亲的命。

他的不甘心、怨恨、猜忌和占有欲折磨了他这么多年，晚年来临之际，一切都像是报复一样将他的生命力一点点地削弱。最可悲的是，在李闵道出真相之前，他竟然一直以为李闵不是他的亲生儿子，也一直以为李闵的母亲是为了报复他而离世。

自作多情，自以为是，都是恶果。

"我永远都不会原谅他，"李闵平静地说，他的眼眸很黑，但此刻抬起头，眸子里映入许蝉的身影，突然就像是有了星星点点的光亮，"也绝对不会重蹈他的覆辙。"

许蝉回握住李闳的手,李闳突然笑了一下:"所以我去见了我母亲,想让她早点知道,我遇到了这一生中第二个给我好运的人。"

也是唯一,最爱的人。

"许蝉,"李闳眼底春色蔓延,捧着许蝉的手放在脸侧,轻声笑道,"救人于未病之时。其实,你才是我的医生。"

两个人隔着一张桌子,静静地对视,谁都没有说话。

忽然,祝弓弓吹响了一声口哨,李闳和许蝉转过身,就看到小孩不知道从什么时候开始目不转睛地望着他们,此时他表情古怪地说:"闳爹,你刚刚是不是想亲姐姐?"

许蝉脸颊一热,正想要反驳,就听到小孩认真地说:"我们班小胖看我们班小漂亮就是这个眼神,有次小漂亮正在做眼保健操,小胖这么看了小漂亮好久,然后就亲了她的脸,小漂亮哭了好久。"

李闳捏住祝弓弓的脸颊轻轻拧了一下:"小朋友不好好学习,成天想的都是什么?"

"我们老师说这样没礼貌,是不对的!"祝弓弓还在争辩,似乎是在责怪刚刚李闳的那个眼神。

在某位成年人还没开口越级科普之前,许蝉先一步问道:"你怎么这么关心小漂亮?你是不是想和人家做朋友?"

"小漂亮脾气臭死了,我才不要和她做朋友。"祝弓弓拧过头大声反驳,"而且她总是和小胖去游泳课,却从来都没看过我的足球赛,我足球踢得可好了。"

许蝉抿嘴看了眼李闳,李闳立刻放缓了语气哄小孩似的说:"判断一个人喜不喜欢你,不要看他为了你放弃了什么,要看他给予了你什么。小漂亮除了足球赛,没有帮过你其他事情吗?"

"对哦。"祝弓弓脸一红,不好意思地低下头,"我英语特别差,小漂亮每天早读都拉着我一起练习口语。"他语气很不开心,但满眼都是遮掩不住的得意,"她可烦了,背不完还不许我放学。"

"你要是想和小漂亮做朋友,也可以去她喜欢的游泳课啊。"李闳从祝弓弓的袋子里抓了一颗糖,正大光明地塞到了许蝉的手里,然后朝着祝弓弓道,"男子汉大丈夫,脸皮要厚一点,想与人做朋友就去争取!懂不懂?"

祝弓弓翻了个白眼,把自己的零食护在怀里:"说好了只买给我的,你们大人好爱占便宜。"

许蝉被小朋友逗得笑个不停,两只手都撑着下巴腾不出空。

她看着食堂马上就要关门了,正想喊李闵离开,忽然就感觉腰际爬上来一只手。李闵往她那边靠了靠,轻咳一声的同时手指微微用力,他微哑的声音压低了道:"对哦,我就是爱占便宜。谁让你是我儿子?"

谁让你是我女朋友?听出潜台词的许蝉脸颊微红,伸手在李闵腰上掐了回来。

"祝贺然同学,"李闵环住许蝉,忽然扭头朝着祝弓弓喊了一声他的大名,"刚刚奶奶发消息说过来接你,现在已经在门口了,你自己出去好不好?"

祝弓弓眨了眨眼,猛地从凳子上站了起来,然后不由分说地抱住两大袋零食说:"这些都给我!"

"嗯,都给你。"

祝弓弓笑得十分灿烂,拎着好吃的就直接跑出了食堂大门。

许蝉连忙要跟过去,却被李闵轻轻拉住。

"奶奶到了吗?他自己走丢了怎么办?"

"没事的,他又不是三岁小孩。"

许蝉犹豫片刻,见李闵态度坚决,就妥协道:"那待会儿给奶奶打个电话。"

李闵抬头看了眼乌黑的天花板,垂眸笑了下说:"这边信号差,我们去操场那边。"

许蝉半信半疑地点了点头,当年三中的信号的确是不好,尤其是一到阴天,教室里简直就跟装了信号屏蔽器一样,除了操场和体育馆,信号几乎全无。

教学楼里安安静静的,正好是上课时间,许蝉穿过一楼的小铁门,入目就看到操场上那棵据说很有灵性的大树。

草木莽莽间,粗粝的树根密密地扎入泥土,许蝉站在树荫底下,抬头看到葱葱郁郁的树枝间漏下些许阳光,午间的风卷起的树叶缱绻在脚下,树叶里隐约传来蝉鸣的声音。

下课铃突然响起,许蝉抬起头,就看到李闵不知道什么时候不在了。

她转身寻找,就看到李闵捧着满怀栀子花一步一步地走上台阶,然后摘下帽子,璀璨的眉眼里全是快意,在一群又一群的蓝白校服间,他掷地有声地笑道:

"同学你好，我是高三（17）班的李闵。"

许蝉抿唇，含笑应他："学长你好，我是高一（1）班的许蝉。"

楼上的惊呼声中，操场上的学生围了过来，祝弓弓和奶奶，还有不知道什么时候出现的于皖周和马宿雨都站在教学楼后门口。

许蝉还没反应过来，就看到最先过来的男孩子往她手里塞了什么东西。她伸出手，就看到折叠好的星星比阳光还要璀璨，紧接着是第二颗，第三颗……直到第一百颗。

一百颗星星被学生首尾相连，沿着一条细细的丝线，绕在了他们的身边。

"今年的一百颗星星，换我许个愿。"

许蝉垂着眸，目光里李闵忽然单膝跪地，他扬起的脸上一双眼明亮幽深，眼底满是虔诚与温柔，他一字一句清清楚楚地轻声道：

"许蝉，嫁给我好不好？"

所有人都屏息等待着，许蝉感觉自己像是回到了十数年前，她重新站在了约定好的地点，而这一次她并未离开，而李闵也没有失约，所有人都期盼着他们的相遇，祝福他们的并肩而行。

阳光热烈，许蝉悄悄地弯起嘴角，望着他的眼睛，眼底泛起一圈湿润。

在一片朦胧中，许蝉轻轻地点了点头。

和着风声、笑声和蝉鸣声。

她说："好呀。"

番外三

/

原来你一直在

芎城的航班晚点了五个小时,许蝉打车回到小区就看到自己那栋楼的灯都熄灭了。

她把沉甸甸的行李箱从后车座拿下来,站在路边先给李闳发了个消息,结果对方秒回。

后夏:到啦。明天去医院看你。

全世界心机最深的人:小心看路。注意安全。

居然是秒回,许蝉忍不住笑了一下。

好了,原谅李主任没有来接自己吧,谁让他忙呢。

天黑,许蝉合上手机,整个人就陷入了漆黑。

她转身,手还没落下去,就看到一只大手先一步拿走了她的行李箱。

"你不是在给实习生培训吗?"看到李闳出现,许蝉眼底不自觉露出惊喜,她余光掠过已经熄灯的楼层,略一思索,便知道他应该是一早就在等自己。

男人张开双臂,许蝉小步上前:"你怎么跑来了?明天就见到了呀。"

李闳把行李箱转到左手,外套的衣角擦过许蝉的腰身,他环抱着她,佯装责怪的声音落在她的耳畔:"让你注意安全,人到身后了都没发现。"

许蝉垂眸，嘴角忍不住地上扬。

李闵俯下身，看着眼前许久未见的许蝉，轻轻揉了揉她的手心，一字一句地说："这次一共是十一天零二十二个小时。"他握住许蝉的手，回答她之前的话，"你好不容易回来，我一分钟都不想多等。"

许蝉迎上李闵的眼睛，看到他眼底还有连日来加班的疲惫，她视线下滑，突然看到他胡子都冒出来几茬，想到他最近还有考试，忍不住有点心疼："待会儿是不是又要回医院？"

李闵听到许蝉语气里的失落，伸手揉了揉她的后脑勺，眼底满是笑意："怎么，舍不得我走啊？"

"你爱走不走。"许蝉别过脸。

每天都在视频电话，她连李闵每顿盒饭吃什么都一清二楚，有什么可惦念的……呢。

"手怎么这么冷？"李闵握住许蝉的手与她十指交叉，轻轻捏了捏，放入自己的口袋。他微微抿唇，目光里噙满了轻松快意，和许蝉挨得近了一点，轻声说，"今晚不回去了。"

许蝉抬眼，就看到李闵压低了声音，望着她说："是我舍不得你。"

推开家门的瞬间，一束橘色的灯光就投了过来，许蝉抬眼就看到鞋架旁边放着自己干干净净的拖鞋，客厅的沙发上胡乱堆着一件微皱的西装外套，还有几件新旧不一的白衬衫，一看就是慌里慌张间换完衣服，就出门了。

她扭头看李闵身上的装束，背过身微微勾起了嘴角。

这人为了见自己，还专门收拾了一下？这可真难得。

许蝉想到他们俩刚同居的时候，李闵几乎把自己极简严整的生活方式破坏了个遍。

比如，橱窗里按照大小排列的机械玩偶突然就缺胳膊断腿。

比如书架上按照序号排好的书籍，被弄得东倒西歪。

比如客厅里的极简布置里忽然混搭了突兀的油画。

等许蝉在心理医生那边知道自己的强迫症大有好转的时候，她才知道原来李闵是在用一些细枝末节的东西潜移默化地帮她舒缓压力，也让她被工作分割得毫无仪式感的生活，慢慢出现了一点点烟火气。

李闵把许蝉的行李放在卧室，回到客厅就看到许蝉正看着茶几上的几枝干叶向日葵发呆。他伸手把她轻轻地拢到怀里，然后下巴蹭了蹭她："饿不饿?"

许蝉的肚子很合时宜地响了两声,李闵立刻起身:"等我一会儿。"

很快,许蝉就看到桌子上摆满了三菜一汤。

"你哪有时间做饭?"

李闵会做饭她是知道的,但是他经常忙得日夜颠倒,根本没空开火。而且,这人向来都很怠懒,哪怕自己饿死都不会做顿饭,要不然他也不会在她离开这段时间,天天窝在医院吃食堂和盒饭。

李闵把盛好饭菜的碗递给许蝉,很自然地接了句:"有你在,我就有时间。"

许蝉拨开碗里的肉,抬头看着系着围裙在厨房的李闵。

白色的灯光耀眼,男人认认真真地切着一碟鲜艳草莓,他端着白瓷碟,一步一步地从光里走了过来。

她突然意识到——原来,正因为有"你"在,才让时间有了意义。

生物钟数十年如一日规律的许蝉,竟然拜倒在了男人的撒娇之下。

"多睡会儿。"李闵环着许蝉的腰揉了一下,他声音慵懒,眼睛都没睁开,动作倒是熟稔。

许蝉捏了捏李闵近在咫尺的脸,嘟囔着用手背蹭了蹭他的下巴:"你胡子扎到我了。"

"待会儿刮。"李闵敷衍地绕开话题,又把许蝉揉到了怀里。

许蝉感觉不对劲,面无表情地伸手拦住男人不安分的手:"你往哪走呢?"

"没有啊。"他紧挨着许蝉的后颈,整个人把她圈了起来,还一本正经地说,"肯定是你在做梦。怎么了,你梦到我做什么了吗?"

半个小时后。

许蝉环顾床下的衣服,悄悄从被窝里爬了起来,她刚要下地,就又被身后的男人抓了个正着。

他整个人都散发着一种慵懒又危险的气息,坐起身,下巴蹭到许蝉的肩窝,气息微烫,声音是早起惯有的嘶哑,突然问:"我听到你的闹钟响了,早上,今天要去哪儿?"

说到这儿,许蝉终于清醒起来。

她从李闵怀里挣出来,一边冲向卫生间,一边说:"差点忘了,今天有个饭局。"

前段时间，许蝉作为高管参加事务所里的精英俱乐部，活动后就在母校老师的托付下帮忙照顾几个学弟学妹，今天的饭局也是他们要回学校，所以和许蝉临别聚个餐，聊聊未来规划之类的。

说白了，就是个人情局。

李闵托腮看着许蝉在卫生间和衣帽间来回走动，也想起是有这么一回事，他还记得，其中有几个年轻人好像长得挺花哨的，在情人节那天还给许蝉送过花。

许蝉化完妆，从衣帽间出来，就看到李闵穿着白衬衣和深色西装裤，坐在沙发上翻看着他们所里官微发布的俱乐部晚宴的照片展示。

她凑过去，正好看到自己和选手们一起合影的照片。

那是一组很意外也很生动的图，俊男靓女，氛围有点偶像剧。

此时，阳光从橘色纱帘透了进来，打在蓝白拼接的小沙发上，李闵斜靠在沙发边缘，脸上表情十分柔和，但是眼底却一点温度都没有。

"你这是？"许蝉感觉李闵不太开心，她刻意走远了一点，眼神询问李闵这身行头。

他该不会是要和小孩子赌气吧？上次有学生给她送了一束玫瑰，结果就因为比李闵送的还大，他就记挂了一夜，从第二天开始就天天买鲜花，还摆在餐桌上故意给自己看。

后来，她竟然也渐渐习惯了，一束束鲜嫩芬芳的花，就慢慢占据了原本枯燥乏味的空间。

"欸？还刮胡子啦？"许蝉走近，伸手捏了下李闵光洁的下巴。

她撸猫似的揉了揉，温暖的指腹和冷白的皮肤相撞，空气里突然安静得只剩下彼此的呼吸声。

许蝉感觉到不对劲，抬腿就要站起身，手腕忽然被人轻轻拉住。李闵个子很高，挺拔的身形将许蝉抵在柜子前，他眼神亮晶晶的，明明已经三十出头的人了，眼底的少年气却比正青春时要浓墨重彩。

他微微俯身，视线落在许蝉的嘴唇上，眼神变得有些炙热，语气也有些毋庸置疑：“约在'发呆'吧，我陪你去，还可以帮你挡酒。"

"我是作为学姐，帮他们做学业规划。"许蝉强调，"你跟我去干吗？"

李闵眼睛里映着她的影子，笑着说："万一，你学弟学妹有想转行学医呢?"

聚餐过程比许蝉想象的还要顺畅,李闵不知道在哪儿补的课,竟然对财会金融方面的行业状况了解颇深,还根据自己的看法给几个应届生做了职业规划和前景分析。

直到最后,学生们要和许蝉交换联系方式的时候,全程温和亲切的李闵突然率先掏出自己的名片,笑盈盈地扫过其中的两个男大学生:"我姓李,是 A 大三院的主任医师,欢迎随时联络。"

涉世未深却已嗅到酸臭的年轻男孩子们瞄了眼许蝉,然后颤颤巍巍地用双手接过。

如果可以,最好还是不要了。

李闵有个习惯,用胶卷相机拍照打卡。

但令人诡异的是,许蝉发现他除了某些照片,其他的照片拍得都很一言难尽。

一周年纪念日那天,许蝉窝在国外的酒店里发语音吐槽:"我第一次看到你家里还有暗室,还以为你是什么摄影大牛,啧啧,没想到你拍照水平居然还不如于皖周那个色弱。"

"我拍你就拍得很不错。"对面的李闵不服气,又发过来几张照片,一点也不在意被许蝉奚落。

李闵求婚那天,她站在那棵巨大的丁香树下手里捧着星星在笑的照片。

李闵第一次给她一个人下厨,她小心翼翼地尝了一口,然后故意说盐放多了结果自己笑得满脸通红的照片。

送祝弓弓出国那天,她偷偷看到李闵背过身揉眼睛,被发现之后被李闵抱在怀里对着落地窗上的影子拍的合照。

因为意外不得不在医院举办婚礼仪式那天,李闵透过后院一大片梧桐,拍到的许蝉给医护人员送喜糖的照片。

许蝉看着看着,忽然觉察到了一些古怪。

这些照片中大部分和以前那些一样,李闵除了抓拍自己的表情很好看之外,其他部分,比如构图还是一言难尽。但是有几处景,他却依旧拍得很好。

比如,三中巷子里已经翻修无数次的小酒吧,华鑫花园小树林里的长椅,三中那棵丁香树,顺着高三(17)班最后一个窗户看向操场的那片四叶草草坪,还有她小时候曾说要带李闵去看星星的那栋曾经废弃现在已经是商业中心的大楼楼顶。

——是因为拍了很多次,所以他才拍得那么好。

说着,许蝉又收到一张图。

是结婚一周年纪念日前夕,她不得不带着行李飞到大洋对岸,加完班赶回酒店时候,路过河畔烟花盛放,驻足观看许愿时被风拂起长发,抿唇微笑的照片。

这照片看着好眼熟啊。

许蝉穿着睡衣,猛地一骨碌从床上爬起来。

这不是她那会儿在大桥的时候……

她连忙穿好衣服跑到楼下,一拐弯就看到前台站着一个俊眉修目,笑容洋溢,穿着西装手捧玫瑰的男人,正在用流利的西班牙语询问入住。

他和许蝉见过的哪副样子都不一样,但是转过身的一瞬间,眼底还是熟悉的温柔笑意,像春风掠过冬染过的田野,倏然萌芽翘土,焕然如诗。

许蝉看到李闵的时候,李闵也转身看到了她。

他看着她,话却是对前台服务员说的,眼底眉梢俱是庆幸与满足。

"啊,好巧。原来我太太也在这里。"

注:本文纯属虚构,一切"人名""情节"与"事件"皆与现实无关,如有雷同则纯属意外,请勿对号入座。另,因作者是非专业人士,涉及医学和审计方面的内容仅用于剧情推动,如存在不严谨的地方,请勿效仿。